Heinrich Steinfest
Die feine Nase der Lilli Steinbeck

Zu diesem Buch

Lilli Steinbeck, die international anerkannte Spezialistin für Entführungsfragen, wird in einen brisanten Fall eingeschaltet. Die Wienerin, die in Deutschland lebt, ist eine ausgesprochen elegante Person, jedoch ausgestattet mit einer äußerst auffälligen Nase, die zu korrigieren sie sich hartnäckig weigert. Die Polizei hofft auf ihren feinen Spürsinn in dem so heiklen wie unerklärlichen Entführungsfall. Lilli Steinbeck muß das gekidnappte Opfer rechtzeitig finden und gerät dabei in ein Spiel mit zehn lebenden Figuren, um die ein weltweit operierendes Verbrecherteam auf allerhöchstem Niveau kämpft. Zum Zeitvertreib. Es gewinnt, wer alle zehn Spieler getötet hat ... »Heinrich Steinfests Romane lesen sich, als hätten Heimito von Doderer und Raymond Chandler eine Schreibgemeinschaft gegründet – der eine liefert die farbige, elegante Sprache, der andere den spannenden, immer wieder durch neue Erzählstränge angereicherten Plot.« (Süddeutsche Zeitung)

Heinrich Steinfest wurde 1961 geboren. Albury, Wien, Stuttgart – das sind die Lebensstationen des erklärten Nesthockers und preisgekrönten Kriminalautors Heinrich Steinfest, welcher den einarmigen Detektiv Cheng erfand. Er wurde mehrfach mit dem Deutschen Krimi Preis ausgezeichnet, zuletzt erhielt er den Stutt-
garter Krimipreis 2009. »Ein dickes Fell« wurde für den Deutschen Buchpreis 2006 nominiert. Zuletzt erschienen seine »Gebrauchsanweisung für Österreich« sowie die Romane »Gewitter über Pluto« und »Batmans Schönheit«.

Heinrich Steinfest

Die feine Nase der Lilli Steinbeck

Kriminalroman

Piper München Zürich

Mehr über unsere Autoren und Bücher:
www.piper.de

Von Heinrich Steinfest liegen bei Piper vor:
Cheng. Sein erster Fall
Tortengräber
Der Mann, der den Flug der Kugel kreuzte
Ein sturer Hund. Chengs zweiter Fall
Nervöse Fische
Der Umfang der Hölle
Ein dickes Fell. Chengs dritter Fall
Die feine Nase der Lilli Steinbeck
Mariaschwarz
Gewitter über Pluto
Batmans Schönheit. Chengs letzter Fall

Ungekürzte Taschenbuchausgabe
1. Auflage Februar 2009
2. Auflage April 2010
© 2007 Piper Verlag GmbH, München
Umschlaggestaltung: semper smile, München
Bildredaktion: Büro Hamburg. Alke Bücking, Charlotte Wippermann
Umschlagmotiv: Jack Miskell/Corbis
Autorenfoto: Bernhard Adam
Satz: Filmsatz Schröter, München
Papier: Munken Print von Arctic Paper Munkedals AB, Schweden
Druck und Bindung: CPI - Clausen & Bosse, Leck
Printed in Germany   ISBN 978-3-492-25314-7

Inhalt

1. Klirrr! 9
2. Eine dünne Frau 25
3. Grün 38
4. Muß man wissen, was man ißt? 54
5. Ein Kleid aus Löchern 64
6. Im Land der dicken Backen 92
7. In jedem Holländer steckt ein Finne 101
8. Königin mit Kind 117
9. Pink Lady 130
10. Finger 143
11. Zur Vollendung der Welt 160
12. Wirklichkeit ist das Fossil einer Fiktion 173
13. Mittagspause 190
14. Roter Planet 197
15. Satanisch 216
16. 1985 war ein schlechtes Jahr 225
17. Wenn Kallimachos schläft 231
18. Ein Baby bei der Arbeit 250
19. Die inneren Tropen 262
20. Zweimal Witwe 275
21. Suez 288
22. Der Club der toten Tiere 305
23. Tulpen 317
24. Ende 338
    Epilog 346

Letztendlich bin ich müde,
denn ich meine, warum weiß ich nicht,
daß aller Sinn im Schlafen liegt.

> (Fernando Pessoa, *Das Buch der Unruhe
> des Hilfsbuchhalters Bernardo Soares*)

– Was tun Sie, wenn Sie nicht schlafen können?
– Ich bleibe wach.

> (Nicole Kidman und Sean Penn
> in *Die Dolmetscherin*)

1
Klirrr!

Was für ein wunderbarer Abend!
Und zwar nicht der erste. Daran mußte der Mann, der Georg war, nun denken. Wie viele solcher wunderbaren Abende er bereits hatte verbringen dürfen. Zusammen mit seiner schönen Frau und seiner nicht minder hübschen Tochter. Im gemütlichen und geschmackvollen Eßzimmer seines Hauses, das hoch oben über der Stadt gebaut war, in bester Lage, ohne aber protzig zu wirken.

Die kleine Villa stammte aus einer Zeit, als an dieser Stelle kaum noch etwas gewesen war, um überhaupt von einer Lage zu sprechen. Das hatte sich geändert. So mancher hätte einen kleinen, versteckten Mord riskiert, um in dieser Gegend an eine Immobilie zu gelangen. Georg aber war ganz ohne Verbrechen ausgekommen, hatte das Haus von seinen Eltern geerbt. Manchmal kam es ihm vor, daß eigentlich alles, was ihn umgab, auch seine Frau, auch seine fünfzehnjährige Tochter, ein Erbe darstellten. Etwas, das er ohne eigenes Zutun, nur dem Zufall einer bestimmten Abstammung verdankend, entgegengenommen hatte. Da es ihm nun mal von Rechts wegen zustand. Aber nur von Rechts wegen. Nichts, was er sich ernsthaft erarbeitet hatte. Nichts, was er wirklich verdiente.

Und das war nun genau die Frage, die ihm riesengroß, eine dröhnende Blase, durch den Kopf ging: »Habe ich das eigentlich verdient?«

Georg dachte an all die Männer, die jetzt ebenfalls bei Tisch saßen und denen irgendeine frustrierte, häßliche, breitarschige Nörglerin das Essen vors Gesicht knallte, wenn man diese nie ganz aufgetauten Tiefkühldinger überhaupt als Essen bezeichnen durfte. Dazu kamen dann Kinder, die ständig vom Taschengeld sprachen und gleichzeitig ihre vermasselten Schularbeiten ohne jede Scham zur Unterschrift vorlegten. Als würden nicht sie, sondern der Unterzeichnende Schuld tragen. Und als sei also die Taschengelderhöhung das Bußgeld, das der Erwachsene zu begleichen habe. Dafür, Kinder in die Welt gesetzt zu haben.

Mia aber, Georgs Tochter, legte niemals vermasselte Schularbeiten vor, immer nur ein »sehr gut«. Und tat dies, ohne jegliches Taschengeldtheater zu vollziehen. Offenkundig war ihr die Banalität solcher Notengebung völlig bewußt. Während es natürlich gar nicht banal war, wenn ein Vater sich so gut wie nie um schulische Angelegenheiten kümmern mußte, immer nur ausgezeichnete Ergebnisse zu quittieren brauchte. Auch in dieser Hinsicht ein unverdientes Erbe antretend.

Georgs Frau, Viola, kam ebenfalls ohne Theater aus. Ihre Schönheit und Intelligenz, ihr Erfolg im Beruf führten zu einer Zufriedenheit, zu einer Art von Erholtsein, das es ihr ermöglichte, Abend für Abend ein vorzügliches Mahl auf den Tisch zu zaubern, welches nicht im entferntesten daran erinnerte, gerade noch im Schockzustand einer Vertiefkühlung gewesen zu sein. Als taue man ein Mammut auf und damit auch uralte Mikroben und Bazillen. Nein, Viola nahm sich immer noch die Zeit, frische Kräuter zu besorgen, frisches Fleisch und frischen Fisch einzukaufen, zwischen zwei Terminen einen Gemüsemarkt aufzusuchen und den Verkäufern freundlich auf die Finger zu klopfen, wenn sie versuchten, ihr verknautschte Erdbeeren unterzujubeln.

Ihre Geschäftspartner verstanden Viola nicht. Nun, ihre Geschäftspartner, vor allem die weiblichen unter ihnen, übersahen Violas Glück. Diese anderen Frauen meinten nämlich, daß Erfolg dazu verpflichte, verbissen, gehässig, freudlos und pervers zu sein. Und auf eine nicht näher definierte Weise emanzipiert. Emanzipiert wie versteinerte Eier, die man dann also nicht mehr auszubrüten brauchte.

Bei aller karrieristischer Bezogenheit – darunter fraglos auch den Freuden, ein paar blöde Männer in die Ecke zu stellen und sie zehnmal den Satz »Ich darf meine Chefin nicht dumm anmachen« aufsagen zu lassen – genoß Viola das

Ausleben einer Macht, über die allein kochende Frauen verfügen, gleich ob sie schwerbusige Matronen oder schlanke, feinnervige, funktionslastige Trägerinnen von Sportunterwäsche sind. Wenn sie kochen, richtig kochen, und ihre Männer, alle Männer, wohlweislich aus der Küche verbannen und es nicht zuletzt unterlassen, selbige Männer zum Zwiebelschneiden und Kartoffelputzen abzukommandieren, erhalten sie sich die Kontrolle derer, die füttern, über die, die gefüttert werden. Wenn sie denn wissen, was sie mit diesem Füttern bezwecken wollen.

Man sollte diesbezüglich die Magie nicht vergessen. Frauen sind geborene Hexen, gleich, was die Aufklärung uns weiszumachen versucht. Und die Zubereitung von Mahlzeiten ist sicherlich die einfachste und wirksamste Art, echte Magie zu betreiben. Echt schwarz oder echt weiß. Und nicht das bunte Zeug, das tiefgefroren hinter Fotografien seiner selbst schlummert.

Jedenfalls war es so, daß Georg mit der Küche und der Kocherei absolut nichts zu tun hatte. Somit auch das Geschirr nicht etwa zu spülen brauchte, als würde er die Pinsel seiner malenden Frau abwaschen. Seine Position war allein die des Essers. Auch begriff er wohl, daß die Magie, die seine Frau dabei trieb, eindeutig Züge des Hellen und Freundlichen besaß. Wie ja auch hinter dem unkomplizierten Wesen seiner Tochter keine Dämonie verborgen schien. Dieses Kind war ganz einfach mit sich und der Welt zufrieden, ohne gleich naiv zu sein. Sie kannte den Dreck der Straße, wußte um ein paar ekelhafte Ausformungen des Sexuellen sowie um die Anziehungskraft tröstender Stimulanzien. Aber sie hatte nun mal Trost nicht nötig. Auch keinen Kerl, der es ihr beinhart besorgte. Sie fand, daß fünfzehn Jahre und ein von jeder Grobheit verschonter Körper ungeeignet waren, sich irgendeine Beinhärte anzutun, bloß weil selbige mit schicker Frisur und tätowiertem Oberarm daherkam. Oder irgendeinen Dreck der Straße zu idealisieren. Sie sagte gerne, derartiges könne sie sich in fünf bis zehn Jahren leisten. Aber das war eine Koketterie. Eine der wenigen, zu der sie sich – jung, aber nicht unschuldig, brillant, aber kein Luder – hingab. Nein, sie hatte nicht vor, in fünf bis zehn Jahren Abgründe zu schauen, nur weil die schon mal existierten.

So war das.

In diesem idyllischen Nest lebte Georg Stransky und konnte sich ein perfektes Abendessen kredenzen lassen, ohne ein schlechtes Gewissen zu entwickeln, ohne einen Vorwurf oder eine Hinterlist befürchten zu müssen. Auch war er selbst ja keineswegs ein Lebemann oder Gauner oder Sesselhocker. Er tat seinen Teil, unterrichtete an der Universität, verfaßte Artikel, ja, publizierte ganze Bücher, wie man sagt, jemand schlachte ein ganzes Schwein, als könnte man ein halbes oder viertel Schwein schlachten.

Anstatt nun aber das Faktum ungerechter Verteilung, ungleichen Glücks und Unglücks als gegeben hinzunehmen und eine gewisse philosophische Schwammigkeit des Lebens zu akzeptieren, stellte sich Georg Stransky also die Frage: »Habe ich das eigentlich verdient?«

Hätte er auf diese Frage verzichtet – sie zumindest nicht in diesem Moment mit dieser Eindringlichkeit gestellt –, wäre alles so weitergegangen wie bisher. Er hätte geerbt und geerbt und geerbt.

Aber manche Frage darf nun mal nicht gestellt werden. Auch nicht in Gedanken. Beziehungsweise *vor allem* in Gedanken nicht. Der Gedanke reizt mehr als das gesprochene Wort. Die Reizung funktioniert wie eine Krankheit. Plötzlich ist man nicht mehr gesund.

Klirrr!

Es gibt Sekunden, die sind gleichzeitig schneller und rasanter als übliche Sekunden, aber auch gedehnter, ja, geradezu spielfilmartig ausgezogen. Sie sind voll von Eindrücken und Bildern und Umständen, aber des ungeheuren Tempos wegen kaum nachvollziehbar. Nachdem sie geschehen sind, meint man, ein halbes Leben wäre abgelaufen, ohne auch nur eine Winzigkeit wirklich realisiert zu haben. Gleich den Leuten, die über Nacht weiße Haare bekommen. Oder über Nacht in ein Meer von Runzeln fallen.

Weiße Haare und Runzeln blieben Georg erspart. Aber sonst ...

Eine Scheibe war zersprungen. Eine von denen, die hinunter auf die Straße wiesen. Ein Gegenstand hatte das geschlossene Fenster durchbrochen und war über den semmelgelben Parkettboden gekullert. Ja, gekullert. Soviel hatte Georg registrieren können, um zu wissen, daß das glänzend rote Objekt eine runde oder wenigstens halbwegs runde Form besaß. Jedenfalls geeignet war zu kullern, anstatt etwa wie ein Sack aufzuschlagen oder im Stil einer Kröte oder eines Puddings aufs Parkett zu klatschen. In der polierten Art einer Bowlingkugel hatte das fremde Ding eine leicht gebogene Spur gezogen, um unter den Eßtisch zu geraten und dort gegen das mittige Tischbein zu stoßen und seine Bewegung zu beenden.

»Jesus!« rief Georg aus und sprang in die Höhe. Er rannte zum Fenster und spähte nach draußen. Hinaus auf den Gehweg, der im Licht einer untergegangenen Spätsommersonne dalag, von niedrigen Büschen flankiert, frei von Autos, die in einer solchen Gegend friedlich in ihren Garagen hockten. Auch frei von Passanten. Zumindest war da niemand zu sehen, der in Frage kam, der Werfer zu sein.

Der Werfer wovon?

Georg kam zurück an den Tisch und betrachtete kurz seine Frau und seine Tochter, die sich erhoben hatten und auf die andere Seite des Raums gewechselt waren. In keiner Weise hysterisch oder ängstlich, bloß vernünftig. Der Eßtisch gemahnte jetzt an eine dieser Wasseroberflächen, unter denen ein paar bissige Fische zu vermuten waren. Wie bissig? Das war die Frage.

Keine Frage hingegen war, daß, wenn Violas Aufgabe darin bestand, trotz ihres Berufs famose Abendmahlzeiten zuzubereiten, und Mia unaufgeregt die Pflicht erfüllte, stets die beste Schülerin zu sein, es eindeutig Georg zukam, unter den Tisch zu kriechen und nachzusehen, wie bissig dieser Fisch war.

Oder diese Bombe.

Nicht, daß dies dem männlichen Wesen grundsätzlich entsprach. Doch es war verflixt. Aus eigener Schuld und Ohnmacht hatte der Mann – meistens schlecht im Kochen und schlecht in der Schule – genau in dieser Funktion seinen traurigen Kulminationspunkt gefunden: im Nachsehen, ob ein Gegenstand eine Bombe war oder nicht. Das ganze Leben der Männer spielte sich in dieser Kategorie ab. Ständig krochen sie unter Tische, um sich einen Überblick zu verschaffen. Nicht wenige flogen dabei in die Luft. Und wenn nicht heute, dann morgen. Und wenn nicht auf die eine Art, dann auf die andere. Anstatt endlich damit aufzuhören, sich diese Unter-den-Tisch-Kriecherei als etwas Edles zu denken, als Ausdruck von Macht und Politik und Intelligenz. Was ja ein Witz ist. Selbst Weltkriege finden noch unter dem Tisch statt, wo jedermann auf allen vieren und mit geducktem Kopf durch die Gegend kriecht. Wen, um Himmels willen, meinen die Männer damit zu beeindrucken? Gott? Ihre Frauen? Ihre Mütter? Irgend jemand, der ebenfalls unter dem Tisch hockt?

Aber auch Georg hielt sich an das Muster, biß die Zähne zusammen, unterdrückte das Brennen in seinen Fingern und ging in die Knie. Er schob die Tischdecke wie einen Vorhang zur Seite und kroch in das Dunkel hinein.

Er erkannte ihn gleich, den geworfenen Gegenstand, welcher tatsächlich kreisrund schien, wobei drei Viertel des Körpers im Schatten lagen und nur ein sichelartiger Ausschnitt feurig aufleuchtete. Man hätte meinen können, ein kleiner roter Mond ziehe hier seine Bahn. Um das Tischbein herum wie um eine kosmische Säule.

Georg schluckte und griff nach dem Stück Mond. Er zog ihn aus dem Schatten, holte ihn ins Licht der Zimmerbeleuchtung und konstatierte nun, worum es sich handelte: um einen Apfel.

Beinahe war er enttäuscht. Diese ganze Aufregung für ein Stück Obst.

»Was soll das?« fragte Georg laut. »Was tun diese Kids? Äpfel klauen und damit Krieg spielen.«

Er schüttelte den Kopf, deponierte das Wurfgeschoß auf der Spüle und bemerkte nebenbei, sich mit Äpfeln nicht auszukennen. Etwa mit den einzelnen Sorten.

Anders seine Tochter. Sie erwähnte einen englischen Namen,

den Georg aber nicht richtig verstand. Egal. Es war ihm gleichgültig, wie dieses blutrote Ding hieß.

Blutrot?

Nicht wirklich blutrot, wie man das von eigenen Schnittwunden kannte, sondern eher dieses Rot, das einem der Anblick erschlagener Stechmücken bot. Was ja immer ein wenig grausig war, eigenes Blut zu betrachten, das durch einen fremden Körper gegangen war. In gewisser Hinsicht erschlägt man sich selbst.

Ein solches Rot, ein Rot von quasi selbst erschlagenem eigenem Blut, besaß diese Frucht, die im übrigen wie ein ganz normaler Apfel aussah. Wie auch sonst?

Und genau darum hielt sich die Aufregung in Grenzen. Georg kehrte die Scherben auf und ließ an der betroffenen Stelle den Rolladen herunter. Viola richtete die Nachspeise, glücklicherweise nichts mit Obst. Mia räumte die Teller ab und füllte Wein in die Gläser ihrer Eltern. Der Apfel aber blieb, wo er war. Erst später, als Mia und ihr Vater bereits vor dem Fernseher saßen, fiel Violas Blick wieder auf das Corpus delicti. Auch Viola Stransky hatte so ihre Assoziationen. Nichts mit Blut. Viola war keine von denen, die ständig an Blut dachten. Eher dachte sie an Kuchen und daß man den Apfel, wenn schon nicht roh essen, so zumindest in irgendeine Süßspeise hätte einarbeiten können. Andererseits war nicht auszuschließen, daß in der Frucht ein Glassplitter steckte, obgleich die Oberfläche völlig unbeschadet schien. Wie auch immer, es gehörte sich nicht, ein durch eine Scheibe geflogenes Obststück einem Nachtisch beizufügen. Das hätte schon sehr auf eine verrückte Art von Sparsamkeit verwiesen. Und so sehr eine solche Verrücktheit in Viola Stransky auch nistete, war dies etwas, was sie hinter sich zu haben glaubte. Und darum nahm sie den Apfel und warf ihn in den Eimer.

»Gar kein Problem«, sagte sie in einem bemüht vergnüglichen Ton, obwohl das der erste Apfel ihres Lebens war, den sie so vollständig in den Müll befördert hatte. Als werfe man ein Rotkehlchen einfach ins Klo. Eigentlich schrecklich.

Viola Stransky verbat sich, weiter darüber nachzudenken,

legte die beiden Geschirrtücher sehr ordentlich zum Trocknen auf und wechselte hinüber ins Wohnzimmer, wo sie sich zwischen ihren Mann und ihrem Kind niederließ. In den Fernsehnachrichten war gerade von einer wirtschaftspolitischen Entscheidung die Rede, die aber Viola vollkommen gleichgültig ließ, obgleich sie als Geschäftsfrau in der idealsten Weise davon betroffen war. Sie konnte nicht anders. Sie mußte an den Apfel denken und wie deprimierend es war, daß er nutzlos – allein auf den Schaden reduziert, den er verursacht hatte – in einer Biotonne zu vergammeln begann.

Georg Stransky hingegen fragte sich, ob man nicht die Polizei hätte rufen sollen. Andererseits wäre er sich lächerlich vorgekommen. Ein Apfel! Auch fürchtete er, daß beim Anblick der hübschen Mia die Polizisten sich dazu verstiegen hätten, die hilflose Brautwerbung eines Verehrers anzunehmen. Obstwurf statt Minnegesang. Oder was Polizeimenschen so einfiel, wenn sie kompliziert dachten. Und daß sie das taten, nämlich kompliziert denken, war ja allgemein bekannt.

Als Georg drei Stunden später zu seiner Frau ins Bett kam, hatte er die Apfelgeschichte bereits ad acta gelegt. Er drückte einen Kuß auf die Stirn der Schlafenden und betrachtete kurz die schmalen Streifen hereinfallenden Mondlichts, die auf dem Busen Violas eine kleine Graphik abzubilden schienen. Eine rasch ausgeführte Zeichnung, locker und leicht, ein Brustbild, sehr hübsch.

Georg lächelte in das Dunkel hinein wie ein Kind, das in eine leere Tonne ruft. Dann legte er sich gerade hin, das Laken jedoch bloß über seinen Unterleib ziehend. Er deckte sich selten richtig zu. Das war nie anders gewesen. Rasch schlief er ein.

Um wenig später wieder geweckt zu werden. Das Telefon läutete. Er griff automatisch nach dem Hörer, halb noch im Schlaf. Weshalb er sich erst zurechtfinden mußte, um die Frage zu bejahen. Die Frage nach seinem Namen. Ob er Georg Stransky sei.

»Ja, das bin ich. Meine Güte, was wollen Sie denn um diese Zeit?«

»Haben Sie den Apfel bekommen?« fragte die Frauenstimme.

Sogleich saß Georg aufrecht im Bett, überzeugte sich, daß seine Frau noch immer schlief, überlegte kurz und fragte dann in leichtem Stotterton: »Was für ein Apfel?«

»Oh, sehr schön. Hat es also funktioniert. Man weiß ja nie. Manchmal verfehlen die Äpfel ihr Ziel. Obwohl das eigentlich nicht geschehen dürfte. Aber was dürfte nicht alles nicht geschehen.«

»Wovon in Herrgottsnamen reden Sie eigentlich?« beschwerte sich Georg und kündigte an: »Ich lege jetzt auf.«

»Komisch, das sagen alle: *Ich lege jetzt auf.* Nur, daß es dann keiner tut. Die Welt wäre besser, würden alle Leute, die mit dem Auflegen drohen, auch auflegen. Aber so ist die Welt nun mal nicht. Also, Herr Stransky, lassen Sie das bleiben. Ich glaube nicht, daß Bluffen Ihre Stärke ist.«

»Und was wäre meine Stärke?«

»Keine Ahnung. Ich bin hier bloß die Telefonistin. Ich weiß nichts über Sie. Das ist nicht mein Job.«

»Und was ist Ihr Job?«

»Sie darum bitten, in den Apfel zu beißen. – Ich meine das nicht bildlich. Nein, ich fordere Sie auf, den Apfel, der heute abend durch Ihr Fenster kam, zu verspeisen. Jetzt gleich.«

»Ach was! Bitten Sie oder fordern Sie?«

»Genau in dieser Reihenfolge«, sagte die Stimme, die recht genau an jene süßlich-ironischen Stimmen in Science-fiction-Filmen erinnerte, dann, wenn wieder einmal irgendein Depp einen falschen Knopf gedrückt hatte und also aus Lautsprechern der mildtätig vorgetragene Hinweis erklang, daß in soundso viel Minuten das Raumschiff sich selbständig zur Explosion brächte und im übrigen noch ein schöner Tag gewünscht werde. Ja, eine solche Stimme war das. Selbige erklärte nun: »Zuerst bitte ich, dann fordere ich. Ganz nach Plan.«

»Und was kommt, wenn das Bitten und Fordern nichts nutzt?«

»Das können Sie sich doch denken.«

»Dann wird gedroht.«

»Wir sagen hier ›insistieren‹ dazu. Aber ›drohen‹ stimmt auch.«

»Und nur, damit ich in einen dummen Apfel beiße?«

»Der Apfel ist nicht dumm, das dürfen Sie mir glauben.«

»Gut, ein gescheiter Apfel also. Aber wieso hineinbeißen?« fragte Georg ein wenig belustigt. Er war aus dem Bett gestiegen und mit dem mobilen Telefon in den Flur getreten. Er hielt das Ganze für einen Scherz, dessen Sinn und Hintergrund er versuchen wollte herauszubekommen. Vielleicht ein Journalistenstreich. Wenn Polizisten gerne kompliziert dachten, dachten Journalisten gerne in Farcen.

Die Frauenstimme erklärte: »Ich sagte schon, ich bin bloß die Telefonistin. Und dafür verantwortlich, daß Sie, lieber Herr Stransky, irgendwann in der nächsten Stunde Ihren Apfel essen.«

»*Meinen* Apfel?«

»Er kam durch *Ihr* Fenster geflogen. Was wollen Sie mehr?«

»Was ist das eigentlich für eine Sorte?« erkundigte sich Stransky. »Ich meine die Apfelsorte.«

»Tut mir leid, keine Ahnung.«

»Sie wissen wenig.«

»Das ist richtig«, sagte die Frauenstimme. »Wahrscheinlich hat das seinen Grund. Denken Sie nicht auch?«

»Was ich denke, ist folgendes: Wir sollten das Bitten und Fordern überspringen und gleich mit dem Drohen ... mit dem Insistieren anfangen. Damit Sie das mit der einen Stunde auch hinkriegen, Fräulein.«

»Ich mag es, wenn man mich Fräulein nennt. Altmodisch, aber nett. Sehr viel netter als diese ganzen Begriffe, in denen ›Fotze‹ und dergleichen vorkommt. Sie sollten nicht glauben, was ich mir manchmal anhören muß, bevor die Leute klein beigeben. Bleiben Sie also ruhig beim Fräulein.«

»Gerne«, sagte Georg und stieg hinunter in die Küche. Er wollte sich ein Glas Wein einschenken. Ihm begann die Sache Spaß zu machen. Nicht, daß er auf ein Abenteuer aus war. Nicht mit einer Stimme. Aber Flirten ging in Ordnung. Das sagte auch Viola immer: Flirten geht in Ordnung.

»Hören Sie«, bat Georg, »ich weiß nicht mal, wo der Apfel eigentlich geblieben ist.«

»Sie werden ihn finden. Der verschwindet nicht einfach.«

»Vielleicht hat ihn meine Frau gegessen.«

»Wie? Einen Apfel, der durch die Scheibe kam? Ich bitte Sie!«

»Ich dachte«, erinnerte Georg, »Sie hätten vor, mir irgendwie zu drohen. Was ist jetzt damit?«

»Wollen Sie das wirklich?«

»Nur zu, Fräulein.«

»Sie nehmen mich nicht ernst, Herr Stransky. Sie denken, es ist ein Spiel. Nun, ein Spiel ist es ja auch. Aber ein anderes. Na, dann fangen wir an: Sie haben eine Tochter.«

»Jetzt werde ich aber ärgerlich«, wechselte Georg den Tonfall.

»Fein«, sagte die Stimme und wiederholte: »Sie haben eine Tochter. Sie heißt Mia, sie ist fünfzehn Jahre, sie hat ein Reitpferd namens China Moon, eine beste Freundin namens Julia, sie verträgt keine Kuhmilch und bringt immer nur Einsen nach Hause.«

»Hören Sie sofort auf. Kommen Sie gar nicht erst auf die Idee, mir damit angst machen zu wollen, mein Kind zu belästigen.«

»Belästigen wäre auch ein allzu harmloses Wort. Zumindest wenn man an die Leute denkt, Herr Stransky, mit denen Sie es unglücklicherweise zu tun haben. Allerdings geht es dabei gar nicht um Ihre Tochter. Ihre Tochter liegt friedlich im Bett, und es wäre kaum von Wirkung, wollte ich ankündigen, Mia in der nächsten Stunde aus diesem Bett zu entführen. Sie würden auflegen, also doch noch auflegen, und augenblicklich die Polizei benachrichtigen.«

»Das werde ich auch, ich ...«

»Es geht nicht um Mia, es geht um China Moon. Ein schönes Pferd. Beinahe möchte man sagen, zu schade für eine Fünfzehnjährige, so brav das Mädchen in der Schule auch sein mag. Aber das ist nicht der Punkt. Der Punkt ist, daß jemand mit einem Handy und einer kleinen, feinen Giftspritze ausgestattet, neben China Moon steht – jetzt eben! – und auf Ihre Entscheidung wartet. Darauf wartet, ob Sie in den Apfel beißen oder nicht.«

»Ich glaube Ihnen kein Wort.«

»Müssen Sie auch nicht. Es geht ja bloß um ein Pferd. Ein englisches Vollblut, das die besten Jahre bereits hinter sich hat und damit zufrieden sein darf, daß ein paar Gören ihm Zucker ins Maul schieben. Wenn China Moon stirbt, ist das ein Fall für die Versicherung und den Tierarzt. Es werden ein paar Tränen geweint. Das ist es schon. Hauptsache, Sie haben sich geweigert zu tun, wonach ich Sie ursprünglich einfach nur bitten wollte.«

»Mia liebt dieses Pferd. Es ist ihr …«

»Bitte nicht. Erzählen Sie mir nichts davon, wie sehr Ihr kleiner Schatz diesen Gaul vergöttert. Ich hatte als Kind selbst ein Pferd. Ich weiß, wie das ist. Mädchen sind so. Wahrscheinlich ist es eine genetische Disposition, eine freundliche Krankheit, ein netter Defekt. Was weiß ich? Jedenfalls ist es verrückt, wie sehr Mädchen an diesen Viechern hängen.«

»Was bringt es Ihnen«, jammerte Georg, »wenn ich diesen Apfel esse? Bin ich Eva?«

»Ich weiß es nicht.«

»Was? Ob ich Eva bin?«

»Was der Apfel bewirkt.«

»Vielleicht ist er vergiftet, und ich sterbe, wenn ich hineinbeiße.«

»Dann würde immerhin China Moon überlebt haben. Und auch wenn das bitter für Sie klingen mag, ich denke, Ihre Tochter würde bei aller Vaterliebe sich eher für das Pferd entscheiden. Jedes Mädchen zwischen zehn und siebzehn würde das. Wie gesagt, pure Genetik. Nichts, was einen zu kränken braucht. – Und noch etwas: Ich glaube nicht, daß Sie tot umfallen, wenn Sie in diesen Apfel beißen. Vielleicht fallen Sie um, aber nicht tot.«

»Reden wir wirklich miteinander?«

»Ja, das tun wir, Herr Stransky. Es ist kein Traum, wenn Sie das meinen.«

»Wenn ich nein sage ...«

»Wird China Moon sterben.«

»Und weiter.«

»Nichts weiter. Man wird Sie in Frieden lassen. Und Sie werden nie erfahren, worum es eigentlich ging.«

»Und was geschieht dann mit Ihnen?«

»Machen Sie sich denn Sorgen um mich?« erkundigte sich die Frau mit der Computerstimme untergehender Raumschiffe.

»Ich frage ja nur«, meinte Georg abwehrend.

»Ich kriege einen kleinen Anschiß, weil ich Sie nicht überreden konnte. Das ist es auch schon. Anschisse gehören dazu. Theoretisch.«

»Und praktisch?«

»Ich habe noch jeden Kunden überzeugen können. Es ist vielleicht meine Stimme. Männer mögen das.«

»Was mögen Männer?«

»Wenn Frauen freundlich mit ihnen sprechen. Die wenigsten kennen das. Und sind dann ganz verblüfft, einmal nicht angeknurrt zu werden. Es überrascht und verwirrt sie.«

»Bei mir ist das anders. Meine Frau ist ein Schatz.«

»Stimmt. Wir hatten uns auch kurzzeitig überlegt, Ihnen mit der Ermordung Ihrer Frau zu drohen. Aber ich dachte mir, das Pferd sei das stärkere Argument. Sie lieben Ihre Tochter, nicht Ihre Frau. Verstehen Sie mich nicht falsch, ich meine in einer natürlichen Art. Das ist etwa so genetisch wie die Pferdeliebe einer Minderjährigen. Dafür müssen Sie sich nicht genieren.«

»Sie tun so, als würden Sie in meinem Kopf sitzen.«

»Nichts läge mir ferner. Mir reicht mein eigener Kopf. Aber ein bißchen was weiß ich schon mit meinen siebzig Jahren.«

»Siebzig?« Georg konnte nicht glauben, daß die Frau, der diese Stimme gehörte, siebzig Jahre zählte. Er würde sie auf dreißig geschätzt haben. Maximal. Doch warum sollte sie lügen? Georg hätte den Sinn einer solchen Lüge nicht zu erkennen vermocht. Er sagte:»Ihr Alter spielt keine Rolle.«

»Ich sprach von meiner Erfahrung«, erwiderte die Stimme, eine Spur kühler als bislang. Dann aber gleich wieder im gewohnten Zuckerschleckerton fortsetzend:»Haben Sie sich entschieden? Ich würde die Sache jetzt gerne zu einem Ende bringen. Unser Gespräch beginnt abzugleiten. Leider.«

»Ich sagte schon, daß ich nicht einmal weiß, wo der Apfel ist.«

Georg stand in der beleuchteten Küche, neben sich das Glas Wein und überblickte mit einer drehenden Kopfbewegung den Raum. Im Stil einer Eule.

»Ihre Frau ist doch ein ordentlicher Typ, nicht wahr?« meinte die Stimme.

»Ziemlich«, antwortete Georg.

»Ein Apfel, der nicht gegessen wird, gehört in den Biomüll. Haben Sie Biomüll?«

»Ja.«

»Dann sehen Sie einfach nach.«

Georg brauchte nur einen Arm auszustrecken und die Türe des Unterschranks zu öffnen, in dessen Innenseite zwei himmelblaue Eimer montiert waren, deren Abdeckungen gleichzeitig und sehr manierlich in die Höhe gingen und den Blick auf ihren Inhalt preisgaben. Rechts der konventionelle Müll, links der alternative. Wie in der Politik, wenn man gerne einfach dachte.

Georg sah ihn sofort, den mückenblutroten Apfel, der vor dem dunklen Hintergrund von Salatblättern und Kaffeesud den Eindruck ausgestellten Modeschmucks machte. Ein Herz aus gefärbtem Kristall. Kitsch. Wohlgemerkt teurer Kitsch.

»Sehen Sie ihn?« fragte die Stimme.

Georg war überzeugt, daß die Frau sehr gut wußte, daß er den Apfel gefunden hatte. Er gab bloß ein Grunzen von sich.

»Ausgezeichnet«, sagte die siebzigjährige Stimme. »Beißen Sie hinein. Ich kann dann gleich unserem Mann das Okay geben, sich nicht weiter um das Pferd kümmern zu müssen.«

Sie sprach, als sei alles abgemacht. Nun, es war wohl bereits alles abgemacht. Georg begriff es. Und intuitiv begriff er auch, daß der eigentliche Fehler gewesen war, sich die Frage gestellt zu haben, ob er sein Glück, seine Familie, die Vollkommenheit seines Lebens eigentlich verdiene.

Nein! schien jemand geantwortet zu haben. Jemand oder etwas.

Georg Stransky nahm den Apfel aus dem Müll und wog ihn in der Hand. Das Ding war weder leichter noch schwerer, als man es von einem normalen Apfel erwarten durfte. Ein letztes Mal versuchte Georg sich zu drücken: »Und wenn ich jetzt sage, ich esse ihn, und esse ihn aber gar nicht?«

»Das würden wir rasch merken. Und ich darf Ihnen versichern, daß dann mehr geschieht, als daß bloß ein alter Gaul stirbt.«

»Oh! Das ist jetzt aber die Art Drohung, die nicht zu Ihnen paßt.«

»Stimmt. Aber wenn Sie meinen, Sie könnten uns betrügen, verschieben sich die Regeln hin zum Abartigen. So ist das immer. Der Betrug verzerrt alles. Wer lügt, schafft Unordnung. Das muß Ihnen klar sein. Aber ich bin sicher, Sie sind kein Dummkopf und lieben Ihre Tochter.«

»Ja, das tue ich«, sagte Georg und dachte sich: »Vielleicht doch ein Traum. Oder ich bin verrückt geworden. Der Apfel existiert gar nicht.«

Georg öffnete seinen Mund und biß in ein Stück Obst, das möglicherweise nur in seiner Einbildung bestand, aber dennoch einen moderat süßlichen Geschmack besaß. Es schmeckte weder nach Himmel noch nach Hölle, weder nach kleingehackten Seelen noch nach einer Überdosis von irgendwas. Es schmeckte nach Apfel.

Georg kaute ausgiebig. Der Saft machte sich auf den Weg in den Magen. Dann auch das zerfranste Fleisch.

»Den ganzen Apfel?« fragte Georg.

»Das wird nicht nötig sein«, meinte die Frauenstimme. »Ein Bissen noch, das sollte reichen, denke ich.«

Es reichte. Nachdem Georg das zweite Stück hinuntergeschluckt hatte, fuhr ein leichter Schmerz durch seinen Kopf, nicht wirklich unangenehm, als kraule jemand sein Hirn, und kraule halt ein bißchen kräftig. Vor seinen Augen zersetzten sich die Formen und Farben. Der Kubismus ließ grüßen.

Georg wollte noch etwas sagen. Ihm fiel aber nichts ein. Von

Ferne vernahm er die Stimme der Telefonistin, die also auch diesmal ihre blütenweiße Weste in Sachen Überredungskunst reingehalten hatte. Sie sagte etwas in dieser Situation verblüffend Konventionelles, sie sagte einfach: »Viel Glück!«

Viel Glück, das klang gar nicht gut.

Georg meinte zu lächeln, in der verzweifelten Art. Dann wurde es dunkel, noch bevor er es merkte.

2
Eine dünne Frau

Die Szene erinnerte schon sehr an einen dieser amerikanischen Kriminalfilme, wenn Männer in mehr oder weniger schlecht sitzenden Anzügen herumstehen und Witze über die Leiche machen, die da zu ihren Füßen liegt. Über Samenflecken und Ehefrauen und solches Zeug. Witze halt, wie Männer sie erzählen, wenn der Makel schlecht sitzender Anzüge ihre Seele verdorben hat.

Im vorliegenden Fall freilich fehlte die Leiche. Die ganze Person fehlte. Statt dessen hatte man nichts anderes als einen Apfel. Und auch den nicht wirklich. Denn der Apfel lagerte bestens verpackt im Tresor jenes Labors, in das Viola Stransky ihn gebracht hatte.

Nachdem ihr Mann am Morgen nach dem Vorfall mit der Fensterscheibe nicht in seinem Bett gewesen war und sie ihn auch an keinem anderen Platz hatte finden können und nachdem eine Vermißtenanzeige bei der Polizei bloß Augenverdrehungen und Achselzuckungen hervorgerufen hatte, war ihr die Idee gekommen, nach dem Apfel zu sehen. Selbiger – nun mit einer zweifachen Bißstelle versehen – befand sich allerdings nicht mehr dort, wo sie ihn hingetan hatte, beziehungsweise lag er im falschen Eimer, dem für den Restmüll. Der Umstand unkorrekter Deponie erschien ihr irritierender als jener des Angebissenseins.

Viola Stransky war sich absolut sicher, das Apfelstück in den dafür vorgesehenen Behälter getan zu haben. Was also hatte das zu bedeuten? Welcher Sinn konnte darin bestehen, einen Apfel aus dem richtigen Eimer zu ziehen, zweimal davon abzubeißen und ihn dann in den anderen, den falschen wieder zurückzuwerfen, um in der Folge spurlos zu verschwinden? Und weil das nun eine so gar nicht beantwortbare Frage war und andererseits die zuständigen Behörden nicht gewillt schienen, das Verlorengehen eines Familienvaters in einem anderen Zusammenhang als dem der Familienflucht zu sehen, nahm Viola Stransky das Obststück, brachte es zum Labor eines befreundeten Lebensmittelchemikers und ließ eine Analyse vornehmen. Ein Akt purer Hilflosigkeit. Ein Akt freilich, der die Erkenntnis nach sich zog, daß neben dem üblichen Saft im Fleisch des Apfels sich auch der Saft eines neuartigen Betäubungsmittels befand, eines Benzodiazepins, welches den populären Namen »Fräuleinwunder« trug. Ob damit die narkotisierende Wirkung neuester deutscher Literatur gemeint war oder auch etwas ganz anderes, blieb unbekannt. Bekannt war hingegen die Effektivität, aber auch gute Verträglichkeit des Präparats, das sich – einmal verabreicht – nur mehr schwer nachweisen ließ. Sehr wohl aber, wenn Anteile davon im süßlichen Fleisch eines Apfels konserviert einlagen.

Der Chemiker hatte das Ergebnis seiner Analyse direkt an die Polizei weitergeleitet, die sogleich ihre Ansicht, Georg Stransky verbringe seine Tage im Freudenhaus, verwarf. Immerhin war der Mann Universitätsprofessor und seine Frau eine angesehene Geschäftsfrau. Keine wirklich superreichen Leute, das nicht, jedoch höchst respektable Bürger. Allerdings hätte eine Entführung aus finanziellen Gründen eher die minderjährige Tochter betreffen müssen und nicht einen Mann, der möglicherweise tot mehr wert war als lebend. Selbstredend bot sich eine ganze Reihe von Gründen an, wenn jemand unfreiwillig verschwand. Oder eine solche Unfreiwilligkeit vortäuschte.

Wie auch immer, die Polizei war aufgewacht. Wie man aufwacht, wenn in der Nebenwohnung der Wecker läutet, läutet er laut genug. Und das tat er ja. *Fräuleinwunder*! Und darum also standen die Herren Kriminalisten in der Eßzimmerküche der Familie Stransky herum, ohne Leiche, ohne Apfel, dennoch beschäftigt. Mit Witzen beschäftigt, die gewissermaßen an der Dame des Hauses vorbeierzählt wurden. Man könnte sagen: Apfelwitze.

Womit es aber augenblicklich vorbei war, als Lilli Steinbeck den Raum betrat. Sie war berühmt dafür, Witze machende

Männer auf den Mond zu schießen. Sie besaß so eine gewisse arrogante, aber auch betörende Art, jemand zu erklären, daß er sich seine Blödheiten für die Freizeit aufheben solle. Sie gab Männern das Gefühl, ihre Anzüge würden schlecht sitzen. Lilli Steinbeck war somit eine Person, die etwas Tatsächliches anprangerte und folglich eine Übereinstimmung von Faktum und Wahrnehmung herstellte. Bei ihr war ein versalzenes Essen ein versalzenes Essen und nicht etwa würzig oder pikant oder wenigstens Ausdruck von Verliebtheit.

Lilli Steinbeck hatte lange Zeit ein halboffizielles Sonderdezernat der Wiener Polizei geleitet und galt als Spezialistin für Entführungsfälle. Recht spät eigentlich, in den eigenen Vierzigern, war sie der Stadt Wien überdrüssig geworden, in einem Alter, da andere bereits wieder heimkehrten, um nach einem Leben in der großen weiten Welt die Wiener Operette um eine weltmännische Note zu bereichern. Meinten sie. Jemand wie Steinbeck hielt das natürlich für eine Illusion. Um den Vergleich des versalzenen Essens nochmals zu bemühen: Wien bleibt Wien. Operette bleibt Operette. Ein amputiertes Bein bleibt ein amputiertes Bein.

Als Expertin in Fragen des Menschenraubs arbeitete sie auch am neuen Ort. Ihr Ruf war dahingehend tadellos, daß sie Erfolg hatte und sich in jeder Hinsicht als unbestechlich erwies. Wie damals in Wien galt sie auch hier als Lesbe, wahrscheinlich darum, weil weder Kollegen noch Kolleginnen sich die Existenz eines Neutrums wirklich vorstellen konnten oder wollten. Ein Neutrum erschien als gotteslästerlich. Wie jemand, der, obgleich am Verhungern, auf ein herbeigezaubertes Essen spuckt. Passenderweise war Lilli Steinbeck ausgesprochen dünn, ja mager. Ihr langer, schmaler Hals wirkte als ihr eigentliches Körperzentrum, als sitze darin das Herz und die Seele dieser Frau. Was jedoch keineswegs nach Pinocchio aussah, sondern nach Audrey Hepburn. Und das, obwohl Lilli Steinbeck eine auffällig verunstaltete Nase besaß, eine Nase, die nicht nur mehrfach gebrochen, sondern auch stark verrutscht schien, gegen die Stirne hin. Ein wenig in der Art, wie man das von Klingonen kennt.

Daß nun dieses lädierte, aus der Mittellinie eben nur bedingt herausragende Organ in einem ausgesprochen hübschen, ebenförmigen, hellen, auf eine vornehme Art geradezu weißen und glatten Gesicht lag, erschien den meisten Betrachtern als der eigentliche »Skandal«. Gerade dadurch nämlich, daß Lilli Steinbeck es unterließ, den Zustand ihrer Nase auch nur annähernd zu ändern. Wäre das ganze Gesicht, wie man so sagt, im Eimer gewesen, hätte auch eine zerdrückte Nase nicht gestört. Manche Menschen sahen nun mal wie Monster aus – was soll's? Daß aber jemand gegen die massive Beeinträchtigung seiner Hübschheit absolut nichts unternahm, anderseits aber bestens gekleidet und frisiert war, zu jeder Zeit ein perfektes Make-up trug und auch in heiklen Situationen nicht auf modisches Schuhwerk verzichtete, daß so jemand das Schicksal seiner Nase demütig annahm, war den meisten ein Rätsel, viel mehr noch ein Ärgernis. Nicht wenige Männer dachten sich, wenn sie Lilli Steinbeck sahen: Du raffinierte Schlampe! Sie dachten es und ärgerten sich nur noch mehr, weil an Steinbeck der Schlampenvorwurf natürlich abprallen mußte, nicht aber der Vorwurf, raffiniert zu sein.

Ihr dienstlicher Rang war in keiner Sekunde ein Thema. Sie war einfach *die* Steinbeck, eine Autorität, und zwar in vielerlei Hinsicht. Das war keine Frage von Sympathie oder Achtung. Eher war es wie bei Geparden. Die sind nun mal die schnellsten Landtiere, ob das den anderen Viechern, den Herren Antilopen paßt oder nicht. Wobei übrigens auch sonst Lilli Steinbeck viel von einer Gepardin hatte, nicht nur der Schlankheit wegen. Geparden fehlt die Möglichkeit, ihre Krallen einzuziehen. Die Weibchen sind Einzelgängerinnen, außer sie haben Junge. Zudem sind Geparde ausgesprochen krankheitsanfällig. Fehlende genetische Variation, heißt es. Na ja, auf Variationen konnte Steinbeck so gut verzichten wie auf herbeigezaubertes Essen. Ohne gleich zu spucken. Sie spuckte nicht, versteht sich. Und sie ging früh schlafen. Was ebenfalls insgeheimen Anstoß erregte: Steinbecks rigoroser Verzicht, sich im Namen der Polizei und des Staates die Nacht um die Ohren zu schlagen. Sie bestand darauf, spätestens um acht zu Hause und um neun im

Bett zu sein, um dann mindestens zehn Stunden dem Schlaf und im günstigsten Fall der Erholung zu widmen. Besser waren zwölf Stunden. So toll war das Leben wirklich nicht, um mehr als die Hälfte des Tages bei Bewußtsein zu bleiben.

»Ich bin Lilli Steinbeck«, sagte *die* Steinbeck und reichte Viola Stransky die Hand. Den umstehenden Männern, darunter ein Hauptkommissar namens Hübner, warf sie einen In-einem-Aufwaschen-Blick zu. Dann sah sie wieder Frau Stransky an und erklärte ohne Umschweife: »Ich soll Ihren Mann finden.«

»Gut«, antwortete die Hausherrin und zeigte auf die beiden hellblauen Müllbehälter. Nicht zum ersten Mal erzählte sie, wie erstaunt sie gewesen sei, den Apfel auf der falschen Seite vorzufinden. Diesmal aber hatte sie den Eindruck, daß man ihr auch wirklich zuhörte. Daß man endlich unterließ, unterschwellige Witze über das Verhältnis von Hausfrauen und Obst zu machen.

»Es wird Zeit, daß wir uns den Apfel genau ansehen«, meinte Steinbeck.

»Was denken Sie, daß wir finden werden?« fragte Hübner. »Abgesehen davon, was schon gefunden wurde.«

»Lassen Sie den Apfel einfach abholen. Bitte!«

Hübner nickte einem seiner Leute zu, welcher sich augenblicklich auf den Weg machte.

Das war er also, der altgediente Friedo Hübner, den alle, war er gerade nicht in der Nähe, *Baby Hübner* nannten, und zwar nach dem kleinen Wildschwein aus dem Marionettenspiel der Augsburger Puppenkiste »Katze mit Hut«. Wobei Hauptkommissar Hübner mit seiner rosigen Gesichtsfarbe und den stets feuchten kleinen Augen eher an ein Hausschwein als ein Wildschwein gemahnte. Wie auch immer, Baby Hübner war ein rundlicher, mittelgroßer Mann mit geradezu winzigen Händen, der genausogut fünfundvierzig wie fünfundfünfzig sein konnte, genausogut ein netter Kerl wie ein durchtriebener Querulant. Man wußte es einfach nicht. Niemand hätte sagen können, ob man Baby Hübner trauen konnte, ob er korrupt war oder unbestechlich wie Steinbeck. Ob er zum Frühstück lebende Goldfische verspeiste oder liebevoll den Tisch für sich und seine Frau deckte.

Hübner wandte sich an Viola Stransky und fragte, ob es in letzter Zeit irgendwelche Auffälligkeiten gegeben hätte.

»Ein Apfel, der durch die Scheibe flog«, erinnerte Frau Stransky.

»Und davor?«

»Nichts.«

»Sind Sie sicher?«

»Zweifeln Sie an meinem Gedächtnis oder an meiner Wahrnehmungsgabe?«

»Auch intelligente Menschen können etwas übersehen«, erinnerte seinerseits der Kriminalist. »Ich würde jetzt gerne die Wohnung durchsuchen lassen. Behutsam und mit Ihrer Erlaubnis, versteht sich.«

»Das Haus gehört Ihnen«, erklärte Viola Stransky und vollzog eine Armbewegung, als lade sie einen Haufen rotarschiger Paviane zum Essen ein.

Baby Hübner teilte seine Leute ein und schickte sie in alle Himmelsrichtungen. Gleichzeitig erschien eine Dame von der Gerichtsmedizin. Offensichtlich hatte irgend jemand geglaubt, bei Familie Stransky wäre eine Leiche zu begutachten. Da die Frau Doktor aber schon einmal da war und kein Terminstreß sie plagte, entschied Hübner, sie solle bleiben. Für alle Fälle.

»Für welchen Fall?« fragte die Dame des Hauses. »Denken Sie, ich habe meinen Mann im Garten verscharrt?«

»Bei allem Respekt, Frau Stransky, so was kommt schon mal vor. Es ist natürlich nicht das, was ich erwarte. Ich meine nur, eine Ärztin in nächster Nähe kann nicht schaden.«

Die Ärztin schnaubte verächtlich. Viola Stransky tat es ihr gleich.

Lilli Steinbeck gab Hübner ein Zeichen. Die beiden wechselten in die Diele, wo Steinbeck fragte, ob es störe, wenn sie sich mit Frau Stransky einmal allein unterhalte.

»Das wäre sicher sinnvoll«, fand Hübner, der es zu schätzen wußte, daß Steinbeck, die ihm in dieser Sache untergeordnet war, eine Eigenmächtigkeit freundlich ankündigte.

Lilli Steinbeck ging zurück, hakte sich bei Frau Stransky im Stil einer alten Freundin unter und führte sie nach draußen. Die beiden Frauen traten in ein Licht aus tausend Röhren. Die vom Morgentau noch feuchten Pflanzen dampften wie in einem Geschirrspüler. Auch die Geräusche aus der Stadt hatten etwas Dampfendes, ferne Loks, die sich im Kreis drehten. Auf halber Höhe stand eine Dunstglocke aus toten Luftgeistern. Vögel zwitscherten. Die Zäune knarrten, obwohl sich kein Lüftlein regte.

Steinbeck zog ihr Gegenüber in einen schattigen, beinahe schwarzen Flecken, den eine dicht stehende Reihe hoher Holunderbüsche warf.

»Ich will Sie nicht nerven, Frau Stransky«, begann Steinbeck, »aber die Fragerei gehört nun mal dazu. Zumindest anfangs.«

»Fragen Sie.«

»Können Sie sich einen vernünftigen Grund denken, warum jemand Ihren Mann betäubt und dann entführt? Und sich auch noch Zeit läßt, eine Forderung zu stellen.«

»Nein. Keinen vernünftigen Grund.«

»Und einen unvernünftigen?«

»Mein Gott«, seufzte Frau Stransky, »da käme alles mögliche in Frage.«

»Zum Beispiel?«

»Na, zum Beispiel eine durchgeknallte Studentin meines Mannes.«

»Ihr Mann ist Zoologe, nicht wahr?«

»Spezialgebiet: Wasservögel«, äußerte Viola Stransky, wie man äußert: Mission: Impossible.

»Sie meinen also, das Herz einer angehenden Ornithologin sei im Spiel?«

»Vielleicht. Das würde wenigstens die Lächerlichkeit eines geworfenen Apfels erklären.«

»Äpfel sind keine Vögel«, stellte Steinbeck fest.

»Wäre ja noch schöner, hätte uns das einsame Herz mit einer toten Ente bombardiert.«

Steinbeck nickte. Und fügte an, daß eine solche Ente dann

eine gebratene hätte sein müssen. Freilich wäre auf diese Weise die Wirkung des Betäubungsmittels dahin gewesen. Anders im Falle eines auch roh genießbaren Apfels.

»Ich frage mich nur«, setzte Steinbeck fort, »wieso Ihr Mann in diesen Apfel gebissen hat. Wenn man bedenkt, daß er ihn aus dem Müll holen mußte.«

»Aus dem Kompost«, korrigierte Stransky.

»Von mir aus. Verstehbar ist es in keinem Fall.«

»Ach, ich weiß nicht ...«, überlegte Stransky, erklärte dann aber, daß eine solche Handlung tatsächlich nicht zu ihrem Mann passe. Und auch wenn Georg kaum als Hausmann zu bezeichnen sei, wäre ihm niemals der Fehler unterlaufen, ein kompostierbares Obststück in den falschen Eimer zu befördern.

»Könnten Sie sich vorstellen ...?« Steinbeck zögerte. »Es ist nur eine Frage. Ist es denkbar, daß Ihr Mann selbst es war, der eine seiner Studentinnen ermutigt hat, etwas Derartiges zu tun? Ihn zu betäuben und zu entführen.«

»Das halte ich für unmöglich. Und zwar nicht, weil ich meine, auch noch hinter den sieben Bergen die Schönste zu sein und jede andere auszustechen. Aber Georg ist nun mal kein Mann für die Liebe. Er ist zufrieden. Mit sich und dem Rest. Nur die Unzufriedenen flüchten stetig in Liebschaften.«

»Es könnte ihn aber trotzdem einmal gepackt haben. Das kann man nicht ausschließen.«

»Das kann man ausschließen«, erwiderte Viola Stransky in ruhigem Ton. So ruhig, daß Steinbeck ihr glaubte.

»Wir werden eine Fangschaltung einrichten«, kündigte Steinbeck an. »Falls sich jemand meldet.«

»Und falls sich niemand meldet?«

»Dann müssen wir auf andere Fangschaltungen zurückgreifen.«

»Finden Sie alle Leute, die Sie suchen?« fragte Stransky.

»Natürlich nicht. Wir finden nur die, die auch gefunden werden möchten. Entweder sind das die Entführten oder die Entführer.«

»Die Entführer?«

»Es gibt Kriminelle«, erklärte Steinbeck, »die schreien geradezu nach der Polizei. Wie Kinder, die sich aufs Fensterbrett stellen, um die Aufmerksamkeit ihrer Eltern zu gewinnen. Wenn nun aber eine Person verschwindet und jeder damit zufrieden scheint, sogar der, der verschwand, erschwert das die Arbeit der Polizei beträchtlich. So was kommt öfter vor, als man denken sollte.«

»Ich bin überzeugt, daß Georg gefunden werden möchte. Er liebt mich, und er liebt seine Tochter.«

»Ich dachte, für ihn gibt es keine Liebe.«

»Keine abenteuerliche, meinte ich. Sehr wohl aber eine geordnete Liebe.«

»Was verstehen Sie unter *geordnet*?«

»Haben Sie Familie?«

»Eine Adoptivtochter«, antwortete Steinbeck.

»Dann müßten Sie eigentlich wissen, wovon ich spreche.«

»Sie meinen eine Liebe«, spielte Steinbeck mit, »die in letzter Konsequenz auch darin besteht, einen Apfel in den richtigen Mülleimer zu tun.«

»Jetzt haben wir uns verstanden«, sagte Viola Stransky und lächelte. Ihr Gesicht war eine helle Spalte im Schatten der Holunderbüsche.

Nachmittags um drei betrat Lilli Steinbeck das Büro Baby Hübners. Hübner trug denselben erdbraunen Anzug wie am Morgen. Steinbeck jedoch hatte das strenge, silbergraue Vormittagskostüm mit einem ärmellosen, kurzen Kleid getauscht, welches das durchschimmernde Rot gegen das Sonnenlicht gehaltener Johannisbeeren besaß und ziemlich viel Platz für Steinbecks lange, dünne Beine ließ, die wie ein gedehntes Echo von Steinbecks Hals anmuteten.

Auf Hübners Schreibtisch lag ein angebissener Apfel, unverkennbar Stranskys Apfel, weil eingepackt in eine Klarsichtfolie.

Steinbeck nahm Platz und schlug das rechte über das linke Bein. Hübner dachte unversehens an die französische Revolution und die vielen Guillotinen damals. Ihm wurde ein klein wenig schwindelig. Also riß er sich zusammen, starrte angestrengt an Steinbeck vorbei und sagte: »Wir haben Blut im Apfel gefunden.«

»Ach was!?« kommentierte Steinbeck.

»Na ja«, schwächte der Kommissar die Nachricht ab, »Blut vom Zahnfleisch, höchstwahrscheinlich. Jedenfalls stimmt die Blutgruppe mit jener des Vermißten überein. Er scheint also tatsächlich selbst hineingebissen zu haben.«

»Und sonst?«

»Die Rückstände von Fräuleinwunder wurden bestätigt. Dieses Ding haut einen Menschen auch bei geringer Dosierung um. Danach schläft man ein paar Stunden. Allerdings haben wir weder im Haus noch im Garten etwas entdeckt, was eine Verschleppung bestätigen könnte. Sieht also aus, als hätten wir es mit einem Profi zu tun. Oder Herr Stransky will uns das glauben lassen. Was clever von ihm wäre, nicht die üblichen Schleifspuren et cetera vorzutäuschen. Allerdings fragt sich nur, wenn denn Cleverneß vorliegt, zu welchem Zweck.«

»Ich denke, eine solche Möglichkeit können wir ausschließen.«

»Wieso?« fragte Hübner und stopfte sich eine Pfeife. Er stopfte übrigens immer nur. Noch nie hatte ihn jemand auch rauchen gesehen. Ganz typisch für diesen Mann. Er war die leibhaftig gewordene Unschärferelation.

Lilli Steinbeck, die nun nach einer Zigarette griff, die sie auch konsumieren würde, erklärte, daß es sich bei Georg Stransky mit großer Wahrscheinlichkeit um einen weiteren Fall der Kategorie »Athen« handle.

»Athen?« Baby Hübners Schweinsäuglein klappten auf.

»Ja. Athen«, bestätige Steinbeck. »Ich habe das schon befürchtet, als ich von dem Apfel hörte. Es sind in diesem Jahr bereits einige Leute auf diese Weise verschwunden. Immer war irgendein Obst im Spiel. Mal lag es im Postkasten, mal vor der Türe. Oder steckte plötzlich in der Waschmaschine. Obst plus Narkotikum. Und immer war danach ein Mann verschwunden, ohne daß sich je Entführer gemeldet hätten. Nach ein paar

Tagen aber tauchten sie alle wieder auf. Leider waren sie dann tot.«

»Wie tot?«

»Sehr tot. Die Mehrzahl erschossen. Einer wurde erstochen, ein anderer erdrosselt. Aber nichts mit Folter. Pure Liquidationen. Allerdings waren die Aufgefundenen in einem Zustand, der zumindest eine anstrengende Reise nahelegt.«

»Was für eine Reise?«

»Wir haben sieben Opfer, die wir in einen Zusammenhang stellen können, einen frugalen, des Obstes wegen. Lauter Deutsche, weiß, männlich, der jüngste vierunddreißig, der älteste dreiundsechzig. Alle haben auch in Deutschland gelebt, einer aus dem Osten, der Rest über den Westen verteilt, zwei aus Hamburg – keine Struktur, die ins Auge sticht. Was dagegen ins Auge sticht, ist der Umstand, daß die Fundorte der Leichname über die ganze Welt verstreut sind. Die Südspitze Chiles ist genauso dabei wie die australische Wüste. Einer befand sich am Rand von Hanoi, ein anderer auf einer winzigen Insel nahe Alaska. Am nächsten zur Heimat war noch ein Mann, den man durchlöchert in einer Scheune bei Joki-Kokko fand. Das ist nicht in Japan, sondern in Finnland.«

»Und was hat das mit Athen zu tun?«

»Das ist nie offiziell geworden. Aber nachdem klar wurde, daß hier eine Serie vorliegen könnte, hat das BKA ein Raster entwickelt, durch welches man die Biographien der Opfer schickte. Man hat sich etwas Konkretes erhofft, eine Person, einen Namen, eine Firma, die in jedem dieser Männerleben eine Rolle gespielt hat. Oder wenigstens etwas von der mystischen Sorte. Sie wissen schon, lauter Brillenträger mit exakt übereinstimmender Dioptrienzahl. Aber da ist nichts zu finden. Nichts, was diese sieben Personen wirklich vereint. Nichts, außer dem Faktum, daß ein jeder von ihnen – allerdings in ganz verschiedenen Berufen – in Athen tätig war. Einige davon in Abständen immer wieder, wobei jeder 1995 in der Stadt gewesen ist, jedoch nicht alle gleichzeitig, leider. Alles, was über die Athener Zeit dieser Männer in Erfahrung zu bringen ist, erzeugt naturgemäß gewisse Multiplizitäten, aber niemals welche, die auf jeden einzelnen zutreffen würden. Keine Frau, kein Restaurant, kein Hotel, kein Attest, nichts, was sieben Mal aufscheint. Nur das Faktum, in Athen gewesen zu sein.«

»Ich war auch schon in Athen.«

»Sie leben noch. Und Sie haben nicht in den Apfel gebissen, der da auf Ihrem Tisch liegt.«

»Was ist jetzt mit Georg Stransky? Auch ein Athener?«

»Als ich von dem Apfel erfuhr, habe ich gleich nachsehen lassen. Stransky ist Zoologe. In dieser Funktion hat er in den Neunzigerjahren, auch fünfundneunzig, einige Gastvorlesungen an der Athener Universität gehalten. Er war für ein paar Wochen immer wieder dort. Ein Zufall ist das nicht. Wenn man den Rest bedenkt.«

»Unser Herr Stransky ist also Nummer acht in der Athen-Schublade?«

»So ist es. Glücklicherweise noch ohne die Feststellung, es handle sich bei ihm um eine Leiche.«

»Was aber zu befürchten ist.«

»Was zu befürchten ist«, bestätigte Steinbeck.

»Und seine Frau? Was halten Sie von ihr?«

»Gewieft, aber unschuldig. – Nein, die hat nichts damit zu tun. Keine Verschwörung der Ehefrauen.«

»Sondern?«

»Wäre gut, das herauszufinden.«

»Die BKA-Leute waren wohl schon in Athen, oder?«

»Natürlich.«

»Denken Sie denn, es hat Sinn, sich dort umzusehen?« fragte Baby Hübner. Um gleich zu bemerken: »Die Griechen sind unmögliche Leute, wenn ich das so frei sagen darf. Mitunter schlimmer als die Türken, und das ist eine Kunst. Ich meine das nicht rassistisch. Ich rede nur von der Organisation der Polizei.

»Na, eine Armee von Übermenschen ist bei uns ja auch nicht am Werk.«

»Sie wollen also nach Athen fliegen?«

»Mit der nächsten Maschine, wenn Sie einverstanden sind.«

»Wir müßten den griechischen Kollegen Bescheid geben.«

»Tun Sie das. Sagen Sie, es eilt. Und sagen Sie denen, eine Frau kommt.«

»Wollen wir sie nicht überraschen?«

»Sie scheinen diese Leute wirklich nicht zu mögen. Bei mir ist das anders. Ich mag die Griechen, auch wenn die Männer schreckliche Machos sind. Aber das hält man schon aus. Jedenfalls ist mir lieber, wenn die wissen, daß da ein Weib antanzt.«

»Sie werden tanzen?« fragte der Hauptkommissar.

»Aber natürlich«, sagte Steinbeck. Es klang, als rede sie mit einer Extraktionszange.

»Also gut, ich bereite die Griechen vor«, sagte Hübner.

Am selben Abend saß Lilli Steinbeck im Flieger nach Athen.

3
Grün

»Meine Güte, lieber Gott!« dachte Lilli Steinbeck. Und sagte sich: »Nur keine Liebesgeschichte.«
Denn auch für Neutren existiert das Wort »Bedrohung«. Schließlich sind Neutren nicht vollkommen frei von jeglichem Sexus, nicht frei von Verführung und Attraktion. Neutren sind neutral, aber nicht unverwundbar. Sie sind Menschen, die sich aus gutem Grund und tiefer Überzeugung zurückhalten. Wie man sich bei Speisen zurückhält, die einem Magenschmerzen oder Ausschläge am ganzen Körper verursachen. Etwa Erdbeeren. Wenn man Erdbeeren ohnehin nicht mag, ist es natürlich kein Problem, darauf zu verzichten. Oder wenn es wieder einmal nur Erdbeeren gibt, die nach wäßrigen Tomaten schmecken.
Das war der Irrtum all der Männer, die einst in Wien wie auch an der neuen Wirkungsstätte mit Lilli Steinbeck zu tun hatten. Steinbecks kühle, distanzierte Art, ihre von einer zerquetschten Nase noch unterstrichene Unnahbarkeit funktionierte nämlich bloß darum so einwandfrei, weil keiner dieser Männer sich auch nur einigermaßen eignete, ein zärtliches Gefühl hervorzurufen. Also ein Gefühl, das besagte Ausschläge verursachte, Ausschläge auf der Seele und sonstwo. Nichts, was man sich antun mußte. Und schon gar nicht, wenn es keinen guten Grund dafür gab. Männer wie Baby Hübner boten dazu so wenig Anlaß wie seine jüngeren Kollegen, deren vielleicht einziges Plus, keinen Bauch zu haben, von so mancher Grobheit und so manchem vertrottelten Gesichtsausdruck ausgeglichen wurde.
Aber das war in diesem Augenblick ganz anders: kein Bauch, kein vertrottelter Gesichtsausdruck, nichts Grobes, auch nichts aufdringlich Weiches. Der Mann, der Lilli soeben die Hand

hinhielt, schien aus der Retorte zu stammen. Ein schöner Frankenstein. Nicht ungriechisch, aber auch nicht ausgesprochen südländisch. Mediterran, das schon, mediterran wie eigentlich alles ist, das ein bißchen Zeit im Freien verbringt und nicht dreiviertel des Jahres im Regen steht wie die Iren. Der Mann besaß dunkles Haar, das in glänzenden Wellen dalag, gleich einem ölverseuchten Meer. Seine Augen hingegen waren ausgesprochen klar, Augen von der Farbe eines dieser am Rande kaltgrünen und zur Mitte hin kaltblauen Schotterteiche. So kalt die Farbe, so freundlich ihr Wesen, schien es.

Der Mann, der kaum älter als fünfundzwanzig sein konnte und eine Spur kleiner als Lilli Steinbeck war, trug einen Schnurrbart. Schade um die hübschen, vollen Lippen darunter, Lippen, die gehäkelt anmuteten. Der Schnurrbart diente wohl dazu, älter zu wirken. Wozu auch der einfache dunkle Anzug beitrug. Vor allem aber das reinweiße Einstecktuch, das wie ein Ersatzfinger aus der Brusttasche ragte. Einen Ersatzfinger sollte sowieso jedermann bei sich tragen. Man würde nämlich staunen, wie sehr ein einziger fehlender Finger abgehen kann. Die ganze Welt kippt.

»Herzlich willkommen, Frau Steinbeck. Ich bin Stavros Stirling, der Assistent von Hauptkommissar Pagonidis.«

»Stirling?«

»Mein Vater ist Engländer, meine Mutter Griechin.«

»Nette Mischung.«

»Freut mich, daß Sie das so sehen.«

»Ihr Deutsch haben Sie aber nicht von Ihrem Vater, oder?«

»Mein Deutsch habe ich aus der Schule«, sagte Stavros Stirling, wie man sagt: Ich lese nur gebundene Bücher.

»Sie müssen ein braver Schüler gewesen sein.«

»Ein ausgezeichneter. Trotzdem bin ich zur Polizei gegangen. Wofür mich meine Eltern hassen.«

»Vielleicht sind Sie deshalb zur Polizei gegangen, damit Ihre Eltern Sie hassen. So was kommt vor.«

»Nicht bei mir. Eher wollte ich verhindern, ein Verbrecher zu werden. Man wird das so leicht in dieser Welt.«

»Und Sie meinen, als Polizist seien Sie davor gefeit?«

»Einigermaßen. Zumindest sehr viel mehr, als die meisten glauben.«

Steinbeck machte ein skeptisches Gesicht. Dann drückte sie dem jungen schönen Mann ihren kleinen Koffer in die Hand und fragte ihn, ob er nur darum hier sei, weil er ein perfektes Deutsch spreche.

»Nein«, sagte Stirling, »das ist die Draufgabe. Ich bin Pagonidis' bester Mann. Ehrlich! Ich soll Ihnen bei den Ermittlungen behilflich sein.«

»Wieso? Hat Kommissar Pagonidis keine Zeit?«

»Ich will offen sein, Frau Steinbeck. Der Kommissar kann die Deutschen nicht leiden, und Frauen schon gar nicht.«

»Deutsche Frauen, meinen Sie.«

»Frauen, die den Mund aufmachen, um genau zu sein.«

»Der Mann ist ja ein liebes Früchtchen.«

»Er wäre Ihnen keine Hilfe.«

»Und Sie?« fragte Lilli.

»Ich hoffe sehr, daß ich Ihnen dienlich sein kann«, antwortete der hübsche Frankenstein.

Steinbeck nickte ganz leicht und lächelte ganz leicht. Und verbeugte sich ganz leicht. Es waren nette kleine Gesten, die sie da vollzog. Winzige Blümchen, die herrlich rochen.

Stavros Stirling war ziemlich hingerissen von dieser Frau. Er hatte eine Furie erwartet, ein deutsches Ungeheuer, etwas durch und durch Unelegantes, wie man das eben von deutschen Frauen kannte, die auf Urlaub nach Griechenland kamen und die immer unförmig aussahen und sich meistens wie auf Krükken bewegten. Oder als wären sie zu lange auf einem Elefanten gesessen. Nun, Stirling hatte noch nicht begriffen, es mit einer Österreicherin zu tun zu haben. Österreicherinnen – um noch einmal allgemein zu werden – mögen hinterlistig und abnorm und sonstwie unmöglich sein, aber sie bewegen sich selten wie auf Krücken. Das muß man ihnen lassen. Eher bewegen sie sich, als würden sie auf Schlittschuhen stehen. Wobei die Flächen, über die sie gleiten, nicht immer nur aus Eis bestehen.

Natürlich war auch Stavros im ersten Moment von Steinbecks deformierter Nase irritiert gewesen. Nicht lange aber.

Schnell begriff er, daß die Nase dazugehörte, daß sie einem intelligenten Konzept entsprach. Einen Fehler mit System darstellte. Ganz in der Art eines Impfstoffes, der die Krankheit durch sich selbst überlistet.

Als Stavros Stirling jetzt neben Steinbeck durch das Parkhaus herschritt, sagte er sich, noch niemals einen solchen Gang gesehen zu haben. Er dachte weniger an Marilyn Monroe oder an diese Models, die wie über einen aus vielen kleinen Männern geknüpften Teppich staksen, nein, er dachte an einen dieser großen Rochen, die über Meeresböden segeln. Und die ja imstande sind, Stromstöße auszusenden. Keine Frage, diese Frau verfügte über Elektrizität.

»Schönes Auto«, kommentierte Steinbeck, während Stirling – der selbstverständlich nicht die englische, sondern die griechische Staatsbürgerschaft besaß – ihr die Türe zu seinem kleinen, flachen Sportwagen öffnete. Ein Wagen, der schwarz glänzend, frisch wie aus der Waschstraße einen schwebenden, einen utopischen Eindruck machte.

Steinbeck mußte ein kleines Kunststück aufführen, um mit ihren ausgesprochen langen Beinen in das tiefliegende Cockpit zu gelangen. Wo sich dann allerdings ein für selbige Beine geradezu perfekt langgestreckter Bodenraum ergab, als hätten die Konstrukteure dieses bodennahen Vehikels in erster Linie die Umstände langer, weit unter die Motorhaube vorstoßender Beine bedacht. Nun, es waren Italiener gewesen, welche diesen Wagen erschaffen hatten, einen Fiat Barchetta, wie Stirling erklärte, ein *kleines Boot*. Genau, ein kleines Boot für lange Beine. Lilli fühlte sich bestens, auch wenn ihr Kopf gefährlich nahe an das Stoffverdeck heranreichte. Gut, man konnte das Verdeck ja herabsenken, was Stirling jetzt auch tat. Das Stoffdach versank wie ein umgekehrter Theatervorhang. Bühne frei. Stirling startete und fuhr los.

»Klingt wie ein Diesel«, meinte Lilli.

»Das ist die Rückstellfeder«, erklärte Stirling, wie man sagt: Mein Hund schnarcht.

Über den Verkehr in Athen soll hier nur gesagt werden, daß sich auch anderswo viel abspielt, etwa in Ameisenburgen und im Planktonbereich.

Das Hotel, in das Stirling seine Kollegin brachte, lag im Zentrum der Stadt, zwischen älteren, einfachen Häusern. Wie diese war es nicht sonderlich hoch, jedoch mit der Rückseite tief in eines von den hinterhöfischen Löchern vordringend, wo bereits die Nacht fest und schwarz gefangensaß. Der verschwenderisch beleuchtete, moderne Bau war ausgesprochen grün und ausgesprochen transparent. Zumindest mal die Vorderfront, die wie die Ansammlung gestapelter Aquarien erschien. Darin Menschen, stehend, sitzend, speisend, als posierten sie für ein Wimmelbuch. Aber eben in Grün eingefärbt. Der Name des Hotels: *Studio 1*.

Das *Studio 1* erwies sich auch im Inneren als todschick. Erstaunlicherweise hielt die grüne Färbung an, ohne daß man immer genau hätte sagen können, ob ein Gegenstand selbst grün war oder in irgendeinem grünlichen Licht stand. Steinbecks Zimmer befand sich weit hinten, in einem fensterlosen Raum.

»Wollen Sie, daß ich ersticke?« fragte Steinbeck, obwohl deutlich hörbar durch ein Gebläse Luft hereintrieb. Luft, die besser war als die auf der Straße. Stirling erklärte, daß man das Zimmer aus Sicherheitsgründen ausgewählt habe.

»Denken Sie denn, ich bin gefährdet?«

»Falls ja, kann man Sie wenigstens nicht durch eine Scheibe erschießen.«

Steinbeck versetzte ihren Kopf in eine dekorative Schrägstellung und betrachtete den jungen Polizisten aus grünen Augen, die nicht grün waren, sondern braun … Sie dankte ihm und bat ihn, sie nach dem Frühstück abzuholen. Sie habe sich für den Vormittag mit jenem Universitätsprofessor verabredet, auf dessen Einladung Georg Stransky mehrmals in Athen gewesen sei.

»Gute Nacht!« sagte Steinbeck und zeigte vorwurfsvoll auf ihre Uhr. Es war fast zehn.

»Kali'nichta, gnädige Frau!« antwortete Stavros. Die Anrede verriet, daß er nun also doch erkannt hatte, es mit einer Österreicherin zu tun zu haben.

War das ein Grund für Lilli, sich zu freuen?
Oder war es ein Grund, sich zu ängstigen?

Steinbeck war erschöpft und deprimiert. Deprimiert wegen der späten Stunde. Ihr ganzer Rhythmus war dahin. Anstatt sich augenblicklich auszuziehen und mit der aufwendigen Abendtoilette zu beginnen, drehte sie den Dimmer ein wenig zurück und legte sich auf ein höchstwahrscheinlich fleischfarbenes Designerbett, das aber im bläulichen Licht die obligate grünliche Färbung angenommen hatte. Wie alles hier, vieles in Gelb und Rosa, aber eben eingegrünt. Jetzt im Dämmergrün.

Steinbeck lag gerade auf dem Rücken und dachte an Franz Schubert. An dessen *Schöne Müllerin*. An jenen Liedzyklus, den ihre Tochter über viele Jahre eingeübt hatte, anfangs mit der Gottergebenheit eines nicht sonderlich talentierten, aber vernünftigen Kindes, das begriffen hatte, daß auch Eltern, auch Adoptiveltern, ein wenig Freude im Leben verdienen. Nicht nur einen anstrengenden Job und ein sich ständig leerendes Bankkonto, sondern auch den Anblick einer musizierenden Tochter. Nach und nach hatte diese Tochter sich aber richtiggehend in Müllerinnen und Winterreisen und die ganze Wiener Klassik verliebt, ohne daß etwa dadurch ihr Talent zugenommen hätte. Aber Liebe hat natürlich wenig mit Talent zu tun. Im Gegenteil, gerade die talentiertesten Menschen erweisen sich unentwegt als die lieblosesten, selbst in ihrer Domäne noch. Was man sehr gut an sogenannten genialen Schubertinterpreten studieren kann. Null Liebe zur Musik. Null Liebe zu Schubert. Geniale Automatenmusik.

So daliegend, auf einem eigentümlich harten Bett, in all das Grün eingesponnen, erinnerte sich Lilli Steinbeck an ein von ihrer Tochter immer wieder vorgetragenes Lied: *Die böse Farbe*. Welches nicht unlogisch auf ein Poem folgt, welches den Titel *Die liebe Farbe* trägt. Und beide Male ist vom Grün die Rede.

Steinbeck sang leise, mit zuckenden, abwärts gleitenden Lidern: »Ach Grün, du böse Farbe du, was siehst mich immer an, so stolz, so keck, so schadenfroh, mich armen weißen Mann?«

Gleich darauf murmelte sie in den eigenen Schlaf hinein: »Bin nicht tot.«

Einen Moment später, der aber auch gut und gern eine halbe Nacht gedauert haben mochte, wurde Steinbeck aus ihrem Schlaf gezwungen. Sie wußte nicht gleich, was los war, wo sie sich eigentlich befand. Irgendein gewaltiges Ding drückte auf ihre Brust. Sie war kaum in der Lage zu atmen. Das Dämmergrün um sie herum wurde zur Decke hin von einem schwarzen Flecken unterbrochen. Dieser Flecken saß auf ihrer Brust. Der Eindruck von Tonnen relativierte sich nach und nach zu immer noch erheblichen achtzig, neunzig Kilo. Der Kerl, der auf ihr saß, mit seinem Hintern ihre Brust und mit seinen Knien ihre Arme fixierend, trug einen schwarzen, ledernen Anzug und hatte eine Batman-Maske übergezogen.

»Sehr witzig«, hätte Steinbeck gerne gesagt, aber sie bekam kein Wort heraus. Sie mußte froh sein, wenn sie nicht erstickte. Der Unmensch begann zu sprechen, Griechisch, was sie nicht verstand. Aber sein Ton hörte sich ganz danach an, als wollte er ihr sagen, daß er sie noch blutig ficken würde, bevor es soweit wäre, ihr die Gurgel zuzudrücken.

Mein Gott, wie haßte sie diese Typen, auch wenn sie nicht gerade auf ihr saßen. Diese Typen, die Masken trugen und ihre Schwänze mit einer Feuerwaffe oder einem Giftstachel verwechselten. Sie hatte noch nie begriffen, was für eine Faszination von solchen Monstern ausging und wieso manche Ärzte auch noch Verständnis für deren Verhaltensweisen aufbrachten. Zumindest einen psychologischen Hintergrund sahen, eine traumatische Erfahrung, eine biographische Zecke.

Unsinn! Für Steinbeck existierte ein solcher Hintergrund nicht. Daß die Perversen je Opfer gewesen waren und einen an sich selbst erlebten Sadismus wiederholten, hielt sie für eine grandiose Lüge. Für eine Selffulfiling Prophecy von Psychiatern, deren Ehrgeiz es war, die Welt neu zu erfinden. Die Perversen sagten, was die Psychiater hören wollten. Die Perversen waren versierte Schauspieler. Das war ja ihr Tick, mit der Welt zu spielen, mit wehrlosen Menschen, und dabei ständig Inszenierungen vorzunehmen. Diese Typen waren Feinde des

Lebens. Die meisten von Kindheit an. Man braucht nur auf einen Spielplatz zu gehen und erkennt sie sofort. Die hübschen wie die häßlichen. Der Blick ist immer der gleiche, so ein Rasierklingen- und Laubsägeblick, der durch die Dinge geht, um ihnen Schmerzen zu bereiten, den Dingen. Auch der Rutsche, auch der Schaukel. Dem Himmel, der Sonne, den Spielkameraden. Alle sollen Schmerzen haben. Das ist ihr Prinzip, das von Grund auf besteht. Ohne Biographie, ohne Erfahrung. Man könnte sagen: eine böse Laune der Natur.

Jedenfalls nichts, wofür man Verständnis haben mußte. Kalte, geschäftsmäßige Killer hingegen konnte Steinbeck akzeptieren. Also Leute, die einfach abdrückten, anstatt ihrem Opfer auf der Brust zu sitzen und mit irgendwelchen grauslichen Sachen zu drohen.

Tatsächlich faßte sich der Kerl jetzt an den Hosenschlitz und öffnete ihn. Sein von der Maske ausgesparter Mund war ein Siegerstrahlen.

Steinbeck entfuhr eine gestammelte Anrufung aller Heiligen, als sie sah, was da nun aus der Hose rutschte, keineswegs das erwartete Geschlecht, sondern der vordere Teil eines Fisches, der sein Maul leicht geöffnet hatte und über eine Reihe kleiner, spitzer Zähne verfügte. Ein Barsch oder so. Jedenfalls dachte Steinbeck einen Moment, das Tier wäre noch am Leben, atme wie sie selbst am Rande des Möglichen. Doch höchstwahrscheinlich war es ein toter Fisch. Was nichts daran änderte, daß sein Anblick Lilli Steinbeck schockierte. Denn damit hatte sie nun wirklich nicht rechnen können.

Der Batmanmann packte sein Opfer an den Haaren. Gleichzeitig hob Steinbeck das rechte Bein an und schlug ihr Knie in den Rücken des Angreifers.

Uhrrg! Sie schrie einen kurzen Schrei, mehr war nicht möglich. Ihre Kniescheibe spürte sich an wie explodiert. Der Maskenmann schien eine Metallplatte auf dem Rücken zu tragen. Ohnehin war Lilli Steinbeck keine große Kämpferin, physisch gesehen. Sie wirkte nicht nur zart, sie war es auch.

Der schwarze Kerl gab eine Anordnung und zog Lillis Kopf nach vorn. Sie preßte ihre Lippen zusammen und keuchte durch die Nase, welche diesbezüglich trotz aller Deformation funktionierte. Sodann geriet sie mit ihrem geschlossenen Mund an die untere Kante des glänzenden Fischmauls.

»Jetzt nur nicht kotzen«, dachte sie.

Im Widerspruch zu dieser Absicht, eben nicht zu kotzen, stellte sich Lilli die Frage, ob der Fisch dem Penis des Mannes bloß vorgelagert war oder inwieweit die Abartigkeit noch gesteigert wurde, indem das erigierte Glied im ausgehöhlten Fischkörper einsaß. War letzteres der Fall, bot sich immerhin die überregende Möglichkeit an, mit einem raschen, tiefen, kräftigen Biß in den Fischkörper auch Herrn Batman zu verletzen und solcherart die winzige Chance zu erhalten, ihn abzuwerfen und die Verhältnisse neu zu ordnen.

Ja, sie wollte in diesen verdammten Fisch beißen. Sie wollte sich wehren. Ganz im Bewußtsein ihres Gebisses als Bewaffnung. Ganz im Bewußtsein von Zähnen, die ja auch nicht aus Pappe waren. Sie wollte ...

Lilli bekam ihren Mund nicht auf. Wie zugeklebt. Wie nie geöffnet. Sie schloß ihre Augen. Sie spürte wie sich eine Hand des Batmanmannes um ihren Hals legte, fester und fester, den Daumen tief in die Kehle drückend, den Daumen wie einen Pfahl benutzend. Als setze er ein künstliches Organ ein. Lillis Mund aber ...

Srmmmm!

Licht blitzte auf. Nicht grün, sondern weiß, berstende Kreide. Dazu die Raketengeräusche gestarteter Projektile. Viel Geschwindigkeit, viel Lärm, viel Gestank.

Der Griff löste sich augenblicklich. Der Batmanmann stürzte herunter. Lillis Körper folgte ein kurzes Stück, dann warf es sie zurück. Ihre Augen sprangen auf wie etwas Aufgeschlagenes. Dünnes Glas, rohe Eier. Auch ihr Mund sprang auf. Sie atmete die Luft in der Manier eines starken Trinkers, der aus einem abgeschlagenen Flaschenhals säuft. Es war ein deutliches Gluckern zu hören. Die Luft schwappte in sie hinein. Gleichzeitig spürte Lilli, wie jemand sie am Arm packte und vom Bett zog. Nicht heftiger als nötig.

Das Weiß verschwand. Es wurde wieder grün, wenigstens

grünlich. Herr Batman lag reglos am Boden, zwei ebenfalls Vermummte hielten ihre Pistolen beidhändig auf ihn gerichtet. Ein dritter Mann beugte sich hinunter und gab dann ein Zeichen, das recht eindeutig die Ausschaltung und ganz grundsätzliche Elimination der Zielperson darlegte. Ein weiterer Polizist half Steinbeck auf die Beine und eskortierte sie aus dem Raum hinaus. Im Flur herrschte Großbetrieb. Schwere Stiefel trampelten durch den Gang. Der feine, weiche Bodenbelag konnte sich bedanken.

Ein Sanitäter erschien. Lilli wehrte ab. Sie war am Leben, das brauchte ihr niemand zu bestätigen. Die Druckstellen am Hals würde sie mit einem Seidentuch verdecken. Sie war etwas ungerecht gegen den Sanitäter, den sie beiseite drängte. Sie war nun mal nicht in der Stimmung. Dennoch mußte sie es sich gefallen lassen, daß man sie zu jemand anders führte.

Der Mann war über fünfzig, ein Mann mit tausend Falten. So eine Mischung aus Eddie Constantine, Lino Ventura und Samuel Beckett. Aus den verschiedenen Winkeln betrachtet, sah er mal ausgemergelt, dann wieder leicht angefettet aus, aber stets faltig. Neben ihm stand Stavros Stirling mit schmalen Augen. Entweder war der Junge müde, oder der Rauch machte ihm zu schaffen. Irgendwas in der Art einer Blendgranate war gezündet worden, und nun drehte sich der Rückstand im Wirbelwind der Entlüftungen.

»Frau Steinbeck«, sagte Stavros, »darf ich Ihnen Kommissar Pagonidis vorstellen.«

Pagonidis ließ seine Hände in den Taschen, verschob bloß ein paar Runzeln und sprach dann etwas, das sein Assistent übersetzte. Daraus ergab sich, daß die Athener Polizei gleich nach dem Anruf der deutschen Kollegen rigorose Vorsichtsmaßnahmen getroffen habe. Man befinde sich quasi noch in den Nachwehen der Olympischen Spiele. Die alte Gemächlichkeit habe einem hohen Tempo Platz gemacht.

»Sind das wirklich die Worte Ihres Chefs?« fragte Steinbeck, froh darum, nach dieser Fischgeschichte noch am Leben zu sein und sich ein bißchen amüsieren zu dürfen.

»Der Kommissar vermißt die alten Zeiten«, sagte Stirling,

»aber er anerkennt auch den Nutzen der neuen. Es war gut und richtig, daß wir Ihr Zimmer mit einer Überwachungskamera ausgestattet haben. Der Attentäter kam durch den Deckenschacht.«

»Attentäter? Ist das nicht ein gar hübsches Wort für so ein krankes Schwein?«

»Der Mann hatte offensichtlich vor, Sie leiden zu lassen. Trotzdem denken wir, daß diese Aktion nicht Ihnen als Frau, sondern Ihnen als Polizistin galt.«

»Wozu dann der Aufwand?«

»Möglicherweise wollte man es wie eine private Geschichte aussehen lassen.«

»Der Mann ist tot, nicht wahr?«

»Der Mann ist tot«, bestätigte Stirling, der sich wie zur Bekräftigung mit dem Finger zwischen die Augen tippte.

»Das hätte nicht passieren dürfen«, meinte Steinbeck. »Sie hätten ihn nicht abknallen müssen. Jetzt ist er weniger wert als ein totes Huhn, das man wenigstens in die Suppe werfen kann.«

»Was hätten wir denn tun sollen? Den Herrn darum bitten, liebenswürdigerweise von Ihnen herunterzusteigen?«

Faltengesicht Pagonidis unterbrach das Geplänkel. Er war sichtlich ungeduldig, redete schnell. Zwischen seinen dunklen Lippen leuchteten seine Zähne wie eine Kette winziger reifer Bananen. Nachdem er geendet hatte, blickte er zum ersten Mal nicht an Steinbeck vorbei, sondern sah ihr mitten auf die Nase. Etwas Verächtliches war in seinem Schauen. Er nickte, wandte sich um und ging.

»Sie hatten recht«, lächelte Steinbeck, »Ihr Chef ist wirklich ein Teddybär.«

»Er hat Ihnen das Leben gerettet«, verkündete Stirling.

»Nicht übertreiben. Er hat bloß ein paar Anweisungen gegeben. Kein Grund, mich deshalb anzusehen, als sei ich seine Leibeigene.«

»Er will nur, daß Sie sicher wieder nach Hause kommen.«

»Nach Hause?«

»In drei Stunden geht ein Flieger.«

»Wie soll ich das verstehen? Weil eine abartige Fledermaus versucht, mich mit ihrem Fisch zu füttern, wollen Sie mich ausweisen.«

»Frau Steinbeck, ich bitte Sie! Warum sprechen Sie von Ausweisung? Wir wollen, daß Ihnen nichts zustößt. Die Angelegenheit scheint zu delikat ...«

»Delikat?«

»Ein falsches Wort. Ich meinte ... brisant. Wir können jedenfalls unmöglich weiter für Ihre Sicherheit garantieren. Der Kommissar wird die Sache selbst untersuchen und Sie umgehend informieren.«

»Ich denke nicht, daß er das tun wird.«

»Der Kommissar mag unfreundlich sein. Aber er ist ein korrekter Mensch.«

»Fühlen Sie sich besser, wenn Sie mir das einzureden versuchen?«

Stirling gab keine Antwort. Vielleicht begriff er auch nicht, was Steinbeck ihm sagen wollte. Er hob seine Hand. Beinahe berührte er ihren Oberarm, aber eben nur beinahe. Mit einer Bewegung des Kopfes lud er dazu ein, den Ort zu verlassen. Steinbeck aber bestand darauf, sich den toten Batman ansehen zu wollen.

»Wozu?«

»Sie fragen, *wozu*. Meine Güte!« erregte sich Steinbeck. »Ich will doch wissen, was der Kerl für ein Gesicht hat!«

Stirling lehnte ab. Er erklärte, daß Kommissar Pagonidis dies ausdrücklich untersagt habe.

»Wieso das denn? Was glaubt er, was ich entdecken könnte?«

»Ich habe meinen Befehl«, sagte Stirling. »Bitte!«

»Und wenn ich einfach hineingehe und mir den Mann anschaue?«

»Man wird Sie daran hindern.«

»*Sie* werden mich daran hindern, oder?«

»Ich werde mich hüten, gnädige Frau«, erklärte Stirling im wienerischen Stil, »Sie auch nur anzufassen.«

Steinbeck sah jetzt, daß die Türe zu ihrem ehemaligen Hotelzimmer von zwei vermummten, ihre Maschinenpistolen stoppschildartig vor die Brust haltenden Polizisten abgeriegelt wurde.

War das wirklich Ausdruck einer im Zuge Olympias erfolgten Standardisierung nach europäischem Muster? Sollte die sympathische griechische Art, den Dingen ihren Lauf zu lassen, jenem Elan gewichen sein, der sich vom Ende her betrachtet meistens als weniger effektiv denn dekorativ erwies? Eher als ein Bild von Sicherheit, als Sicherheit selbst.

»So leicht werden Sie mich nicht los«, warnte Lilli Steinbeck.

»Bevor Pagonidis etwas riskiert, wird er es vorziehen, Sie zu Ihrem Glück zu zwingen. Besser, als in den nächsten Tagen Ihren Leichnam überführen zu müssen.«

»Mein Gott, ich bin Polizistin. Polizistinnen sterben mitunter.«

»Es ist dem Kommissar aber lieber, wenn Sie zu Hause sterben.«

»Gut. Das sehe ich ein. Aber eines möchte ich noch erledigen. Das müssen Sie mir zugestehen. Ich will mit Professor Diplodokus sprechen. Er ist der Mann, der Georg Stransky nach Athen eingeladen hat.«

»Macht ihn das verdächtig?«

»In keiner Weise. Aber er kann mir vielleicht erklären, welche Bedeutung Athen für Stransky hatte. Neben der universitären. – Ich habe mich für morgen mittag mit dem Professor verabredet und möchte diesen Termin auch wahrnehmen. Reden Sie mit Pagonidis. Sagen Sie ihm, ich bestehe darauf, Diplodokus zu sprechen. Danach fliege ich zurück nach Deutschland, wenn es denn unbedingt sein muß.«

»Ich weiß nicht ...«

»Fragen Sie ihn.«

Stavros Stirling hob die Augenbrauen an, was ihm übrigens gar nicht stand. Er ließ es auch gleich wieder bleiben, griff in seine Jackentasche und holte ein Handy heraus, das wie ein versilbertes Miniwörterbuch in seiner Hand lag: Stirling-Pagonidis, Pagonidis-Stirling.

Er führte das Gespräch mit einer Stimme, die noch weicher klang, als wenn er Deutsch sprach. Eine Stimme, als rede jemand durch ein Geschirrtuch. Nachdem er geendet hatte, wandte er sich an Steinbeck und meldete ihr, es gehe in Ordnung. Pagonidis habe dem Treffen mit Diplodokus zugestimmt. Danach aber müsse Steinbeck Athen verlassen. Man wolle die Leute, die es auf sie abgesehen hätten, nicht zu weiteren Aktionen ermuntern. Es existierten bessere Wege, um herauszufinden, worum es dieser Bande gehe.

Offenkundig hielt man es für erwiesen, daß der Batmanmann im Auftrag gehandelt hatte. Daß also seine pathologische Vorgehensweise bloß einem persönlichen Stil entsprochen habe. Ein Killer auf Abwegen.

»Ich gehe davon aus«, mutmaßte Steinbeck, »daß ich den Rest der Nacht woanders verbringen werde.«

»Ja. Der Kommissar will, daß ich Sie mit zu mir nehme. Er hält das für das sicherste. Natürlich wird uns ein Wagen begleiten. Eine Einheit von Scharfschützen. Allerdings denke ich, daß ein Anschlag pro Nacht genügen sollte.«

»Unbedingt«, sagte Steinbeck und erklärte sich einverstanden. Wobei sie auf die Koketterie verzichtete, danach zu fragen, was denn wohl Stavros' Freundin davon halte. Lilli war sich ziemlich sicher, daß dieser schöne junge Mann die Freiheiten eines Junggesellendaseins dem Leben in enger Bindung vorzog.

Genau das aber sollte sich als Irrtum herausstellen.

Nach langer, wortloser Fahrt erreichte man irgendeinen Stadtrand. Ein »Ende der Welt« mit hohen Wohnhäusern, die man anderswo verächtlich Silos nennt. In der Luft lag eine Stille, die summte. Die Dämmerung machte sich bemerkbar, zog den Sternen das Licht aus der Tasche. Der Wagen mit den Scharfschützen parkte neben Stirlings maßgeschneiderter Sportwagenhaut.

Mit dem Aufzug fuhren Stirling und Steinbeck ins sechste von acht Stockwerken. Noch vor dem Öffnen der Wohnungstüre erkannte Steinbeck ihre falsche Einschätzung. Das Babygeschrei war unverkennbar.

»Sie hätten mir das ruhig sagen können«, meinte Steinbeck.

»Wie? Wegen dem Baby? Wären Sie dann gleich zurückgeflogen?«

»So meinte ich das nicht. Ich bin niemand, der wegen ein bißchen Kindergeschrei die Flucht ergreift.«

»Bißchen!?« Stirling entließ ein verächtliches Lachen. Das Lachen eines Schwergeplagten.

Auch wenn Lilli Steinbeck nie ein leibliches Kind gehabt und sie ihre Tochter als Halbwüchsige adoptiert hatte, war sie informiert genug, um zu wissen, wie der Umstand eines Stunde um Stunde plärrenden Säuglings die Eltern an den Rand eines Nervenzusammenbruchs und über den Rand hinaus befördern konnte. Gerade die Unschuld eines Kindes, nicht selten gepaart mit der Unschuld der Eltern, welche während der Schwangerschaft weder gekokst noch sich bekriegt oder auch nur die falsche Musik gespielt hatten, ließ eine solche Situation unerträglich werden. Dadurch, daß da niemand war, den man verantwortlich machen konnte. Nicht einmal sich selbst. Wenn ein Baby schrie und nicht aufhörte, dann erinnerte das an einen Pulsar, also einen extrem schnell rotierenden, kleinen Neutronenstern mit unglaublich dichter Masse. Pulsare konnten einen verrückt machen. Im Universum und zu Hause.

Dennoch ließ die Wohnung jenes Chaos vermissen, welches bei restlos entnervten jungen Eltern öfters anzutreffen ist. Vielmehr herrschte in den niedrigen, mit weißer Farbe verputzten und einem sandfarbenen Spannteppich ausgelegten Räumen eine unaufdringliche, nicht ungemütliche Ordnung, ein vernünftiges Nebeneinander von Gegenständen und von Abständen zwischen den Gegenständen. Ein langgestrecktes, orangerotes Sofa dominierte. Es war eindeutig das teuerste und neueste Stück in der Wohnung. Die Stereoanlage hingegen schien von vorgestern, das Fernsehgerät aus dem Jahre Schnee, und der hölzerne, gegen die gläserne Balkonwand gestellte Wohnzimmertisch sah aus, als habe er die längste Zeit in einem Keller verbracht, bevor dann die Hände eines Laien seine Renovation vorgenommen hatten. Dies war eindeutig die Wohnung von Menschen, die nach und nach Billiges und Selbstgemachtes durch neuere und bessere Produkte ersetzten. Wie gesagt, alles sehr sauber und durchdacht. Kein Ramsch. Lieber eine Lücke statt Ramsch.

In der Mitte dieser häuslichen Ordnung, vor dem Hintergrund eines schwach erröteten Morgenhimmels, stand eine junge Frau, eine weiße Windel über die eine Schulter, das schreiende Kind über die andere gelegt. Eine Gewichtheberin des Lebens. In ihrem Gesicht standen Müdigkeit, Verzweiflung und Vorwurf. Ihre Augen, die in kleinen, schwarzen Nestern klemmten, verweilten kurz auf Lilli Steinbeck und wanderten dann mit einer deutlichen Verschärfung des Blicks hinüber zum Kindsvater. Sie sagte etwas, das wie ein in die Gegenrichtung fahrender Zug am Gebrüll ihres Kindes vorbeizog. Ein kleiner Regionalzug im Vergleich zum Donnern der Maschine, die da auf die aufgehende Sonne zuflog.

Stirling erwiderte dem Regionalzug. In seiner Rede steckte der Name »Pagonidis«. Die junge Frau stöhnte laut auf. Es war klar, daß sie Stavros' Vorgesetzten gern in die Hölle geschickt hätte. Pagonidis schien eindeutig kein Mann der Frauen.

»Darf ich Ihnen meine Frau Inula vorstellen«, wandte sich Stavros an Steinbeck.

Die beiden Frauen nickten sich zu. Die jüngere sagte: »Leon.« Das konnte eigentlich nur der Name des Kindes sein.

»Kommen Sie!« bat der Gastgeber. »Ich zeige Ihnen, wo Sie schlafen können.«

Als sie in ein dunkles Kabinett traten, in dem die warme Luft gebündelt stand, erkundigte sich Steinbeck bei Stirling: »Ist Leon denn überhaupt ein griechischer Name?«

»Eigentlich heißt er Pantaleon«, erklärte Stavros. Und fügte resignierend an: »Aber Sie wissen ja, wie das ist. Alles im Leben verkürzt sich.«

»Alles?« überlegte Lilli. »Immerhin werden in jedem Frühjahr die Tage wieder länger.«

»Ja, aber nur, weil die Nächte abnehmen.«

Das klang ein bißchen sehr banal, trug aber erstens eine große Wahrheit in sich – daß nämlich immer, wenn in dieser Welt etwas dazukam, ein Betrug dahinter stand – und war zweitens ein guter Satz, um einem langen Tag ein Ende zu machen.

4
Muß man wissen, was man ißt?

Es war halb zwölf am Vormittag, als Lilli Steinbeck in Begleitung des aus halber Abstammung und voller Überzeugung hervorgegangenen Griechen Stavros Stirling eine kleine Taverne betrat. Nein, keine Taverne, sondern eine Ouzerie, was irgendwie ein Unterschied ist. Den Namen der Ouzerie, der auf ein schiefes Brett gemalt war, übersetzte Stirling mit *Dreiundzwanzig Nymphen hocken in einer Flasche.*

»Wieso dreiundzwanzig?« fragte Steinbeck.

»Fragen Sie mich was anderes«, antwortete Stirling.

»Lieben Sie Ihre Frau?«

Das war Steinbeck so herausgerutscht. Augenblicklich griff sie sich mit der Hand an den Mund. Aber zu spät. »Entschuldigen Sie ...«

»Wir lieben unser Kind«, sagte Stirling. »Auch wenn es Tag und Nacht schreit.«

Danach hatte Lilli Steinbeck eigentlich nicht gefragt.

In einer Ecke der halbvollen, allein von Einheimischen frequentierten Nymphenkneipe saß ein Mann im Schatten seines Hutes. Davor, auf dem Tisch, befanden sich ein Stapel Bücher, ein Stapel Zeitungen sowie ein kleiner Teller mit glattem, weißem Käse, ein zweiter mit Stücken genoppter Fangarme, dazu ein Glas von hellem Schnaps. Sehr griechisch, dieser Tisch.

Der Mann erhob sich, als er Steinbeck kommen sah. Er schien einer dieser Figuren zu sein, die mehr aus ihren Haaren als sonstwas bestehen. Man kann es nicht ändern, solche Männer erinnern an Affen, was aber wiederum nur jene als abwertend empfinden, die noch nie mit Affen zusammenwaren.

»Ich bin Diplodokus«, sagte er und reichte Steinbeck die Hand. Aus seinem Bart lugte ein freundlicher Mund.

»Schön, daß Sie Zeit für mich haben, Herr Professor«, dankte Steinbeck und stellte Stirling als den vor, der er war.

»Zeit ist nicht das Problem«, sagte Diplodokus, wie man sagt: Wenn die Küche brennt, braucht man nicht zu kochen. Er wies auf zwei freie Stühle und winkte dann einem Kellner.

»Ich darf doch Ouzo für Sie beide bestellen?« fragte er und erläuterte, es handle sich um eine spezielle Abfüllung aus Samos, die zwar illegalerweise erfolge, aber wenigstens der Gaumen dürfe hin und wieder jenseits des Behördlichen Befriedigung suchen. Dabei sah er Stirling entschuldigend an, welcher die Hände leicht anhob und seinen Segen zu dieser Ungesetzlichkeit gab.

Wenig später standen drei gefüllte Gläser und allerlei kleine Vorspeiseteller auf dem Tisch. Neben Oliven, Bohnen und Käse auch Uneindeutiges. Weit uneindeutiger als die Tentakel von Tintenfischen. Der Ouzo jedenfalls war tatsächlich ausgezeichnet. Ein schöner Gruß aus Samos.

»Sie sind also gekommen«, eröffnete Diplodokus, »um sich mit mir über Georg Stransky zu unterhalten. Ist das denn in seinem Sinn?«

»Das ist sehr in seinem Sinn, glaube ich«, antwortete Lilli Steinbeck, führte ihre schmalen, langen Finger an ein paar von den Uneindeutigkeiten vorbei und faßte nach einer eindeutig schwarzen Olive.

»Und wieso?«

»Weil Herr Stransky höchstwahrscheinlich entführt wurde.«

»Entführt?« Diplodokus verzog sein Gesicht ins Ungläubige.

»Und jetzt möchten wir gerne herausfinden, zu welchem Zweck«, sagte Lilli.

»Ach was! Geht es denn nicht um Geld?«

»Wir haben im Moment eine Entführung ohne Entführer. Und weil wir – wir von der Polizei – lieber mit kompletten Bildern arbeiten, will ich wissen, was Stransky in Athen so getan hat.«

Diplodokus erklärte, Stransky wegen dessen Spezialgebiet, den Alken, eingeladen zu haben.

»Alken?«

»Tauchende Seevögel der nördlichen Hemisphäre«, informierte Diplodokus. »Wobei sich der Herr Kollege Stransky vor allem für eine ausgestorbene Art interessiert, Alca impennis, auch Riesenalk, ein Tier, das Mitte des neunzehnten Jahrhunderts von der Bildfläche verschwand. Bedauerlich, aber logisch. Wenn man die Unarten des Homo sapiens bedenkt, diesen gewissen Hang zum Endgültigen und zum Berserkertum.«

Diplodokus beschrieb, daß es sich beim Riesenalk um einen ausgezeichneten Taucher gehandelt habe, der allerdings weder fliegen noch sich an Land rasch fortbewegen konnte. Dazu kam, daß die Art sich mit einem Ei pro Jahr beschied.

»Es ist extrem unvernünftig«, sagte der Professor, »nicht fliegen zu können, wenn man ein Vogel ist. Weil das einen nämlich zwingt, im flachen Land zu brüten, um schlußendlich das Opfer hungriger und brutaler Matrosen zu werden.«

»Die Evolution«, äußerte Steinbeck, »konnte die Existenz von Matrosen nun mal nicht voraussehen.«

»Richtig. Das ist ihr Makel. Stransky nennt es ›falsche Konzentration‹. Die Natur habe sich auf eine unsinnige, geradezu verspielte, in vielen Bereichen absurde Artenvielfalt eingelassen, anstatt wirkliche Gefahren zu berücksichtigen. Die Natur sei ein Maler, den seine Liebe zur Farbe und zum Detail die Bedeutung der Komposition habe vergessen lassen. Mit dem Auftritt des Menschen wäre sodann das Bild der Natur zusammengebrochen. Allerdings auf äußerst schwungvolle Art, wie Stransky zugibt.«

»Darf ein Wissenschaftler so sprechen?«

»Georg Stransky nimmt sich die Freiheit. Im übrigen jedoch ist er ein strenger Empiriker. Ich will sagen: Er erfindet keine Eier, die es nicht gibt.«

»Und über diesen Vogel hat er hier in Athen referiert?«

»Nicht nur. Aber der Alca impennis ist sein Kernthema. Zudem ist Herr Stransky eine kleine Berühmtheit in Fachkreisen. Er hat ein gutes Händchen dafür, ausgestorben geglaubte Tiere aufzutreiben. Freilich keine Dinosaurier, wie Sie sich denken können.«

»*Diplodokus*!? Ist das nicht der Name eines Dinosauriers?«

»Das ist richtig. Ein großer, friedlicher Pflanzenfresser. Aber Herr Stransky hat nicht mich aufgetrieben, sondern ich ihn. Er kam schließlich auf *meine* Einladung.«

»Was sind das für Tiere, die Stransky zu entdecken pflegt?«

»Vor allem Vögel natürlich. Und Tiere, die ihm bei der Vogelbetrachtung praktisch vor die Linse fallen. Vogelfutter sozusagen. Nichts, was einen Laien umwirft.«

»Kein Grund also, jemand zu entführen.«

»Was soll ich sagen? Vielleicht ist ihm diesmal ein Vogelfutter von größerer Bedeutung in den Schoß gefallen. Oder ein Vogelfresser.«

»Und was könnte das sein?«

»Da fragen Sie mich zuviel.«

»Es ist jetzt zehn Jahre her«, sprach Lilli Steinbeck, »daß Georg Stransky in Athen seine Vorträge hielt. Stimmt das?«

»Ja, das kommt hin.«

»Und seither?«

»Wir halten sporadischen Kontakt«, erklärte Diplodokus. »Austausch kleiner Informationen ... Bitte, ich beziehe mich noch immer auf die Vogelwelt. Nur damit Sie nicht auf falsche Gedanken kommen.«

»Ich will offen sein, Herr Professor«, eröffnete Steinbeck eine neue Runde, griff nach etwas Kleinem, Graubraunem und Glitschigem, das wohl aus dem Meer stammte, führte es sich selbstbewußt in den Mund und erzählte von den sieben bisherigen Opfern, die höchstwahrscheinlich eine Serie bildeten. Eine Serie, der Stransky anzugehören scheine und die sich aus einer gewissen Athenlastigkeit ableiten lasse.

»Was? Bloß, weil all diese Leute einmal hier waren?«

»Nicht, um Urlaub zu machen. Und nicht auf ein paar Tage nur.«

»Waren das lauter Zoologen oder wenigstens lauter Wissenschaftler?«

»Nein.«

»Na, was wollen Sie dann davon ableiten?«

»Ich hoffte«, sagte Steinbeck, »Sie würden mir dabei helfen. Beim Ableiten. Mir einen Hinweis geben.«

»Das ist eine vermessene Hoffnung«, stellte Diplodokus fest. Er wirkte belustigt. Wandte sich dann in Richtung des schweigenden Stirling und meinte, wie schon bisher Französisch sprechend: »Sie haben Frau Steinbeck hoffentlich gesagt, wie unwahrscheinlich ein Bezug zu Athen sein dürfte.«

Stirling machte ein Gesicht, als verstehe er kein Französisch.

»Denken Sie nach«, blieb Steinbeck ungerührt. »Fällt Ihnen etwas ein, wenn Sie sich an Stransky erinnern? Etwas, das nicht paßt.«

»Wozu nicht paßt?«

»Zum Leben eines Mannes, der sich für Riesenalke begeistert.«

»Sie meinen eine Frauengeschichte. Drogen. Abstruse Hobbys.«

»Es darf auch ruhig weniger dramatisch sein. Oder weniger auffällig.«

Professor Diplodokus schien wirklich nachzudenken. Er zündete sich eine Zigarette an, inhalierte tief, blies aus und sah dem Rauch hinterher wie sinnlosen, dummen Jahren. Dann griff er sich mit der freien Hand in den Nacken, sodaß sein Hut leicht verrutschte und äußerte: »Na ja.«

»Ein guter Anfang«, kommentierte Steinbeck. Sie meinte es nicht einmal spöttisch.

»Da war diese Sache mit der Fledermaus«, sagte der Professor.

»Herrje!« entfuhr es Steinbeck. Sie krallte sich an der Tischkante fest. Der Geschmack der kleinen, glitschigen Speise, die sie längst geschluckt hatte, breitete sich erneut aus, deutlich heftiger als noch zuvor. Steinbeck dachte an den Fisch, der aus dem Hosenschlitz eines als Batman verkleideten Wahnsinnigen gestanden hatte.

Nicht zum ersten Mal hielt Stavros Stirling seine Hand nahe an Steinbecks Oberarm, ohne ihn wirklich zu berühren. Spielte der Junge hier den Wunderheiler? Jedenfalls fing sich Steinbeck rasch, lächelte wie nach einer Darmspiegelung und forderte den Professor auf fortzufahren.

»Stransky«, sagte Diplodokus, »erzählte mir einmal von einem merkwürdigen Mann, der ihn angesprochen habe. Oben auf dem Lykavittós. Niemand, den er bereits kannte oder der ihn kannte. Ein Geschäftsmann, der gar nicht aufhörte zu reden. Nicht unfreundlich, nur ein wenig lästig. Jedenfalls habe dieser Geschäftsmann darauf bestanden, Stransky zum Essen einzuladen. Und es paßt sehr zu Stransky, nicht nein gesagt zu haben. Am Ende dieses Abends hat der Geschäftsmann Stransky eine kleine Batmanfigur überreicht. Sie wissen schon, diese Fledermausgestalt aus dem Comic.«

»Der verkleidete Millionär«, erwähnte Steinbeck die Person unter dem Kostüm.

»Genau«, sagte Diplodokus. »Stransky hat diese Sache mir gegenüber nur darum erwähnt, weil es ihn verblüffte, angesichts eines nicht gerade billigen Abends, den der Geschäftsmann natürlich bezahlte, ein in jeder Hinsicht völlig wertloses Plastikmännchen geschenkt zu bekommen. Ein Männchen ohne jeden Bezug zu den Gesprächen des Abends.«

»Wie können Sie da so sicher sein?«

»Ich zitiere nur Stransky. Was auch sonst? Ich erinnere mich jetzt, wie er in meinem Büro saß, das kleine Spielzeug in die Höhe hielt, lachte und den Kopf schüttelte. Dann fragte er mich, was er damit tun solle. Ich empfahl ihm, den Trödel einfach wegzuschmeißen.«

»Und?«

»Er steckte ihn ein. Aber ich glaube nicht, daß er noch einen weiteren Gedanken an diese Episode verschwendet hat.«

»Ein Geschenk ohne Sinn sollte eigentlich stutzig machen.«

Diplodokus hob die Schultern an und spitzte seine Lippen. »Nicht jedes Geheimnis ist zu entschlüsseln. Schon gar nicht das des Schenkens.«

»Stimmt auch wieder«, sagte Steinbeck eingedenk so mancher Geburtstagsüberraschung. Dann fragte sie, ob Diplodokus irgend etwas Näheres über diesen Geschäftsmann wisse.

»Nein, keine Ahnung.«

»Auch nichts von der Art seiner Geschäfte?«

»Wirklich nicht.«

»Kennen Sie vielleicht das Restaurant, in dem die beiden Männer waren?«

»Ja. Stransky erwähnte es. Er mokierte sich über die hohen Preise. Und die lächerliche Küche. Er ist sehr streng in solchen Dingen. Ausgesprochen deutsch, wenn Sie mich fragen. Er spricht gerne von ehrlicher Küche. Was auch immer er damit meint.«

»Wahrscheinlich etwas, wie es hier auf dem Tisch steht.«

»Der Käse ist gesalzen, die Oliven sind gewürzt, die Bohnen gekocht. Nennen Sie das *ehrlich?*«

»Lassen wir das«, bestimmte Steinbeck. »Wie ist der Name des Restaurants?«

»*Blue Lion.* Es gehört zum Hotel M 31. Eine der besten Adressen in dieser Stadt.«

»Wissen Sie das aus eigener Erfahrung?«

»Nein. Das ist kein Ort für einen kleinen Professor.«

»Na, hier ist es wahrscheinlich auch gemütlicher. Lieber Nymphen als Löwen. Jedenfalls haben Sie mir sehr geholfen.«

»Ist das Ihr Ernst?«

»Und wie«, sagte Steinbeck, erhob sich und dankte dem Mann, der den Namen eines langhalsigen Urzeitriesen trug. Für den Ouzo und den Rest.

»Viel Glück«, wünschte Diplodokus.

Solche Wünsche wurden mit einer Leichtigkeit ausgesprochen, als wäre Glück, erst recht *viel Glück*, ein heftiger Regenschauer, in den jedermann zu jeder Zeit geraten konnte. Man stelle sich vor!

»Ich bringe Sie jetzt zum Flughafen«, sagte Stirling, nachdem man auf den Platz vor dem Lokal getreten war. Ein kleiner Platz mit weißen Steinen, oder auch nur Steinen, die im grellen Sonnenlicht weiß erschienen. Darüber ein Himmel aus graublauem Stahl, nicht dem Stahl einer Pistole, sondern dem eines Tresors, dessen Nummerncode von absolut jedermann vergessen worden war. Es war also wie üblich: Athen steckte in der Hitze und im Gestank fest. Athen war eine Person, der andauernd der eigene Mundgeruch in die Nase strömte.

»Ich glaube, ich bleibe«, erklärte Steinbeck ruhig.
»Gnade!« flehte Stirling. »Ich habe wirklich genug am Hals.«
»Ich kann nichts dafür, daß Ihr Baby schreit«, vermerkte Steinbeck.
»Das sagt ja auch niemand. Aber bedenken Sie bitte, daß ich Pagonidis dazu überredet habe, Sie noch diesen Professor treffen zu lassen. Und jetzt soll ich der Dumme sein? Nein, nein, gnädige Frau, ich bringe Sie ohne weitere Verzögerung zu Ihrem Flugzeug. Ich habe immerhin einen Befehl auszuführen. Sie wissen ja wohl, was ein Befehl ist.«
»Das klingt, als sei ich unerwünscht.«
»Selbstverständlich sind Sie unerwünscht.«
»Als Polizeibeamtin, nehme ich doch an.«
»Wie meinen Sie das?« fragte Stirling mit größtem Unbehagen.
»Daß Sie mich ab sofort als Privatperson betrachten dürfen. Ich habe soeben meinen Urlaub angetreten.«
»Aber das geht nicht ...«
»Warum geht das nicht? Ich bin eine EU-Bürgerin, die an einen beruflichen Aufenthalt einen privaten anschließt. Das soll vorkommen.«
»Sie wollen hier doch nicht Ferien machen.«
»Das braucht Sie nicht zu kümmern, womit ich meine Freizeit verbringe. Die einen steigen auf die Akropolis, die anderen interessieren sich für Fledermäuse.«
»Pagonidis wird schäumen.«
»Soll er.«
»Zudem werden Sie auf meine Assistenz verzichten müssen«, sagte Stavros Stirling. Beinahe hörte er sich wehmütig an.
»Natürlich. Was mehr als blöd ist. Ich verstehe kein Griechisch und kenne mich in der Stadt nicht aus.«
»Das hat doch keinen Sinn, nach einem Geschäftsmann zu suchen, der vor einem Jahrzehnt eine kleine Plastikfigur verschenkt hat. Nur, weil Sie das an letzte Nacht erinnert.«
Steinbeck ignorierte den Einwurf und bat Stirling, ihr eine Person zu nennen, die bei der Suche nach dem Geschäftsmann

behilflich sein könne. Jemand, der mit dieser Stadt und ihren Abgründen vertraut sei.

»Ich kann nicht glauben«, jammerte Stirling, »daß Sie mich um so was bitten.«

»Warum nicht? Ist doch besser, als wenn ich führerlos durch die Gegend irre und erst recht in Gefahr gerate.«

»Erinnern Sie mich nicht daran.«

»Also. Wen können Sie mir empfehlen?«

»Sie meinen eine Art Detektiv«, mutmaßte Stirling. Und sagte: »Ein Detektiv muß bezahlt werden.«

»Ich habe mir schon ganz anderes geleistet«, erklärte Steinbeck. Sie liebte Zweideutigkeiten.

»Also ...« Stirling zögerte.

»Machen Sie schon!«

»Das ist jemand ... Er war früher Polizist, noch während der Militärjunta, als junger Mann natürlich. Das hat ihm dann allerdings später das Genick gebrochen. Es stellte sich heraus, daß er an Folterungen beteiligt gewesen war.«

»Reizend, daß Sie mir so jemand andrehen möchten.«

»Es kommt noch schlimmer. Der Mann ist jetzt an die Sechzig, wiegt etwa hundertdreißig Kilo, hat Wasser in den Beinen wie ein Staudamm seiner selbst, raucht eine nach der anderen und muß sich auf ein Wägelchen stützen, wenn er ein paar Schritte tun möchte. So ein Ding auf Rollen und mit Haltegriffen, Klingel und Einkaufskorb. Die Klingel ist natürlich ein Witz.«

»Ach, Sie finden also, bloß die Klingel sei ein Witz.«

»Tja, der Mann ist ein ziemliches Wrack.«

»Sehr schön«, meinte Lilli Steinbeck. »Ein Faschist am Ende seiner Tage.«

»Ich weiß nicht, ob er wirklich ein Faschist ist. Die Sache mit den Folterungen ist undurchsichtig.«

»Woher kennen Sie den Mann?«

»Er heißt Kallimachos. Meine Frau kennt ihn. Sie ist Journalistin und interessiert sich für ein paar Ungereimtheiten der jüngeren griechischen Geschichte. Nicht, daß Kallimachos etwas preisgegeben hätte. Aber meine Frau mag ihn, und er mag sie. Ein komisches Paar, wenn Sie mich fragen. Ich weiß nicht, was Inula an diesem dicken alten Mann findet.«

»Sie wissen es nicht, meinen aber, für mich sei er der richtige?«

»Er spricht Deutsch, darum. Man hat ihn nach der Obristengeschichte für einige Zeit nach Deutschland geschickt. An einen Ort namens Mannheim.«

»Mannheim, meine Güte. Mehr eine Kuhtränke als eine Stadt. Wozu das denn?«

»Um sich fortzubilden oder auszuruhen, keine Ahnung. Jedenfalls hat er dort Ihre Sprache gelernt. Außerdem muß ich sagen, daß er in Athen wirklich Bescheid weiß. Er kennt die Stadt, und er kennt die Leute. Er kennt die Hintertüren und die Hinterleute. Natürlich, wir von der Polizei meiden ihn. Zudem erscheint es als ein schlechter Scherz, daß jemand, der sich im Tempo einer Schnecke bewegt, als Detektiv arbeitet.«

»Kallimachos also.«

»Spiridon Kallimachos. Wenn Sie wollen, rufe ich ihn an. Und wenn er einverstanden ist, bringe ich Sie beide zusammen. Immerhin weiß ich dann, in wessen Händen Sie sind. Auch wenn Pagonidis mich dafür lyncht.«

»Erzählen Sie Ihrem Chef alles?«

»Alles, was er sowieso herauskriegt.«

»Na, wird schon nicht so schlimm werden«, weissagte Steinbeck, die jetzt freilich an den eigenen Vorgesetzten dachte. Baby Hübner würde ihren Alleingang kaum goutieren. Ihm allerdings auch nicht ernsthaft entgegentreten. Steinbeck besaß nun mal den Ruf, zu wissen, was sie tat. Wenn sie also Urlaub nahm, mußte das wohl einen Sinn haben. Und tat es ja auch.

Stirling führte erneut ein Telefonat. Dabei sah er hinauf zur Sonne, als wäre dort oben sein wahres Zuhause.

5
Ein Kleid aus Löchern

Steinbeck hätte wetten können, daß Stirling übertrieben hatte. Aber er hatte nicht übertrieben. Spiridon Kallimachos war, wie man so sagt, ein Bild für Götter. Vorausgesetzt, man stellte sich Götter spleenig vor.

Steinbeck hatte schon eine Menge komischer Detektive gesehen, zumindest von ihnen gehört. Da war zum Beispiel dieser einarmige Chinese, der jetzt zurück in Wien war. Und selbstverständlich tauchten im wirklichen wie im fiktiven Leben immer wieder blinde oder gelähmte Privatermittler auf, Leute mit diversen Neurosen und Unarten. Leute, die dauernd Schokolade aßen, sich unentwegt die Hände wuschen oder dreimal am Tag an Selbstmord dachten. Im billigsten Fall waren sie Säufer oder fuhren wie die Sau.

Aber dieser Mann hier war wirklich das Höchste. Er schleppte sich die Straße hinunter, ein dickes, wäßriges, quasi überschwemmtes Bein langsam vor das andere setzend, während seine Hände die Griffe seines Stützwagens fest umklammerten. Man meinte das Wasser in den Beinen zu hören, wie es beim Gehen gegen die Innenwände klatschte.

Der Koloß hielt seine kurzen Arme äußerst gerade, während die Masse des Oberkörpers leicht nach vorn gebeugt war. Er war unglaublich fett. Hundertdreißig Kilo schien eine schlechte Schätzung. Aber war dieser Mann darum auch ein Freak? Ein griechischer Divine? Nun, das war er nicht, wie Steinbeck noch feststellen würde.

Immerhin aber steckte er in einer von Hosenträgern gehaltenen Hose, welche die logische Form einer Eistüte besaß. Der Kopf oberhalb des weißen Hemds war halslos, zur Gänze haarlos und verfügte über eins dieser verwaschenen Gesichter, wie man sie hin und wieder auf Planeten oder Monden zu erkennen meint. Sensation: Gesicht auf Kallimachos entdeckt.

Im Mund steckte eine Zigarette. Der Rauch strömte rechts und links davon ins Freie. Es dauerte eine Ewigkeit, bis der dicke Mann den kurzen Weg absolviert hatte, der aus seiner Wohnung zu der Taverne führte, in deren Gastgarten man sich verabredet hatte. Und es dauerte eine Ewigkeit, bis er keuchend und schwitzend auf einem Stuhl Platz genommen hatte. Sofort zündete er sich eine neue Zigarette an und inhalierte mit Erleichterung. Er betrachtete Lilli aus blutunterlaufenen, wie von Mücken zerstochenen Augen, blickte dann zu Stirling und sagte etwas, das sich anhörte, als würde jemand ein zehnstrophiges Gedicht zu zwei Wörtern komprimiert aus sich herauspressen. Sehr dicht, sehr schwer, aber kein Gedicht mehr. Stirling antwortete in seinem bedächtigen Griechisch.

Und dann tat der kranke, dicke Mann etwas, womit Lilli Steinbeck nun wirklich nicht gerechnet hatte. Er legte seine Zigarette in die Rille des Aschenbechers, erhob sich unter sichtbaren Qualen, verharrte einen Moment lang in der Art eines an der Klippe unsicher gewordenen Pinguins, stützte sich auf den Tisch auf, ließ sich ein wenig vorfallen, nahm Steinbecks Hand und küßte sie in der korrekten Art einer nur beinahe erfolgten Berührung. Nahe genug, um seinen warmen Atem auf den Handrücken zu blasen.

»Oh!« entglitt es der solcherart Begrüßten.

»Es wäre mir eine Freude«, sagte Kallimachos in einem Deutsch, das ganz ohne Stützwägelchen auskam, »für Sie arbeiten zu dürfen.«

»Herr Stirling hat Sie mir empfohlen«, rechtfertigte sich Steinbeck.

Kallimachos lächelte mit einem Mund, der lippenlos schien. Ein Strich in der Landschaft, wie man so sagt.

Gleichzeitig mit dem erneuten und erneut schwerfälligen Platznehmen des Detektivs, erhob sich Stirling und reichte Steinbeck eine Karte, auf welcher er seine Adresse notiert hatte. Dazu erklärte er: »Wenn Sie wollen, können Sie weiter bei uns wohnen.«

»Gerne«, sagte Steinbeck. Sie war froh darum, Stirling nicht aus den Augen zu verlieren. Aus vielerlei Gründen. Und das galt umgekehrt natürlich genauso.

Der junge Polizist schenkte Steinbeck eine kleine Verbeugung, berührte flüchtig den Rücken des fettleibigen Detektivs und begab sich zu seinem um die Ecke geparkten Wagen.

Kallimachos zog seine Hosenbeine ein wenig in die Höhe, bewegte seinen Kopf hin und her, als öle er ein Getriebe, und sagte dann: »Ich hörte, Sie mußten sich heute nacht mit einer Fledermaus herumärgern.«

Steinbeck berichtete von dem Fisch an der Fledermaus.

»Haben Sie Pfeffer gerochen?« fragte der dicke Mann.

»Wie bitte?«

»Pfeffer«, wiederholte Kallimachos.

Steinbecks Augen verengten sich. Stimmt! Da war etwas wie Pfeffer gewesen.

»Bevor ich in den Fisch beißen konnte«, erzählte sie, »hat man den Kerl von mir heruntergeschossen. Gleich danach mußte ich niesen. Ich dachte, es sei wegen des Qualms, der durch die Rauchbombe entstanden war. Aber wenn ich mich jetzt erinnere, muß ich sagen: Ich glaube, ich hatte Pfeffer in der Nase. Wieso aber Pfeffer?«

»Der Fisch war mit einer Pfefferpaste bestrichen«, erklärte der Detektiv und zündete sich eine neue Zigarette an.

»Woher wollen Sie das wissen?«

»Eine spezielle Foltermethode, damals, zur Zeit der Armee. Eine Variante der sogenannten Pfefferbehandlung.«

»Das Einreiben der Genitalien mit Pfeffer. Das ist mir bekannt«, sagte Steinbeck. »Aber nicht, einen Fisch damit einzureiben.«

Eine Abart der Abart, erklärte Kallimachos. Oralverkehr mit einem pfefferverschmierten Fischmaul. Das sei nicht nur einfach schmerzhaft, sondern derart befremdlich, daß der Eindruck unauslöschlich bleibe. Und das Unauslöschliche sei nun mal der Sinn einer jeden Folter. Auch wenn der Gefolterte am Ende stirbt. Er soll die Bilder mit in den Tod nehmen. Er soll nie vergessen, seinem Folterer ein gepfeffertes Fischmaul geblasen zu haben. Was für die Leute, die am Leben bleiben, natürlich erst recht gilt. Kein Markt, kein Restaurant, wo nicht Fische wären, Fische in Büchern, Fische in Filmen, als Embleme, auf Plakaten. Keine Möglichkeit, der Erinnerung zu entgehen.

»Ich hörte«, sagte Steinbeck, »Sie seien selbst an solchen Folterungen beteiligt gewesen.«

»Ich kenne mich aus, ich weiß Bescheid«, erklärte Kallimachos. Eine richtige Antwort war das eigentlich nicht. Er fragte: »Wollen Sie noch immer, daß ich für Sie arbeite?«

Steinbeck überlegte. Was sollte sie von diesem paffenden, elefantiasischen Fleischberg halten? Nun, der Mann schien wirklich eine Ahnung zu haben. Und das war einfach der Punkt.

»Ja«, antwortete Steinbeck. »Ich will, daß Sie mich begleiten. Daß Sie die Türen öffnen, die ich selbst nicht zu öffnen vermag. Wieviel verlangen Sie?«

»Für das Öffnen von Türen? Nichts. Ich will kein Geld.«

»Sondern?«

»Ein Versprechen.«

»Und zwar.«

»Wegzusehen, wenn ich Sie darum bitte.«

»Wobei wegsehen?«

»Würde ich Ihnen das sagen, bräuchte ich nicht darauf bestehen.«

»Ich bin Polizistin, wie Sie wissen. Ich kann schwerlich etwas Ungesetzliches zulassen.«

»Wieso denn nicht?« meinte Kallimachos und blies eine Wolke aus, die für einen Moment wie ein kleines Gewitter über dem Tisch stand. »Stirling sagte mir, ich müßte Sie als Privatperson betrachten.«

»Ja«, seufzte Steinbeck. »Da hat Stirling recht.«

»Wo liegt dann also das Problem? Vielleicht wird es auch gar nicht dazu kommen. Falls doch, möchte ich nur, daß Sie kurz woanders hinschauen. So einfach.«

»Und Sie verraten mir nicht, warum?«

»Ich sage nur soviel: Für eine gute Sache.«

»Die Schweine, die foltern, meinen doch auch, es sei für eine gute Sache, nicht wahr?«

Kallimachos reagierte nicht. Er wartete.

»Gut. Abgemacht«, rang sich Steinbeck durch. »Ich werde mich totstellen. Einmal.«

»Es wird auch nur einmal nötig sein«, kündigte der dicke Mann an.

»Gut«, wiederholte Steinbeck.

Meinte sie das wirklich ernst? Würde sie tatsächlich bereit sein, eine Sache geschehen zu lassen, die wohl ziemlich weit von einem formvollendeten Handkuß entfernt war? Bei der es sich eher um ...

Steinbeck bat um eine Zigarette. Kallimachos hielt ihr die Packung hin und gab ihr sodann Feuer. Alles, was er tat, wurde von einem Keuchen begleitet, das wie aus einem tiefen Schacht hochfuhr. Sein Körper war eine Fabrik aus alten Tagen. Eine Fabrik, aus der es spuckte und qualmte und dröhnte, in der aber nichts produziert wurde. Noch nicht.

»So!« tönte Kallimachos. »Worum geht es also?«

Steinbeck erzählte vom Verschwinden Stranskys, erwähnte den »betäubenden« Apfel, erwähnte die ausgestorbenen Riesenalken und kam auf Diplodokus zu sprechen, ohne aber dessen Namen zu nennen. Sie berichtete von jenem Geschäftsmann, der ein Jahrzehnt zuvor Georg Stransky angesprochen, ins *Blue Lion* eingeladen und ihm am Ende des Abends eine kleine Batmanfigur überreicht hatte.

»Ich verstehe«, sagte Kallimachos, »Sie sehen da einen Bezug. Einen Bezug zu Ihrer Begegnung letzte Nacht.«

»Ich glaube nicht an Zufälle«, erläuterte Steinbeck. »Ich glaube an Zusammenhänge. Wenn die Gestalt eines Monsieur Batman so rasch hintereinander eine Rolle spielt, hat das eine Bedeutung.«

»Sie sind hier die Auftraggeberin. Sie bestimmen auch, was eine Bedeutung hat.«

»Sehr gut. Ich lasse mich sowieso ungern belehren«, sagte Steinbeck und bestimmte, daß zunächst einmal die Identität des Geschäftsmannes am Programm stehe.

»Wir wissen wenig über ihn«, stellte der Detektiv fest. »Nein, wir wissen nichts über ihn.«

Steinbeck entgegnete: »Wir kennen den Namen des Restaurants, in das er Stransky eingeladen hat.«

»Das *Blue Lion* ist nicht gerade billig.«

»Ich bin nicht hier, um Geld zu sparen«, erklärte Steinbeck.

»Na gut. Aber was glauben Sie, dort zu finden?«

»Ich weiß nicht, aber manchmal genügt es, geduldig an einer Bar zu stehen. Wenn es die richtige Bar ist. Der Rest ergibt sich.«

»Wie Sie meinen. Dann machen wir das so«, sagte Kallimachos. »Ich schlage vor, neun Uhr. Ich erwarte Sie vor dem Eingang.«

»Neun Uhr, mein Gott, da wollte ich eigentlich im Bett sein.«

»Vorher wäre es sinnlos. Hier ist nicht Mannheim, sondern Athen«, erinnerte Kallimachos, der es ja wissen mußte. Er erhob sich in der Manier eines durch magische Kräfte ruckweise nach oben schwebenden Felsblocks, griff nach seinem Wägelchen und schob sich dampfend und schnaubend zurück zu seiner Wohnung. Steinbeck sah ihm nach und schüttelte den Kopf. Und zwar über sich selbst. Wie konnte sie sich auf so jemand nur einlassen? Verrückt!

Sie war nun allein. Man hätte ihr jederzeit eine Kugel in den Kopf jagen können. Allerdings war sie überzeugt, daß es nicht darum ging, sie einfach nur aus dem Verkehr zu ziehen. Hier wurde gespielt. Das sagte ihr ihr Instinkt, auf den sie mitunter hörte. (Der Instinkt ist ein guter Freund, der manchmal recht hat, manchmal nicht, es aber immer gut meint.)

Sie bestellte einen Ouzo. Sie war auf den Geschmack gekommen. Auf den Geschmack von verunreinigtem Alkohol, auch wenn der Ouzo, der hier serviert wurde, bei weitem nicht an jenen aus Samos heranreichte. Aber das war okay. Man konnte nicht immer nur Feines bekommen. Nicht in einem Leben, in dem alles mit rechten Dingen zuging.

Während sie ein zweites Glas orderte, griff sie nach ihrem Handy und rief Baby Hübner an. Ihr Vorgesetzter war bereits unterrichtet. Er fragte, was sie sich eigentlich denke.

»Ich denke, ich muß da durch.«
»Wo müssen Sie durch?«
»Durch die Unannehmlichkeiten des Falles. Wozu gehört, nun nicht mehr als offiziell tätige Beamtin zu operieren, sondern als Zivilistin.«
»Zivilisten operieren nicht«, erklärte Baby Hübner.
»Auch im Urlaub gibt es keinen Urlaub«, erwiderte Steinbeck.
»Ich glaube nicht, daß ich Sie verstehe, Kollegin.«
»Das ist ja auch nicht nötig, oder?«
Baby Hübner haßte solche Gespräche. Weshalb er schnell seinen Segen gab und abschließend darum bat, Steinbeck möge sich am Riemen reißen. Schlimm genug, daß er ihren Urlaubsantritt akzeptiere, könne er unmöglich erlauben, daß sie der griechischen Polizei in die Quere komme.
»Verlassen Sie sich auf mich«, beendete Steinbeck das Gespräch, so wie Soldaten immer sagen: Zu Weihnachten bin ich wieder zu Hause.

Steinbeck verbrachte den Nachmittag im Archäologischen Nationalmuseum. Einen Teil der Zeit verschlief sie im Angesicht einer auf Bronze und menschliche Muskulatur reduzierten Gottheit. Es war ein guter, zweistündiger Schlaf, den sie mit aufrechtem Oberkörper und übereinandergeschlagenen Beinen absolvierte, ohne daß jemand sie störte. Auf den Betrachter wirkte sie nicht als Schlafende, sondern als Nachdenkende. Danach fühlte sie sich ein wenig erhitzt. Wahrscheinlich hatte sie geträumt. Und das war gut so. Träumen war wie Schwitzen. Nicht immer angenehm, aber der einzig richtige Weg.
Nach dem Museum spazierte sie durch die Stadt und trat schließlich in eine dieser todschicken Boutiquen, bei denen es sich wahrscheinlich um gestrandete Raumschiffe handelt. Was in der Regel auch für die Verkäuferinnen gilt: Aliens, mitunter höfliche Aliens, aber überheblich.
Steinbeck verbrachte eine gute Stunde in dem Laden. In dieser Hinsicht war sie schon eine ziemlich typische Frau. Es machte ihr auch gar nichts aus, daß sie dabei von einer kleinen

Asiatin mit spitzer Nase und aufgemalten Sommersprossen begleitet wurde, die sich bemühte, eine jede Ware ausführlich zu beschreiben. Als wäre Steinbeck blind. Als suggeriere eine verunfallte Nase ein geschwächtes Augenlicht. Jedenfalls erstand Lilli Steinbeck am Ende dieser Stunde, dieser schönen Stunde in gekühlter Luft, ein geradezu phantastisches Kleid, das um die Taille und den Bauch aus lauter Löchern bestand, die verschieden groß – vom Radius einer kindlichen Fingerspitze bis zu dem einer Fünfzig-Cheng-Münze – in das enganliegende Gewebe eingestanzt waren. Ein Gewebe von der Farbe hellen Brotteigs. Das Kleid wurde von zwei dünnen Trägern gehalten, aber nicht wirklich, sondern von Steinbecks kleinen, dafür festen Brüsten. Wie gesagt, da waren jede Menge Löcher, die eigentümlicherweise die Wirkung von Spiegeln besaßen. Ja, es war, als könne ein Betrachter sich auf Steinbecks heller Haut in vielen runden Ausschnitten wiedererkennen.

Sie ließ das Kleid gleich an, während man ihr das, mit dem sie gekommen war, einpackte. Sie plazierte das Päckchen in ihrer Tasche. Das war einer der Gründe, weshalb sie den Sommer, auch den in Athen, jeder anderen Jahreszeit vorzog. Wenn man die Kleider wechseln konnte gleich einem Chamäleon.

Exakt um neun Uhr stieg Lilli Steinbeck aus dem Taxi, das vor dem Gebäude des Hotels M 31 gehalten hatte. Pünktlichkeit in der Fremde stellte wahrlich eine Kunst dar. Wo aber war Kallimachos?

Nun, sie erkannte ihn nicht gleich. Nicht nur, weil er sein Wägelchen nicht dabei hatte und sich statt dessen auf einen schwarzlackierten Stock stützte. Vielmehr war der ganze Mann verändert. Er trug einen Smoking, und zwar einen ausgesprochen gut sitzenden, welcher der ganzen beleibten Gestalt einen kompakten, aufrechten und würdevollen Eindruck verlieh. Der haarlose Schädel wirkte poliert, das Gesicht nicht so gehetzt und verschwitzt wie mittags, weniger verwaschen, die Züge konkreter, der Mund voller, lippiger. Auch trug Kallimachos jetzt eine Brille, deren Glas eine blaßgelbe Färbung besaß und das blutunterlaufene Augenpaar auf eine sonnige Weise einschattete. Eigentlich war es die aus der Mitte des Mundes ragende

Zigarette, die Steinbeck sofort wiedererkannte. *So* rauchte nur einer, ohne auch nur einmal nach der Kippe zu greifen oder sie in einen der Mundwinkel zu verschieben.

»Sie erinnern mich an Orson Welles«, sagte Steinbeck zur Begrüßung.

Kallimachos öffnete den Mund, sodaß seine Zigarette wie ein Dachziegel zur Erde fiel. Er küßte Steinbeck erneut die Hand, murmelte etwas von wegen des Kleides, das ihr ausgezeichnet stehe, und fragte dann, welchen Orson Welles sie meine.

»Den Schauspieler«, antwortete Steinbeck.

»Ich meinte, aus welchem Film.«

»Aus keinem Film. Eher, als er seinen Ehrenoscar entgegennahm.«

»Danke«, sagte Kallimachos und wies mit dem Stock in Richtung des Hoteleingangs.

Über das *M 31* soll hier nicht viel gesagt sein und geschimpft werden. So wenig wie über das *Blue Lion*. Es gibt nun mal häßliche Orte, die herausgeputzt sind, als würden sie sich auf Teufel komm raus einen Liebhaber angeln wollen. Das ist peinlich, aber nicht zu ändern. Dafür aber teuer.

Es kam Steinbeck vor, als sei Kallimachos hier kein Unbekannter. Weniger, weil man sich ihm zuwandte, als umgekehrt. Er blieb völlig unbehelligt, also auch von Gesten des Eifers und der Unterwürfigkeit.

Solcherart unbelästigt, gelangten Steinbeck und Kallimachos an die Bar, wo sie sich auf hohen Hockern niederließen. Der Detektiv unter beträchtlichen Mühen, wie sich denken läßt. Wer auch immer diese Stühle entworfen hatte, hatte einfach nicht an Männer wie Spiridon Kallimachos gedacht. Designer sind meistens schlank, Gott weiß warum, und so sehen dann auch ihre Möbel aus. Aber Kallimachos schaffte es. Freilich quoll sein Hintern mit beträchtlichen Anteilen über die Ränder der Sitzfläche. Na, immerhin war der Platz bestens geeignet, um das gut gefüllte Restaurant zu überblicken. Auch hatten weder Steinbeck noch Kallimachos Lust auf Essen. Sie waren beide klassische Trinker, keine Alkoholiker, Trinker, die von ein paar Martinis satt wurden. Und es gab nun mal sehr dünne und sehr dicke Trinker.

Steinbeck bestellte besagten Martini, Kallimachos einen Bourbon, von dem Steinbeck noch nie gehört hatte: *najmoHwI'* – das heißt soviel wie Schlaflied.

»Und was jetzt?« fragte Kallimachos.

»Wir warten.«

Sie sprachen über Mannheim, doch es wurde ein schlechtes Gespräch. Dann wechselten sie zu Orson Welles, was eindeutig das bessere Thema war. Zwischenzeitlich hatte sich das Restaurant zur Gänze gefüllt. Viele Geschäftsleute, wie es schien, vor allem Griechen. Die Männer durchgehend älter als die Damen. Man saß auf Stühlen, die aussahen, als trügen sie weinrote Hausmäntel. Die Stimmung war gut. Das Personal schwebte leichtfüßig durch die Reihen. Die Szenerie hatte etwas von einem freundlichen Tumult. Einem Tumult der Feinspitze.

Erneut kam Kallimachos auf die Sinnlosigkeit dieser Unternehmung zu sprechen: »Jetzt abgesehen davon, daß wir gar nicht wissen, wer unser Mann ist oder wie er auch nur aussieht, fragt sich doch, wie wahrscheinlich es ist, daß er gerade heute abend dieses Lokal besucht.«

»Ich wäre nicht hier, wäre es nicht wahrscheinlich«, antwortete Steinbeck. »Übrigens: Ich bin überzeugt, daß man mich beobachtet. Nicht nur die Polizei, sondern auch die Leute, die die Freundlichkeit hatten, mir einen perversen Maskenmann zu schicken.«

»Grotesk!« stieß Kallimachos zwischen den Lücken seines Zigarettenmundes hervor.

»Auch das Groteske will erdacht und bestimmt sein«, meinte Steinbeck. »Unsere ganze Wirtschaft funktioniert so.«

»Sie sind hoffentlich keine Linke«, sagte Kallimachos.

»Sie sind hoffentlich keine Fledermaus«, erwiderte Steinbeck.

Das brachte sie auf eine Idee.

»Bin gleich wieder da«, erklärte Steinbeck und verließ den Gastraum, um die Damentoilette aufzusuchen. Dort sperrte sie sich ein, nahm ihr Handy aus der Tasche und wählte die Nummer, die ihr Stavros Stirling gegeben hatte.

»Ich habe eine Bitte«, eröffnete sie.

»Einen Moment«, gab Stirling zurück. Das Schreien des kleinen Leon war überdeutlich zu vernehmen. Dazu Inulas gereizte Stimme. Gleich darauf wurde eine Türe geschlossen, und das Gebrüll trat weit in den Hintergrund.

»Was wollen Sie?« fragte Stirling. Auch er war gereizt.

»Hören Sie auf, die Nerven zu verlieren«, empfahl Steinbeck. »Wenn diese Sache vorbei ist, werde ich Ihnen zeigen, wie Sie Ihr Kind beruhigen können.«

»Warum nicht gleich?« fragte Stirling, der ihr kein Wort glaubte.

»Weil alles auf einmal eben nicht geht. – Also, hören Sie zu. Rufen Sie in fünf Minuten im *Blue Lion* an und verlangen Sie nach einem Mr. Batman. Erklären Sie, daß das kein Witz wäre, daß Sie von der Polizei seien und die Angelegenheit eile. Ein Mann mit diesem Namen halte sich mit absoluter Sicherheit im Restaurant auf.«

»Was erhoffen Sie sich davon?«

»Tun Sie einfach, worum ich Sie bitte.«

»Na gut«, sagte Stirling müde.

»Und wie gesagt, wenn alles vorüber ist, werde ich Ihnen helfen.« Fast glaubte sie selbst, was sie da sagte.

Ohne ein weiteres Wort legte sie auf, trat hinaus vor den Spiegel, richtete winzige Details ihres geschickt und kompliziert aufgesteckten Haars und ging dann wieder zurück an die Bar, wo bereits ein frischer Martini auf sie wartete. Der Alkohol schien in dieser Stadt geradewegs zu verdampfen.

»Sehr aufmerksam«, sagte sie, nahm einen Schluck und entspannte sich. Aber nur, um Minuten später in einen Zustand allerhöchster Konzentration zu verfallen. Wobei Kallimachos sie nicht störte. Er sah ja, daß Steinbeck zu tun hatte.

Einer der Kellner war – ohne eine Speise zu servieren, ohne gerufen worden zu sein und mit einer Haltung und einem Blick totaler Untröstlichkeit – in den Raum getreten, um sich nun von einem Tisch zum nächsten zu bewegen und die Gäste zu befragen, ob sich ein gewisser Mr. Batman unter ihnen befände.

Steinbeck sah, wie jemand lachte und das Wort »Batman« wiederholte. Ganz offensichtlich war das nicht sein Name. Nun, es war auch nicht der Name von irgend jemand anders in diesem Raum. Niemand hier hieß Batman oder auch nur Bateman, wie der Knabe aus *American Psycho*. Aber darum ging es ja nicht. Es handelte sich um eine Botschaft. Und diese Botschaft kam an.

Ihre Blicke trafen sich. Die Blicke Steinbecks und eines Mannes, der sich inmitten einer größeren Gesellschaft befand.

Auch an diesen Tisch war der Kellner entschuldigend getreten, um nach einem Herrn Batman zu fragen. Abrupt hatte ein vollhaarig ergrauter Mensch Mitte der Sechzig seinen Kopf gehoben und in Richtung von Lilli Steinbeck geschaut. Sofort begriff er seinen Fehler, aber es war zu spät. Und weil er ein guter Verlierer war, lächelte er Steinbeck zu, nickte anerkennend und zog sodann mit einer einholenden Geste seines Zeigefingers den Kellner zu sich, um ihm eine Anordnung zu geben.

»So«, sagte Steinbeck zufrieden, »jetzt haben wir wenigstens ein Stückchen Fairneß hergestellt.«

»Was für eine Fairneß?« fragte Kallimachos.

»Es ist ungerecht, wenn von zwei Personen nur die eine die andere kennt und nicht umgekehrt.«

Kallimachos verstand nicht. Aber schon war der Kellner an die beiden Barbesucher herangetreten, verbeugte sich, als tunke er seine Nase in ein schmales Sektglas, und übermittelte die Nachricht.

»Man lädt uns ein«, übersetzte Kallimachos. »Dr. Antigonis würde sich freuen, wenn wir an seinem Tisch Platz nehmen würden.«

»Aber oui!« sagte Steinbeck.

Der Kellner gab ein Zeichen. Sofort wurden zwei Stühle herbeigeschafft.

Es war jetzt durchaus von Vorteil, daß sich Kallimachos im Schneckentempo fortbewegte, eine Hand am Stock, mit der anderen sich bei Steinbeck festhaltend. So hatte man noch genügend Zeit, um über den Mann zu sprechen, der einen nun erwartete.

Wer war Dr. Antigonis?

Nun, so genau konnte man das gar nicht sagen. Der Mann war zwar bekannt, aber in einer rätselhaften Weise. Keiner von denen, die ständig in den Gazetten auftauchten. Im Gegenteil. Der breiten Masse war sein Gesicht unvertraut. Die Journalisten schienen ihm geradezu auszuweichen. Man pflegte Zurückhaltung, sparte also auch mit Huldigungen. Erst recht mit kritischen Berichten über das weitverzweigte und bis zur Unkenntlichkeit diversifizierte Firmenimperium, dem Antigonis vorstand. Das einzige, was eine breitere Öffentlichkeit von diesem Mann wußte, war der Umstand, daß er, obgleich lupenreiner Grieche, eine französische Fußballmannschaft besaß. Ja, er war nicht etwa Präsident dieses sogenannten Millionenensembles, sondern eben sein Besitzer, wie man Rennpferde besitzt oder eine Sammlung modernster Handfeuerwaffen.

Und da gab es auch noch eine Frau, eine Ehefrau, die aber keiner kannte. Es hieß, sie lebe zurückgezogen hinter den Mauern ihres Anwesens. Dazu muß gesagt werden, daß Dr. Antigonis noch nie mit einer anderen Frau gesehen worden war als mit jener, mit der man ihn auch noch nie gesehen hatte.

Obgleich also ein mächtiger Wirtschaftsführer, hielt sich Antigonis deutlich aus der griechischen Politik heraus wie auch aus der französischen. Eigentlich war er immer nur mit Leuten zu sehen, die ähnlich wie er selbst uneinschätzbare Größen darstellten. Personen, die trotz klarstem Wetter in einem dicken Nebel standen. Selbst die Frage, was für ein Doktor er genau war, blieb ein Geheimnis.

Auch Dr. Antigonis küßte Lilli Steinbeck die Hand. Das neunzehnte Jahrhundert wehte durch diese Geschichte. Lilli bedankte sich auf französisch für die Einladung – wenn sich da schon jemand ein französisches Sportheiligtum unter den Nagel gerissen hatte. Dann stellte sie Spiridon Kallimachos vor. Die beiden Männer gaben sich die Hand. Dabei schenkten sie einander Blicke wie gutgezogene Raubsaurier, die einem Gegner nicht gleich bei erstbester Gelegenheit den Schädel abbeißen. Raubsaurier mit Geduld.

Die restlichen Herren nickten herüber, lächelten, die eine Dame hingegen verzog keine Miene. Sie gehörte nicht zu den Tussis, die üblicherweise im *Blue Lion* herumkicherten. Eher war sie auch ein Raubsaurier, jedoch mehr tückisch als guterzogen. Wahrscheinlich Sekretärin seit hundert Jahren.

»Bitte, Frau Steinbeck«, sagte Antigonis und lud Lilli ein, rechts neben ihm Platz zu nehmen. Währenddessen sank Kallimachos unter einigem Geschnaufe auf den Stuhl zur Linken, zündete sich eine Zigarette an und verfiel wie auf Knopfdruck in eine kleine Bewußtlosigkeit, eine Art inoffizielles Koma. Die Zigarette brannte in der Folge bis zum Filter ab. Die Asche bildete einen sich gefährlich neigenden Bogen, der aber hielt. Ein Bogenwunder.

Lilli Steinbeck ließ sich indessen ihr Weinglas mit irgendeinem saualten Franzosen auffüllen. Sie dankte, verzichtete aber auf weitere förmliche Verzögerungen und fragte: »Wo ist Georg Stransky?«

»Mon dieu! Beste Dame! Geht das nicht ein wenig sehr schnell?«

»Haben *Sie* sich denn Zeit gelassen? Ich war noch keine paar Stunden in Athen, da wurde ich bereits mit einer Fledermaus bekannt.«

Die anderen Männer am Tisch waren wieder zu ihren halbernsten und halbalbernen, recht lautstark geführten Geschäftsgesprächen zurückgekehrt. Die eine Raubsaurierdame wandte sich ihrem Nachbarn zu. Kallimachos verblieb in seinem Koma. Steinbeck und Dr. Antigonis sprachen miteinander, ohne daß die anderen etwas vom Inhalt mitbekamen. Es war wie so oft. Nirgends war die Intimität und Sicherheit so gewährleistet wie inmitten von Lärm und Geschäftigkeit, von Sesselrücken und Gelächter und dem Klingklang der Bestecke und Gläser.

»Also«, wiederholte Steinbeck, »wo ist Stransky? Lebt er noch?«

»Das will ich doch hoffen«, antwortete Dr. Antigonis. »Sie

dürfen mir glauben, niemand ist so interessiert daran, daß Herr Stransky dem Tod entkommt, wie ich das bin.«

»Und wieso hetzen Sie mir dann einen Perversen auf den Hals?«

»So kann man das nicht sagen. Sehen Sie es als einen Test an.«

»Ein Test? Der Kerl hätte mich beinahe umgebracht.«

»Aber nein. Ich wußte doch, daß unsere Polizei auf Sie achtgibt.«

»Pagonidis!?«

»Ein fürchterlicher Angeber«, sagte Dr. Antigonis, »aber man kann sich darauf verlassen, daß er keine Gefangenen macht. Er läßt lieber scharf schießen, bevor er versucht, sich ein Bild zu machen. Er macht sich immer erst hinterher ein Bild. Eines, das die Entscheidung, scharf zu schießen, plausibel erscheinen läßt. Wie gesagt, es war nie anders bei diesem Mann.«

»Weshalb aber diese Umstände?«

»Ich habe meinen Stil«, erklärte Antigonis sehr ernst. »Ein Stil rechtfertigt jeglichen Aufwand. Ohne Stil und Aufwand hätte nichts einen Sinn. Das Leben wäre ein Kartoffelsack.«

»Und Georg Stransky? Warum er? Wenn Sie mir schon nicht sagen wollen, wo er ist.«

»Ich weiß nicht, wo er ist. Nicht genau, leider. Dabei wäre es sehr in Stranskys eigenem Interesse, wenn ich es bald erfahren könnte.«

»Ich wiederhole: Wieso er?«

»Weil er mir gefiel. Ich meine, er gefiel mir, weil er so normal aussah. Und er ist ja auch ein ausgesprochen normaler Mensch. Ich wähle immer die Normalen. Man kann ihre Handlungen sehr viel eher voraussehen. Besser als bei Menschen, die sich für besonders halten. Megalomane kann man nicht einschätzen. Selbst die Monster unter ihnen kommen urplötzlich auf die Idee, Heilige zu werden. Solche Menschen sind zu allem bereit.«

»Soll das heißen, die Wahl auf Stransky fiel zufällig?«

»Eben nicht. Nur besitzt diese Wahl keinen unmittelbaren Hintergrund. Stransky war ein Mann auf der Straße, der mir optisch zusagte. Und bei dem es sich, wie mir rasch klar wurde, um einen Deutschen handelte. Ich habe ein Faible für die Deutschen.«

»Wieso?«

»Ich könnte jetzt sagen, wegen deren Hartnäckigkeit. Selbst die Normalen sind noch zähe Burschen. Das ist mehr als nur ein Klischee. Aber ich will ehrlich sein: Es war eine pure Laune, daß ich mich in allen zehn Fällen für Deutsche entschied. So, wie ich rothaarige Frauen bewundere. Ich weiß nicht, wieso.«

Steinbeck hatte rote Haare. Sogleich erklärte sie: »Eigentlich bin ich schwarz.«

»Es kommt nicht darauf an, was man *eigentlich* ist«, äußerte Antigonis und sah Steinbeck mit Wohlgefallen an. Sie war ganz sein Typ, trotz Nase. Denn er war ein kluger Kopf, dieser Doktor von irgendwas, dieser Mann im Nebel seiner selbst. Keiner von denen, die auf die Idee gekommen wären, Steinbeck eine Nasenoperation spendieren zu wollen.

»Rothaarige und Fledermäuse. Ist das Ihr Stil?« fragte Steinbeck, die ungern vergaß, daß Antigonis ihr diesen Maskenmann geschickt hatte.

»Es handelt sich um ein Symbol, Frau Steinbeck. Bei der Batmanfigur, meine ich.«

»Stransky bekam eine. Und die anderen auch, nehme ich an.«

»Ich sehe, Sie sind im Bilde.«

»Bei weitem nicht so sehr, wie ich möchte. Wieso Batman?«

»Wenn ich Ihnen alles verrate, meine verehrte Freundin, hören Sie auf, zu sein, was Sie sind, eine Kriminalistin. Eine Forscherin in fremden Welten.«

»Also gut. Aber ein bißchen helfen werden Sie mir schon müssen«, fand Steinbeck und blinzelte. Ihre Wimpern schwangen, als wollten sie einen Sandsturm auslösen. Aber welche Wimpern wollen das nicht?

»Wie gesagt«, betonte Antigonis, »ich habe Stransky ausgewählt, aber ich weiß nicht, wo er ist. Zumindest nicht genau. Und das ist dumm. Stransky ist meine vorvorletzte Chance. Kein Wunder, daß ich ein wenig nervös werde.«

»Wovon reden Sie da?«

»Es ist ein Spiel, weil alles ein Spiel ist. Das wird gerne übersehen.«

»Welches Spiel genau?«

»Die Hintergründe brauchen Sie nicht zu interessieren. Worauf es ankommt, ist das folgende: 1995 habe ich zehn Personen ausgesucht. Im Grunde hätte ich genausogut im Telefonbuch auf irgendwelche Namen zeigen können. Aber das wäre der Sache nicht angemessen gewesen. Auch im Hinblick auf die Arbeit der Polizei, auf *Ihre* Arbeit, Frau Steinbeck. Die Polizei verlangt Strukturen, das ist ihr gutes Recht. Und weil ich kein Angsthase bin, gab ich meiner Auswahl eine solche Struktur. Ich nahm, wie gesagt, nur Deutsche, nur Männer, keine Urlauber, sondern Personen, die geschäftlich in Athen zu tun hatten, und vor allem normale Leute. Und ich nahm mir Zeit, praktisch ein dreiviertel Jahr, in dem ich einen jeden von ihnen ansprach, um am Ende eines stets gemütlichen Abends meinen Gast mit einer kleinen Batmanfigur zu überraschen.«

»Eine solche wurde bei keiner der Leichen gefunden«, wandte Steinbeck ein.

»Natürlich nicht. Obwohl jeder sie bei sich hatte, als er starb. Aber diese Figuren sind natürlich jene Spielsteine, welche – sollten sie einmal, alle zehn, im Besitz meines Gegners sein – bedeuten, daß ich verloren habe. Und nicht nur ich.«

»Klingt nach einem Brettspiel.«

»Es ist ein Brettspiel«, sagte Antigonis. »Ich bräuchte nur einen einzigen dieser zehn Männer zu retten, dann hätte ich gewonnen. Oder sagen wir, ich hätte *nicht* verloren, was ja manchmal im Leben das gleiche ist.«

»Sieben Fledermäuse sind dahin.«

»Genau. Und wenn ich sie nun, liebe Frau Steinbeck, Sie ein wenig habe erschrecken lassen, dann auch, weil ich wußte, daß es Sie animieren würde, mich zu finden.«

»Ich dachte mir schon«, sagte Lilli, »daß Sie gefunden werden möchten. Eine Lieblingstheorie von mir. Daß es alle Verbrecher zur Polizei hindrängt.«

»Sie sind voreingenommen«, sagte Antigonis, »das enttäuscht mich ein bißchen.«

»Zur Sache«, mahnte Steinbeck. »Was kann ich tun?«
»Stransky finden, bevor jemand anders ihn findet. Stransky nach Hause bringen, bevor man ihn tötet.«
»Das möchte ich gerne tun, wenn auch nicht für *Sie*.«
»Sie werden es aber ein klein wenig auch für mich tun müssen, ob Sie wollen oder nicht. Also, wie entscheiden Sie?«
Steinbeck nickte. Etwas anderes wäre auch nicht vernünftig gewesen, schließlich hatte sie nichts gegen diesen Dr. Antigonis in der Hand. Ohnehin waren Leute, die man *in der Hand* hatte, wenig wert. Außer man wollte sie quälen.

Antigonis, der mit einer Sorgfalt an seinem Glas Wein nippte, als berechne er eine Umlaufbahn oder als zähle er die Steinchen in einem Saturnring, erklärte nun, daß Stransky, nachdem man ihn aus seinem Haus entführt habe, in den Jemen gebracht worden sei, in die Hauptstadt Sanaa.

»Warum nicht gleich nach Gotham City?« höhnte Steinbeck.

Doch der Doktor verkündete, daß die Wahl des Ortes noch vielmehr dem Zufall zu verdanken sei als die Wahl der jeweiligen Person. Georg Stransky sei an einem »gewürfelten« Ort ausgesetzt worden.

»Wer hat ihn ausgesetzt?« fragte Steinbeck.
»Man könnte sagen, ein unabhängiger Schiedsrichter. Jemand, dessen Aufgabe darin besteht, emotionslos, aber nicht phantasielos die Entführung vorzunehmen und den Entführten an seinen Startplatz zu bringen.«
»Und dann?«
»Dann zieht sich der Schiedsrichter zurück und überläßt den Mann – wir nennen ihn folgerichtig den Batman –, überläßt den Batman also seinem Schicksal. Welches darin besteht, von einer Gruppe gejagt und von einer anderen Gruppe beschützt zu werden. Was zunächst heißt, ihn erst einmal finden zu müssen. Mehr, als daß er sich in Sanaa befindet, ist keiner der beiden Seiten bekannt.«
»Die andere Seite, Ihr sogenannter Gegner, wird also versuchen, Stransky zu töten.«
»Ja, mein Kontrahent hat es, so betrachtet, sehr viel leichter.

Ein paar Kugeln und schon ist ein neuer Spielstein gewonnen. Wir aber, wir müssen den Mann dort hinbringen, wo er herkommt. Wir müssen ihn zu Hause abliefern, und zwar lebendig.«

»Wer ist wir?«

»Im Grunde bin ich das selbst. Und eine ganze Horde von Leuten, die ich jeweils anheure, Leute, denen es gleichgültig ist, wer sie bezahlt, wenn sie nur bezahlt werden. Nicht, daß ich mit diesem Söldnergesindel zufrieden wäre. Nicht angesichts von sieben Toten. Diese Kerle, auch wenn sie sich Bodyguards nennen, sind im Umbringen sehr viel besser als im Bewahren von Leben. Darin besteht das Dilemma des ganzen Sicherheitsgewerbes. Als würde man eine Lachszucht unter Mitarbeit von Seeadlern betreiben. Schwierig, äußerst schwierig. Darum, beste Dame, rede ich ja überhaupt mit Ihnen.«

»Sie wollen, daß ich für Sie arbeite.«

»Sie sind in den Ferien, habe ich gehört. Und Ferien kann man genausogut in Sanaa wie in Athen verbringen. Staubig ist es da wie dort.«

»In Sanaa wohl ein wenig staubiger. Und auch heißer.«

»Das muß nicht sein. Sanaa liegt in zweitausend Metern Höhe. In der Nacht kann es ausgesprochen kalt werden. Sie sollten also eine Jacke mitnehmen. Und vielleicht auch das Kleid wechseln.«

»Ach was? Denken Sie, ich könnte mit den paar Löchern auf meinem Bauch Anstoß erregen?«

Als sei das eine ernstgemeinte Frage, erklärte Antigonis, daß eine Ausländerin, die sich an die Gepflogenheiten des Landes halte – also nicht unbedingt in kurzen Röcken durch die Gegend laufe, was ja in dieser Kultur schlichtweg bedeute, in der Unterwäsche auf die Straße zu gehen –, daß also eine solche kluge Frau es leichter habe als ein gleichfalls ausländischer Mann, dem bei aller Gastfreundschaft der Jemeniten gewisse Bereiche verschlossen blieben. Etwa, mit Frauen zu sprechen.

»Ich weiß nicht«, sträubte sich Steinbeck. »Ich habe noch nie für das Arabische geschwärmt. Vom Islamischen ganz zu schweigen. Sich Gott als einen kleinen Scharfrichter denken, ist wirklich beleidigend – für Gott. Kein Wunder, daß er sich dort von allem fernhält.«

»Ach, das ist interessant«, zeigte sich Antigonis überrascht. »Halten Sie es tatsächlich für möglich, Gott könnte irgendwo heimisch sein?«

»Wenn, dann in einer säkularisierten Welt, die ihn nicht ständig herabwürdigt. Stellen Sie sich vor, Sie sind ein großer Mathematiker und Ihnen werden unentwegt allersimpelste Gleichungen vorgelegt. Wären Sie nicht auch lieber an einem Ort, wo zwar niemand Mathematik betreibt, dafür aber auch niemand Sie beschämt?«

Antigonis blies Luft durch die Nase. Dann meinte er: »Egal! Sie müssen schließlich keinen Reiseführer über den Jemen schreiben. Im übrigen sollten wir uns beeilen.«

»Ist das sicher«, fragte Steinbeck, »daß Stransky noch lebt?«

»Wäre er bereits tot, wüßte ich es. Die andere Seite läßt sich da nie viel Zeit. Nein, noch ist unbekannt, wo genau Stransky sich aufhält. Sanaa ist kein kleines Dorf.«

»Immerhin weiß der Schiedsrichter Bescheid.«

»Richtig. Aber ein Schiedsrichter ist unantastbar. Sie wissen sicher, was eine rote Karte bedeutet.«

»Sollte man vermeiden«, zeigte sich Steinbeck informiert. Und weil sie auch wußte, daß es nicht sinnvoll war, ein Zuspiel anzunehmen, wenn man hinter der gegnerischen Verteidigung stand, bewegte sie sich dorthin, wo sie stehen durfte. Sie sagte: »Gut. Ich fahre nach Sanaa.«

»Ausgezeichnet!« freute sich Antigonis, schenkte Wein nach, griff dann in die Innentasche seines Jacketts und holte ein längliches Portemonnaie aus schwarzem Leder hervor, das er vor Steinbeck auf den Tisch legte. Steinbeck hatte gute Augen. Sie bemerkte die Umrisse des bekannten Fledermauslogos, welches in sehr dunklem Blau vor dem schwarzen Hintergrund stand.

»Ich fand diese Comics schon immer unsäglich und widerlich«, kommentierte sie, nahm aber die Börse und verstaute sie in ihrer Handtasche. »Zuerst haben die Superhelden ausgesehen, als hätten sie allesamt Pyjamas an. Heute wiederum muß man an Sado-Maso-Kluft denken. Wie auch immer, es wirkt damals wie jetzt rigoros sexuell und rigoros unappetitlich.«

Dr. Antigonis schwieg. Er ließ sich diesbezüglich nicht provozieren. Also ging Steinbeck zum Praktischen über und fragte: »Wann werde ich fliegen?«

»Morgen früh. Natürlich könnte ich Sie mit einem Privatjet hinbringen lassen. Aber das wäre auffällig und darum unvernünftig. Immerhin besuchen Sie Sanaa als Touristin, nicht wahr? Sie werden über Kairo fliegen.«

»Schade. Ich wäre gerne mal in einem Privatjet gesessen. Ich liebe Platzverschwendung«, sagte Steinbeck. »Aber noch etwas anderes. Wie konnten Sie wissen, daß ich heute abend hier sein werde?«

»Da ging's mir scheinbar wie Ihnen ... Nein, ganz so sicher war ich mir gar nicht. Aber wären Sie nicht gekommen, hätte ich wenigstens gewußt, daß Sie für diesen Job nicht taugen. Schließlich geht es darum, flink zu sein.«

Während er so sprach, blickte er kurz auf den vor sich hin dösenden Kallimachos und bemerkte: »Apropos. Der Mann ist unglaublich. Was haben Sie mit ihm vor?«

»Ich möchte ihn mitnehmen. In den Jemen.«

»Sie belieben zu scherzen.«

»Keineswegs. Herr Kallimachos ist Detektiv. Und als solchen habe ich ihn engagiert.«

»Aber doch wohl, weil er Grieche ist. Wenn er schon sonst nichts ist. Außerdem sagte ich ja bereits, ein Mann – selbst einer, der nicht am Stock geht – wäre im Jemen ein Hindernis.«

»Lassen Sie das mein Problem sein. Herr Kallimachos wird mich begleiten ... oder ich verzichte.«

»Ich kann den Sinn nicht erkennen«, sagte Antigonis.

»Also Sie sind gut! Reden groß von Sinn und treiben ein unwirkliches Spiel mit lebenden Figuren.«

Antigonis wich aus: »Ich müßte noch ein Ticket für unseren übergewichtigen Freund reservieren lassen.«

»Na, das kriegen Sie ja wohl hin.« Steinbeck berührte kurz die Hand ihres Gesprächspartners in einer etwas tätschelnden Weise.

Dr. Antigonis verzog das Gesicht, betrachtete noch einmal den schlafenden Mann zu seiner Linken und gab sich sodann geschlagen.

Steinbeck meinte, sie verstehe Kallimachos. »Ich könnte auch längst schlafen.«

Sie erhob sich, wechselte hinüber zu dem Detektiv, faßte ihn an der Schulter und drückte ihre Fingerkuppen sachte, aber auch nicht zu sachte, in den vom Fett abgedeckten Schultermuskel. Kallimachos kam mit einem Stöhnen zu sich und griff nach seiner Zigarette. Endlich brach der Aschenbogen, denn auch Wunder haben ihre natürlichen Grenzen.

Der nun ausnahmsweise zigarettenlose Mann öffnete seine Augen und zwinkerte in das Gelb seiner Brillengläser. Er blickte hinter sich, wo Steinbeck stand und fragte im Ton eines Patienten: »Sind wir fertig?«

»Ja. Lassen Sie uns gehen. Wir müssen noch packen.«

Kallimachos stellte keine weitere Frage. Er zog sich an seinem Stock in die Höhe, schneller, als man das bisher an ihm erlebt hatte. Allerdings nicht so schnell, daß es Dr. Antigonis auch nur irgendwie beruhigt hätte. Der dicke, gehbehinderte Detektiv kam ihm in dieser Situation geradezu surreal vor. Banal surreal, wie weiche Uhren oder brennende Giraffen.

Dr. Antigonis konnte nicht ahnen, wie nahe er damit der Wahrheit kam. Denn auch wenn Kallimachos gar keine brennende Giraffe war, so doch ein brennendes Walroß. Sie alle würden das noch begreifen.

Viel zu spät für ihre Verhältnisse klopfte Steinbeck an die Wohnungstüre der Familie Stirling. Das Geschrei des Kindes stand wie ein Namensschild an der Türe. Inula öffnete. Sie war ohne den Säugling, betrachtete Lilli Steinbeck von tief unten her, als müßte ihr Blick sich rücklings unter einem sehr niedrig gehaltenen Limbostab durchwinden, um erst in der Folge zu der Österreicherin hochzufahren. Ja, das war der typische Limboblick einer gequälten, müden, wütenden Natur, der man ständig die Querstange noch ein Stück tiefer setzte.

Solcherart schauend, trat Inula ein kleines Stück zur Seite

und ließ Steinbeck ein, welche ja dünn genug war, um den schmalen Durchgang ohne Einbußen der eigenen Noblesse zu nutzen.

Steinbeck ging ins Wohnzimmer, wo Stavros gerade dabei war, das schreiende Kind aus der Schulterposition zu nehmen und mittels Handfläche und Unterarm einen Sitz zu bilden, aus dem heraus der kleine Leon seine Umgebung betrachten konnte. Aber da waren einfach viel zu viele Tränen, um etwas erkennen zu können. Und so fügte sich erneut ein Unglück in das nächste, sodaß nur noch die totale Erschöpfung Erlösung schaffen würde. Aber so weit war man noch nicht.

»Geben Sie ihn her«, sagte Steinbeck. Es war ein Reflex. Sie war alles andere als eine gelernte Kinderfrau oder auch nur Hobbykinderfrau. Es war der Reflex einer im Grunde ziemlich ermatteten Frau, die ein Problem im wahrsten Sinne des Wortes in die Hand nahm. Jedoch alles andere als handwerklich korrekt. Sie hielt das Kind gleich einem kleinen Bierfaß, und zwar wie jemand, der Bier nicht mochte. Sofort kam Inula herbeigeeilt und wollte ihren Kleinen an sich reißen. Aber Leon war noch schneller gewesen als seine Mutter. Er hatte augenblicklich zu schreien aufgehört, aber nicht, wie man hätte denken können, um nach dem kurzen Schock eines fremden Geruchs erneut und noch heftiger loszuschlagen, nein, er ließ sein Köpfchen, das er ohnehin noch kaum zu tragen verstand, gegen die Wange Steinbecks fallen, schloß seine Augen und versank mit einem kleinen Schnaufen – einem winzigen Kallimachos-Schnaufen – in einen ruhigen und tiefen Schlaf. Einer Befreiung von Schlaf.

Die Eltern standen da wie ausgepeitscht. Dabei war es doch so einfach. Es war wie mit Katzen, die sich am liebsten an Leute kuscheln, welche Katzen gar nicht mögen, die sie zwar nicht quälen oder verhungern lassen, aber auch keine großen Gefühle für sie hegen.

Lilli Steinbeck besaß keinen Mutterinstinkt. Sie war nichts anderes als eine neutrale Hülle, ein Ort ungefärbter Geborgenheit. Für den Moment.

Nach einer ersten Scham ergaben sich Inula und Stavros

Stirling der plötzlichen Gunst, murmelten etwas Unverständliches und verzogen sich sodann in ihr Schlafzimmer, wo sie beide – so rasch wie zuvor ihr Baby – einschliefen.

Die Welt schlief. Nur Lilli Steinbeck, die Frau, die üblicherweise um neun im Bett lag, wachte über die Welt.

»Bin ich noch zu retten«, fragte sie sich, erlaubte sich aber gleich darauf ein positives Gefühl. So schlecht sah es gar nicht aus. Sie ließ sich auf das orangerote Sofa nieder, legte das Kind neben sich, sodaß sein Köpfchen mit dem Scheitel gegen ihren Schenkel drückte, und deckte den Körper, dessen Schweiß sie zuvor abgetupft hatte, mit einem dünnen Laken zu. Sie rückte ein wenig tiefer und preßte ihren Nacken in die weiche, runde Kante der Rückenlehne. Dann schlief auch sie ein.

Manchmal ist die Welt einfach tot. Manchmal herrscht absoluter Friede.

Der Friede hielt für seine Verhältnisse ausgesprochen lange an. Vier Stunden später erwachte das Kind, schreiend. Aber das tun Halbjährige nun mal. Nichts, was einen zu irritieren brauchte. Nicht nach vier Stunden gutem, echtem Schlaf. So ein Schlaf ist mitunter das Beste, was einem in einem Menschenleben zustoßen kann.

Auch Lilli Steinbeck fühlte sich ausgeruht, obwohl sie nun schon zum zweiten Mal in Serie in aufrechter Position ihren Schlaf gehabt beziehungsweise ihn nachgeholt hatte. Inula war mit einem milden Lächeln im Zimmer erschienen – einem Lächeln für ihr Baby wie für Steinbeck –, hatte das Kind genommen und es an die Brust gelegt. Leon war nun endlich einmal so weit erholt, daß er die Milch ohne die übliche Unruhe zu sich nehmen konnte.

Man frühstückte zusammen, dann ging Lilli unter die Dusche, wo sie eine gute halbe Stunde zubrachte. Sie onanierte in einer bedächtigen Art, rücksichtsvoll gegen den eigenen Körper. Als sie ihren Höhepunkt erreichte, war das wie das Gefühl angesichts einer aufgeräumten Wohnung.

»Ich muß zum Flughafen«, sagte Steinbeck, als sie aus dem Badezimmer kam. Sie hatte ihr Löcherkleid mit einem schwarzen, hochgeschlossenen Hosenanzug getauscht. Dazu trug sie eine dieser eulenäugigen Sonnenbrillen von Chanel und ein Kopftuch in dunklem Rot und kräftigem Gold mit einem Muster, das aussah wie ein superdünn zusammengepreßtes Königspalais. Um Hals und Schulter hatte sie ein Tuch von derselben Art, bloß mit ein paar grünen Streifen darin, gewissermaßen den Park zum Palais. Sie stand in schwarzen, spitz zulaufenden, für ihre Verhältnisse relativ niedrigen und robusten Schuhen. Darunter schwarze Strümpfe. Auf dem Handgelenk eine Uhr, die nicht gleich in Reparatur ging, wenn man sie einmal anhauchte. Über der Schulter hing eine Ledertasche von der Farbe passierter Erbsen, in die sie – neben das übliche kleine Fläschchen Whisky – ein Paar schwarzer Seidenhandschuhe hineingetan hatte. Sowie jenes längliche Portemonnaie, das ihr Dr. Antigonis übergeben hatte. Außerdem hatte sie einen kleinen, einen wirklich kleinen Koffer gepackt, so einen wie Grace Kelly ihn in *Fenster zum Hof* James Stewart zeigt, um den Heiratsunwilligen von ihren praktischen Fähigkeiten zu überzeugen. Wobei sich versteht, daß Lilli Steinbeck nicht wie Frau Kelly ein Stumpfsinn verratendes, geschmackloses Nachthemd samt lächerlichen Hausschühchen eingesteckt hatte, sondern ein paar Dinge, die eine gewisse Hygiene und eine gewisse Wetterfestigkeit garantierten.

Man kann also sagen, daß Lilli Steinbeck bereits vollkommen auf ihren Jemenaufenthalt eingestellt war. Dies entsprach ihrem Arbeitsprinzip, lieber zu früh als zu spät sich einer neuen Situation anzupassen, um dann nicht in eine unschöne Hektik zu verfallen. Sie würde, bevor sie in Kairo den Flieger betrat, sich nur noch einen schwarzen Rock umbinden müssen. Was nicht hieß, daß sie vorhatte, sich zu verschleiern. Um Gottes willen nein. Selbstverständlich war es wichtig, die Position einer selbstbewußten, wenn nicht sogar einer etwas herrischen Westlerin zu behaupten. Aber eben unter den Anführungszeichen einer Etikette, die man besser oder schlechter erfüllen konnte. Und Steinbeck gedachte, sie in hohem Maße zu erfüllen. Schließlich war sie kein Dämon, den Allah schickte, um seine Leutchen auf die Probe zu stellen.

Da stand sie also in ihrer Jemenausrüstung und sagte: »Ich muß zum Flughafen.«

»Warum das denn?« fragte Stirling, dessen Augenpaar im weißen Licht an eine Eisfläche erinnerte, unter der etwas schimmerte, was ebensogut eine Leiche wie ein Holzstamm sein konnte.

»Ich reise in den Jemen, nach Sanaa. Möglich, daß ich Stransky dort finde.«

»Jemen?«

»Es ist nicht so, wie Sie denken. Es sind nicht die Jemeniten, die ihn entführt haben.«

»Nicht?«

»Sanaa stellt so eine Art Startloch dar. Ich will nur hoffen, daß Stransky nicht soeben darin krepiert.«

Stirling erklärte kleinlaut, es sehr schade zu finden, daß Steinbeck ihn und seine Frau und Leon verlasse, jetzt, wo sie sich doch so gut mit dem Kind verstehe.

»Ich verstehe mich nicht gut mit Ihrem Kind, Stavros. Wenn Sie das kapieren, kommen Sie ein ganzes Stück weiter.«

»Mag sein«, reagierte Stavros trotzig, »dennoch ist es ein Schlag, daß Sie plötzlich gehen.«

Steinbeck fühlte sich wie eine Madonna, die nur leider Gottes nicht überall gleichzeitig sein konnte. Aber es war ein gutes Gefühl. Sie wollte lieber eine umtriebige Madonna sein als eine umtriebige Kriminalistin. Oder wenigstens eine Kriminalistin als Madonna. Sie sagte: »Ich erledige das und kehre dann wieder zurück.«

»Nach Athen?«

»Na, immerhin muß ich Kallimachos hier abliefern.«

»Was? Sie nehmen ihn mit?«

»Natürlich. Ich habe ihn doch erst gestern engagiert.«

»Aber ...«

»Kein aber«, bestimmte Steinbeck, küßte Inula, küßte den schreienden Leon, schenkte Stavros einen mütterlich mutspendenden Blick und verließ die Wohnung.

Meistens ist die Welt natürlich weder tot, noch herrscht Friede. Allerdings bleibt sie bei alledem ziemlich klein. Am Nachmittag des gleichen Tages trat Lilli Steinbeck aus einer Damentoilette des Kairoer Flughafens, wo sie sich mit einem Schuß 4711 frischgemacht und ihre Anzughose durch einen schwarzen, bodenlangen Rock ersetzt hatte. Natürlich wäre auch die Hose geeignet gewesen, ihre Beine zu verdecken, aber sicher nicht die Form ihrer Beine.

»Jetzt sind Sie perfekt«, sagte Kallimachos, der sich mit beiden Händen auf seinen Stock stützte und inmitten vorbeieilender Flugpassagiere eine Barriere bildete. Er trug einen dunkelgrauen Anzug, unter dem es ein wenig zu brodeln schien. Das ganze Wasser in seinem Körper kochte und das Fleisch im Wasser. Kochte auf kleiner Flamme. Kallimachos war eine wandelnde Rindsuppe. Auf dem blanken Schädel hatte er einen Hut aus schwarzem, steifem Leinen. Seine Augen blickten noch immer durch die gelblichen Scheiben seiner Brillengläser. Was fehlte, war die Zigarette. Rauchverbot! So ein Flughafen war ein verdammter Ort. Es wird die Zeit kommen, da die Menschheit von Flughäfen aus ihren Gang in die Hölle antritt.

Aber noch war Zeit. Das Purgatorium auf keiner der Anzeigetafeln zu lesen, sondern bloß die Namen der üblichen Kaffs. Auch Sanaa.

Steinbeck und Kallimachos gelangten als letzte ins Flugzeug, eine saubere Maschine, in der fast nur Geschäftsleute saßen. Man begab sich in die erste Klasse. Natürlich war der Sitz zu klein für Kallimachos. Ein Glück, daß Lilli ein Stückchen von dem ihren abgeben konnte. Das hatte etwas von den Tagen, die kürzer werden, damit die Nächte länger werden können. Es hatte etwas Vollkommenes.

Kallimachos jedoch fragte im Ton einer umgestürzten Häuserwand: »Halten Sie das wirklich für eine gute Idee, mich mitzunehmen? Ich werde Sie behindern. Andauernd. Wir werden ständig zu spät kommen.«

»Fangen Sie nicht auch noch an«, bat Steinbeck.

»Okay. Kein Wort mehr darüber. Wir werden schwitzen, wir

werden frieren, und wir werden uns schwertun, einen guten Schluck Alkohol zu kriegen. Aber so soll es wohl sein.«

Lilli Steinbeck lächelte bitter. Ja, die Sache mit dem Alkohol sah natürlich wirklich nicht rosig aus. Zumindest, wenn man sich von den Hotels entfernte. Aber richtige Trinker kamen immer irgendwie an ihren Alkohol. Überall auf der Welt.

Lilli nippte am Kaffee und sah aus dem Fenster. Unter ihnen lag die Westküste der Arabischen Halbinsel und glänzte wie ein soeben lackiertes Gebiß, in dem der eine oder andere goldene Zahn einsaß. Steinbeck kannte diesen Flecken Erde eigentlich nur aus Satellitenbildern. Eine Wüste, in die man Fördertürme gerammt hatte und daraus eine dubiose Art von Berechtigung vor der Welt bezog. Eine Ölexistenz. Doch das jemenitische Sanaa würde anders sein, hoch oben, umgeben von Gebirge, rückständig, mit Krummdolchkultur und zauberischer Altstadt. Und irgendwo ein Mann namens Stransky, der wohl einigermaßen erstaunt sein mußte, zu sein, wo er war.

6
Im Land der dicken Backen

Wenn jemand aus einer tiefen Ohnmacht erwacht, ist das ein jedes Mal so wie damals, als er auf die Welt kam. Ob man nun aus einem Mutterleib gerutscht, aus irgendeiner Art von Ei gebrochen oder aus einer Puppenhülle geschlüpft war. Ob man seither als Mensch oder Schildkröte oder Schmetterling sein Dasein fristet. Nach einer Ohnmacht, einer Betäubung, ist es stets wie am Anfang. Die Welt ist unscharf. Und dann dreht irgend jemand an den Knöpfen, das Bild wird klarer, der Ton deutlicher, die Luft kälter. Das Leben tritt auf die Bühne wie einer dieser trötenden Showmaster, die alles großartig und wunderbar finden. Und obwohl wir von nichts noch eine Ahnung haben, glauben wir ihnen nicht. Wir zweifeln von Anfang an. Das macht aus uns, aus den Menschen wie den Schildkröten oder Schmetterlingen, sensible, melancholische und traurige Geschöpfe. Pessimisten von der ersten Sekunde an. Und das Schreckliche: Wir behalten recht.

Noch war alles verschwommen, das Bild wie der Ton. Georg Stransky empfand sich als ein Taucher, dem die Maske angelaufen war. Er strampelte innerlich und geriet endlich an die Oberfläche, hinaus aus dem Bauch, dem Ei, der Puppe. Die Welt war ein Flachbildschirm. Zumindest war das erste, worauf sein Blick fiel, eine langgestreckte Scheibe, über welche ein Kindergarten von Pünktchen trippelte und immer neue Ansichten der Wirklichkeit bildete. Eine flimmerfreie Wirklichkeit, die darin bestand, daß zunächst ein aus größter Höhe aufgenommener Wirbelsturm zu erkennen war, der sich stückweise im Kreis drehte. Dann sah man die Katastrophe, die aus diesem Wirbelsturm hervorgegangen war, die Flutwelle, die Überschwemmungen, die zerstörten Häuser, die altbekannten

Bilder von Autos, die wie Spielzeug über reißende Bäche trieben. Immer diese Autos, als sei nichts geeigneter, den Verlust von Normalität zu bekunden. Was nur natürlich ist, daß uns etwa ein Ford Taunus näher ist als irgendein fremder Toter. Den Ford Taunus kennen wir ja ganz gut, wenigstens vom Sehen.

Am unteren Rand des Fernsehbildes fuhren in rascher Folge Schriftzeichen vorbei, aktuelle Meldungen, Börsenberichte, Wettertemperaturen, etwas von dieser Art wohl. Stransky meinte zu träumen. Was er sah, waren arabische Buchstaben. Zudem besaß die Stimme des Kommentators jene feuerwerkartige Rasanz und Vehemenz, die dem damit unvertrauten Hörer als ein Ausdruck morgenländischer Aufgeregtheit erscheinen konnte. Ein explosiver Tonfall, der wie das Niederbrennen einer amerikanischen Flagge anmutet.

Stransky wandte seinen Blick von dem spiegelartigen Bildschirm ab. Er befand sich in einem Raum, dessen weiß gekalkten Wände glänzten wie ein noch feuchter Schweinswal. Der Boden war mit reich verzierten Teppichen geradezu gepflastert, als bestünde nicht wirklich ein Boden, sondern eben bloß diese Vielzahl steifer, verspreizter Teppiche, wenn man so will »fliegender Teppiche«, was den Eindruck der Bodenlosigkeit gerechtfertigt hätte. Durch das halbrunde Oberlicht eines Fensters fiel gefärbtes Licht und bildete in der Mitte des Raums ein kleines Feuer. Gegen die Wände hin waren hohe Matten gerückt, darauf Kissen und Decken, und auf den Kissen und Decken Männer und Kinder. Als die Erwachsenen sahen, daß Stransky erwacht war, sagten sie etwas, das so klang wie »Allah und seine Vasallen«. Doch mit Sicherheit sprachen sie Arabisch. Wahrscheinlich hießen sie ihn einfach willkommen.

Was nun Stransky in höchstem Maße irritierte – davon abgesehen, daß er sich ganz eindeutig nicht im eigenen Wohnzimmer aufhielt –, war der Umstand, daß die dunklen Gesichter der Männer jeweils eine beträchtlich aufgeblähte Wange zeigten. Wobei es gleichgültig schien, ob die rechte oder linke Seite betroffen war. Stransky glaubte im ersten Moment etwas Außerirdisches zu erkennen, orientalisch marsianisch. Dann dachte er an eine Krankheit. Doch indem er nach und nach sein Bewußtsein und damit seine Konzentrationsfähigkeit wiedergewann und ihn auch die Furcht verließ, denn immerhin wurde er von sämtlichen Männern mit einer freundlichen Miene bedacht, erkannte er die Kaubewegung, welche diese gar nicht aufgeblähten, sondern vielmehr vollgestopften Wangen sich heben und senken ließ. Endlich fiel ihm auch die durchsichtige Plastiktüte auf, in der sich ein Bund blättriger Äste befand. Man bemerkte seinen Blick, freute sich. Dazu gab es Kommentare, die er natürlich nicht verstand. Niemand hier schien eine Fremdsprache zu beherrschen. Währenddessen waren die Fernsehbilder zur reinen Dekoration verkommen. Unbeachtet von allen lösten sie sich vor dem Hintergrund eines goldbestickten, abstrakten Wandbehangs auf. Ihrerseits ein Wandbehang. Die Wirklichkeit zerrann zu einem Muster, das nichts bedeutete.

Stranskys Sitznachbar, ein jugendlicher Greis, zog einen der Äste aus der Tüte und zupfte die Blätter herunter, wobei er gegen ein jedes kurz mit dem Finger trommelte, als klopfe er gegen eine winzige Türe. Einige Blätter ließ er fallen, die restlichen, die offenkundig seiner Prüfung standgehalten hatten, überreichte er Stransky.

»Qat«, dachte Stransky, »es muß Qat sein.« Er hatte im Buch eines Kollegen, das die Vogelwelt des nördlichen Jemen behandelte, von diesem Rauschmittel gelesen, von den dünnen, weichen Strauchblättern, die man kaute und deren Saft dank des eigenen Speichels mit beachtlicher Geschwindigkeit ins Zentralnervensystem hineinfuhr. Der auf diese Weise selbstbehandelte Mensch war gleich sehr viel freundlicher gegen das Leben. Also auch gegen Allahs diverse Prüfungen. Woraus aber gleichzeitig das übliche Problem resultierte, daß nämlich Gott, gleich in welcher Gestalt und an welchem Ort er auftrat, ständig von flüchtenden Individuen umgeben war. Wenn sie sich nicht in den Alkohol flüchteten, ins Geldverdienen oder Sporttreiben und so weiter, dann eben in Stimulanzien wie dieses Qat. Überall Flucht, auch unter Fundamentalisten. Überall Leute, die sich versteckten und Gott bis tausend zählen ließen.

Stransky sagte: »Qat.«

Jemand korrigierte ihn, indem er das Wort anders aussprach, kompakter, massiver, jedoch gleichzeitig anerkennend nickte.

Man forderte Stransky auf, das Kraut zu probieren. Er lächelte wie ein Ring – wenn man sich die Form des Rings als ein unendliches Lächeln denkt – und führte sich ein paar Blätter in den Mund, in die er vorsichtig biß. Sie schmeckten ... nun, sie schmeckten nach Blättern, die eigentlich gedacht waren, von Ziegen verspeist zu werden.

Die Männer unterhielten sich, sprachen auch immer wieder Stransky an, reichten ihm eine Wasserflasche. Er dankte und gab sein Ringlächeln zum besten. Wenn Verzweiflung, dann steckte sie in seinen Augen. Aber in seine Augen sahen die Männer nicht. Sehr wohl aber die Kinder, die abwechselnd vor ihn traten und ihn bestaunten, wobei die Erwachsenen dazu mit den Armen ruderten. Stransky wußte nicht, ob man solcherart die Kinder zu ihm hindrängte oder von ihm wegscheuchte. Die Buben wirkten dabei ein wenig wie Hühner, lustige Hühner freilich. In den Gesichtern der Mädchen aber steckte etwas Freches und Herausforderndes. Und auch wenn das ein Gedanke war, der *so* nicht gedacht werden durfte, nicht von einem Mann wie Stransky, so kam ihm dennoch in den Sinn, daß es vielleicht ganz gut war, wenn diese Blicke demnächst hinter einem Schleier verschwinden würden. Auch wenn sie freilich nicht aufhören würden, zu bestehen, die Blicke. Das Freche wie das Herausfordernde.

Nein, so etwas dachte man nicht als Professor einer westlichen Universität. Noch dazu als jemand, der mit Frauen nur die allerbesten Erfahrungen vorweisen konnte. Seine wunderbare Frau, seine wunderbare Tochter ...

»Wo bin ich?« fragte Stransky, während er die zerkauten Blätter in seine rechte Wange schob. Er wiederholte die Frage auf englisch und französisch. Dazu deutete er mit dem Zeigefinger auf den Boden, auf dem er saß, oder zumindest auf den Teppich, der diesen Boden bildete. Als Antwort bekam er etwas zu hören, was er so wenig verstand wie das Bisherige, aus dem sich aber ständig der Begriff »Allah« herausfiltern ließ, ein wenig wie in amerikanischen Filmen, wenn die Akteure ihre Sätze unentwegt mit einem »fuck« unterlegen oder wenn Schwaben ein beliebiges »also« von sich geben, die Vorarlberger ein noch beliebigeres »oder«, während kleine Kinder ihre Kommentare mit einem vorangestellten »gell« absichern.

Wie auch immer, das Qat begann zu wirken. Stransky überlegte, daß er möglicherweise an einem Experiment teilnehme, dessen wesentlichster Aspekt darin bestand, nicht zu wissen, daß es ein Experiment war. Eine von diesen dämlichen Versuchsanordnungen, die darauf abzielten, Menschen in Extremsituationen zu befördern, nur um herauszufinden, daß sie mit Extremsituationen nicht umgehen konnten. Wahrscheinlich hatte er, Stransky, wieder einmal nicht nein sagen können und sich als Proband zur Verfügung gestellt, bevor man dann sein Erinnerungsvermögen manipuliert hatte. Auf daß eben auch getestet werden konnte, wie verdiente Professoren sich verhielten. Na ja, sie würden sich an ihm die Zähne ausbeißen. Er beschloß, sich nicht provozieren zu lassen, gleich was für verwirrende Situationen sich noch ergeben würden. Denn das war ja klar, daß da noch Schlimmeres wartete, als mit ein paar Männern, die lange Hemden, Palästinensertücher und kleine, stark gebogene Dolche trugen, an ein paar Blättern herumzukauen und im übrigen aneinander vorbeizureden.

Zunächst einmal aber wurden die Kinder aus dem Zimmer geschickt, während die Männer sich auf die Teppiche niederließen und zum Gebet bereiteten. Es war dunkel im Raum geworden, jemand hatte eine Lampe angedreht, die in einem Gefäß aus Messing einsaß und aus der sich Licht in der Art herumschwirrender Elfen verteilte. Von draußen waren die Anfeuerungsrufe eines Muezzins zu vernehmen. Das traditionelle Gebrüll stand in grobem Widerspruch zur Empfehlung des Korans, eine gemäßigte Stimme einzusetzen. Ein höflicher Mensch zu sein, eben auch bezüglich der eigenen Lautstärke. Natürlich, die Gebetsrufe waren darum so laut, damit auch ein jeder sie hören konnte oder mußte. Somit auch Gott, der ja noch immer um die Ecke stand und bis tausend zählte und dem das Geschrei in den Ohren schmerzen mußte.

Aber das schien niemand zu kümmern. Wie in allen Religionen. Man läßt es sich nicht nehmen, auf die einfachste und billigste und banalste Weise sich als anständiger Mensch fühlen zu dürfen. Das Gebet ist das Freibier der Konfessionellen.

Stransky schloß die Augen und dachte eine Weile an gar nichts. Das Qat wurde jetzt ganz mächtig in ihm. Er war das Zeug nicht gewohnt, hatte nichts im Magen. Ein Schmerz streckte sich in seinem Kopf. Ein wunder Punkt, der seine Greifarme ausbreitete. Nicht sehr angenehm.

Aber das verging. Wie auch das Beten. Danach wechselte man das Stockwerk. Eine Etage höher trat man in einen ähnlichen Raum, der aber ohne Fernsehgerät auskam. Dafür war der Boden voll von Blechgeschirr, darin Speisen, die scharf leuchteten. Man könnte sagen: ein Schaltbrett von Speisen, jeder Menge Kraftstoffanzeigen und Borduhren. Dazu Reis und Fladenbrot. Vorher aber gab es Tee. Stransky wurde langsam ungeduldig. Er wollte endlich essen. Er stellte sich vor, daß ein Teil des Experiments darin bestehen könnte, ihm ständig feste Nahrung vorzuenthalten. Sie bloß in Aussicht zu stellen.

Aber die Angst war unnötig. Der Raum füllte sich mit weiteren Gästen, und irgendwann erfolgte der Startschuß. Jetzt ging alles sehr schnell, die Männer griffen in die Teller, als würden sie Teile aus einem Körper entfernen. Flinke Operateure. Eine Massenanatomie. Stransky tat es ihnen gleich, allein die rechte Hand benutzend. Das Essen schmeckte hervorragend, andererseits aber auch nicht so umwerfend, daß Stransky einen Trick hätte befürchten müssen. Sein Magen füllte sich, sein Hunger verschwand. Es war ein guter Augenblick.

Danach erneut Tee, erneut Qat, später ein letztes Gebet. Zum Schlafen wechselte man wieder ins darunterliegende Stockwerk. Der Gast wurde eingeladen, sich auf dieselbe Matte zu legen, auf der er aus seiner Ohnmacht erwacht war. Auch jetzt waren Männer um ihn, die sich ebenfalls zur Ruhe betteten. Bei alldem hatte Stransky keine einzige erwachsene Frau gesehen. Natürlich nicht. Die Frauen hielten sich in einem anderen Bereich des Hauses auf, sie versorgten die Kinder, hatten das Essen zubereitet, kauten Qat wie die Männer, diskutierten und zankten, blickten hinaus auf die Welt, ohne selbst gesehen zu werden. Ja, sie blieben unsichtbar. Ihre Unsichtbarkeit war gewissermaßen ein sichtbarer Teil ihrer Funktion und Bedeutung. Wie bei diesen Zwergen, die nie jemand zu Gesicht bekommt und die über Nacht alles in Ordnung oder Unordnung bringen. Gespenstisch.

Nicht minder gespenstisch war der Umstand, daß Stransky, als er nach einem langen Schlaf erwachte, alleine war. Der Raum jedoch war der gleiche. Er erkannte den Fernseher, die Lampe, die Teppiche. Tageslicht strömte durch das Oberlicht und durch die Ritzen der Fensterläden. Aber kein Mensch war zu sehen. Allerdings vernahm Stransky ein fernes Stimmengewirr, das von draußen, von der Straße herstammte. Wenn da wirklich eine Straße war und nicht etwa ein Versuchsraum mit Lautsprechern, aus denen eine orientalische Kakophonie drang.

Er rief einige Male ein »Hallo!«, dann erhob er sich von seiner Liegestatt. Er tat sich schwer dabei, griff sich auf den Rücken wie ein altes Weiblein und stöhnte.

»Verdammtes Qat«, sagte er sich. Aber das war ungerecht.

In der Mitte des Raums erblickte er jetzt einen Rucksack, auf den ein Blatt Papier geheftet worden war. Darauf stand in unsicheren, aber deutlich zu lesenden, großen Lettern:

GEH! UND GOTT MIT DIR

Sicherlich sollte es heißen: Und Gott *sei* mit dir. Aber Stransky mußte grinsen bei der Vorstellung, zusammen mit Gott weggeschickt zu werden.

Er öffnete den Rucksack, ein modernes Ding aus einem dieser Überlebensprogramme für Leute, die einfach nicht in der Lage waren, auf dem sicheren Wanderweg zu bleiben, und sich ständig und meistens auf recht kindische Weise in Gefahr brachten. Indem sie etwa Bachläufe an den ungeeignetsten Stellen überquerten, Berge über Wetterseiten ansteuerten, Lawinen und wilde Tiere provozierten und vor allem Reisen in Gegenden mit katastrophaler Infrastruktur unternahmen, als wäre nicht ein Marsch durch Tirol oder das Allgäu riskant genug.

Nun, in Tirol und im Allgäu benötigt man in der Regel keine Waffen. Eine solche aber zog Stransky aus dem Rucksack. Er hatte keine Ahnung von Instrumenten dieser Art und Bestimmung. Aber die Pistole schien neu und auf der Höhe der Zeit. Leichtmetall, Display, der Griff mit einem schweißmindernden Überzug, ein paar kleine Applikationen, darunter auch ein feuerzeuggroßes Taschenlämpchen. Das Gerät trug einen Namen in himmelblauer, geschwungener Schrift: *Verlaine*. Verlaine?! War das nicht der Typ, der Rimbaud angeschossen hatte? Ihn dabei verletzte, aber nicht tötete. Wie sonderbar, eine Pistole nach einem Schützen zu benennen, der schlußendlich versagt hatte.

Wie auch immer, das Faktum einer Waffe verunsicherte Stransky. Nach einigem Herumwerken stellte er fest, daß das Magazin gefüllt war, was er zwar auch vom Display hätte ablesen können, aber das war wie mit diesen Digitaluhren, bei denen man nicht wußte, ob sie jetzt den aktuellen Luftdruck oder die aktuelle Luftfeuchtigkeit angaben oder einen bloß an irgendeinen blöden Geburtstag zu erinnern versuchten. Von der Uhrzeit einmal abgesehen.

Jedenfalls verfügte Stransky nun über eine professionelle und einsatzfähige Waffe. Zudem enthielt der Rucksack ein Mehrzweckmesser, einen Kompaß, ein Tuch mit einem Mekka-Aufdruck, ein Buch, bei dem es sich wahrscheinlich um einen Koran in arabischer Sprache handelte (sehr praktisch), ein Bündel Dollarscheine, das von einem breiten Gummiband gehalten wurde, dazu eine Flasche mit Wasser, zwei Packungen Kekse sowie einen Behälter mit etwas Getrocknetem, das Stransky beim besten Willen nicht zu identifizieren verstand und es so rasch wieder wegschloß, als wollte er einen Geist am Ausbruch hindern. Was leider nicht zu finden war, war ein Handy.

Stransky steckte die Sachen zurück, die Waffe zuunterst. Und zwar im Bewußtsein, solcherart vernünftig zu handeln. Dann schulterte er den Rucksack. Er sah sich noch einmal um und erkannte am noch immer laufenden, noch immer tonlosen Bildschirm das Gesicht eines englischen Fußballstars, von dem es hieß, er würde demnächst zu einem französischen Traditionsclub wechseln. Stransky starrte noch ein wenig auf das Gesicht des lächelnden Engländers und verließ sodann den Raum und die Wohnung. Über ein enges, mit fingerdicken Luftlöchern ausgestattetes Treppenhaus gelangte er ins Freie.

7
In jedem Holländer steckt ein Finne

Okay, das war ganz eindeutig kein Versuchslabor. Sondern eine Stadt, über der ein silbriger Morgennebel stand, der die alten hohen Häuser an den Spitzen einhüllte. Im Einklang damit, daß Stransky darum wußte, daß die Blätter, die er gekaut hatte, im Jemen gebräuchlich waren, blickte er nun auf eine Architektur eindeutig arabischen Ursprungs. Wie mit Zuckerguß verziertes Gebäck. Jedes Gebäude eine Lebkuchenschönheit. Auch erkannte er die Minarett-Türme der Moscheen, die strahlend weiß den Nebel zerkratzten. Ein Nebel, der eine halbe Stunde später verflogen war und einen blauen Himmel und einen heißen Tag freigab.

Touristen sah er keine, die er hätte ansprechen, die er um Hilfe hätte bitten können. – Touristen um Hilfe bitten? Er mußte über sich selbst lachen. Touristen waren Menschen, die ja genau darum in die Fremde aufbrachen, um ständig andere, fremde Menschen um Hilfe zu bitten. Aber sicher nicht umgekehrt. Man hätte ihn für einen Langzeitstudenten und Rauschgiftsüchtigen gehalten. Jemand, der nicht einmal genau wußte, wo er sich eigentlich befand.

Es tat sich was in dieser Stadt. Vormittägliche Hektik. Die üblichen Männer mit ihren Turbanen und Krummdolchen und langen Hemden, aber auch in Anzügen oder Holzfällerhemden. Die wenigen Frauen schattenhaft. Schattenhafter noch als die Tiere, die ebenfalls im Dunklen und Gebückten blieben. Dazu Staub von durchfahrenden Geländewagen und Mopeds.

Es schien Stransky, als ignoriere man ihn, wie man einen Restaurantgast ignoriert, anstatt ihn rauszuwerfen. Allerdings wurde Stransky durchaus bedient, als er jetzt ein Lokal betrat, eine gut gefüllte Stube. Zwei junge Männer überließen ihm einen Tisch. Er dankte mit seinem Ringlächeln und setzte sich.

Was er dringend nötig hatte, war Kaffee. Und das war ja wohl ein Ort, an dem man Kaffee bekam. Er bestellte, wobei er es zunächst einmal mit der deutschen Vokabel versuchte. Er rief »Kaffee!«, als schwinge er eine weiße Fahne.

Plötzlich stand ein Mann neben ihm, ein großgewachsener Weißer mit verlebtem Gesicht, der dem Wirt eine Anordnung gab. Dann wandte er sich Stransky zu und fragte – das Deutsch eines Holländers sprechend –, ob er sich dazusetzen könne.

»Bitte«, sagte Stransky und wies auf einen freien Stuhl. Dann aber äußerte er: »Meinen Sie denn, ich könnte meinen Kaffee nicht auch ohne Ihre Hilfe bestellen?«

»Sprechen Sie Arabisch?«

»Nein, tue ich nicht.«

»Sie sind unvorbereitet«, bemerkte der Mann mit den blonden, gescheitelten Haaren und den beinahe weißen Augenbrauen.

»Stimmt«, sagte Stransky, »das bin ich. Obwohl das gar nicht meiner Art entspricht.«

»Der Rucksack geht okay«, stellte der Mann fest und betrachtete den Hightech-Tornister mit kleinen, müden Augen, die aussahen wie nach zuviel Wüstensand oder zuviel Tränen. Na, es kam wohl eher die Wüste in Frage.

»Der Rucksack ist erste Klasse«, bestätigte Stransky und überlegte, daß es nie und nimmer ein Zufall sein konnte, daß dieser ältliche Blondling ihn angesprochen hatte.

Der Kaffee kam. Er wurde in Mokkaschalen serviert, ohne Henkel, ohne Zucker, ohne Milch, dafür aber mit ein paar Kräutern vermengt. Das Zeug roch nach Friedhof, nach europäischem Friedhof, nach Kerzen und Tannennadeln und frischer Erde und Weihrauch und später Einsicht. Und schmeckte ausgesprochen bitter. Bitter und würzig sowie auf eine verschwiegene Weise alkoholisch. Jedenfalls fühlte sich Stransky nach einem ersten Schluck wieder sehr viel mehr als ein richtiger Mensch. Und nicht wie eins dieser Kaninchen in den Labors der Institute. Er war Zoologe, er wußte, wie sich Kaninchen fühlen.

Er überlegte. Dann griff er nach dem Rucksack, erhob sich und sagte: »Sie entschuldigen kurz.«

»Toiletten gibt's hier nicht«, erklärte der Blonde.

»Ich will nur mal telefonieren«, antwortete Stransky. Das war natürlich ein unheimlicher Schwachsinn. Hier war nicht das Wirtshaus *Zu den drei Rüben* oder *Herthas Kneipe*, wo im Extrazimmer noch immer ein Münzapparat hing und man schnell mal zu Hause anrief.

Doch der blonde Mann nickte mit einem mitleidigen Grinsen und ließ Stransky gehen.

»Fick dich«, dachte Stransky. So was hatte er schon ewig nicht mehr gedacht. Aber es tat ihm gut, diese kleine Obszönität vor sich her zu sagen. Als sei man in einem Film und ein hartes Wort bereits die halbe Rechnung.

Aber warum tat er das? Warum flüchtete er vor diesem Mann, anstatt ihn um Hilfe zu bitten? Ihn zumindest zu fragen, wo genau man hier eigentlich war.

Nun, erstens fand Stransky diesen Mann unsympathisch, und zweitens wähnte er sich noch immer – trotz realer Stadt – in einer Versuchsanordnung. In einer, wenngleich naturalistischen, Laborsituation. Und natürlich ist es so, daß ein Proband sich freier fühlt als ein Nicht-Proband. Freier auch dahingehend, zu flüchten, obwohl sich doch das Gegenteil anbietet. Der Proband nimmt eine Situation nicht ernst. So wenig wie der Wähler eine Wahl.

Tatsächlich existierte in diesem Lokal weder ein Telefon noch eine Toilette. Stransky gelangte in einen Küchenraum, in dem ein einziger Koch ihn verblüfft ansah und ihn dann fluchend nach draußen verwies. Dabei aber günstigerweise auf eine Türe im hinteren Bereich zeigte, die Stransky jetzt öffnete und einen kleinen, steinernen Hof erreichte. Der Himmel strahlte von sehr weit oben.

»Nehmen Sie's nicht persönlich«, sagte eine Stimme von der Seite her.

»Ich nehme das durchaus persönlich«, antwortete Stransky, verblüfft ob der eigenen Ironie. Immerhin hielt ihm jener blonde, wuchtige Mensch, der ohne jedes Geräusch aus einem winzigen Gäßlein gekommen war, eine Pistole an die Schläfe.

»Gute Nacht«, sagte der Mann.

»Ich bin aber noch nicht müde«, entgegnete Stransky.

»Aber ich. Und wie ich müde bin. Denken Sie, es macht Spaß, Leute abzuknallen? Als es wenigstens noch Kriege gab ...«

»Es gibt noch Kriege«, versicherte Stransky.

»Nicht für unsereins«, entgegnete der Blonde.

»Tut mir leid für Sie.«

»Wollen Sie mich verarschen?«

»Wieso?« wunderte sich Stransky. »Mir wäre lieber, Sie stünden jetzt in einem Krieg, als daß Sie mir Ihre Waffe ins Gesicht halten. Und ich nicht einmal eine Ahnung habe, warum Sie das tun.«

»Ich sagte doch schon, daß es nichts Persönliches ist.«

»Was nützt mir das, zu wissen, was es *nicht* ist.«

»Das ist doppelt soviel, als die meisten Leute erfahren, bevor sie sterben.«

»Soll ich mich dafür bedanken«, fragte Stransky, »daß kein Groll dahintersteckt, wenn Sie mich jetzt erschießen. Was sind Sie? Ein Killer mit einer Depression?«

»Die anderen haben immer um ihr Leben gebettelt.«

»Welche anderen?«

»Die anderen halt.«

»Und das macht es leichter für Sie, wenn jemand um Gnade winselt?« wunderte sich Stransky, der nach einer versteckten Kamera lugte, die das Ganze aufnahm.

»Ja. Das Gewinsel nervt. Und gibt einem eben darum das Gefühl, das Richtige zu tun. Zumindest nichts wirklich Falsches. Man beendet ein Gewinsel.«

»Tut mir leid«, sagte Stransky, »aber ich werde nicht winseln. Jetzt schon gar nicht, wie Sie sich denken können.«

»Ich habe befürchtet, daß mir das eines Tages passiert«, sagte der Mann. Der Anflug eines Schluchzens steckte in seiner Stimme: »Einmal kommt es, daß man nicht abdrückt. So wie es einmal kommt, daß einem der Arzt sagt, diesmal sei es leider nicht gutartig.«

»Sie werden ja nicht sterben, wenn Sie nicht abdrücken.«
»Oh doch, das werde ich.«
»Na, dann sollten Sie es sich aber gut überlegen«, empfahl Stransky. Er war jetzt wie einer dieser Leute, die seelenruhig eine Giftschlange in die Hand nehmen, weil sie meinen, deren Zähne seien längst gezogen worden. Obgleich das gar nicht stimmt. Die Giftschlange ist giftig. Doch das lässig gepackte Tier läßt sich von der Lässigkeit beeindrucken. Es beißt nicht.

»Wie heißen Sie?« fragte Stransky. Für einen Zoologen war es schließlich nicht einerlei, ob er es mit einer Natter oder Viper zu tun hatte.

Aber der Mann mit der Pistole verweigerte sich. Wahrscheinlich nicht aus praktischen Gründen, sondern bloß, um sich wenigstens in diesem Punkt gegen sein Opfer zu behaupten. Ein Opfer, das jetzt keines mehr war, denn der Blonde senkte die Waffe.

»Und nun?« fragte Stransky, lange nicht so erleichtert, wie er hätte sein müssen.

»Ich habe nicht geschossen«, stellte der Mann fest und folgerte: »Also habe ich die Seite gewechselt. Das heißt, daß ich Sie beschützen muß. Wofür man mich nicht einmal bezahlen wird. Dummheiten werden nicht entlohnt.«

»Na, vielleicht kann ich mich demnächst revanchieren. Ich finde es nämlich sehr viel erfreulicher, beschützt als bedroht zu werden.«

»Haben Sie eine Pistole?« fragte der Mann mit den hellen Brauen, die nun weiß waren wie Gänsefedern.

»Im Rucksack«, erklärte Stransky.

»Nehmen Sie die Waffe an sich, damit Sie sie jederzeit ziehen können. Und wenn ich Sie darum bitte, erschießen Sie mich.«

»Warum sollte ich Ihnen einen solchen Wunsch erfüllen?« fragte Stransky.

»*Sie*, Stransky, wird niemand quälen. Wenn *Sie* sterben, wird es schnell gehen.«

»Schneller als unser Gespräch hier?«

»So etwas wiederholt sich kein zweites Mal«, prophezeite

der Blonde. »In meinem Gewerbe schwächelt immer nur einer. Nie zwei. Und das ist der Grund, daß man mich wird leiden lassen, wenn man mich erwischt. Und wie leiden! Darauf kann ich gerne verzichten. Falls ich also nicht mehr in der Lage bin, mir selbst ein rasches Ende zu bereiten, wäre es nett von Ihnen, wenn Sie das erledigen könnten, wenn Sie dann noch können. Denken Sie dabei, was Sie mir ersparen. Und was Sie mir schuldig sind. Mein Leben für Ihr Leben.«

»Ich habe noch nie jemand getötet.«

»Ich habe noch nie jemand am Leben gelassen.«

»Bis gerade eben.«

»Richtig. Sie sehen also, man kann sich ändern.«

»Also gut, wenn nötig, tue ich es«, sagte Stransky, wie man sagt: Wenn nötig, lasse ich anschreiben.

»Die Pistole«, erinnerte der Blonde.

Stransky nahm sie aus dem Rucksack, ließ sie sich erklären. Die Waffe funktionierte in etwa wie einer dieser Fotoapparate, mit denen jeder Depp ein halbwegs scharfes Bild machen kann. Freilich, das Motiv muß man schon selbst auswählen. Wenigstens annähernd.

»Und was nun?« fragte Stransky, während er sich die Feuerwaffe in die Rückseite seiner Hose klemmte, wo sie vom Jackett verdeckt wurde.

»Ich muß Sie nach Hause bringen«, erklärte der Mann. »Das ist um Meilen schwieriger, als Sie zu töten. Und um Meilen weiter entfernt.«

»Wo sind wir überhaupt?«

Wieder schwieg der Blonde. Also stellte Stransky eine neue alte Frage. Die nach dem Namen seines Gegenübers.

Der Killer, der die Seite gewechselt hatte, zögerte. Schließlich sagte er: »Joonas Vartalo.«

»Vartalo«, wiederholte Stransky langsam. Er fand, daß dieser Name unangenehm nach Waterloo klang. Ein Name wie ein schlimmes Versprechen.

»Ist das flämisch?« wollte er wissen.

»Finnisch«, erklärte der große Blonde, dessen Augen unruhig die hohen Wände musterten.

Stransky wunderte sich: »Ich hätte Sie für einen Holländer oder so gehalten.«

»Tut mir leid«, sagte Vartalo.

»Schon in Ordnung«, meinte Stransky, wobei er zu sagen vergaß, daß ihm ein Finne sehr viel lieber war als ein Holländer. Stransky dachte sich die Finnen ... er dachte sie sich eine Spur menschlicher als andere Europäer. Wieso eigentlich? Weil sie vom Wetter gestraft waren?

Er wußte es nicht. Und hatte auch keine Zeit, weiter darüber nachzudenken. Joonas Vartalo packte ihn am Arm und erklärte, daß es besser sei, von hier zu verschwinden. Gleichzeitig griff sich Vartalo mit der freien Hand unters Hemd und holte ein kleines Gerät hervor, einen Sender, wie er sagte. Ein Gerät, das den Leuten, für die er bis vor einer Minute noch gearbeitet hatte, seine genaue Position verriet. Leute, die nicht mehr seine Leute waren, wie sie bald begreifen würden.

Vartalo drängte Stransky aus dem Gäßchen hinaus. An der belebten Straße angekommen, warf der Finne den kleinen Sender auf die offene Ladefläche eines vorbeifahrenden Lasters und sagte: »So, jetzt können wir los.«

»Wohin?« fragte Stransky.

»Zur Küste. Wir müssen einmal zusehen, daß wir aus diesem Land herauskommen. Es gibt bessere Orte, um in Deckung zu gehen.«

»Wie wäre es, einfach ein Flugzeug zu nehmen?«

»Sie halten das alles für einen Spaß, nicht wahr?«

»Tja, ich bin mir nicht ganz sicher ...«

»Warten Sie ab. Es wird sicher noch lustig werden«, versprach Vartalo und führte Stransky auf einen Marktplatz, wo man ein Taxi bestieg. Einen alten Renault, an dessen Steuer ein junger Kerl saß, dessen dunkle Augen aussahen, als seien sie mit Schuhcreme poliert worden. In seiner rechten Backe steckte der obligatorische Qat-Knödel. Vom Rückspiegel hing ein Strauß von Glücksbringern. Man konnte sich vorstellen, daß die Fahrweise des jungen Mannes eine ganz auf göttliche Fügungen beschränkte sein würde.

Zunächst aber waren die Formalitäten zu regeln. Der Taxifahrer schien mit irgend etwas nicht einverstanden zu sein. Vartalo legte einen weiteren Geldschein zu denen, die er bereits auf dem Armaturenbrett aufgefächert hatte. Der Fahrer aber wehrte sich. Woraufhin Vartalo den letzten Schein wieder zurücknahm und statt dessen ein kleines silbernes Objekt plazierte. Stransky, der im Fond saß, meinte die Gestalt eines Fisches zu erkennen, eines Quastenflossers. Als Spezialist für ausgestorbene Tiere, die gar nicht ausgestorben waren, empfand er Quastenflosser gewissermaßen als die Bannerträger einer Disziplin, die man »Paläontologie, Abteilung Wiederbeschaffung« nennen konnte.

Der Taxifahrer griff sehr rasch nach dem Silberstück, dann auch nach den Geldscheinen, gab Töne des Ärgers von sich, startete jedoch den Wagen.

»Was ist denn los mit dem Jungen?« fragte Stransky.

»Ein Schauspieler«, erklärte Vartalo. »Dieses ganze Volk hier besteht aus Schauspielern. Lauter Tragöden und Komödianten.«

Man fuhr los. Wie nicht anders erwartet, steuerte der junge Mann seinen Wagen so, als seien die Welt und die Straße und jedes Hindernis eine Computersimulation. Gleichzeitig mutete dieses Ignorieren des Wirklichen und Handfesten überaus routiniert an. Es gibt ja auch gute Computerspieler. Dazu drang aus dem Autoradio ein folkloristisches Etwas, das sich fremder anhörte als die Volksweisen von Mondbewohnern. Der junge Mann sang mit, wurde aber recht bald von Vartalo gestoppt, indem dieser einfach das Radio abdrehte und durch eine Geste bedeutete, daß er als zahlender Gast auch die Untermalung zu bestimmen gedenke.

Nach Südwesten hin verließ man die Stadt und gelangte in ein von Bergen umlagertes Becken. Stransky war sich nun ziemlich sicher, daß die Stadt, die soeben im Rückspiegel verschwand, Sanaa sein mußte, die für ihre Architektur berühmte, hoch gelegene Hauptstadt des Jemen.

Nun, Stransky war weder Architekturliebhaber noch Orientalist, nicht einmal Bergsteiger. Darum fragte er, sich nach vorn zu seinem finnischen Begleiter beugend: »Wieso Sanaa? Was habe ich hier verloren?«

»Der Ort hat keine Bedeutung.«
»Wie meinen Sie das, keine Bedeutung?«
»Das Los hat entschieden.«
»Das Los also«, wiederholte Stransky. »Ist ja toll. Verstehe ich das richtig? Das hier soll ein Spiel sein und ich der Gewinner.«
»Sie sind der Verlierer«, korrigierte Vartalo.
»Ach was!«
»Beziehungsweise eine bloße Spielfigur. Wie sagt man? Ein Stein.«
»Ich bin also ein Stein?« Stranskys Stimme war ein kleiner Überschlag. Er war erbost. Man darf nicht vergessen, er unterrichtete an der Universität, publizierte ganze Bücher, war Mitglied diverser Gremien und nicht zuletzt im Kirchengemeinderat. Er war es gewohnt, geachtet und respektiert zu werden.

Aber die Dinge hatten sich gewandelt. Er war keine prominente Versuchsperson, wie er anfänglich gedacht hatte, niemand, der sich großzügigerweise zur Verfügung gestellt hatte, sondern eben genau das, als was der Mann, der nicht Holländer, sondern Finne war, ihn bezeichnete: ein Stein.

Und als solcher fragte er nun, wer hier eigentlich gegen wen spielen würde.

»Leute, die sich solche Spiele leisten können«, antwortete Vartalo.
»Leute, denen langweilig ist«, vermutete Stransky.
»Ich weiß nicht genau, ob es wirklich mit Langeweile zu tun hat. Es dürfte sich um etwas Ernsteres handeln. Es geht jedenfalls um mehr, als bloß ein Leben zu vernichten.«
»Und zwar?«
»So genau kann ich das nicht sagen. Ich weiß ja nicht einmal, für wen ich letztlich arbeite. Beziehungsweise gearbeitet habe. Allerdings ist das in meinem Gewerbe auch kaum von Bedeutung. Für mich sehen alle Schweine gleich aus. Alle haben einen Rüssel, alle grunzen.«
»Aber Sie werden doch einen Chef haben, oder?«
»Würde Ihnen das weiterhelfen, wenn ich Ihnen erzählte,

mein Vorgesetzter sei ein ehemaliges Mitglied der französischen Geheimpolizei?«

»Eigentlich nicht.«

»Eben. Es ist schon lange nicht mehr aussagekräftig, wer einmal was war, wer einmal wo gedient hat, für wen, gegen wen. Die Welt war schon immer ein Spiel, aber es wird nun immer deutlicher, daß sie das ist. Und wie wenig all die Vorwände gelten, die da Nation und Ideologie und Religion heißen. Daran glauben nur noch die Schafe. Wenn irgendwo eine Bombe hochgeht, dann steht dahinter ein Schachzug. Nicht im übertragenen, sondern im wörtlichen Sinn. Steine werden gezogen, Steine werden gesprengt.«

»Dann sind Sie aber auch nur ein Stein«, folgerte Stransky.

»Ja, aber einer, der sich selbständig gemacht hat. Ich bin ein Überraschungsstein. Ich bin nicht auf das Feld gesprungen, auf das ich hätte springen müssen.«

»Mein Feld.«

»Ja.«

»Und jetzt?«

»Wie gesagt. Wenn es mir gelingt, Sie lebend nach Hause zu bringen, zurück zu Frau und Tochter, zurück in einen blinden Alltag, dann sind wir beide aus dem Schneider. Man wird uns in Frieden lassen. So heißt die Regel.«

»Aha! Die Regel«, wiederholte Stransky. Er wiederholte in letzter Zeit ein bißchen viel. Aber was blieb ihm anderes übrig, als die Dinge nachzuplappern, anstatt sie zu begreifen. Das war ein neuer Zustand. Ungewöhnlich für den Wissenschaftler, der er bisher gewesen war. Vom Wissenschaftler zum Stein.

Der solcherart steingewordene Georg Stransky ließ sich in seinen Sitz zurückfallen, wobei er die Waffe zur Seite schieben mußte, wollte er einigermaßen bequem sitzen. Waffen in Hosen waren wirklich das Letzte. Stransky schüttelte den Kopf und lächelte dunkel in sich hinein. Er hielt das alles für einen Witz. Aber einen Witz, der bedauerlicherweise echt war.

Immerhin war die Landschaft großartig. Stransky sah aus dem Fenster, blickte hinüber auf die Gipfel und Zacken vor dem Hintergrund eines wie frisch aus der Tube gedrückten satten Blaus. Ein Hochgebirgsblau vom Feinsten. Schade nur, daß man hier nicht auf Urlaub war. Denn Stransky hatte es endlich begriffen: Sein Leben war in Gefahr. Wie auch die Idylle dessen, was der finnische Söldner nicht ganz unrichtig als »blinden Alltag« bezeichnet hatte. Stransky betete darum, diesen »blinden Alltag« zurückzubekommen, betete darum, einst vergessen zu dürfen, für kurze Zeit ein Stein gewesen zu sein.

Frommer Wunsch.

Die Stunden vergingen gleich einem Teig, der aufquillt. Jedenfalls brannte die Sonne in geraden und regelmäßigen Stichen herunter, als man an der Kante eines von Terrassenfeldern zerfressenen Berges eine kleine, verlassene Ortschaft erreichte, eine wehrhaft in den Felsen gefügte Ansammlung steinerner Turmhäuser. Die Straße führte auf einen runden Platz, der zugleich das Ende der Straße bildete. Rechts und links ragten die schmucklosen Gebäude in die Höhe, nach vorne hin jedoch eröffnete sich der Blick auf das darunterliegende Tal. Der Taxifahrer parkte seinen Wagen genau in der Mitte, als installiere er einen wasserlosen Springbrunnen.

Die drei Männer entstiegen dem verbeulten Renault. Der Fahrer lehnte sich gegen die Motorhaube und zog ein Päckchen Qat aus seiner Tasche. Stransky und Vartalo taten die paar Schritte, die nötig waren, um hinunter auf das schmale Tal zu sehen, das in einem weißlichen Dunst lag.

»Was tun wir hier?« fragte Stransky.

»Wir machen eine Pause«, erklärte Vartalo und hielt Stransky eine Packung Zigaretten entgegen. Stransky schob den Kopf vor und las den Namen der Marke. Er lachte durch die Nase. *Finlandia*. Mein Gott, was für ein Name für eine Zigarettenmarke, noch dazu, wenn ein Finne sie in Händen hielt. Es gab Übereinstimmungen, die gingen auf keine Kuhhaut.

»Ich rauche nicht, danke«, sagte Stransky und richtete seinen Kopf wieder auf. Natürlich rauchte er nicht. Leute wie er, die ein perfektes Leben führten, die immer Glück hatten, verbaten es sich, Gift in ihren Körper zu pumpen. Begnügten sich mit ein wenig Rotwein hin und wieder. Mit ein wenig Fett im Essen. Ansonsten regierte die Gesundheit.

Aber was nützte einem die Gesundheit. Stransky ahnte, daß er auf dieser Reise mit dem Rauchen anfangen würde. Noch wehrte er sich, wie Leute, die eine Brausetablette einnehmen, wenn sich eine Grippe ankündigt. Aber man weiß ja, was von diesen Brausetabletten zu halten ist. Sie sprudeln. Stranskys Brausetablette in dieser Situation bestand darin, die angebotene Zigarette zu verweigern.

Vartalo zuckte mit den Schultern und steckte sich eine Finlandia an. Er sog tief ein, hielt inne und blies den Qualm in Form eines geraden Strichs ebenso tief nach draußen. Es war wie eine Antwort auf die Strahlen der Sonne. Sodann griff er in die Innentasche seiner Lederjacke und zog eine Waffe hervor, die um einiges einfacher gestrickt war als Stranskys hochmoderne Dichterwaffe. Aber Vartalo war nun mal ein Profi und benutzte eine Pistole, bei der man noch selbst zielen mußte. Bei der man noch selbst das Bild schießen mußte.

Okay, das war das Ende, dachte Stransky. Der Finne hatte ihn also bloß aus der Stadt gebracht, um ihn hier, an diesem menschenverlassenen Ort zu liquidieren.

Stransky überlegte, die eigene Waffe zu ziehen. Aber das wäre lächerlich gewesen. Statt dessen sagte er: »Vielleicht möchte ich doch eine Zigarette.«

»Später«, erklärte Vartalo.

»Wann später?« fragte Stransky.

Der Finne ersparte sich eine Antwort, wandte sich halb zur Seite, hob den bewaffneten Arm und feuerte auf die Mitte des Platzes. Die kleine Detonation, die aus dem Inneren der Pistole drang, hallte zwischen den Mauern wie ein Gewirr von Stimmen sich zankender Geschwister. Der junge Mann, der gegen sein Taxi lehnte, fiel nach hinten auf die Motorhaube, von der es ihn wegschleuderte. Er stürzte mit dem Gesicht voran auf den Platz und klatschte auf, ohne sich etwa mit den Händen aufgestützt zu haben. Seine Hände waren ohne Kontrolle. Alles an ihm war ohne Kontrolle. Er blieb liegen, rührte sich nicht. Vartalo steckte seine Waffe zurück und griff nach der

Zigarette, die er zuvor auf der Brüstung abgelegt hatte. Wahrlich cool.

»Was haben Sie getan, um Gottes willen?« rief Stransky.

»Sehen Sie das nicht?«

»Sie haben den Jungen erschossen.«

»Das war kein Junge, sondern ein erwachsener Mann«, meinte Vartalo ruhig. Und erklärte, daß es sich bei dem Taxifahrer um ein Mitglied jener angeheuerten Truppe gehandelt habe, für die er, Vartalo, bis vor kurzem tätig gewesen sei. Dieser sogenannte Junge habe sich bereits in Sanaa gewundert, wieso man anstatt Stranskys Leiche Stranskys unbeschadeten Körper transportiere. Noch dazu Richtung Rotes Meer, wovon ja nie die Rede gewesen war.

»Ihr *Junge*«, spöttelte Vartalo, »hätte uns demnächst verraten.«

»Er hat doch sicher genug kassiert«, entgegnete Stransky.

»Kein Grund, uns davonkommen zu lassen.«

»Sie hätten ihn trotzdem nicht zu erschießen brauchen.«

»Ich liebe die Kommentare von Laien«, äußerte Vartalo. »Was sind Sie von Beruf, Herr Stransky?«

»Zoologe.«

»Würde es Ihnen Spaß machen, mit mir über zoologische Themen zu diskutieren? Mit einem Mann, der sich nur für Tiere interessiert, die man auch essen kann.«

Stransky murmelte etwas Unverständliches, das er selbst nicht verstand, und schritt hinüber zu dem reglosen Körper. Er ging in die Knie und betrachtete das breite Loch, das die Stirn des Getroffenen dominierte. Ihm wurde übel. Es war sein erster Toter. Alle anderen waren bloß theoretischer oder fiktiver Natur gewesen. Die schlimmste Fernsehleiche noch war nichts gegen die Wirklichkeit. Hier lag ein Mensch, vielleicht zwanzig, vielleicht fünfundzwanzig, und hatte zu atmen aufgehört. Der ganze Rest von Leben war jetzt Makulatur, die ganzen Mühen, diesen Menschen auf die Welt zu bringen, ihn großzuziehen, ihn zumindest einige Jahre lang gefüttert und beschützt zu haben, erschienen nunmehr als ein zweckloses Unterfangen. Natürlich, jeder Mensch starb einmal, aber wenn dies im hohen Alter geschah, so schloß sich ein Kreis, der logisch und korrekt anmutete, ein Kreis eben. Ein halber oder viertel Kreis hingegen wirkte blödsinnig: ein Kreis, der keiner ist.

Und vor einem solchen blödsinnigen Kreis kniend, einem Kreisausschnitt von Leben, empfand Stransky eine übergroße Verzweiflung. Er meinte sich schuldig am Tod des jungen Mannes. Ein Gefühl, das in keiner Weise dadurch gemindert wurde, gar nicht so richtig sagen zu können, worin diese Schuld eigentlich bestand. Gerade das Unwissen verstärkte den Eindruck von etwas Fundamentalem. Einer Verantwortung, die tief in Stranskys eigenem Wesen begründet lag.

Ganz im Gegensatz zu Joonas Vartalo, der ja bloß seinen Job tat. Auch wenn es nicht mehr der Job war, für den man ihn ursprünglich bezahlt hatte.

»Hören Sie auf mit der Heulerei«, mahnte Vartalo.

»Ich heule nicht«, erklärte Stransky, obwohl Tränen in seinen Augen standen.

»Wie Sie meinen«, sagte der Finne. Und sagte, daß es an der Zeit wäre, die Reise fortzusetzen. Gleichzeitig packte er den Toten unter den Armen und schleifte ihn von der Mitte des Platzes an den Rand, hinein in einen Schatten, der wie die meisten Schatten in diesem Land die Dinge wahrhaftig zu verschlucken schien. Diese Schatten waren wie Teer. Vorhänge aus Bitumen.

Aus dem Schatten wieder heraustretend, wies Vartalo Stransky an, in den Wagen zu steigen. Er selbst nahm hinter dem Steuer Platz, wo er das Radio aus seiner Verankerung riß und aus dem Fenster warf.

»Ich finde, Sie übertreiben«, meinte Stransky, auf Vartalos Ablehnung orientalischer Klänge anspielend.

»Ich finde, Sie haben keine Ahnung«, entgegnete Vartalo, eingedenk dessen, daß das Radio von jenen Leuten montiert worden war, in deren Diensten er bis vor kurzem gestanden hatte.

Als sie aus der verlassenen Stadt, die jetzt immerhin einen Toten beherbergte, herausfuhren, bemerkte Stransky den Fisch.

Den kleinen silbernen Fisch, der an einer kurzen, dünnen Kette hing, die Vartalo durch das Loch an seiner Brusttasche gezogen und fixiert hatte.

»Ein Quastenflosser«, bemerkte Stransky.

»Was ist los?«

Stransky zeigte auf das Amulett und erklärte, daß es sich dabei um die verzierte Nachbildung eines Latimera chalumnae handle.

»Aha!« meinte der Finne im Ton der Ahnungslosigkeit. »Na, Sie sind der Zoologe hier, Sie müssen wissen, was für ein Fisch das ist.«

Stransky war überzeugt, daß Vartalo selbst ganz gut wußte, welches Tier da von seiner Lederjacke baumelte. Hätte er es sonst dem toten Taxifahrer wieder abgenommen?

Das erinnerte Stransky an seinen eigenen Anhänger. Obgleich er alles andere als ein Freund solchen Klimbims war, welches von Gürteln herunterhing oder Hosentaschen verbeulte. Und dennoch besaß er ein solches Objekt, ohne je Schlüssel daran gehängt zu haben. Aber immer wieder mußte er feststellen, es bei sich zu haben. Es war geradezu mysteriös, denn er konnte sich nie daran erinnern, es eingesteckt zu haben. Es war einfach da. Es gehörte dazu.

War es nicht verrückt, zu glauben, eine kleine Plastikfigur, die einen Zeichentrickhelden darstellte, jenen als Fledermausmann verkleideten Multimillionär aus Gotham City, eine solche Figur könnte ein Glücksbringer sein? Ein Schutzengel? Ein magisches Objekt?

Stransky holte das Ding aus der Tasche und wog es in seiner Hand. Gerne hätte er es gegen den Fisch eingetauscht. Der Fisch war hübscher und handlicher, wohl sehr viel besser als Talisman geeignet.

Jetzt fiel Vartalos Blick auf die Batmanfigur. Er lächelte mit der rechten Ecke seines Mundes und sagte: »Ah, da ist ja der Schlüssel.«

»Schlüssel? Was für ein Schlüssel?«

»Zehn tote Batmans ergeben einen Schlüssel. Aber ein lebender Batman ergibt ebenfalls einen Schlüssel. Niemals aber neun tote Batmans. Sie sehen: In diesem Spiel hat das Leben eine große Macht. Und noch etwas: Dieser Schlüssel, *Ihr* Schlüssel, wenn Sie denn überleben, ist ein Schlüssel, mit dem man nichts aufsperren, aber sehr viel zusperren kann.«

»Muß ich verstehen, was Sie da reden?«

»Wenn es dazu kommt«, erklärte Vartalo, »daß Sie es verstehen müssen, werden Sie's auch.«

Stransky seufzte und steckte den Anhänger zurück in seine Hosentasche. Dann verlangte er eine Zigarette.

Ein denkwürdiger Tag. Sein erster Toter. Seine erste Zigarette. Manchmal will das Leben es wirklich wissen.

8
Königin mit Kind

»Scheiße! Scheiße! Scheiße!« brüllte Henri Desprez. Er hätte gerne noch zwanzig Mal selbiges Wort in sein Handy hineingeschrien. Aber dreimal war einfach genug. Alles in der Welt, was mehr als dreimal gesagt oder getan wurde, war eine Peinlichkeit. Etwa, wenn jemand mehr als drei Bücher schrieb oder sich mehr als dreimal verheiratete oder ein Sportler ein viertes oder fünftes Mal Weltmeister wurde. Wie oft wollte man denn Weltmeister werden? Bis die Leute es schon nicht mehr hören konnten. Es ist ganz bezeichnend, daß ein kultivierter und intelligenter Mensch wie Muhammad Ali sich mit drei Weltmeistertiteln begnügte, höchstwahrscheinlich mit Absicht gegen Larry Holmes verlor, während Figuren wie der Radfahrer Armstrong und der Autofahrer Schumacher sich in unmäßiger Wiederholung des Triumphs geübt und auf diese Weise ihr eigenes Porträt zermalt und zermahlen haben.

Nein, dreimal »Scheiße!« gesagt zu haben mußte ausreichen. Ohnehin hatte der Kerl am anderen Ende der Leitung verstanden, daß es eine höchst unangenehme Nachricht war, die er da an seinen Chef durchgegeben hatte.

Desprez war ein eher kleiner, sehr schlanker Mann mit einem silbergrauen, künstlichen Gesicht. Mehr eine Skulptur von Gesicht, aber eine Skulptur ohne Glanz, ohne spiegelnde Fläche. Holz, das Metall imitiert, ziemlich kalt. Dazu Haare von der Farbe umgepflügter, feuchter Erde, allerdings glatt und akkurat. Er trug einen honigfarbenen Anzug von erstbester Qualität und kleine, hellbraune Schuhe, geradezu Schühchen, als sei er in Wirklichkeit eine verzauberte Geisha. So hart und kalt er anmutete, wirkte er nicht minder zerbrechlich, wie das bei Statuen und Geishas nun mal der Fall ist.

Er führte das Handy, das er im Ärger von sich gestreckt

hatte, wieder an Mund und Ohr heran und gab die Anweisung, daß Stransky auf keinen Fall lebend den Jemen verlassen dürfe. Dann legte er auf, wie das früher ausgedrückt worden war, als man Telefone noch aufgelegt hatte.

Natürlich war noch nichts verloren, selbst wenn es Vartalo gelingen sollte, Stransky von der Arabischen Halbinsel herunterzubringen. Da lag dann noch die halbe Welt dazwischen. Doch Desprez spürte, daß die Sache diesmal ein wenig schwieriger werden würde. Ganz typisch dafür, wenn man in die Zielgerade bog und sich plötzlich Fehler einschlichen. Stransky war der achte Stein in diesem Spiel. Die Acht war seit jeher ein Problem. War die Acht einmal erledigt, waren die Neun und die Zehn gemähte Wiesen. Jagdwild, das praktisch von allein umfiel. Das von selbst starb. Aber soweit war man eben noch nicht. Darum Desprez' Nervosität. Ganz abgesehen davon, daß er die schlechte Nachricht nun an Ihre Majestät zu überbringen hatte.

Er stand im Toilettenraum. Er ging stets aufs Klo, wollte er telefonieren. Einer seiner Leute blockierte dann die Türe, damit Desprez Ruhe hatte. Toiletten waren die einzigen Orte, an denen er sich sicher fühlte. Nicht, daß er sich je auf eine dieser Klobrillen gesetzt oder je in eins dieser Urinoirs, die ein gewisser Marcel Duchamp ins Licht der Kunst gestellt hatte, gepinkelt hatte. Wie gesagt, er war eine Statue, wenn auch eine bewegte. Er pflegte nicht zu pinkeln. Er pflegte zu telefonieren.

»Ganz ruhig«, sagte er zu sich selbst, verzog zweiflerisch den Mund, steckte sein Handy ein und trat aus der Toilette, gab seinem Mann ein Zeichen und kehrte zurück in den hohen Gastraum des Restaurants.

Ein chinesisches Restaurant, könnte man sagten, was es de facto auch war, weil von Chinesen betrieben. Andererseits war es viel zu chic und trendy, um mit dem üblichen Drachenkitsch und Glutamatfraß in Verbindung gebracht zu werden. Eher besaß es die Eleganz einer durchgehenden Designertoilette, in der also definitiv *nicht* gepinkelt, sondern definitiv telefoniert wurde. Freilich wurde auch Essen serviert, so gesehen war es dann doch ein ausgesprochen traditionelles Restaurant.

Desprez war hier in Paris aufgewachsen, er liebte die Stadt und hielt sich selbst für das Nonplusultra eines echten Franzosen. Das Elitäre, das er vertrat, stets vertreten hatte, erst recht als Kommandant einer Einheit der französischen Geheimpolizei, einer geheimeren als geheimen und spezielleren als speziellen Truppe, dieses Elitäre hatte er nie als etwas Willkürliches verstanden, sondern immer als etwas Notwendiges. Die Freiheit, von der alle sprachen, mußte nicht einfach nur verteidigt werden, nach innen wie nach außen, sondern sie brauchte ein Korsett, um überhaupt bestehen zu können. Ohne Korsett, so Desprez, fiel die Freiheit in sich zusammen. Die Zeit der Revolutionen war vorbei, was jetzt noch folgen konnte, war die simple Barbarei der Massen, ein Chaos ohne Sinn und Richtung, die Sprengung der Kultur, die Sprengung der Freiheit, die Sprengung Frankreichs.

Desprez war kein Rechter, kein Faschist. Zumindest sah er sich nicht als solcher. Er verehrte Marat, liebte die Surrealisten, bewertete Simone de Beauvoir – trotz allem – als eine der letzten großen Damen und fand Entspannung bei der Lektüre neuerer Philosophen wie Glucksmann oder Baudrillard, deren Denken sein eigenes Denken anstachelte. Der Konservativismus der Großbürger war ihm zuwider. Er erkannte und anerkannte den Sinn einer modernen, sich verändernden Welt. Die Großbürger, die »falsche Klasse«, wie er das nannte, hielt er für Totengräber. Darum, weil sie alles nur halb taten. Weil sie meinten, ein halbes Korsett würde reichen. Was für ein Irrtum! Ein Korsett mußte perfekt sein, perfekt passen, durfte nicht verrutschen. Alles andere war sinnlos, die Liberalität eine Lüge. Was war ein Flugzeug denn wert, wenn es nur einen Flügel besaß? Ein Stier mit nur einem Horn? Ein halbes Gedicht? Ein Tag, der zu Mittag endete?

Desprez hatte gemordet. Im Dienste des Staates. Er selbst war der letzte, der darin ein Problem sah. Schließlich hatte er niemals jemand gequält. Er hielt Folter für obsolet. Wer derartiges nötig hatte, hatte auch schon verloren, fand er. Folter war rückständig, persönlich motiviert, pathologisch und vor allem unökonomisch. Viel Schmerz, viel Gerede, viel Theater, aber kein Nutzen. Und genau diese Anschauung hatte ihm seinen Job gekostet. Indem er eben nicht gefoltert, sondern den Delinquenten, ein Mitglied der ETA, ohne Umstände liquidiert hatte. Was ohnehin am Programm gestanden war. Aber eben anders.

Desprez war gefeuert worden. Und solcherart in der Privatwirtschaft gelandet. Im Reich der Spiele. Spiele, welche die Wirklichkeit sehr viel mehr bestimmten, als Desprez sich das hätte träumen lassen. Seit jeher, wie es schien. Immer schon hatten Menschen im großen Stil gespielt, die ganze Welt als ein bloßes Brett ansehend, mit all seinen Möglichkeiten, all seinen unzähligen, willenlosen Figuren. Spieler sind größenwahnsinnig, das ist nicht neu. Neu ist vielleicht, daß ihr Größenwahn auch funktioniert.

Um einen runden Tisch aus weißem, glänzendem Kunststoff saß eine lärmende, lachende Gruppe von Frauen und Männern. Das Zentrum dieser Runde bildete ganz eindeutig eine großgewachsene Frau, die man sich um die Dreißig vorzustellen hat. Sie war äußerst kräftig gebaut, kräftig, nicht dicklich, mit breiten Schultern, einem vollen Busen und etwas hervorstehenden Backenknochen im hellen, aber nicht bleichen Gesicht. Nein, bleich war sie wirklich nicht, sehr viel eher der gesunde Typ, der seine Vormittage im Park verbrachte. Sie besaß ernste, schöne Augen. Ernst und schön, weil traurig. Wobei diese Traurigkeit frei von Sentiment war. Es war eine Traurigkeit, die aus sich heraus lebte. Frei von schlechten Erfahrungen. Die zumindest auch ohne schlechte Erfahrungen hätte bestehen können.

Die Frau trug einen lichtgrauen, ausgewaschenen, schlabberigen Trainingsanzug, was nichts daran änderte, daß man ihr sofort zutraute, die wichtigste Person in dieser Stadt zu sein. Aber was war schon eine einzelne Stadt? Darin unterschied sich diese Frau ganz wesentlich von ihrem Angestellten Desprez. Sie hielt Paris nicht für den Nabel der Welt, sie hielt sich selber dafür. Somit war ein Ort nur dann wesentlich, wenn sie selbst ihm eine Bedeutung verlieh. Oder ein Restaurant wichtig, weil sie darin saß und zu Mittag aß. Ihr Name war Esha Ness, woher auch immer sie diesen Namen hatte. Man ging allgemein davon aus, daß sie aus Rumänien stammte. Ihr Akzent ließ dies vermuten, zumindest behaupteten das die Rumänen, die sie kannten. Aber Henri Desprez gab nicht viel darauf, was andere sagten, erst recht, wenn sie Rumänen waren. Eher vermutete er, daß Esha Ness sich einen solchen rumänischen Akzent zugelegt hatte, um ihre »Biographen« auf eine falsche Fährte zu führen. In Richtung auf familiäre Bande, wo keine existierten.

Wenn jemand den Namen »Ness« hörte, dachte er meistens an zwei Dinge: einerseits an jenen braven, kleinen Polizisten aus »Chicago 1930« namens Eliot Ness und zweitens natürlich an das berühmte schottische Seeungeheuer. Nun, ein braver, kleiner Polizist war Esha Ness sicher nicht, dann schon sehr viel eher ein Ungeheuer. Aber wie haben Ungeheuer auszusehen? Vielleicht wird jenes Loch-Ness-Monster nur darum nicht entdeckt, weil man ständig nach einer ziemlich langen und recht unansehnlichen Seeschlange sucht, nach einer Bestie, und ständig jene hübsche, durch das Wasser schwebende Nixe übersieht.

Noch etwas: Auch Ungeheuer pflanzen sich fort. Und nicht wenige von ihnen betreiben Brutpflege.

Esha Ness hatte ein Baby auf dem Arm, einen fünf Monate alten Buben. Als sie sich jetzt erhob, um an die Salatbar zu treten, konnte man sehen, wie perfekt sie das Kind hielt, wie gut dieser Hosenscheißer auf der vorgeschobenen Hüfte saß und mit großen Augen die Welt studierte. Eine Welt aus bunten Salaten.

Ja, Esha Ness gehörte zu den Frauen, die ihre Kinder lieber selbst trugen, anstatt sie in sargähnliche Kinderwägen zu stopfen oder, noch schlimmer, an Großmütter und Kindermädchen weiterzugeben, also an Leute, denen man beim besten Willen nicht trauen konnte. Es war schon sehr merkwürdig, daß junge Mütter, die über ihre eigenen Mütter seit Jahr und Tag nur Schlechtes sagten, wahrscheinlich mit einigem Recht, plötzlich bereit waren, ihre heißgeliebten Babys an genau diese Frauen auszuliefern. Man konnte darum gar nicht anders, als eine solche Opferung des eigenen Kindes für ein Zeichen allergrößter Faulheit zu halten. Oder Unfähigkeit. Esha Ness aber, dieses attraktive Ungeheuer, war weder faul noch unfähig. Wirklich nicht.

Darum auch konnte sie sich, trotz Kind im Arm, ihren Salat selbst zusammenrechen. Niemand hätte gewagt, ihr eine solche Arbeit abnehmen zu wollen. Ihr Junge, er trug den Namen Floyd, beobachtete seine Mutter mit totaler Aufmerksamkeit, wie sie einen Haufen nach dem anderen auf ihren Teller stapelte. Mitten in dieser totalen Aufmerksamkeit schlief Floyd ein. Praktisch wie bei einer Hypnose, punktgenau.

Beinahe gleichzeitig, ohne ihr Kind jedoch angesehen zu haben, verlagerte Esha ihr Gewicht auf den rechten Fuß, sodaß Floyds Kopf auf ihre linke Brust nickte. Diese leichte Schräge behielt sie auch bei, als sie nun an ihren Tisch zurückkehrte. Der Lärm der Gespräche wurde augenblicklich heruntergefahren. Weniger, um Floyd nicht zu wecken, den kein Silvesterfeuerwerk jetzt aus seinem Schlaf hätte holen können, sondern aus Respekt vor Esha, auch wenn dieser Respekt der puren Angst entsprang. Denn obgleich diese Leute hier zu den engsten Freunden Eshas zählten, Privilegierte in der Art von Familienmitgliedern, änderte das nichts an deren enormer Furcht vor Esha. Selbst die Ausgelassenheit, die zuvor bestanden hatte, war Ausdruck dieser Furcht gewesen. Ein jeder bemühte sich, es Esha recht zu machen. Allerdings unsicher darüber, worin das Es-Esha-recht-Machen richtigerweise und günstigerweise jeweils bestand.

In dieser Hinsicht brauchte Henri Desprez keine Zweifel zu haben. Brauchte gar nicht erst zu hoffen, Esha Ness könnte die Nachricht, die er ihr überbringen würde, mit Achselzucken oder gar Desinteresse aufnehmen. Keinesfalls.

»Esha, entschuldige bitte!« unterbrach er die Frau mit den mittellangen, blonden Haaren und den dunkelbraunen, kräftigen Augenbrauen. Eine Frau, die bei aller Athletik des Körpers in keiner Weise männlich wirkte. Man brauchte sich einfach nur vorzustellen, daß ursprünglich Frauen Mammutjägerinnen gewesen waren und man darum sagen konnte, wenn heutige

Männer sich als Kämpfernaturen erwiesen, kräftig, aber nicht klobig, energisch, dennoch erhaben, daß sie dann, solche Männer, an Frauen wie Esha Ness erinnerten.

Diese in einem früheren Leben als Mammutjägerin tätig gewesene *Majestät* hob den Kopf an, lehnte sich zurück, kaute ruhig zu Ende, schob Floyds Kopf tiefer in die Spalte zwischen Busen und Schulter, schluckte hinunter und fragte Desprez, was er wolle.

»Wir haben ein Problem«, sagte der kleine, stolze Franzose.

»Ach je, ein Problem also. Du weißt, Henri, was ich von Problemen halte.«

»Wir müssen nicht darüber reden.«

»Das habe ich nicht gesagt. Also, was ist?«

»Wir hatten Stransky.«

»Wir *hatten* ihn?«

»Ja, unser Mann aber ... er hat ihn nicht liquidiert. Im Gegenteil. Er scheint zu versuchen, Stransky außer Landes zu bringen. Er beschützt ihn. Hat bereits jemand getötet, einen Taxifahrer, der zu uns gehörte. Jetzt ist jeglicher Kontakt abgebrochen. Wir können nicht sagen, in welche Richtung sich die beiden bewegen. Bloß Vermutungen anstellen.«

»Wer ist das, der meint, Stransky retten zu müssen?«

»Vartalo, ein Finne. War von Anfang an in unserer Mannschaft. Eigentlich ein verläßlicher Mann.«

»Findest du?«

»Bisher.«

»Das macht es doch eigentlich schlimmer«, meinte Esha Ness. »Wenn man bedenkt, wie gut sich dieser Finne auskennen muß, wenn er denn von Beginn an dabei war. Das sind genau die Schlampereien, die ich hasse. Leuten zu vertrauen, nur, weil man sie seit Ewigkeiten kennt.«

»Man kann nicht in einen Menschen hineinschauen.«

»Nicht?«

»Sagen wir so«, verteidigte sich Desprez, »mir fehlt die Zeit, in jedermanns Seele zu wühlen. Außerdem glaube ich kaum, daß die andere Seite Vartalo gekauft hat. Das wäre gegen die Regeln.«

»Natürlich hat man ihn nicht gekauft. Er ist einfach umgefallen. Und genau das, daß einer demnächst umfällt, kündigt sich an. Wenn ein Blatt in Kürze vom Baum fällt, sieht man das dem Blatt an, nicht wahr? Das weiß jedes Kind, wenn es den Unterschied zwischen Sommer und Herbst begriffen hat.«

»Ein Söldner ist kein Blatt«, widersprach Desprez.

»Natürlich ist er das. Man muß nur genau hinschauen, Henri. Auch dafür bezahle ich dich, fürs genaue Hinschauen. Dafür, daß du zwischen Sommer und Herbst zu unterscheiden verstehst.«

»Ich glaube nicht, daß Vartalo und Stransky weit kommen werden.«

»Warum sagst du das? Um mich zu besänftigen?«

»Ich denke positiv«, sagte Desprez. »Außerdem kann man nicht verlangen, daß bei der achten Batmanfigur alles glattgeht. Die achte Figur ist immer die schwierigste.«

»Nonsens«, erwiderte Esha und blickte hinunter auf Floyds dünnes, strohblondes Haar, das kreuz und quer lag. »Die achte Figur ist nicht schwieriger als irgendeine andere. Das ist Aberglaube. Hätte es bei der dritten Figur ein Problem gegeben, hätte es geheißen, das ist so, weil am dritten Tag die meisten Unfälle geschehen. Wie gesagt, Nonsens. Du hast einfach nicht aufgepaßt, Henri. Und ich frage mich, ob du zu alt für den Job bist.«

»Ich bin nicht zu alt.«

»Deine Haut ist grau.«

»Meine Haut war immer schon grau«, erklärte Desprez.

»Immer schon? Armer Henri.«

»Ich kann damit leben.«

»Damit vielleicht, aber weniger damit, zu scheitern.«

»Ich werde nicht scheitern.«

»Wenn aber doch, nützt es mir nichts, dich hinterher dafür zu bestrafen. Ich will nicht bestrafen, ich will gewinnen. Und wie wichtig es ist, Mitarbeiter zur rechten Zeit auszuwechseln, beweist ja gerade unser Herr Vartalo.«

»Ich fliege selbst in den Jemen«, sagte Desprez, »und übernehme die Operation vor Ort. Ich mag eine graue Haut haben, aber ich bin darum lange noch kein Herbstblatt.«

»Stimmt«, erwiderte Esha. »Du bist kein Blatt, du bist ein Apfel. Ein Boskop.«

»Was für ein Boskop?«

»Ein Apfel, der einen gräulichen Schimmer besitzt. Und der alt aussieht, bevor er es noch ist.«

»Na gut, wenn du willst, bin ich ein Boskop, aber einer, der am Ast klebt«, sagte Desprez und bestand nochmals darauf, sofort in den Jemen zu reisen.

»Ich sollte jemand anders schicken«, sagte Esha nachdenklich, mehr zu Floyd als zu Desprez sprechend.

»Ich bin der Beste«, sagte der Franzose. Franzosen sagen das so.

»Meine Güte, ich dachte immer, man wird härter als Mutter«, äußerte Esha Ness. »Es scheint aber das Gegenteil der Fall zu sein. Mein Herz erweicht.«

Nicht, daß sie seufzte. So weit ging sie nicht. Aber es standen ein echter Zweifel und ein echter Kummer in ihrem Gesicht.

»Willst du damit sagen, ich kann fahren?« fragte Desprez.

»Hau schon ab«, antwortete die Frau, die eine Königin war. Eine Königin mit Kind.

Als dieses Kind eine halbe Stunde später erwachte, saugte es bereits an der Brustwarze. Floyd erwachte somit trinkend, da Esha ihn noch im Schlaf anzulegen pflegte. Sie gehörte nämlich nicht zu den Müttern, die meinten, ein Kleinkind müsse sein Stimmchen trainieren, seine Schreikraft ausbauen, um sich später im Leben durchsetzen zu können. Nein, Esha wußte, daß es für Floyd und nicht zuletzt für sie selbst besser war, wenn der Tag ohne solche Demonstrationen der Not vorüberging. Ohnedies taten Blähungen und das Zahnen ihren unvermeidbaren Teil, da mußte man nicht noch eins drauflegen.

Nachdem Floyd zu Ende getrunken und sodann über die Schulter gelegt eine Serie freundlicher Rülpser entlassen hatte, erhob sich Esha Ness und begab sich in einen Extraraum. Ein Mann sprang diensteifrig vom Stuhl und wies mit der Hand auf den Laptop, auf dessen Schirm sich das im grellen Licht glänzende Gesicht einer Frau abzeichnete. Sie hielt ihren Kopf ein wenig schief, als müsse sie an einem einzelnen Sonnenstrahl vorbei in die Kamera sehen. Hinter ihr waren exotische Berge zu erkennen.

Esha nahm Platz und sagte: »Desprez kommt.«

»Jawohl, Madame Ness«, antwortete die Frau.

»Er ist Ihr Vorgesetzter«, erinnerte Esha. »Er bestimmt, wie vorgegangen wird. Sobald aber Stransky tot ist – und ich hoffe für euch alle, daß das bald der Fall ist –, wird auch Desprez erledigt. Augenblicklich, ohne Umschweife, ohne Gerede. Ich will sagen, ohne letzte Zigarette und solchen Quatsch.«

»Desprez ist ein guter Mann, wenn ich das anmerken darf«, erklärte die Person auf dem Bildschirm.

»Wollen Sie demnächst neben ihm liegen?« erkundigte sich Esha Ness.

»Natürlich nicht, Madame Ness.«

»Dann hören Sie gefälligst auf, mir ein schlechtes Gewissen einreden zu wollen.«

»Das hatte ich keineswegs vor.«

»Dann lassen Sie es auch bleiben. Ende!«

Sie erhob sich und gab dem Mann, der wartend im Raum gestanden hatte, ein Zeichen. So ein Zeichen in der Art eines fallenden Schafotts. Sie wirkte schon ungemein herrschaftlich und unbarmherzig, königinnenhaft halt, wobei gesagt werden muß, daß vieles davon Pose war. Nicht, weil sie die Dinge nicht so meinte, wie sie sagte. *Kopf ab!* bedeutete auch wirklich *Kopf ab!* Aber eine solche Entscheidung hätte man auch sehr viel weniger martialisch ausdrücken oder eben gestisch darstellen können. Doch dann wäre niemand auf die Idee gekommen, Esha Ness könnte es auch ernst meinen. Hätte sie ihren Gebärden und Befehlen einen lyrischen, weichen Ton verliehen, sie wäre als die Majestät, die sie war, nicht wahrgenommen worden. Die Leute bekamen folglich zu hören, was sie selbst, die Leute, verstanden und begriffen. *Kopf ab!* verstanden sie, *Blume ab!* nicht.

Zur selben Zeit, da eine unbarmherzige Königin den Tod ihres obersten Truppenführers beschlossen hatte, strich ein Restaurator mit einem weichen, getränkten Lappen über die verdreckte Stelle eines zu Dreiviertel renovierten Wandgemäldes, welches auf ein Leinen aufgetragen sich über die Breitseite einer weiten, hohen Halle erstreckte. Einer Bahnhofshalle, die allerdings keine Schalter, sondern ein Kaffeehaus beherbergte, dessen im Grunde geschmackvolle Einrichtung aus schrebergartenartig separierten Tischecken bestand, jedoch konterkariert wurde von einer häßlichen langen Theke, an der man sich selbst bedienen mußte. Die Theke war so neu wie der Umstand der Selbstbedienung – ein fürchterlicher Umstand, eine Schale Kaffee eigenhändig an einen Tisch zu jonglieren. Sodaß dann meistens die Untertasse überschwemmt war und der Kunde bekleckert dastand. Ein Kunde, der keiner mehr war. Selbstbedienung war eine schlimme Sache, ein deutliches Zeichen dafür, daß es mit der Gesellschaft bergab ging.

Der Restaurator stand auf einem schmalen, aus mehreren Etagen zusammengesetzten, fahrbaren Gerüst. Tief unter ihm, von Palmen flankiert, befand sich ein Roulettetisch, den ein einzelner Croupier bediente. Zwei Frauen und ein Mann saßen am Tisch und starrten hinüber zum Kessel, in dessen äußerster Bahn die Kugel dahinraste. Das surrende Geräusch dieser Bahnbewegung stieg gleich einem beißenden Geruch in die Höhe, Richtung Restaurator, der fortgesetzt eine besonders hartnäckige Stelle zu reinigen versuchte. Eine Stelle, die sich mehr widersetzte als alle anderen zuvor. Er rieb und rieb, aber nichts tat sich. Ihm kam vor, als würde er den Dreck bloß polieren, ohne auch nur ein Partikel davon entfernt zu haben. Die überdeckte Malerei blieb so gut wie unsichtbar. Obgleich der Restaurator überzeugt war, daß sich unter dieser »blinden Fläche« eine Fledermaus befinden mußte. Sieben davon hatte er bereits freigelegt. Ein merkwürdiges Bild für ein Bahnhofscafé. Andererseits stammte es aus der Zeit des Symbolismus. Und Fledermäuse waren nun mal bestens geeignet, um eine ganze Menge zu symbolisieren.

Ehrlich gesagt, war dieses Gemälde schlichter Mist. Schlecht komponiert und schlecht gemalt. Das wußte der Restaurator. Indessen funktionierte es als Teil eines Ensembles. Und funktionierte in dieser Hinsicht wiederum ganz gut. Im Gegensatz zu jener gräßlichen Selbstbedienungstheke. Sehr viel besser paßte da der Spieltisch, der, obwohl ebenfalls eine späte Hinzufügung, eine Art peripheres Zentrum bildete, eine Sonne, eine Sonne am Rande, nahe der Türe, die hinaus in die Empfangshalle führte.

Der Restaurator sah hinunter auf die Drehscheibe des Kessels. Soeben brach die Roulettekugel aus ihrer Ideallinie, schlug gegen eines der kleinen, sternförmigen Hindernisse, überflog den Kreis aus Zahlen, torkelte noch ein wenig über die offenen Gräber, die vor sechsunddreißig Zahlen und einer exaltierten Null klafften, um sich schließlich in jener Grube zur Ruhe zu betten, die der Zahl Fünf vorgelagert war.

Natürlich stand der Restaurator viel zu weit oben, um erkennen zu können, wo genau die Kugel gelandet war. Er wußte es nur, weil er jetzt auf die elektronische Anzeige blickte. Die Fünf war keine von den Zahlen, die er mochte. Die Fünf hatte etwas Uneindeutiges, Verschwommenes. Man stelle sich vor: fünf Reiter, die am Horizont eines Italo-Westerns auftauchen. Wären es acht, neun oder mehr, würde man augenblicklich zum Maschinengewehr greifen. Bei einem oder zwei, selbst noch bei drei, seinen Colt ziehen. Bei fünf aber ...? Fünf war einfach eine blöde Zahl.

Er wandte sich wieder dem Bild zu, von dem er nicht sagen konnte, was genau es bedeutete. Klar, hier war eine Landschaft zu sehen, hohe Bäume, hohes Gras, eingetunkt in das gelbliche Licht eines Mondes, der unnatürlich groß auf einem schmutzigrosa Nachthimmel klebte, mehr ein Gasriese als ein Mond. Die Fledermäuse segelten auf halber Höhe, einer hinter der anderen, auf einen bogenförmigen Spalt zwischen den Bäumen zu. Hinter dem Spalt loderte ein Feuer, wobei dieses Feuer zu schweben schien. Man konnte über dem Feuer ein Schwert erkennen, das nun ganz sicher schwebte. Offenkundig war die Waffe aus den Flammen geboren. Was aber hatten die Fledermäuse für eine Funktion? Pures Dekor? Simpler Horror? Hätten es ebensogut Krähen sein können? Der Restaurator wußte es nicht. Auch fragte niemand danach. Er sollte dieses Bild reinigen, keine Studie darüber verfassen. Aber genau das mit dem Reinigen schien nun plötzlich nicht mehr zu funktionieren. Der Dreck klebte fest. Wie eingebrannt.

Der Restaurator ließ den Lappen fallen. Man würde wohl zu härteren Methoden greifen müssen.

9
Pink Lady

Von Sanaa bekamen Steinbeck und Kallimachos nicht viel zu sehen. Am Flughafen angekommen, bat man die beiden, in einen Hubschrauber umzusteigen. Ein Militärgerät, das alles mögliche an Gedanken provozierte, nur nicht den, Fliegen sei eine sichere Angelegenheit. Die Kiste bewegte sich wie alkoholisiert durch die Luft. Der Pilot war bester Laune, in der Art eines fröhlichen Gespensts, welches nichts zu verlieren hatte, jedenfalls nicht das eigene Leben.

Man überquerte die Hauptstadt, die aus der Höhe einen gezuckerten Eindruck machte, und flog hinein ins Gebirge, mitunter viel zu nahe an die Felsen geratend. Der Pilot lachte. Er wollte etwas bieten für sein Geld. Irgendwann klopfte ihm der Mann, der Steinbeck und Kallimachos abgeholt hatte, auf die Schulter und gab ihm zu verstehen, es reiche. Der Pilot steuerte sein Gerät von den Kanten und Zacken weg, nahm eine direkte Linie und landete schließlich auf einem Platz inmitten einer alten Festung. Es dauerte eine kleine Ewigkeit, bis man Spiridon Kallimachos aus dem Helikopter gehievt hatte. Endlich wieder am Boden, zündete er sich eine Zigarette an, um sie in bewährter Weise im Mund zu belassen, während er selbst in einen Zustand schwitzender Ohnmacht verfiel. Einer Ohnmacht im Stehen.

Auf dem Platz stand ein Wagen, der von zwei Männern mit Maschinenpistolen bewacht wurde.

»Der Fahrer liegt da hinten«, sagte der Mann, der sich Belmonte nannte, ein Araber, der sich ausgesprochen westlich gab. Er wies hinüber auf einen der Türme und erklärte, daß man dort auf die Leiche des Taxichauffeurs gestoßen sei.

»Unser Mann?« fragte Steinbeck.

»Eben nicht«, verlautete Belmonte und meinte, es sehe so

aus, als wäre die gegnerische Seite Stransky auf die Spur gekommen. Was eigentlich zwangsläufig dessen Tod hätte nach sich ziehen müssen. Wäre das aber der Fall, wüßte man es. Der Tod in diesem Spiel bleibe niemals ein Geheimnis. Keinen Moment lang. Nein, es scheine vielmehr so zu sein, als wäre Stransky noch am Leben. Wie er das habe schaffen können, sei freilich mehr als verwunderlich.

»Sie wissen also nicht, wo wir Stransky finden?« erkundigte sich Steinbeck nach dem Naheliegenden.

»Wir suchen ihn«, gab Belmonte eine Antwort, die keine war.

»Denken Sie, er ist allein?«

»Unmöglich. Er würde hier keinen Schritt weiterkommen ohne fremde Hilfe.«

»Und wer hilft ihm?«

Belmonte hob die Hände an, als wiege er ein fußballgroßes Stück Luft.

»Gut«, sagte Steinbeck. Und stellte fest: »Da ist also jemand, der ihm zur Seite steht. Darüber können wir uns schließlich nicht beschweren. Stransky wäre sonst tot und die Sache vorbei. Dieser jemand, der sich um Stransky kümmert, wo wird er ihn vernünftigerweise hinbringen?«

»Wenn dieser jemand vernünftig wäre, würde er Stransky gar nicht erst helfen.«

»Wohin, habe ich gefragt.«

»Am einfachsten zum Roten Meer hinunter. Am einfachsten nach Hudäida. Aber das wäre eben einfach und darum unratsam.«

»Und Aden?«

»Das wäre wiederum der geeignete Ort«, meinte Belmonte, »um eine Weltreise anzutreten. Doch ich nehme an, Monsieur Stransky will lieber zurück nach Europa als die Welt sehen. Weshalb sich eher der Suezkanal anbietet als eine Fahrt über das Arabische Meer. Andererseits kann man Europa natürlich auch umständlich ansteuern.«

»Flughäfen wird er meiden.«

»Ganz sicher. Ebenso den Landweg. Saudi-Arabien ist ein

miserabler Platz, um sich ungesehen fortzubewegen. Nein, Monsieur Stranskys Schutzengel dürfte versuchen, seinen Protegé auf ein Schiff zu bringen. Oder in eine Rakete. Aber Raketen gibt es keine im Jemen.«

Es war wirklich absurd, daß Belmonte genau in diesem Moment von einer Rakete hatte sprechen müssen. Er meinte natürlich zivile Raketen, die man ins Weltall schoß, Spaceshuttles auf dem Rücken, Satelliten im Gepäck, Wissenschaftler an Bord und eben auch den einen oder anderen Privatier. Tja, solche Raketen, solche Nachfahren der Familie Apollo, gab es nun wirklich keine in diesem Land. Dafür aber ...

Während noch Belmonte seinen Satz beendet hatte, von wegen keine Raketen, hatte er sie gesehen, die Rakete, die von einem der höheren Berge genau auf sie alle zuraste. Sie bewegte sich natürlich mit großer Geschwindigkeit, ein schmaler Körper, ein schlanker Komet, dessen Schweif wie verquirlte Milch hinterherschäumte. Belmonte spürte sie mehr, als daß er sie wirklich kommen sah. Er griff rasch nach Steinbeck, riß sie zu Boden und warf sich über sie, einen Schutzschild bildend. Er spürte ihren knochigen Körper, beinahe meinte er, er rieche ihr Parfüm, Lavendel, wenn er nicht irrte. Andererseits kam er nicht einmal mehr dazu, sich zu überlegen, wieso er so etwas Unsinniges tat, jemand beschützen, den zu beschützen ihn niemand bezahlte. Hätte er Stransky zu retten versucht, na gut, aber diese Frau hier ... Ein Reflex? Ganz sicher. Der idiotische Reflex eines Mannes, der in England aufgewachsen war und in Frankreich studiert hatte und dazu erzogen worden war, Damen in Mäntel zu helfen. Armer Belmonte.

Die Rakete, eine nicht mehr ganz neue Lenkwaffe, allerdings zielgenau gelenkt, krachte in den Helikopter und detonierte. Die Explosion war so wuchtig, daß das Taxi in die Luft geschleudert wurde und natürlich auch die beiden Männer, die den leeren Wagen bewacht hatten. Der Pilot war noch immer im Cockpit gesessen und hatte ein letztes Mal gelacht. Ballen von Feuer schossen durch die Luft. Was nicht gleich explodierte, explodierte einen Bruchteil später. Es war laut und heiß und zeigte, wie wenig diese Raketen Freunde der Menschen waren.

Manche Menschen freilich bleiben immer und überall unverletzt. Was wohl kaum daran liegt, das alles an ihnen – Sorgen, Projektile, Bombensplitter – einfach abprallt. Das wäre Comic oder Parodie. Nein, vielmehr scheint es so zu sein, daß die Dinge selbst, die Sorgen, Projektile und Splitter solchen bestimmten Menschen ausweichen, nichts mit ihnen zu tun haben wollen, lieber den Kopf einziehen, als auf oder in ihnen zu landen. Aus Angst oder Ekel, wer kann das schon sagen, wer kann sich schon in einen solchen Bombensplitter hineinversetzen? Aber das gibt es nun mal. Derartige Leute, Leute, die den Dingen unsympathisch sind, stehen einfach da und überleben, steigen unverletzt aus eingebrochenen Schächten und abgestürzten Flugzeugen, verschlafen ganze Katastrophen, befinden sich immer dort, wo ein Kugelhagel gerade nicht hinreicht oder eben nicht hinreichen will. Sie sind aber nicht, wie ein Film mit Bruce Willis uns weismachen möchte, *unzerbrechlich*, sondern *unberührbar*. Das ist ein Unterschied. Es ist nicht ihr Fleisch, sondern der Geist ihres Fleisches, der sie unverwundbar macht.

Ein solcher Mann war Spiridon Kallimachos.

Im Moment der Explosion war der Grieche nicht unwesentlich weiter von dem Helikopter entfernt als die beiden bewaffneten Männer, welche sofort tot gewesen waren. Und er stand sehr viel näher denn Lilli Steinbeck und der über sie gebeugte Belmonte. Aber weder traf ihn irgendein Teil, noch wurde er von der Druckwelle umgeworfen. Nicht, weil er ein aufgeschwemmter Superman war, sondern da eben auch die Druckwelle einen Bogen um ihn machte. Kallimachos stand mit dem Rücken zum Hubschrauber, die Augen halb geschlossen, und bekam zunächst gar nichts mit. Allein seine Zigarette katapultierte es wie den Stöpsel eines Druckluftgewehrs aus seinem Mund heraus. Und man mochte meinen, daß es dieser Umstand einer herausgeschleuderten Zigarette war, der Kallimachos aus seinem Tagtraum riß. Er drehte sich um und sah in das Feuer, das an ihm vorbeiflammte, ein wenig überrascht, dann aber peinlich berührt. Es war ihm schließlich kein Geheimnis, sein Geheimnis. Er kannte sich aus, obgleich das die erste Rakete war, die er überlebte. Aber er hatte schon schlimmere Dinge überstanden. Er wußte also, daß er anders war. Er wußte, daß man ihn nicht umbringen konnte. Zumindest nicht mit den üblichen Mitteln.

Weniger glücklich verhielt es sich leider mit jenem Mann, der Belmonte hieß. Er lag auf Steinbeck und rührte sich nicht. Sein Kopf lag schräg auf ihrer Brust. Blut tropfte aus seinem Mund, die geweiteten Augen starrten und glänzten wie ausgestellte alte Münzen, und von seinem Rücken stieg Rauch. Irgendein verbranntes Teil, ein Hubschrauberfragment, war in Belmonte eingedrungen und hatte ihn tödlich verletzt. Steinbeck mußte sich gehörig anstrengen, um den Körper von sich herunterzuschieben. Sie selbst allerdings war vollkommen unverletzt geblieben. Aber eben nicht, weil sie unverwundbar war, sondern eine Dame, für die ein Herr sich geopfert hatte. Kallimachos' Überleben stand für die Wunder der Natur, Steinbecks Überleben für die Wunder der Kultur.

Im Schutze des Qualms lief nun Steinbeck hinüber zu dem Detektiv, betrachtete ein wenig verblüfft dessen von keinem Herrn Belmonte begründete Unversehrtheit, fing sich aber schnell und erklärte, man müsse sich beeilen, von hier wegzukommen. Das sei möglicherweise nicht die letzte Rakete gewesen.

»Sie wissen, daß ich nicht laufen kann«, sagte Kallimachos, unglücklich darüber, sich auf einen Stock anstatt auf sein Wägelchen stützen zu müssen.

Steinbeck ignorierte den Einwand und stieß Kallimachos an, trat ihn geradezu in den Hintern. Er kam in Bewegung, langsam, aber doch. Immerhin erreichte man gerade noch die Pforte eines der turmartigen Gebäude, als tatsächlich eine weitere Granate einschlug. Steinbeck flüchtete ins Dunkel und hinein in den Schutz des Gemäuers. Kallimachos aber blieb im offenen Torbogen stehen und zündete sich eine Zigarette an. Manchmal wollte er sich einfach testen. Nun: Da war kein Sandkörnchen, das ihn auch nur streifte. Es war wie immer.

Endlich folgte Kallimachos Steinbeck tiefer in das Innere, was er rasch bereute. Denn so unverwundbar er sein mochte, war er dennoch ein gebrechlicher, alter Mann, der sich schwer damit tat, einen unebenen Weg zu begehen, und sich schwertat, wenn er dabei die Hand nicht vor den Augen sah. Was genau der Fall war. Er befand sich jetzt in einer undurchdringlichen Schwärze. Dann aber spürte er den Griff seiner Auftraggeberin ... Ja, das durfte nicht vergessen werden, daß er, Kallimachos, schließlich für diese Frau arbeitete und es somit zu seinem Job gehörte, durch undurchdringliche Schwärzen zu stolpern, wenn Lilli Steinbeck das so wollte. Und Stufen abwärts zu steigen, wenn das nun mal dazugehörte. Immerhin erkannte er dabei die Glut der Zigarette, die in seinem Mund steckte.

»Dort drüben«, sagte Steinbeck.
»Was *dort drüben*?« fragte der Grieche.
»Das Licht.«
»Ich sehe kein Licht.«
»Ich führe Sie.«
»Ja, tun Sie das.«

Über ihnen staute sich der Lärm zerspringenden Gemäuers. Offensichtlich hatten die Angreifer genügend Raketen zur Hand, um auch hiesiges Kulturgut zu pulverisieren. Eigentlich war das gegen die Regeln, daß nämlich die Jäger eines Batmans die Beschützer eines Batmans so einfach angriffen, ohne daß der zu jagende und zu beschützende Batman überhaupt anwesend war. Wäre er das nämlich gewesen, wären auch keine Raketen zum Einsatz gekommen. Einen Batman pulverisieren kam nicht in Frage. Immerhin benötigte man eine herzeigbare Leiche. Und man benötigte jene kleine Schlüsselanhänger-Figur, die bei einer jeden Batman-Leiche zu entdecken war.

Auf einer nun stufenlosen Schräge schritten Steinbeck und Kallimachos, Arm in Arm, abwärts. Tatsächlich bewegten sie sich auf ein größer werdendes Oval von Licht zu und erreichten schließlich das Freie. Sie befanden sich unterhalb der Felsen, auf denen die kleine Festung gebaut war, welche – dank Raketenbeschuß – in Zukunft nur noch als Ruine fungieren würde.

Vor der Polizistin und dem Detektiv lag ein schmaler Weg,

der hinunter ins Tal führte. Schmal und steinig und relativ steil.

»Ich sagte Ihnen gleich, lassen Sie mich zu Hause«, beschwerte sich Kallimachos. »Was denken Sie, was ich jetzt tun soll? Den Berg hinunterrollen? Keinen Schritt mache ich mehr. Verstanden!? Ich werde mich auf diesen Stein setzen und sterben.«

Tatsächlich ließ er sich stöhnend auf einem Felsblock nieder und zündete sich eine Zigarette an. Man konnte sich fragen, wo er eigentlich alle diese Zigaretten hernahm. Als ziehe er sie aus geheimen Körperöffnungen. Aus Automaten seiner selbst.

Steinbeck setzte sich zu ihm, holte ihr Whiskyfläschchen aus der Tasche und reichte es ihm.

»Meinen Sie denn, der Whisky würde Wunder vollbringen?« fragte Kallimachos. Gleichwohl tat er einen kräftigen Schluck.

»Mal sehen«, meinte Steinbeck.

Sie rauchten und tranken, und endlich fiel die Sonne hinter die Berge. Aber auch das war nicht recht.

»Es wird verdammt kalt hier in der Nacht«, erinnerte Kallimachos.

»Ich dachte, Sie wollten sterben«, erinnerte ihrerseits Steinbeck.

»Von Erfrieren war nicht die Rede.«

»Und wovon war dann die Rede?«

Der dicke Mann gab keine Antwort, sondern erhob sich, den Oberkörper wie einen Rüssel nach vorn beugend. Vielleicht wollte er tatsächlich versuchen, einfach abzustürzen. Doch so steil war der Weg nun auch wieder nicht. Außerdem galt für Kallimachos, daß, wenn er wollte, er auch konnte. Und jetzt wollte er halt. Sein wahrer Schwachpunkt schien nämlich eines zu sein: kalte Nächte.

Am Ende des Pfades erreichten sie eine asphaltierte Straße. Ein Lkw hielt an und nahm sie mit in die nächste Ortschaft. Hier funktionierte endlich wieder Steinbecks kleines Supertelefon, das ihr Antigonis vermacht hatte. Mehr eine Puderdose mit Spiegel als ein Telefon, ausgesprochen damenhaft. Auf dem spiegelförmig ovalen Bildschirmchen erschien nun das gepflegte

Altherrengesicht des griechischen Magnaten. Seine Stimme war so klar, als stünde er um die Ecke. Doch er saß, man konnte es sehen, zumindest ahnen, im *Blue Lion*.

»Schön, daß Sie am Leben sind«, begrüßte der Doktor seine Polizistin. »Wo sind Sie?«

Steinbeck nannte den Namen der Ortschaft, erklärte, daß auch Kallimachos wohlauf sei, mußte dann aber vom Tod Belmontes und der anderen berichten. Doch Antigonis war bereits unterrichtet. Auch davon, daß Stransky seinen Jägern entkommen war. Ohne die Hilfe seiner offiziellen Beschützer.

»Sie sollten sich freuen«, empfahl Steinbeck.

»Nur bedingt«, meinte Antigonis. »In erster Linie wundert es mich. So, wie es mich wundert, daß Sie noch immer Ihren übergewichtigen Freund dabeihaben.«

Steinbeck ignorierte die Bemerkung und fragte, ob es etwas Neues gebe, was sie wissen müsse.

»Wie es scheint, ist Stransky ausgerechnet mit *dem* Mann zusammen, dessen Job es eigentlich gewesen wäre, ihn zu erledigen.«

»Ein Überläufer?«

»Das wäre der falsche Begriff. Ich denke nicht, daß der Mann für uns arbeiten möchte. Er heißt Vartalo, ein Finne, ehemaliger Fremdenlegionär. Wahrscheinlich eine Mördernatur, die sich für ein Genie hält. Sie erinnern sich, was ich Ihnen sagte, daß man solchen Leuten alles zutrauen muß. Auch, daß sie aus lauter Langeweile beginnen, jemand das Leben zu retten, den sie eben noch töten wollten.«

»Na gut, aber was hat Herr Vartalo vor? Ich meine, mit Stransky vor.«

»Er will ihn wohl unversehrt nach Hause bringen.«

»Ist doch gut so.«

»Das ist nicht seine Rolle. Dieser Mann zerstört das Spiel. Er bringt alles durcheinander. Das ist mehr als ein Regelverstoß.«

»Mich kümmert das nicht«, erklärte Steinbeck.

»Ich muß Sie vor Vartalo warnen. Der Mann steht jetzt auf seiner eigenen Seite.«

»Ich werde ihm sein Geltungsbedürfnis schon austreiben.

Aber dazu muß ich ihn erst einmal finden. Beziehungsweise Stransky.«

»Ich schicke Ihnen einen neuen Hubschrauber«, versprach Antigonis. Es klang, als beziehe er diese Dinger aus einer großen Spielzeugkiste.

»Und dann?«

»Schlafen Sie mal aus. Ich melde mich morgen. Gute Nacht.«

»Gute Nacht«, erwiderte Steinbeck. Das war der schönste Gruß, den sie kannte.

Tags darauf stand ein Hubschrauber vor der Tür, der sehr viel weniger nach einem längst verlorenen Krieg aussah als sein Gegenstück vom Vortag. Kinder standen um das Vehikel herum wie um einen lustigen Drachen. Er war in Pink lackiert. Das wirkte weit hübscher als eins dieser Tarnfarbenmuster, die das Trübe und Dreckige eines jeden Gefechts vorwegnahmen. Die Mimikry von Militärgerät war vergleichbar der Fliege, welche aussah wie der Misthaufen, auf dem sie saß. Dann doch lieber Fliegen in Pink.

»Hübscher Hubschrauber«, meinte folglich Steinbeck.

»Sehen wir uns mal an, wie er fliegt. Und *wer* fliegt«, erwiderte Kallimachos.

Nun, es wurde ein guter und kurzer Flug. Man brachte Steinbeck und Kallimachos in eine kleine Ortschaft südlich von Menaacha. Angeblich hatten sich Stransky und Vartalo dort ein paar Stunden aufgehalten. Wohl um sich auszuruhen und zu essen und vor Einbruch der Nacht die Weiterreise anzutreten.

Steinbeck wußte in der Zwischenzeit, daß Vartalo sich bestens im Land auskannte, sich mit den Einheimischen zu arrangieren verstand. Man konnte sagen, daß Stransky sich fürs erste in den besten Händen befand. Es also gar nicht darum ging, die beiden so rasch als möglich einzuholen, sondern bloß an ihnen dranzubleiben. Eine vernünftige Nähe herzustellen.

»Wenn Gott will«, sagte Steinbeck, »haben wir Zeit. Und wenn er nicht will, nützt es auch nichts, uns zu hetzen.«

»Das ist mal eine Anschauung, die mir gefällt«, antwortete der Detektiv.

Gearbeitet werden mußte natürlich dennoch. Während Kallimachos sich zusammen mit dem Hubschrauberpiloten auf eine Tasse Kaffee zurückzog, inspizierte Steinbeck den Raum, in dem Vartalo und Stransky sich aufgehalten hatten. Nach all den ungewöhnlichen Ereignissen war Lilli nun endlich wieder bei der Routine simpler, aber konzentrierter Polizeiarbeit angekommen: auf der Suche nach den verlorenen Dingen.

Und tatsächlich ging ja immer irgend etwas verloren, wenn jemand sich in einem Raum aufhielt. Natürlich ebenso auf der Straße, aber auf der Straße kamen Wind und Wetter dazu. In einem Raum hingegen putzende Mütter und lohnabhängige Zimmermädchen. Nichts davon spielte im vorliegenden Fall eine Rolle. Diese schäbige Hütte, die Steinbeck jetzt prüfte, war praktisch noch warm von den zwei Männern, die am Tag zuvor hier ein kurzes Quartier bezogen hatten.

Es lag eine Menge Müll herum, Müll, der sicher nicht zur Gänze von den beiden letzten Gästen stammte. Interessanter als der Müll, als die unzähligen Haare und Fasern, die auf alles mögliche verwiesen, nicht zuletzt auf die Ziegen dieser Gegend, erschien Steinbeck das kleine Regal zwischen den beiden Schlafstätten. Obenauf lag ein Koran. Darunter aber lagerten drei Bildbände, zwei in arabischer, einer in englischer Sprache. Das englische Buch stammte aus den sechziger Jahren und zeigte Reisebilder von der Arabischen Halbinsel, körnige Farbfotos, vieles nachkoloriert, manche Seiten dunkel wie geräuchertes Fleisch. Man hätte sich mit diesem Papier nicht mal seinen Hintern auswischen mögen. Dennoch hatte jemand das Buch durchgesehen. Dies erkannte Steinbeck augenblicklich. Der Staub der Jahre war durcheinandergekommen. Dieses Durcheinander war ein sichtbar frisches.

Steinbeck überprüfte Seite für Seite. Es dauerte nicht lange, da fand sie, was sie insgeheim erhofft hatte: eine Notiz. Eine Notiz in deutscher Sprache, geschrieben in kleinen, unregelmäßig geneigten, aber überaus korrekten und gut leserlichen Lettern, die eine ganze Seite einnahmen, ein relativ helles Foto verdeckend, welches Händler auf einem Markt zeigte. Diese Handschrift war eine Handschrift für Leser. Das heißt, sie wollte und sollte gelesen werden, auch wenn der Verfasser in seinem Begehren deutlich schwankte:

Ich nehme nicht wirklich an, daß jemand diese Zeilen liest. Und wahrscheinlich wäre dies auch das beste für mich, wenn niemand sie liest, bevor jemand Falsches sie liest. Denn einige Leute versuchen mich zu töten. Ohne, daß ich den Zweck erkennen kann. Tatsächlich scheint ein solcher Zweck im gewohnten Sinn gar nicht zu bestehen. Niemand ist böse mit mir, niemand will sich rächen oder mir etwas nehmen. Ich besitze keinen Mikrofilm, spioniere für keinen Schurkenstaat, kenne keine Formel, auf die ein Schurke es abgesehen haben könnte. Nichts davon. Ich stelle in dieser Angelegenheit bloß eine Figur dar, die auch genauso gut ein anderer sein könnte. Aber die Wahl ist nun mal auf mich gefallen.

Ich will eines gesagt haben: Ich liebe meine Frau, und ich liebe meine Tochter. Ich wüßte nicht, was sonst noch zählen würde. Bei einem Lebewesen, dessen einzige Funktion darin besteht, sich fortzupflanzen, auch kein Wunder. Der Rest ist Ablenkung und Zierde.

Somit ist auch das, was mit mir nun geschieht, Ablenkung und Zierde. Ein Theater, könnte man sagen. Freilich würde ich dieses Theater gerne überleben. Und beinahe wäre ich auch schon gestorben, hätte sich der Mann, der mich töten sollte, nicht dazu entschlossen, das Gegenteil zu tun. Er heißt Vartalo. Er ist mir unheimlich und fremd. Ein Killer – ohne jeglichen Respekt, in jeglicher Hinsicht.

Und dieser Killer ist entschlossen, mich nach Hause zu bringen. Gott weiß warum. Aber nicht auf dem direkten Weg, nicht mit dem Flugzeug, nicht Richtung Ägypten. Der direkte Weg, so meint er, führt direkt in die Hölle. Für ihn in die Hölle, für mich in einen raschen Tod. Also werden wir einen Umweg machen. Ich habe Vartalo überredet, als erstes zu versuchen, nach Mauritius zu gelangen. Ich kenne die Insel ganz gut. Ich bin Spezialist für Tiere, die es nicht mehr gibt. Und Spezialist für Tiere, die es eigentlich nicht mehr geben dürfte. Darum Mauritius, wo ich bereits einige Male war. Nicht zuletzt der Dronte wegen, die von ihrer Entdeckung an keine hundert Jahre

brauchte, um auszusterben. Ich mag diese Vögel, die so leicht dahinschwinden, Riesenalken und Dronten, flugunfähig, eineiig (ich meine, daß sie nur ein Ei legen), wagemutig friedfertig, unvorbereitet auf die überraschende Wendung im Leben, unvorbereitet auf den Menschen. So ist die Natur manchmal, selbstverliebt und widersprüchlich, nicht nur eineiig, sondern auch blind, richtiggehend planlos.
Mauritius also. Ich verfüge dort über den einen oder anderen kleinen Kontakt. Von Mauritius aus wird es leichter sein, eine Startrampe nach Europa zu bauen. Eine Startrampe, die hoffentlich funktioniert.

Ich schreibe diese Zeilen, weil ich keine Möglichkeit sehe, mich an meine Familie zu wenden. Es wäre zu riskant. Außerdem muß ich sie heraushalten. Ich schreibe, wie man in der Not an Gott schreibt und sich ihm offenbart.

*Georg Stransky,
an einem Ort, an dem ich nicht lange genug sein werde,
daß es sich lohnen würde,
seinen Namen schreiben und sprechen zu lernen.
So wird es jetzt wohl öfters sein.*

Das war, fand Lilli Steinbeck, für einen Naturwissenschaftler ein ziemlich ungewöhnlicher Standpunkt. Die Mühe zu scheuen, einen Ortsnamen festzuhalten, weil man sich nur kurz an ihm aufhalten würde. Ganz offensichtlich hatte Georg Stransky im Zuge jüngster Erlebnisse seine Verhaltensregeln gründlich revidiert. Hin zum Zweckmäßigen. Denn der Name des Ortes, an dem Stransky einen Nachmittag und Abend verbracht hatte und an dem nun Steinbeck angelangt war, zählte ja wirklich nicht. Sehr wohl aber die Information, wohin Stransky und sein »Leibwächter« Vartalo sich höchstwahrscheinlich hinbewegten, Richtung Mauritius. Das war freilich ein langer Weg. Andererseits, auf einer Weltkarte betrachtet, lag Mauritius praktisch um die Ecke. Um die Ecke von Somalia.

Lilli Steinbeck riß recht umstandslos die beschriebene Seite aus dem Buch heraus und verstaute sie in ihrer Handtasche.

Das Buch klappte sie zu und nahm es mit sich, aber nur, um es sicherheitshalber in einer verrosteten Tonne zu entsorgen. Weil die Tonne aber vollkommen leer war, warf sie das Ding in einen Straßengraben, zu anderem Müll hin. Dort würde es niemand auffallen und praktisch ins Erdreich eingehen. Ohnehin bloß ein Buch, dem eine Seite fehlte. Aber Steinbeck war nun mal vorsichtig.

Sie wartete auf der Straße, stellte sich neben den Hubschrauber hin. Frau und Maschine. Ein paar Jungs standen um sie herum, kicherten. Zwei alte Männer, wie aus einer arabischen Muppetshow, stierten sie grimmig an. Kein Wunder, hier existierte kein Fremdenverkehr und somit auch kein Grund, darauf zu verzichten, grimmig dreinzusehen, wenn einem nach Grimmigkeit zumute war. Steinbeck hielt das schon aus. Sie kannte Schlimmeres als grimmige Greise.

»Haben Sie was gefunden?« fragte Kallimachos, als er mit dem Piloten aus der kleinen Teestube kam.

»Fliegen wir nach Aden«, gab Steinbeck zur Antwort.

»Ist das ein guter Ort, um sich zu verstecken?«

»Nein, aber um in See zu stechen.«

»Wer will in See stechen?«

»Ich denke, daß Stransky und Vartalo das vorhaben. Wenn sie so weit kommen.«

»Um *wo*hin zu gelangen?«

»Mauritius.«

»Woher wollen Sie das wissen?« fragte Kallimachos.

»Wegen der Dronten, die dort früher lebten.«

»Ach so!« meinte Kallimachos. Er gehörte nicht zu den Leuten, die ewig nachfragten. Er gehörte nicht zu den Leuten, die alles verstehen mußten. Es reichte ihm, zu verstehen, wenn es dafür an der Zeit war. Offensichtlich war es aber nicht an der Zeit. Er spuckte seine Zigarette aus und schleppte sich demütig auf den knalligen Helikopter zu, der über einen halbwegs komfortablen Einstieg verfügte. Einen Einstieg für Zivilisten.

Wenig später schraubte sich das Vehikel in die Höhe. Man konnte meinen, die Himmelfahrt einer etwas ordinären, aber gutgelaunten Lady sei im Gange. Einer Lady in Pink.

10
Finger

Es war eine wirklich schöne Segelyacht, sehr schnittig, wie aus einem Guß, ein hochmodernes Glasfaserobjekt, gewissermaßen das Gegenstück zu einem dieser chinesischen Restaurants in der Art stromlinienförmiger Designertoiletten. Vielleicht fünfundzwanzig Meter lang, explizit weiß, totweiß, mit einem durchgehend hellblauen Streifen und einer überdachenden Verschalung, die nicht höher schien, als sie unbedingt sein mußte. Das war eindeutig ein schnelles Boot, eins von denen, wie man sie aus dem Fernsehen kannte, wenn wieder einmal dieser America's Cup abgehalten wurde, eine Veranstaltung, die ein normaler Mensch nur schwer begriff. Der gigantische Aufwand, der da betrieben wurde, der enorme Ruhm, der mit dem bißchen Segelei zu ernten war, das viele Geld sowieso. Ähnlich wie die Auswirkungen eines professionellen Golfspiels. Diese Leute waren Könner, keine Frage. Doch ihre Profession war eine ausgesprochen intime und auch via Bildschirm schwer nachvollziehbare. Was konnte man schon sehen, wenn ein winziger Ball durch die Luft flog oder ein Boot ewig lange über ziemlich verwandt wirkende Wellen dahinglitt? All diese Männer, die quasi Vollzeit-Freizeitler waren, betrieben golfend und segelnd und kricketierend eine fast sektiererische, jedenfalls ungemein elitäre Sache, waren aber nichtsdestotrotz Medienhelden. Der sogenannte kleine Mann, der Mann von der Straße, konnte kaum sagen, wieso das eigentlich so war. Fußball ja, aber Segeln …?

Nun, Georg Stransky ging hin und wieder zum Segeln, ohne aber eine wirkliche Leidenschaft dafür entwickelt zu haben. Immerhin kannte er sich aus. Darum meinte er auch: »Tolles Boot.«

Und Vartalo fand: »Genau das richtige, um nach Mauritius zu kommen.«

Die beiden saßen in einer kleinen Hafenkneipe, der man ansah, daß der Südjemen einmal kommunistisch gewesen war. Und daß alles Kommunistische sich heutzutage durch ein Abblättern ausdrückte.

Vartalo und Stransky schauten hinüber auf den Steg, an dem ein paar Boote festgemacht waren. Es war erstaunlich, daß eine solche Segelyacht an einem solchen Ort angelegt hatte. Nicht in Aden, sondern in einem halb verfallenen Fischerdörfchen weiter östlich.

Am Heck des Boots hing eine britische Flagge, die auf die Ferne etwas von einem durchgestrichenen Blaubeerkuchen hatte. Davor, auf dem Steg, standen zwei Männer mit demonstrativen Muskeln unter den dünnen Leibchen. Sie hätten die Hälfte ihrer Muskeln verschenken sollen. Das hätte adretter ausgesehen und wäre weit raffinierter gewesen, als mit überbreiten Oberschenkeln und winzigen Pos dazustehen und die Eingeborenen zu verschrecken.

Stransky bemerkte: »Man wird uns kaum einladen, an Bord zu kommen.«

»Ja. Da werden wir wohl selbst aktiv werden müssen.«

»Wollen Sie die beiden vom Steg schießen?«

»Das wäre der einfachste Weg. Aber Sie wissen ja, wie das mit den einfachen Wegen ist. Nein, wir werden das diplomatisch angehen. Wir warten einmal, bis die hohe Herrschaft zurück ist.«

Selbige Herrschaft, zwei Männer und zwei Frauen, nicht mehr ganz jung, aber unübersehbar sportiv und lebenslustig, kamen gegen Abend mit dem Taxi an. Sie hatten Proviant geladen. Im cremigen Rot einer absteigenden Sonne glühten ihre braungebrannten, wie von unsichtbaren kleinen Hosenträgern gestrafften Gesichter. Die beiden Damen befreiten sich von ihren Kopftüchern. Ihr Haar knisterte und schlug ein paar Funken. Beide waren blond wie ein gebleichter Goldbarren, und beide gehörten dem Tippi-Hedren-Typus an, ziemlich schlank und nicht unhübsch, aber auch irgendwie verzogen, knorrig, wie von zuviel Wind, etwa dem Wind, den man beim Segeln abbekommt.

Leute aus dem Dorf verluden die mitgebrachten Pakete. Die beiden Bodyguards standen an Deck und paßten auf.

»Es wird Zeit«, sagte Vartalo und erhob sich. Stransky folgte ihm. Die beiden sahen übrigens auch nicht mehr ganz jung aus. Eher wie gealterte Rucksacktouristen. Leute, die seit zwanzig, dreißig Jahren auf Interrail waren.

Gleich, als sie den kurzen Steg betraten, sprangen die beiden Muskelmänner vom Boot herunter und stellten sich ihnen in den Weg. Die versammelte Herrschaft stand am Ende der Anlege, blickte aufs Meer und gönnte sich einen Drink, als wäre das hier die Küste bei Plymouth und nicht der Jemen.

»Ich frage mich«, sagte Vartalo, laut genug, daß jeder es hören konnte, »wie man mit Sandsäcken zum Segeln gehen kann.«

Die beiden Sandsäcke verstanden nicht ganz. Die vier Segelfreunde aber wandten sich um und sahen herüber.

»Was wollen Sie?« fragte ein Mann, der von unten bis oben weiß war, von den Schuhen bis zum Haar. Unüberhörbar ein Engländer der Upperclass. Dies zu erkennen genügten ein paar Worte, die wie kleine vergiftete Sahneröllchen einen eher dünnen Mund verließen. Das Bühnenenglisch der besseren Briten ist eigentlich ganz nett anzuhören, aber man vermutet dahinter irgendeine Gemeinheit. Keine Niedertracht, eine Gemeinheit.

Nun, ein Mann wie Vartalo ließ sich weder von winzigen Pos noch von ein paar toxischen Sahneröllchen beeindrucken. Er war eher der außerirdische Typ. In der Art dieser Roboterfrau aus *Terminator 3*, die da sagt: I like this car, I like your gun – und sich dann also nimmt, was ihr gefällt. Tatsächlich äußerte Vartalo: »Ich mag Ihr Boot.«

»Hauen Sie ab«, antwortete der Engländer. Es klang, als leere er den Mülleimer mit den Fischabfällen von letztem Donnerstag.

»Tut mir leid«, meinte Vartalo ungerührt, »aber wir benötigen ein seetüchtiges Gefährt. Und außer Ihrem schönen Schiff sehe ich hier nur verrostetes Material aus sozialistischen Tagen. Ich bin zu wenig Sozialist, als daß ich mit einem dieser Boote untergehen möchte.«

»Das werden Sie aber leider riskieren müssen«, erwiderte der Engländer und schnalzte mit der Zunge. Seine beiden Bluthunde blähten sich noch ein wenig auf und bewegten sich stracks auf Vartalo und Stransky zu.

»Wo sind wir hier? In Miami?« fragte Vartalo und schüttelte den Kopf.

Bei oberflächlicher Betrachtung hätte man meinen können, allein diesem Kopfschütteln sei es zu verdanken, daß gleich darauf zwei Körper rechts und links auf das Wasser klatschten. Es war kaum zu sagen, was Vartalo eigentlich getan hatte. Nichts von Aufwand, kein Geboxe, kein Karate. Eher etwas wie Tai Chi oder gelenkschonende Gymnastik, ein simples Heben der Arme, eine vorsichtige Drehung des Kopfes, mehr ein Ein- und Ausatmen denn eine wirkliche Aktion. Tatsache war, daß die beiden Bluthunde zwischen die Boote ins Wasser fielen, wo sie recht unkoordiniert herumstrampelten. Wie Hunde halt schwimmen.

»Was ...?« hob der Engländer die Arme in die Höhe. Nicht, daß Vartalo seine Waffe gezückt hätte.

»Ich will Ihnen und Ihren Freunden nichts tun«, erklärte Vartalo. »Warum denn auch? Ich ersuche Sie bloß, uns ein Stück mit Ihrem Boot mitzunehmen.«

Der Engländer wollte etwas sagen, wahrscheinlich, daß er kein Fährunternehmer und auch kein Bootsverleiher sei, überlegte es sich aber und fragte: »Wohin wollen Sie denn?«

»Mauritius.«

»Mauritius?«

»Wenn Sie auf einer Bezahlung bestehen, gerne. Aber ich denke, Sie gehören eher zu denen, die bezahlen, als bezahlt zu werden.«

»Soll das heißen, Sie wollen auch noch Geld ...«

»Nein, natürlich nicht. Ich möchte nur, daß Sie mich und meinen Freund nach Port ... Wie heißt das, Stransky?«

»Port Louis.«

»Richtig, nach Port Louis bringen. Herr Stransky hier besteht auf diesem Ort. Aus persönlichen Gründen.«

»Wir sind aber Richtung Indischer Ozean unterwegs. Zu

den Malediven«, erklärte der Engländer. Ein Hauch von Verzweiflung und Defensive begleitete die Röllchen aus seinem Mund.

»Mauritius oder Malediven. Das ist doch kaum ein Unterschied.«

»Bei allem Respekt ...«

»Also gut. Es ist ein Unterschied. Aber der Umweg ist so riesig wirklich nicht.«

Soeben kamen die beiden Bluthunde aus dem Wasser, betraten den Steg. Beide griffen sie hinter sich, wahrscheinlich der Pistolen wegen, bloß noch auf eine Anordnung ihres Dienstherrn wartend. Vartalo drehte sich halb zu ihnen hin, nur kurz, gleich wieder seinem Gesprächspartner das Gesicht zuwendend und versicherte: »Glauben Sie mir. Ich kann auch besser schießen als die beiden.«

»Wir glauben Ihnen«, sagte der Engländer und gab seinen Leuten ein Zeichen, die Ruhe zu bewahren. Sodann versuchte er Vartalo klarzumachen, daß für zwei weitere Personen einfach zu wenig Platz an Bord sei. Dies sei eine Sportyacht, kein Seelenverkäufer.

»Lassen Sie doch die beiden Schwergewichte hier«, schlug Vartalo vor. »Daß diese Männer Sie nicht beschützen können, haben Sie ja gerade gesehen.«

»Es sind Matrosen, keine Schläger.«

»Matrosen? Sie belieben zu scherzen. Eher sind das lebende Bleigurte.«

»Ich kann wirklich nicht ...«

Stransky, der bislang wie ein ins falsche Zimmer geratener Hotelangestellter dagestanden hatte, trat einen kleinen Schritt vor und wandte sich an den Engländer, wobei er gleichzeitig die linke Hand gegen das Bootsheck richtete: »Und wo sind die anderen beiden?«

Was sollte das jetzt wieder heißen? Fragende Gesichter.

Der Mann in Weiß hingegen lächelte mit einem Mal und sagte: »Ich sehe, Sie kennen sich aus.«

»Nicht mit Booten«, erklärte Stransky, »aber mit griechischer Mythologie.«

(Griechische Mythologie ist wahrscheinlich das zweitschlimmste Thema auf der Welt. Personen jedoch, die sich damit beschäftigen, zumeist leidenschaftlich beschäftigen, bemerken das nicht. Sie werden ganz meschugge von ihrer Beschäftigung, halten sich aber selbstverständlich für die gesündesten Menschen.)

Für Stransky, den Zoologen, war die griechische Mythologie bloß ein Thema seiner Studentenzeit. Er hatte zur rechten Zeit aufgehört, ständig Bezüge zwischen alten Göttern und neuer Politik herzustellen und kein Honigbrot essen zu können, ohne an die vier unglücklichen Helden zu denken, die in die heilige Bienenhöhle des Zeus eingedrungen und als verzauberte Vögel wieder herausgekommen waren. Dennoch hatte Stransky die diversen göttlichen Räuberpistolen ganz gut in Erinnerung. Sein Gedächtnis funktionierte. Und darum also wußte er, was davon zu halten war, wenn eine Yacht – in goldenen Lettern ans Spiegelheck gezimmert – den Namen *Aglaia* trug.

»Die anderen beiden liegen in Melbourne vor Anker«, erklärte der Engländer, für den Australien wahrscheinlich nichts anderes war, als eine ziemlich umfangreiche Anlegestelle.

»Euphrosyne und Thalia«, sagte Stransky, die Namen von Booten benennend, die er gar nicht kannte.

Der Engländer strahlte, trat auf Stransky zu und schüttelte ihm die Hand. Dann auch Vartalo. Aber dies nur pro forma.

Der Name des Engländers war Ogmore. Genauer gesagt war er Waliser, ein Lord, wie sich jetzt herausstellte, was so klang, als erkläre jemand, er sei ein Schloßgespenst. Ein Schloßgespenst mit einer Begeisterung für die griechische Mythologie.

Daß Stransky wußte, daß Aglaia aus der Beziehung des Zeus zur Meernymphe Eurynome hervorgegangen war und zusammen mit ihren zwei Schwestern die drei Grazien bildete, daß sie als die jüngste und schönste galt und vom Dichter Hesiod dem Hephaistos als Gattin angedichtet worden war, dies alles zu wissen, beeindruckte Ogmore weit mehr als Vartalos beinahe bewegungsloses Abservieren der beiden sandsackartigen Bluthunde.

Um auch ja nichts auszulassen, fügte Stransky hinzu: »Aglaia – die Zierde, Euphrosyne – die Freude und Thalia – die Fülle.«

»Ja«, sagte Ogmore und meinte, daß es ihm auch lieber sei, mit Thalia den Begriff der Fülle in Verbindung zu bringen als sie, wie manche das tun, als »die Blühende« zu bezeichnen. Sodann erklärte er, daß sein Schiff *Thalia* folgerichtig eine ziemlich mächtige Hochseeyacht sei. Ein fülliges Schiff eben. »Eher ein Schiff für Partys, wenn Sie verstehen. Klobig. Bauchig. Lange nicht so hübsch wie unsere *Aglaia* hier.«

»Und Euphrosyne?«

»Ein Katamaran. Ein Hypochonder von Katamaran. Ich weiß nicht wieso, aber das Boot muß ständig repariert werden.«

Eingedenk dessen, daß Euphrosyne »die Freude« verkörpert, äußerte Stransky, natürlich den Katamaran meinend: »Eine Freude, die keine ist.«

»Ganz richtig«, nickte Ogmore. Und: »Töchter des Himmels können mitunter schreckliche Zicken sein. Nicht aber *Aglaia*. Sie werden sehen.«

»Wie meinen Sie das?« fragte Stransky.

»Sie wollten doch nach Mauritius, dachte ich.«

Eine von den zwei Blondinen fuhr dazwischen: »Aber Will, diese Leute ...«

»Diese Leute«, sagte Ogmore, »sind unsere Freunde, nicht wahr?«

»Vollkommen richtig«, meldete sich Vartalo wieder zu Wort.

Die schreckhafte Dame aber meinte: »Hör zu, Will, ich tue keinen Schritt auf das Boot, wenn du diese Männer ...«

»Komm, Goldkind, sei nicht hysterisch«, bat Ogmore und zwinkerte seinem Goldkind zu. Es war ein böses Zwinkern, das im Grunde bedeutete, daß das Goldkind auch gerne hier zurückbleiben durfte, in einem heruntergekommenen Dorf, wo weit und breit kein Intercontinental zu sehen war.

Das Goldkind kapierte. Alle kapierten. Sie kapierten, daß für

Ogmore – der mehr noch als ein Lord ein Bildungsbürger war – nichts anziehender wirkte als ein Mensch, der sich in der griechischen Götterwelt auskannte.

Man ging also geschlossen an Bord, auch die beiden Muskelmänner, bei denen es sich tatsächlich um unverzichtbare Matrosen handelte. Aber es war durchaus genügend Platz auf diesem Schiff. Eine Fünfundzwanzigmeteryacht war etwas anderes als eine Fünfundzwanzigquadratmeterwohnung, versteht sich.

Dank Motorantrieb fuhr man gemächlich hinaus aufs offene Meer. Zum Segeln fehlte ohnehin der Wind. Das Wasser war außergewöhnlich glatt. Als die Sonne hinter dem Horizont verschwand, spiegelte sie sich auf der Meeresfläche wie auf einer vereisten Betondecke. Ogmore und seine Gäste, alle Gäste, standen noch eine ganze Weile auf der glitzernden Außenhaut des zeppelinartigen Bootes und sahen über das Wasser. So hell der Himmel noch war, blitzten bereits erste Sterne auf. Es würde eine herrliche Nacht werden.

Zunächst aber begab man sich ins Innere des Bootes. Ein Inneres, das an den beiden Enden über kleine Einheiten verfügte, Kojen, Funkraum, Küche, Toilette, leider ausgesprochen britisch gestaltet, viel Messing, viel dunkles, glattes Holz, teuer und geschmacklos, aber gemütlich. In der Mitte befand sich der weitgestreckte Hauptraum mit allen Finessen. Auch einem Bild von Matisse.

»Ist der Matisse echt?« fragte Stransky.

»Ja. Obwohl meine Versicherung anfänglich protestiert hat. Der Feuchtigkeit wegen. Und der Piraten wegen. Aber ich finde, ein Bild, gerade, wenn es wertvoll ist, muß man auch benutzen. Nicht wahr?«

»Versicherungen sind Kleingeister«, urteilte Stransky.

»O ja, wie recht Sie haben«, meinte Ogmore. »Ich hatte mal eine, eine Versicherung. Also ich meine, ich war ihr Besitzer. Aber sie hat mir, trotz der Gewinne, keine Freude bereitet. Man muß die Kundschaft notgedrungen betrügen. Sonst wär's keine Versicherung. Eine häßliche Sache. Viel zu häßlich für einen einzelnen Mann. Darum habe ich verkauft.«

»Und jetzt?«

»Versuche ich die Zinsen auszugeben. Aber vor allem schreibe ich an einem Buch, einem Buch über die Daktylen, Kureten und Korybanten ... Ich darf Ihnen hernach sicher eine Kostprobe ... Es handelt sich um eine fundierte Arbeit. Ich bin Autodidakt, aber kein Laie.«

Stransky hatte etwas Derartiges befürchtet. Kein Wunder, daß der Engländer so rasch klein beigegeben und ihn und Vartalo freiwillig auf sein Schiff gelassen hatte. Ein Buch also. Großer Gott!

Zuerst aber gab es Essen. Von einem der Muskelmänner zubereitet. Ganz vorzüglich, muß gesagt werden. Und die Stimmung war gar nicht so schlecht. Die Tippi-Hedren-Dame, die sich anfangs so geängstigt hatte, schien sich mit Vartalo ausgezeichnet zu verstehen. Da wurde richtig geflirtet. Was Ogmore nicht merkte. Oder nicht merken wollte. Er hatte Wichtigeres zu tun. Er bereitete Stransky auf das Buch vor, erklärte, wie es konzipiert sei, wie entscheidend die Bedeutung der Daktylen wäre und so weiter. Der Mann war nicht zu stoppen.

Nach dem Dinner ging man wieder nach draußen, trank, rauchte und betrachtete einen Sternenhimmel erster Güte. Einen von denen, die einen sofort daran erinnern, wie lange man schon nicht mehr im Planetarium war.

Ogmore streckte seinen Arm nach oben, zielte auf einen Punkt im Universum und sagte: »Die Plejaden.« Na ja, er hätte genauso gut auch wo ganz anders hinzeigen können. Selbst Stransky hatte keine Ahnung, wo genau die Plejaden lagen. Sternbild Stier?

»Man kann sogar einen siebenten Stern sehen«, erklärte Ogmore. Was wohl hieß, daß man sich üblicherweise mit sechs dieser ehemaligen Jungfrauen, die dann in Tauben, schließlich in Gestirne verwandelt worden waren, begnügen mußte.

Ogmore war hingerissen und verzaubert. Nun, ein bißchen waren das alle. Auch die beiden Muskelpakete, die Hand in Hand nach oben sahen. Keine Schwulen, sondern Brüder. Wahrscheinlich gefallene Titanen, dachte Stransky. Ihm war zynisch zumute.

Aber sein gedachter Zynismus rettete ihn nicht. Spät in der Nacht mußte er sich mit Ogmore in eine Sofaecke zurückziehen, um dessen Manuskript in Empfang zu nehmen und weitere Erklärungen über sich ergehen zu lassen. Dabei war noch kein einziges Mal die Sprache darauf gekommen, daß Stransky sich eigentlich für die *richtigen* Tauben interessierte und nicht für die, die das Resultat einer böswilligen Verwandlung darstellten. Er war nicht Religionsgeschichtler, sondern Zoologe. Doch Ogmore schien wenig Bedürfnis zu verspüren, die Qualifikation Stranskys als potentiellem Rezipienten seines Buches über die Daktylen in Frage zu stellen. Hier war ein perfekter Leser. Basta und Punktum!

Daktylen! Die Geburtshelfer der Rhea. Die Sache war nämlich die: Da war dieser Kronos, einer der Titanen und dank des üblichen Staatsstreiches Beherrscher des Universums in der Nachfolge des Uranos. Doch auf jeden Staatsstreich folgt ein Staatsstreich. Weshalb die Kronos zugetragene Warnung, eins seiner eigenen zukünftigen Kinder würde ihn stürzen, Kronos in berechtigten Schrecken versetzte. Kinder sind undankbar, das ist bekannt, und Väter wiederum dazu da, überwunden zu werden. Das ist ihre Rolle und ihr Schicksal. Väter sind eine notwendige, zu absolvierende Krankheit, im wörtlichen Sinne eine »Kinderkrankheit«.

Anstatt nun aber demütig hinzunehmen, was selbst für Götter gilt, meinte der Umstürzler Kronos, sich vor dem Schicksal drücken zu können, und verschlang sicherheitshalber die Kinder, die ihm seine Schwester und Gattin Rhea gebar. Als Rhea nun aber soweit war, Zeus in die Welt zu setzen, ging sie nach Kreta und trug das Kind in einer Berghöhle aus, wobei sie sich während der schmerzhaften Wehen in den Boden verkrallte und aus ihren zehn Fingern zehn Wesen erwuchsen, jene Daktylen, die in der Folge die Geburt begleiteten und mittels diverser kleiner Tricks zusahen, daß Kronos nichts mitbekam, etwa das Schreien des Säuglings überhörte. Der Rest ist bekannt. Nächster Staatsstreich.

Es existieren diesbezüglich natürlich eine Menge Mythen und Versionen, aber Lord Ogmore hatte sich ganz auf die Bedeutung der Daktylen, der sogenannten Idäischen Finger konzentriert, und zwar mit einer Ernsthaftigkeit, als könnte man tatsächlich herausfinden, ob es sich um drei oder zehn oder nicht doch um zwanzig rechte und zweiunddreißig linke handeln würde. Als existiere eben auch in der griechischen Mythologie eine Wahrheit neben vielen Lügen. Und als könnte man auch hier Fakten von Legenden unterscheiden.

Darin bestand der Ogmoresche Aspekt, der in keiner Weise ironisch gemeint war. Die Behandlung der Mythologie mittels einer kritischen Analyse der Geschichtsschreibung. Man könnte sagen: mittels Aufklärungsjournalismus.

Nach und nach fand Stransky den Text einigermaßen bemerkenswert, wenn auch ziemlich abgedreht. Ogmore saß daneben, rauchte Zigarre und gab endlich Frieden.

Was nun aber ziemlich störend war – das fand zumindest Stransky –, war der geräuschvolle Sex, der praktisch gleich um die Ecke stattfand. Denn so groß diese Segelyacht auch war, es war kein Passagierschiff mit unzähligen Kabinen, sondern eine im Grunde winzige mobile Insel mitten im Meer. Wenn also eine Frau in einer Weise stöhnte und schrie und keuchte, als wäre auch sie gerade dabei, mittels Verkrallung ihrer Finger einen Haufen Daktylen hervorzubringen – Typen wie Akmon, der Amboß, und Kelmis, das Messer –, dann war das überdeutlich zu hören.

Stransky verabscheute Frauen, die stöhnten und brüllten, wenn sie Verkehr hatten. Frauen, die so taten, als würden sie gerade um den Verstand gebracht werden. Einen Verstand, den sie offensichtlich gar nicht besaßen. Grauenhaft! Stransky dachte sehnsüchtig an Viola, die ihre Orgasmen stets mit Haltung auslebte und sicher nie bereit gewesen wäre, wegen einer eingebildeten oder tatsächlichen Körperreaktion sich gleich danebenzubenehmen. Man konnte diese Momente kurzen Entrücktseins auch anders unterstreichen, als gegen eine unschuldige Zimmerwand zu trommeln und geistloserweise »Ja!« und »Nein!« zu schreien.

Nun, die Tippi-Hedren-Dame konnte es leider nicht. Und auch Joonas Vartalo schien ungebremst in sie einzudringen und somit also dieses Geschrei erst zu rechtfertigen. Es ging ewig so dahin. Beziehungsweise schien es gar nicht mehr aufzuhören. Ein Perpetuum mobile zahnradartiger Leistung und Gegenleistung. Wie in einem Porno mit Zügen einer Komödie. Und wahrscheinlich ist genau das die sexuelle Wirklichkeit: die Steigerung pornographischer Darstellungen ins Lachhafte, ins Parodistische. Die meisten Menschen können davon ein Lied singen.

Nicht aber Stransky, der sich mehr denn je nach Viola sehnte, nach seinem Zuhause, nach der Normalität seiner vier Wände.

Und was sagte Ogmore dazu? Nun, er sagte, nachdem Stransky verärgert den Kopf angehoben hatte: »Lesen Sie weiter.«

»Ich kann nicht«, erwiderte Stransky. »Das ist nicht mitanzuhören.«

»Na gut, wechseln wir den Platz«, schlug Ogmore vor und führte seinen Gast in den am anderen Ende des Yachtkomplexes gelegenen Funkraum, tatsächlich ein perfekter Leseort, ein gemütliches Kabinett, in dem die zwei Männer es sich fernab der Geräuschbelästigung bequem machten. Stransky lesend, Ogmore den Leser beobachtend. Der Autor und sein Rezipient, Pilz und Baum. (Es ist bekannt, daß man die meisten Pilze nicht züchten kann. Man kann auch die meisten Leser nicht züchten. Man muß sie in eine Symbiose zwingen.)

Es ist somit geradezu folgerichtig, daß die beiden Männer praktisch im selben Augenblick einschliefen und auf diese Weise ein sehr viel partnerschaftlicheres Niveau erreichten, als Joonas Vartalo und die Frau, die so getan hatte, als explodiere sie vor lauter Lust. Und welche nun ein wenig derangiert neben dem schnarchenden und hustenden Finnen lag und sich plötzlich sorgte, ob Ogmore ihren kleinen Ausrutscher auch als solchen aufnehmen würde.

Nun, er würde. Diese Lehre hatte Ogmore nämlich aus der Göttergeschichte gezogen. Daß es besser war, sich nicht über jede Nichtigkeit aufzuregen und die Zeit arbeiten zu lassen.

Natürlich muß auf einem Segelboot auch gesegelt werden. Was am nächsten Tag sodann geschah. Wobei sich zeigte, daß die zwei Matrosen und ihre vierköpfige Herrschaft in dieser Hinsicht als ein bestens eingespieltes Team auftraten. Alle sechs waren wie verwandelt, ernsthaft, flink, konzentriert, äußerst gelenkig, selbst die Muskelpakete noch. Dazu gab es den passenden Wind. Man flog, wie gesagt wird, über das Wasser. Allerdings flog man nicht nur, sondern landete auch immer wieder auf dem harten Untergrund der Wellen. Daneben ergab sich eine mitunter beträchtliche Schrägstellung, die natürlich von den über die Bootskante weit hinaushängenden Sportsfreunden in höchstem Maße genossen wurde. Vartalo und Stransky hingegen saßen auf einer Bank am Heck, rechts und links von der wehenden britischen Flagge und hielten sich fest so gut es ging. Beziehungsweise verkrallten sie sich, ohne daß aber Daktylen aus dem Schiffsboden gewachsen wären.

»Die fahren wie die Schweine«, kommentierte Vartalo. Und: »Man könnte auch anders segeln.«

»Man könnte auch anders ficken«, wollte Stransky gerne sagen, verkniff es sich aber.

Wie auch immer. Ohne daß wirklich etwas passiert wäre – weder mußte man durch einen Sturm, noch bekam jemand einen Koller –, erreichte man Port Louis.

»Also, mein Freund«, wandte sich Ogmore an Stransky, als man gerade in den Hafen einfuhr, »was sagen Sie?«

»So sehr ich das Innere der Insel mag ...«

»Wer redet von der Insel? Ich spreche von meinem Buch, den Daktylen.«

»Natürlich ... Nun, man könnte glauben, Sie würden ernst meinen, was Sie da schreiben.«

»Na, das will ich doch wohl hoffen.«

»Mylord«, witzelte Stransky, »Sie behaupten da in Ihrer Arbeit, daß Daktylen wirklich existiert haben. Und daß es eine Art Nachkommen gibt, die man heute noch bei den zentralafrikanischen Pygmäen antreffen kann. – Das ist eine vollkommen verrückte Theorie.«

»Noch einmal«, mahnte Ogmore. »Wie finden Sie das Buch?«

»Sie sollten es veröffentlichen lassen«, sagte Stransky.

Das war nun kein eindeutiges Urteil. Aber im Grunde genau das, was Ogmore hören wollte.

»Das werde ich tun«, sagte der Engländer, der ein Waliser war, und steuerte die *Aglaia* in das Gewimmel der im Hafen liegenden Yachten. Das war hier ganz eindeutig ein Parkplatz der besseren Sorte.

»Als Kind«, erzählte Stransky, »dachte ich mir, daß Mauritius aus nichts anderem als einem Postamt besteht. Ein paar Palmen und ein Postamt. Dazu ein Postbeamter und eine einzige Briefmarke. Ich mochte diese Vorstellung. Diese Vorstellung von Einsamkeit und Reduktion. Und dem hohen finanziellen Wert, der daraus entstanden war.«

»Na, dann viel Spaß mit der Wirklichkeit«, meinte Ogmore.

»Erinnern Sie mich nicht«, bat Stransky.

Er und Vartalo verabschiedeten sich und gingen von Bord. Niemand dankte, niemand machte einen Vorwurf. Es war, als hätte jeder bekommen, was ihm zustand.

Wochen später würde die *Aglaia* in einem heftigen Unwetter kentern und die gesamte Besatzung auf immer in den Fluten verschwinden. Während eine Versicherungsgesellschaft sich dumm und dämlich stellen und so tun würde, als hätte sie noch nie den Namen Matisse gehört.

Schon wieder die Fünf. Es war jetzt das dritte Mal hintereinander, daß die Roulettekugel auf der roten Fünf landete. Die Leute, die um den Tisch standen – Reisende, die auf einen Zug warteten und auf die Schnelle das Glück herausforderten, praktisch einen Quickie vollzogen –, schüttelten ihre Köpfe. Niemand hier spielte die Fünf auf Zahl. Und natürlich war ein jeder überzeugt, daß die Serie nun zu Ende war, zu Ende sein mußte. War sie das aber wirklich? Wie oft konnte eine Zahl hintereinander denn kommen? Wie oft, ohne daß man eine Manipulation annehmen mußte? Und eine Manipulation kam an diesem ausgesprochen öffentlichen Ort ja nicht in Frage, im

Zentrum der Stadt, an einem der größten Bahnhöfe des Landes, also mitnichten in einer abseitigen Spielhöhle oder dergleichen.

Auch der Restaurator schüttelte den Kopf. Aber nicht wegen einer sich wiederholenden Zahl, sondern auf Grund der Tatsache, daß selbst jene Mixtur namens *Öckerös Sugpapper* nicht half, die stark verschmutzte Stelle zu reinigen. *Öckerös* war nicht ungefährlich, nicht ungefährlich für das Bild. Denn mitunter kam es vor, daß die Reinigung eines Gemäldes auch vor der eigentlichen Malerei nicht haltmachte. Daß mit der Tilgung des Parasiten auch der Wirt erlag. Wie so oft.

Nun, dieses Bild hier war kein berühmtes Meisterwerk, dessen Schädigung den Ruf des Restaurators auf ewig beeinträchtigt hätte. Auch wäre er durchaus imstande gewesen, Teile einer Fledermaus nachzumalen beziehungsweise die Fledermaus einfach verschwinden zu lassen und durch puren Hintergrund zu ersetzen. Was aber zunächst einmal verschwinden mußte, das war der dunkle Fleck, den zu übermalen der Restaurator nicht wagte. So weit wollte er nun doch nicht gehen.

Aber was sollte er tun? Der Fleck blieb, wo er war, wieviel *Öckerös Sugpapper* auch zum Einsatz kam. Was schon sehr ungewöhnlich war. So ungewöhnlich wie ein Fünfer-Tripel beim Roulette. Ein Umstand, den der Restaurator jetzt registrierte, indem er nach der elektronischen Anzeigetafel sah. Sodann spähte er hinunter zum Spieltisch und betrachtete den Croupier. Einen unsympathischen Menschen mit superschmalem Schnurrbart und einer Körperhaltung, als befinde er sich im besten Casino der Welt und nicht in einem Bahnhofscafé.

Seit Wochen schon sah der Restaurator diesen Mann, und dieser Mann sah ihn. Auch begegnete man sich mitunter auf Augenhöhe, wenn der Restaurator seinem Arbeitsplatz zustrebte oder ihn verließ. Nicht, daß man sich nur einmal gegrüßt hatte. Vielmehr schauten die beiden Männer gezielt aneinander vorbei.

»Er ist mein Feind«, dachte der Restaurator, ohne dafür einen wirklichen Grund angeben zu können. Aber er spürte es nun mal, spürte die Gegnerschaft des Croupiers, der nun erneut die Spieler bat, ihre Einsätze zu tätigen. Seine Stimme klang dabei so arrogant wie ein Stück Seife, das aus irgendeiner Hand rutscht. Ganz klar, dieser Croupier verachtete die Spieler an seinem Tisch, Zugreisende, Männer mit schiefen Krawatten, Frauen mit Alkohol im Blut.

Der Restaurator widmete sich wieder seiner Arbeit.

Na endlich! Die Tinktur zeigte doch noch eine Wirkung. Etwas tat sich, wie man sagt, endlich ist der Sommer da.

Nun, so richtig Sommer wurde es nicht. Denn der Schmutz reagierte in einer anderen Weise, als er das hätte tun sollen. Er löste sich nicht auf, nein, er veränderte sich. Er nahm eine Gestalt an.

Eine Gestalt!?

Blödsinn! Flecken nehmen keine Gestalt an, zumindest keine konkrete. So wenig wie Mondkrater Gesichter ergeben und ein paar Feldwege oder zertrampelte Kornfelder auf die Landebahnen Außerirdischer verweisen. Wozu wäre ein solcher Aufwand denn gut? Sich einerseits verborgen zu halten, um dann höchst auffällige Zeichen der eigenen Existenz zu setzen. Sowas lassen sich nur Menschen einfallen. Leute, die ein hysterisches Verhältnis zu Kornfeldern haben.

Und doch. Der Restaurator konnte nicht anders, als die Konturveränderung der Schmutzstelle dahingehend zu interpretieren, daß etwas wie ein Gesicht entstanden war. Ein Gesicht im Profil. Eine Nase stach so deutlich hervor wie ein Kinn. Nur Mund und Stirn waren regelwidrig verzogen, der Hinterkopf viel zu spitz, um als natürlich durchzugehen. Auch waren einige Übergänge zum Hintergrund stark verwaschen. Und doch: Der Flecken erinnerte an einen Scherenschnitt, ein Porträt, ein verunglücktes, mag sein, aber ein Porträt. Und hatte nichts mehr mit jener assoziationslosen Form zu tun, die vor dem Einsatz von *Öckerös Sugpapper* zu sehen gewesen war.

»Ich fange an zu spinnen«, dachte der Restaurator. »Alle Leute in meinem Beruf fangen einmal zu spinnen an. Es ist wegen der vielen Chemie, die man dauernd in die Nase bekommt. Die Nase wird krank, dann auch der Rest.«

Er griff sich an eben diese Nase und sagte mit gewollt fester

Stimme: »Es gibt keine Gesichter auf Bildern, die nicht auch gemalt wurden. Ist das klar?«

Und um dieses Gesicht, das also gar nicht bestand, nicht anschauen zu brauchen, drehte er sich um, lehnte sich an die Gerüststange und blickte wieder auf den Spieltisch. Er meinte zu erkennen, daß die Kugel soeben ein weiteres Mal in das Fach vor der Fünf gefallen war. Er erschrak. Bemerkte aber sogleich, daß auf der Anzeigetafel die Drei aufleuchtete.

Dem Herrn sei gedankt! Drei war eine gute Zahl. Wenn man eine funktionierende Waffe besaß und ein flinker Schütze war, konnte man *drei* Männer mit Leichtigkeit von ihren Pferden schießen.

11
Zur Vollendung der Welt

Desprez konnte Hitze nicht ausstehen. Einerseits erinnerte sie ihn an einige unfreundliche Einsätze in unfreundlichen Ländern. Andererseits widersprach sie ganz prinzipiell seinen ästhetischen Empfindungen. Dieses Zuviel an Licht und dieses Zuviel an aufgewärmter Luft, meistens auch ein Zuviel an Feuchtigkeit und an Pflanzen und an Insekten. Auch ein Zuviel an Schatten, das mit dem Zuviel an Sonne einherging. Vor allem aber ein Zuviel an Fröhlichkeit, respektloser und geistloser Fröhlichkeit. Diese gewisse Bloßfüßigkeit des Lebens. Mit der Hautfarbe der Menschen hatte das nichts zu tun. Die Hautfarbe war für Desprez kein Thema. Was konnte auch schlimmer sein als waschechte Franzosen, die sich an warme Orte begaben, um dann eine Ausgelassenheit zum besten zu geben, welche die respektlose Fröhlichkeit der Einheimischen bei weitem übertraf. Von der Bloßfüßigkeit ganz zu schweigen.

Desprez mochte es nicht, sich seines Jacketts entledigen zu müssen. Aber die Hitze zwang ihn. Die Hitze von Mauritius. Er saß auf der Rückbank eines ungekühlten Taxis und schlüpfte aus seiner Anzugjacke. Auf dem weißen Hemd prangten graue Flecken. Es sah aus wie bei einem dieser Zellexperimente, wenn wieder einmal versucht wurde, dreiköpfige Kaninchen zu züchten oder dreiköpfige Elsässer oder einen einköpfigen Zerberus.

Er öffnete das Fenster. Na toll! Da hätte er sich auch gleich einen Fön ins Gesicht halten können. Also drehte er die Scheibe wieder nach oben und ließ nur einen Spalt frei. Gleich darauf zündete er sich eine Zigarette an. – Es fühlte sich gut an, die filterlose Gauloises zwischen den Fingern zu halten. Das mochte ein Klischee sein, eine filterlose Gauloises zwischen den Fingern eines Franzosen. Aber gab es ein schöneres Klischee?

Soviel zum Schönen.

Desprez war noch nie auf Mauritius gewesen, aber er kannte das benachbarte La Réunion, wo die Franzosen ein sogenanntes Überseedepartement besaßen, so wie manche Leute manchmal lieber auswärts schlafen, weil sie dann ein paar Dinge tun können, die man zu Hause nicht mal in den Mund nehmen darf. Jedenfalls war Desprez vor zwanzig Jahren nach Réunion gereist, als ihn der DGSE gerufen hatte, der französische Auslands-Nachrichtendienst. Er dachte ungern daran zurück. Nicht nur eingedenk der Hitze. Auch wegen des Desasters, das diesem Aufenthalt gefolgt war.

Gut, zwanzig Jahre waren lange vorbei. Was Desprez aber noch immer nicht leiden konnte, war, wenn Nichtfranzosen Französisch sprachen. Es machte ihn sauer, daß irgendwelche Indo-Mauritier und Kreolen mit ihm redeten, als wären sie seine Landsleute. Er hatte nie verstanden, weshalb Angelsachsen solchen Wert darauf legten, daß jeder auf diesem Planeten ihre kleine häßliche Sprache beherrschte. Wieviel netter war es, die eigene Sprache für sich zu behalten. Wie man eine Religion, ein Ritual, einen Witz, einen Partner, eine spezielle Weinsorte für sich behalten sollte. Dachte man denn wirklich, die Welt würde dadurch besser werden, daß überall Cabernet Sauvignon getrunken wurde?

Aber unseligerweise war es nun mal so. Der Taxifahrer hatte Desprez auf französisch empfangen und erklärte jetzt, wie ungewöhnlich heiß es für die Zeit sei. Immerhin habe man noch Winter. Nun, was eben Winter auf Mauritius genannt werde.

»Schon gut«, sagte Desprez. »Fahren Sie einfach.«

Der Fahrer schien nicht zu verstehen, redete weiter, über das Wetter, über die Alkoholpreise. Desprez hätte Lust gehabt, ihm augenblicklich von hinten in den Kopf zu schießen. Aber Taxifahrer waren eine Macht für sich. Man mußte einfach zusehen, die Nerven zu behalten und eine solche Fahrt unbeschadet zu überstehen.

Desprez behielt seine Nerven und verließ den Wagen in einer kleinen Seitenstraße, die im Chinesenviertel von Port Louis lag. Er sah sich nicht lange um, dann betrat er das Restaurant, vor dem er abgesetzt worden war. Gewissermaßen hatte er nichts anderes getan, als von einem Chinarestaurant mitten in Paris in ein Chinarestaurant mitten im Indischen Ozean zu wechseln. Wobei letzteres den Schick von ersterem vermissen ließ und genau so aussah, wie sich Millionen nichtchinesischer Süß-sauer-Schweinefleisch-Fresser das vorstellen. Drachen an der Wand. Schlangen an der Wand. Bier aus Tsingtau.

Ein einziger Tisch war besetzt. Um ihn herum saß ein Dutzend Männer und Frauen, die sich sofort erhoben hatten, als Desprez bei der Türe hereingekommen war. Man grüßte ihn mit »Kommandant« und salutierte.

»Wir sind nicht im Krieg«, sagte Desprez. »Noch nicht. Wo ist Stransky?«

»Er muß hier in Port Louis sein«, gab eine Frau zur Antwort. Eine Frau von der Sorte, mit der nicht gut Kirschen essen war.

»Wer sagt das?«

»Unser Informant«, erklärte die Frau.

»Geht es genauer?«

Die Frau berichtete, daß zwei Personen, die mit großer Wahrscheinlichkeit für Dr. Antigonis arbeiten würden, ein griechischer Detektiv und eine deutsche Polizistin, in Port Louis eingetroffen seien. Und das könne ja wohl kein Zufall sein. Außerdem wisse man, daß eine englische Segelyacht zwei Männer hier abgesetzt habe, auf welche die Beschreibung von Stransky und Vartalo zutreffe. Passenderweise sei dieses Boot von einer Ortschaft nahe Aden in See gestochen.

»Was für ein Detektiv, was für eine Polizistin?« fragte Desprez.

»Der Mann heißt Kallimachos, die Frau Steinbeck.«

»Spiridon Kallimachos?« Desprez riß die Augen auf, als sei er eine erweckte Mumie.

Die Frau zuckte mit der Schulter.

»Hören Sie gefälligst auf, mit den Schultern zu zucken«, bellte Desprez.

Die Frau senkte die breiten Kacheln und erklärte: »Ein bißchen merkwürdig ist das schon. Dieser Kallimachos ist ein fetter, alter Mann, der sich kaum bewegen kann. Darum haben wir zunächst auch bezweifelt, daß er wirklich zu Antigonis' Leuten gehört. Eher gehört er in ein Altersheim.«

»Sie werden sich wundern«, verkündete Desprez. »Sollte es sich in der Tat um Spiridon Kallimachos handeln, dürfen wir uns keine Fehler mehr erlauben.«

»Apropos Fehler«, sagte die Frau. »Unsere Verbindungsleute im Jemen behaupten, Belmonte erwischt zu haben.«

»Was heißt erwischt?«

»Wie es aussieht, dürfte er tot sein.«

»Na wunderbar. Wir bezahlen diese Leute, damit sie Stransky töten, und sie töten Belmonte.«

Nicht, daß die Frau wieder mit den Achseln zuckte, aber sie meinte: »Irrtümer kommen vor.«

»Klar! Und irgendwann ist man dann selbst tot. Auch nur ein Irrtum.«

Jetzt zuckte die Frau doch wieder. Desprez ließ es geschehen. Er wollte sich nicht nochmals aufregen. Er wollte die Sache in die Hand nehmen, auf daß die Irrtümer ein Ende hatten.

Kallimachos also. Das war nicht gut. Das war gar nicht gut. Er hatte diesen verdammten Griechen schon lange nicht mehr gesehen, war aber über dessen körperlichen Verfall informiert und wie sehr sich alle wunderten, daß ein solcher Mensch als Detektiv arbeitete. Aber was wußten die Leute schon?

»Wenn wir auf Kallimachos stoßen«, sagte Desprez, »dann lassen Sie mich mit ihm reden. Und versuchen Sie gar nicht erst, ihn umblasen zu wollen. Man kann ihn nicht umblasen.«

»Man kann jeden umblasen«, meinte die Frau.

»Schon wieder ein Irrtum«, erklärte Desprez.

»Wie Sie meinen«, verbalisierte die Frau ihr obligates Schulterzucken. Sodann berichtete sie, daß jener Informant, über den man hier in Port Louis verfüge, sich kurz zuvor telefonisch gemeldet habe. Er hätte weitere Nachrichten und warte in einem Lokal, einer Spelunke im Hafenviertel, *Zur Vollendung der Welt*.

»Wer heißt so? Die Spelunke?«

»Ja. Wollen Sie den Informanten persönlich sprechen?«

»Oh, das wär doch ganz gut, wenn ich schon hier bin«, gab sich Desprez spöttisch und wollte wissen, was für ein Kerl das sei, auf den man sich da verlasse.

»Ein Spatz«, äußerte die Frau. »Ein hiesiger Spatz. Klein, aber pfiffig. Ein bißchen unverschämt, wenn's um Geld geht. Aber er kennt sich wirklich aus.«

»Na, dann hören wir uns an, was der Spatz so pfeift.«

Man verließ das Lokal und verteilte sich in zwei Kleinbusse, die über verdunkelte Scheiben verfügten und in denen eine angenehme Kühle herrschte. Eine Kühle, in Anbetracht derer Desprez wissen wollte, warum er von einem desolaten Taxi abgeholt worden sei. Einem Backofen von Taxi

»Es wäre aufgefallen«, erklärte die Frau geduldig, »wenn wir Sie mit militärischen Ehren empfangen hätten.«

»Sparen Sie sich Ihren Sarkasmus«, konterte Desprez. »Beim nächsten Mal möchte ich einen Wagen mit Klimaanlage. Von mir aus können Sie ihn als Schrottkiste tarnen, wenn es drinnen kühl und bequem ist. Haben Sie das in etwa verstanden, Mademoiselle?«

»Meine Name ist Palanka«, sagte die Mademoiselle. Nicht, daß man sich zum ersten Mal sah.

»Interessiert mich nicht«, antwortete Desprez. »Machen Sie Ihre Arbeit ordentlich, das genügt. Dazu brauchen Sie keinen Namen.«

So war Desprez immer. Er hatte noch nie versucht, seinen Untergebenen sympathisch zu sein. Hatte nie versucht, sie zu motivieren. Wenn jemand motiviert war, so Desprez, brauchte man ihn nicht ständig zu streicheln. Und wenn nicht, auch gut. Die Übermotivierten starben noch schneller als die Unmotivierten. Dazwischen lag das vernünftige Mittelmaß derer, die es einfach schätzen, im Leben zu stehen anstatt im Wohnzimmer.

Die Gegend, in die man nun gelangte, war noch häßlicher als die, aus der man gerade gekommen war. Überhaupt hatte Port Louis wenig von der Schönheit einer weltberühmten Briefmarke an sich. Weit und breit war kein Gebäude zu sehen, das an den märchenhaften Zauber eines auserwählten Postamtes erinnerte. Die Stadt hatte etwas Uneindeutiges. Ein Kaktus ohne Stacheln. Dann wieder Stacheln ohne Grund.

Eine solche Uneindeutigkeit, ein solcher Widerspruch der Eindrücke, ergab sich erst recht, als man das Lokal *Zur Vollendung der Welt* erreichte. Vor der Türe lungerten junge Kreolen herum. Einige steckten trotz der Hitze in dicken Jacken, häßlichen, aufgeblähten Dingern, und trugen Turnschuhe, in die ein Wiesel oder Marder ein hübsches Nest hätte bauen können. Aber die Zeit der Wiesel und Marder würde erst noch kommen.

Desprez haßte diese Jugendlichen, ganz gleich woher sie kamen und wozu sie sich zählten. Für ihn waren sie bloßer Dreck. Dreck, der nie sauber werden würde, weil Dreck das nicht kann. Man kann Dreck nicht waschen. Könnte man das, wäre es keiner. Nein, diese Kids waren weder verdorben noch vergiftet worden, sondern von sich aus verdorben und giftig. Wie Pilze giftig sind oder Schlangen. Man kann Pilze und Schlangen nicht überreden, plötzlich nicht mehr giftig zu sein. Es ist Unsinn, zu meinen, man bräuchte diesen Jugendlichen nur eine bessere Zukunft zu versprechen, Ausbildungsplätze, Arbeitsplätze, ein nettes Heim. Als ginge es darum.

(Stransky hätte erwidert, daß beispielsweise die hochtoxischen Baumsteigerfrösche ihre Giftigkeit verlieren, sobald sie sich im geschützten Raum eines von Feinden freien Terrariums befinden. Aber so ein Argument hätte Desprez wohl kaum beeindruckt.)

»Hübsch hier«, sagte Desprez. »Wie am Arsch von Paris.«

Als die Jugendlichen sahen, was für Gestalten den beiden Kleinbussen entstiegen, schrumpften sie ein wenig und traten deutlich zur Seite. Desprez' Mannschaft bestand aus Leuten, die an fleischgewordenes Kriegsspielzeug erinnerten und daran, wie schlecht solches Spielzeug für eine gesunde Entwicklung ist. Nur Frau Palanka, so sehr auch vom Kirschenessen mit ihr abgeraten werden mußte, verfügte über eine elegante Note. Selbst noch ihr Gang, den sie mit schweren Stiefeln absolvierte. Auch besaß sie bei aller Strenge ein adrettes Gesicht.

Ihr Augenpaar hatte etwas von urzeitlichem Wasser, das in einen Kristall eingeschlossen war. Wasser, das sich bewegen ließ. Man konnte sich vorstellen, daß Palanka mit diesen Augen auch zu lachen verstand, wenn ihr nach Lachen war.

Allerdings war man nicht zum Vergnügen hierhergekommen, in diese Kneipe, die ihren Namen kaum verdiente. Zumindest wenn man sich den Begriff der Vollendung als etwas Gelungenes, Stimmiges und Schönes dachte. An diesem Ort aber mußte man das Erreichen des Gipfels im Sinne einer Bestrafung verstehen. Wenn dann also die Welt endgültig den Bach hinunterging.

Die lange Theke sah aus, als wäre ein Zug mitten ins Lokal gekracht, und als handle es sich bei den Männern an der Bar um die zum Teil schwerverletzten Fahrgäste des Zuges. Offensichtlich war es der Feuerwehr nicht gelungen, Wrack und Unfallopfer wieder aus dieser Kneipe herauszuschneiden und zu -fräsen. Es gab Unfälle, die sich ewig hielten.

»Dort drüben«, sagte Palanka und wies in eine Ecke des Raums. Hinter einem runden Tisch, auf dessen verbeulter Holzplatte eine Kerze aus einem Gurkenglas stand und eine windschiefe Flamme produzierte, saß ein Mann, der so dunkel wirkte, als hätte er sich mit schwarzer Erde eingerieben. Er war kaum auszumachen in dem finsteren Teil des Raums. Das Licht der Kerze zuckte gleich einem Glühwürmchen und ließ den Mann praktisch unbeleuchtet.

»Laßt mich allein mit ihm«, sagte Desprez und wies Palanka und die anderen an, im vorderen Teil der Kneipe zu warten. Er selbst ging nach hinten und setzte sich an den Tisch des sogenannten Informanten.

»Ich spreche nur mit Palanka«, erklärte der Informant in einem spanisch klingenden Französisch.

»Was verlangen Sie von mir?« fragte Desprez. »Daß ich Ihnen die Augen aussteche, damit Sie mich ernst nehmen und sich Frau Palanka aus dem Kopf schlagen?«

»Hey, Sie ...«

»Ja?« Desprez fuhr sich aufreizend über die Lippe.

»Wer sind Sie überhaupt?« fragte der dunkle Mann und

schob sein Gesicht ein wenig vor. Man sah jetzt, daß es ein Weißer war. Ein Weißer, der absolut nichts Weißes an sich hatte. Einer dieser Menschen, die alles Helle um sich und an sich aufsaugen. Selbst noch das Weiß in ihren Augen.

»Wer ich bin?« wiederholte Desprez die Frage und gab sie sogleich zurück: »Was glauben Sie denn?«

»Hören Sie auf damit«, forderte der Mann aus dem Dunkel heraus. »Schieben Sie lieber das Geld rüber.«

Desprez reichte dem Mann ein Kuvert, welches dieser mit einer Fiebrigkeit öffnete, als schraube er eine Flasche Gin auf. Er holte die Scheine heraus und zählte sie. Dann sah er auf, verzog seinen Mund zu einer Delle und sagte: »Das ist nicht ... Palanka hat mir mehr versprochen.«

»Ich werde noch beurteilen«, erklärte Desprez, »ob Ihre angeblichen Informationen das volle Geld wert sind.«

»Mit mir können Sie nicht handeln«, meinte der Mann und war im Begriff, sich zu erheben.

Desprez tippte mit dem Finger auf die Tischplatte und sagte sehr ruhig: »Bleiben Sie sitzen. Und hören Sie auf, mich zu ärgern. Bitte!«

Das *Bitte!* schien zu überzeugen. Es besaß einen Klang, dieses Bitte, wie wenn jemand eine Schere gerade durch ein Papier zieht und dabei versehentlich einen fremden Fingernagel abzwickt. Oder auch nicht versehentlich.

Während der Informant zurücksank, erklärte er: »Der Mann, den Sie suchen, dieser Stransky, ist schon wieder auf einem Schiff. Hält ihn wohl nicht lange an Land.«

»Welches Schiff?«

»Die *Lulu*.«

»Lulu?«

»So ein Ding für die Forschung. Hochmodernes Gerät. Hochmoderner geht's gar nicht mehr. Gehört den Franzosen. Aber die Deutschen hängen auch irgendwie dran. Darum kennt sich Stransky ja aus.«

Der Informant, der im fortgesetzten Reden ein wenig an Kontur gewann, berichtete, daß Stransky mit dem Leiter einer auf Réunion gelegenen französischen Forschungseinrichtung befreundet sei, die sich aus Zoologen, Meeresbiologen, Meteorologen, Geologen und Nautikern zusammensetze. Zur Arbeit dieser Leute gehöre es auch, hin und wieder mit der *Lulu* in See zu stechen, meistens Richtung der französischen Territorien im Südindischen Ozean. Um dort auf ein paar gottverlassenen Inseln herumzustöbern, Proben zu nehmen, Pinguine zu zählen und die Windstärke zu messen. Oder was auch immer man da trieb.

»Die *Lulu* kam gestern von Réunion und ist heute morgen ausgelaufen«, sagte der Informant. »Angeblich wird Nouvelle Amsterdam angesteuert. Aber das eigentliche Ziel ist die Île Saint Paul, neunzig Kilometer südlich von Nouvelle Amsterdam. Eine komische kleine Insel, wenn Sie mich fragen.«

Desprez blinzelte, wie man so sagt, unmerklich. Dann fragte er: »Wieso halten Sie die Insel für komisch?«

»Sieben Quadratkilometer. Das ist doch komisch, oder? Komisch wie Zwerghunde oder winzige Planeten oder noch winzigere Monde oder superwinzige Asteroiden. Oder diese japanischen Bäume ...«

»Schon gut. Eine kleine Insel also.«

»Ja, eine Bonsai-Insel«, sagte der Mann, mußte aber zugeben, daß man trotz der geringen Größe der Landfläche dieses Eiland auch als etwas Mächtiges ansehen könne. Richtung Nordosten erhebe sich ein gewaltiger Krater, mit über zweihundert Meter hohen, steil aufsteigenden Wänden, wobei zum Meer hin ein ganzes Stück weggebrochen sei. Folglich stehe der Boden des Kraters unter Wasser. Eine Lagune habe sich gebildet. Eine Lagune mit heißen Quellen. Auch würden einige kleinere Nebenkrater existieren, etwa die Les Quatres Collines, die noch in Aktion seien. Selbst von Süßwasserquellen wäre schon mal die Rede gewesen. Ein, vielleicht zwei. Beziehungsweise bestehe ein derartiges Gerücht, ein Süßwassergerücht.

Zu diesem alten Gerücht, erklärte der Informant, sei nun ein neues gekommen.

»Und zwar?« fragte Desprez.

»Etwas mit einem Vogel«, sagte der Mann, der Licht schluckte.

»Geht es genauer?«

»Es heißt, jemand hätte eine Dronte auf der Insel gesehen.«

»Eine was?«

»Eine Dronte. Ein Vogel, den es früher mal hier auf Mauritius und auf La Réunion gab. Ein großer Vogel, der nicht fliegen konnte. Hat nicht lang durchgehalten. Ist Ende des siebzehnten Jahrhunderts ausgestorben. Aber wie's scheint, meldet sich der Totgeglaubte jetzt zurück. Auf Saint Paul.«

»Ist die Insel denn bewohnt?«

»Schon lange nicht mehr. Früher waren dort Fischer. Haben Langusten gefangen und gleich konserviert. Hundert Leute in den Dreißigerjahren. Ist aber was schiefgegangen bei denen. Sind krank oder verrückt geworden, die Leute. Wahrscheinlich beides.«

»Wer will diese Dronte gesehen haben?«

»Irgend so ein Weltumsegler. Na, die Normalsten sind das auch nicht.«

»Man kann also auf der Insel landen?« erkundigte sich Desprez im Ton des Unwissenden, der er nicht war.

»Ist zwar das meiste Steilküste, aber in die Kraterlagune kann man hineinfahren.«

Desprez wollte wissen, wie sicher es sei, daß Stransky und sein Begleiter Vartalo an Bord der *Lulu* gegangen seien.

»Wie sicher wollen Sie es denn?« fragte der Informant.

»Sagen wir es so: Wenn Sie versuchen, mir eine Geschichte unterzujubeln, an der nur die Hälfte stimmt, und dann auch noch die falsche Hälfte, die Hälfte mit der Dronte zum Beispiel, dann werde ich meine Leute anweisen, Sie für alle Zeiten aus dem Verkehr zu ziehen. Verstehen Sie: Ich drohe Ihnen nicht mit unendlichen Schmerzen, einfach nur damit, Sie umbringen zu lassen. Ohne Aufwand. Sie sind keinen Aufwand wert. Also?«

»Es ist, wie ich gesagt habe. Ihr Mann ist auf diesem Schiff. Und das Schiff ist unterwegs nach Saint Paul, wegen einem blöden Vogel, den es gar nicht mehr gibt.«

»Und?« erkundigte sich Desprez. »Ist da noch etwas, das ich wissen muß?«

»Nein, ich habe Ihnen alles erzählt. Und das ist mehr wert, als in diesem Kuvert steckt. Sie müssen noch was drauflegen. Ich ...«

»Unverschämter kleiner Bastard«, sagte Desprez und stand auf. »Es wird Zeit, daß jemand Sie ein bißchen erzieht. Ich fange jetzt mal damit an.«

Desprez war zornig. Nicht nur, weil ihn solche Kretins anwiderten, schmierige Zuträger. Ihm gefiel die ganze Entwicklung nicht. Als genügte es nicht, daß Stransky aus dem Jemen entkommen war, ging die Reise nun nach Saint Paul. Ausgerechnet! Desprez kannte die Insel, so wie man eine Frau kennt, der man eine nette, kleine Krankheit verdankt. Er war einmal dort gewesen, vor zwanzig Jahren. Und hätte nie gedacht, nochmals seinen Fuß auf dieses Eiland setzen zu müssen. Daß er dies nun tun würde, bereitete ihm Ärger und Kopfschmerzen. Wenn Dinge sich wiederholten, war das ein schlechtes Omen. Wiederholungen waren Zeichen. Sie waren in jedermanns Schicksal hineingesetzt wie kleine Warnschilder, an die man sich hätte halten müssen. Tat nur niemand.

Auch Desprez nicht. Natürlich nicht. Er mußte Stransky folgen. Na, wenigstens wollte auch er ein Zeichen setzen, ein Zeichen seiner Verärgerung. Er sagte: »Seien Sie froh, wenn Sie am Leben bleiben.«

Was nun also bedeutete, daß Desprez das Honorar des Informanten nicht weiter erhöhte, sich abwandte und den solcherart Geschädigten in seinem dunklen Fluchen zurückließ.

Bei seiner Mitarbeiterin Palanka angekommen, sagte Desprez: »Wir brauchen ein Flugzeug. Und wir brauchen Fallschirme.«

Nun, alle diese Leute, wie sie hier standen, waren ausgebildete Fallschirmjäger, auch die Frauen, und nicht zuletzt Desprez. Es waren Menschen, die gelernt hatten, daß es keinen Ort auf der Welt gab, an dem man nicht ziemlich punktgenau landen konnte. Mitten im Garten während eines Kindergeburtstages genauso wie auf Hochhausspitzen. Eine Siebenquadratmeterinsel war so gesehen eine Lappalie, wenngleich die Winde, die um Saint Paul wirbelten einen schlechten Ruf besaßen.

»Ein Flugzeug, sehr wohl«, sagte Frau Palanka. Wie ein Apotheker sagt: »Ein Aspirin, aber gerne.«

Als Desprez und seine Mannschaft das *Zur Vollendung der Welt* verlassen hatten, bestellte der Mann – der jetzt ein Kuvert in der linken Hand hielt, ein Kuvert, aus dem alles Weiß herausgeflossen war – einen doppelten Rum und murmelte vor sich hin, von wegen Scheißfranzosen und so weiter.

Eine Stunde saß er so da, starrte in die Kerzenflamme und konsumierte mehrere Gläser. Am Ende dieser Stunde ging die Türe auf, und ein Mann und eine Frau traten ein. Die Frau trug ein luftiges, kurzes, bei aller Luftigkeit enganliegendes Kleid, dessen farbiges Streifenmuster bei aller Farbigkeit kompakt wirkte. Die Frau sah aus wie frisch gebadet. Ihr Begleiter hingegen wankte im Sturm der Hitze. Sein Schnaufen übertönte die Gluckergeräusche der Männer an der Bar.

Lilli Steinbeck und Spiridon Kallimachos sahen sich um. Der Mann, der im Dunkel saß, fächelte mit dem Kuvert in seiner Hand.

»Da ist er«, sagte Steinbeck, hängte sich bei Kallimachos ein und führte ihn an den Tisch, an den man sich setzte und ebenfalls Rum bestellte. Hausrum.

»Haben Sie das Geld dabei?« fragte der Informant.

»Haben Sie die Information dabei?« fragte Steinbeck.

»Zuerst das Geld.«

Steinbeck grinste mitleidig und kommentierte: »Kindereien.«

Gleichzeitig legte sie eine Börse auf den Tisch. Der Informant griff danach, öffnete sie, zählte nach, war zufrieden. Dann offerierte er haargenau dieselbe Geschichte, die er eine Stunde zuvor Desprez vorgetragen hatte. Er ließ nichts aus, fügte nichts an. Als er aber an den Schluß gelangt war, sagte er: »Da ist noch etwas. Sie sind nicht alleine.«

»Ja, das sind wir ganz sicher nicht«, stimmte Steinbeck zu.

»Ich meine, daß ich vor einer Stunde jemand anders das gleiche erzählt habe, von Stransky und Vartalo und *Lulu* und Saint Paul.«

»Wem?«

»Die Frau heißt Palanka, aber wie der Mann heißt, weiß ich nicht. Ein widerlicher kleiner Franzose. Sehr unangenehm.«
»Halten Sie es für clever, an beide Seiten zu verkaufen?«
»Solange ich es nur einer Seite gegenüber zugebe, denke ich, mache ich es richtig.«
»Na, dann viel Glück«, wünschte Steinbeck und half Kallimachos, der kein einziges Wort gesprochen, keine einzige Frage gestellt hatte, wieder in die Höhe. Kallimachos roch wie ein offener Siphon. Er schien jetzt bewußtlos wie so oft, die Augen halb geschlossen.

Draußen vor dem Lokal blickte Steinbeck hinauf zu der langgezogenen Neonschrift und meinte: »Was für ein Name!« Und: »Das mit der Dronte kann eigentlich nur ein Gag sein.«

Kallimachos zündete sich eine Zigarette an und sagte: »Hotel.«

Offensichtlich wollte er sich ausruhen, bevor es weiterging. Und weitergehen würde es ja wohl müssen.

Saint Paul, 38° 43' südlicher Breite, 77° 32' östlicher Länge. Ein wirklich entlegener Ort, einer von denen, wo Golfbälle landen, die man nie wieder findet.

12
Wirklichkeit ist das Fossil einer Fiktion

Die *Lulu* war schon ein echtes Prachtstück, gewissermaßen die *Aglaia* unter den Expeditionsschiffen. Ein Boot als futuristischer Raumgleiter, kein unhandliches Mehrstockgebäude mit Tausenden von Knöpfen und einem verrückten Computer, sondern ein schnittiges Schiff in Anthrazit, das in seiner Form an einen Tarnkappenbomber erinnerte. Wissenschaft als militärische Option. Und tatsächlich war dieses Boot im Auftrag der französischen Armee entwickelt worden. Auch die Leute an Bord erinnerten eher an durchtrainierte Agenten als an Biologen und Meteorologen, obwohl sie genau das waren, aber eben die durchtrainierte und agentenhafte Variante.

Selbstredend verfügte dieses Boot über modernste Technik, allerdings kam diese Technik nicht mehr so daher, wie man sich das vorstellte, als ein Gewebe aus unzähligen kleinen Lämpchen und Monitoren und Reglern. Nein, hier fehlte das lodernde Kaminfeuer der Zukunft. Die Gemütlichkeit war dahin, es hatte sich ausgeblinkt. Bauhaus.

Auch ernährte man sich nicht von Würstchen aus der Dose und Bohnen aus der Dose, sondern knabberte an japanischen High-Tech-Keksen, in denen so gut wie alles steckte außer Nikotin und Alkohol. Somit fehlte der typische Kombüsengeruch, wie auch der Gestank von Benzin und defekten Toiletten. Auch fehlten Fensterluken. Staub verschwand, bevor man ihn bemerken konnte. Das Boot fuhr wie auf Schienen dahin. Man mußte schon nach draußen gehen, um festzustellen, sich auf hoher See zu befinden. Die *Lulu* mochte eine gefinkelte Konstruktion sein, aber wie das meiste Gefinkelte zerstörte sie romantische Vorstellungen. Das Gefinkelte kam in die Welt, um so gut wie nichts von dem übrigzulassen, was uns lieb und heilig ist. Oder was wir auch nur hassen.

Stranskys französischer Freund und Kollege, ein Monsieur Legrand, der diese Expedition leitete, war natürlich einigermaßen erstaunt gewesen, als sich Stransky aus dem Funkraum der britischen *Aglaia* gemeldet und seine Ankunft in Port Louis angekündigt hatte. Legrand war soeben mit den letzten Vorbereitungen der Abreise nach Saint Paul beschäftigt gewesen und hatte nicht so recht gewußt, was er von den unklaren Aussagen seines deutschen Kollegen halten sollte. Stransky hatte von einem Notfall gesprochen, ohne den Notfall zu beschreiben. Und daß er gerade dabei sei, seine deutsche Heimat auf die komplizierteste Weise anzusteuern. Die populären Flecken auslassend beziehungsweise von hinten herum. Ja, so hatte er sich ausgedrückt: von hinten herum.

Legrand fragte sich, ob Stransky ein bißchen verrückt geworden sei. Überlegte dann aber, daß vielleicht ein mysteriöser Instinkt den deutschen Kollegen gerade jetzt nach Mauritius geführt habe, da jemand ernsthaft behauptete, auf Saint Paul auf einen Vogel gestoßen zu sein, der nicht nur einfach einer Dronte ähnelte, sondern bei dem es sich eindeutig um einen flugunfähigen, dickschnabeligen, in keiner Weise scheuen, ein wenig vertrottelt anmutenden, gelbfüßigen, truthahngroßen, kurzflügeligen Vertreter der Art Raphus cucullatus, auch Dodo genannt, gehandelt habe. Diese Information stammte von einem recht bekannten Hobbysegler und Hobbyornithologen. Jemand, dem man vertrauen konnte. Auch wenn natürlich ein Irrtum vorlag, vorliegen mußte. Aber auch dieser Irrtum wollte erst einmal geklärt werden. Und genau in diesem Moment tauchte also der für das Aufspüren ausgestorben geglaubter Tiere berühmte Georg Stransky auf und bat um nicht näher definierte Hilfe bei seinem Versuch, »von hinten herum« nach Deutschland zu gelangen.

Da Monsieur Legrand wenig davon hielt, eine Sache zu verschweigen, die sich ohnehin als Irrtum herausstellen würde, hatte er offen von der Drontengeschichte gesprochen und Stransky dazu eingeladen, an der Reise nach Saint Paul – die sowieso routinemäßig anstand – teilzunehmen. Vielleicht auch darum, weil Georg Stranskys unerwarteter, aber zielgenauer

Auftritt einem höheren Zeichen gleichkam und die wilde Hoffnung nährte, daß sich der prophezeite Irrtum als Irrtum herausstellen und an der »Dronte« etwas dran sein würde.

Es sollte auch erwähnt werden, daß eine Vermutung darüber bestand, auf Saint Paul habe einst ein flugunfähiger Entenvogel gelebt. Ein Vogel, über den allerdings absolut nichts bekannt war. Schon wieder ein Gerücht. Schon wieder eine Küche.

Natürlich, eine ausgestorbene Ente war wohl kaum mit einer auferstandenen Dronte gleichzusetzen, und trotzdem ... Man kann sagen, es roch etwas. Dieses Etwas roch angebrannt, aber auf eine gute Weise angebrannt. Eher knusprig als verkohlt.

Die Anwesenheit des Finnen Joonas Vartalo hingegen empfand Legrand schon weit weniger angenehm. Dieser Vartalo war eindeutig eine dubiose Figur. Und es blieb rätselhaft, wieso ein integrer Mann wie Georg Stransky darauf bestand, einen solch unleidigen und ungebildeten Menschen bei sich zu haben. Wozu?

Oder war es umgekehrt?

Im übrigen wurde wenig gesprochen. Stransky hielt sich bedeckt über die Gründe seines unangekündigten Erscheinens. Gleichwohl erregte auch ihn die Nachricht von der angeblichen Sichtung eines drontenähnlichen Vogels in höchstem Maße, so unwahrscheinlich diese Meldung auch sein mochte, denn der Dodo war ja allein auf Mauritius und Réunion heimisch gewesen. Als einem der Schwerkraft verpflichteten Taubenvogel dürfte es ihm kaum möglich gewesen sein, die rund tausend Seemeilen zu überwinden, um sich auf einer sieben Quadratkilometer großen Vulkaninsel niederzulassen. Auch das Argument, frühere Seeleute hätten einige Dodos mit auf ihre Reise nach Saint Paul genommen, zählte kaum, da Dodos nie gezüchtet, sondern immer nur verzehrt worden waren. Zudem konnte man Saint Paul als erforscht bezeichnen.

Aber *sehr* erforscht nun auch wieder nicht. Die Insel war extrem entlegen, ziemlich unwichtig und einigermaßen unwegsam. Selbst die Frage nach den Süßwasserquellen war nicht wirklich beantwortet. Auch galt die Vogelfauna als ungewöhnlich – ausgesprochen endemisch. Was damit zusammenhing, daß die Inseln Nouvelle Amsterdam und Saint Paul verhältnismäßig nahe an den subantarktischen Inseln lagen, sich jedoch in der klimatisch recht milden Zone eines subtropischen Gewässers befanden. Ein Umstand, der dazu geführt hatte, daß sich Arten, die aus den harten Bedingungen eisiger Inselwelten hierher umgezogen waren, in spezieller Weise angepaßt hatten, ausnahmsweise einmal nicht vom Bequemen ins Unbequeme geratend, sondern praktisch aus einer ungeheizten Wohnung in eine geheizte wechselnd. Und wir alle kennen das ja, wie sehr eine geheizte Wohnung uns mit dem Leben versöhnt. Denn das Leben an sich ist natürlich ungeheizt. Überspitzt gesagt: Die Seevögel auf Nouvelle Amsterdam und der Île Saint Paul waren glückliche Vögel. Eben auf eine endemische Weise glücklich.

Und der Höhepunkt eines solchen Vogelglücks hätte nun sicherlich darin bestanden, daß jener Riesenvogel namens Dronte, der wie kein anderer für ein rasches und würdeloses Aussterben stand und eigentlich nur noch in ein paar Nebenrollen in Kindergeschichten wie »Alice im Wunderland« oder »Die Reise ins Schlummerland« auftrat, auf der fernen Insel Saint Paul überlebt hatte. Wie auch immer er von der Briefmarkeninsel Mauritius dorthin gelangt sein mochte.

Somit empfand auch Stransky ein großes Glück im Unglück, da ja die außerordentlichen Umstände seiner Entführung und Verschleppung, seiner Beinahe-Ermordung und seiner Flucht durch die Hilfe seines Beinahe-Mörders, ihn überhaupt erst in diese Region der Erde und auf dieses Schiff gebracht hatten. Sollte irgend etwas an dieser Vogelgeschichte stimmen, so würde er es als erster erfahren. Zusammen mit Legrand. Und diesmal würde es nicht irgendein unbedeutendes, ein paar Jahre untergetauchtes Vögelchen sein, dessen Wiederentdeckung die Öffentlichkeit unbewegt ließ. Nein, die Dronte war ein Tier von der Qualität eines Quastenflossers. Mit einer Dronte konnte man wirklich berühmt werden.

Wollte Stransky denn berühmt werden?

Ja, plötzlich wollte er genau das. In gewisser Weise fühlte er sich vor die Entscheidung gestellt, entweder berühmt zu werden oder demnächst ein toter Mann zu sein. Darum also Saint Paul. Darum seine Hoffnung auf eine Dronte, die Dodo hieß.

Während Stransky auf dem schwarz glitzernden Deck der rasch dahingleitenden *Lulu* stand und von einer schicksalhaften Prominenz träumte, betraten Desprez, Palanka und acht weitere Mitglieder ihrer Truppe ein kleines, ausgesprochen sauberes und helles Gebäude am Rande des Internationalen Flughafens von Mauritius. Eigentlich sah es aus, als befände man sich im Warteraum eines Star-Gynäkologen. Weiße Säulen, weiße Bilder, weiße Stühle, hohe Scheiben Richtung Flugfeld. Nur die Dame hinter dem einzigen Schalter war sehr viel farbiger als der Rest. Selbst das Emblem der Fluggesellschaft stellte etwas Weißes vor weißem Hintergrund dar. Man mußte schon näher herangehen, um das Muster aus unterschiedlich breiten, dunkelweißen bis hellweißen Ringen zu erkennen. Es sah aus wie ein verrückt gewordener Notenschlüssel, der, mit Zaubertinte geschrieben, soeben im Begriff war, wieder zu verschwinden.

»Oceanic Airlines?« las Desprez mit fragender Stimme die eisblauen Lettern über dem Logo. »Das kann doch nicht sein. Diese Linie ... die ist doch ein Fake, oder?«

Er spielte darauf an, daß Oceanic Airlines eine fiktive Fluggesellschaft darstellte, welche in mehreren Filmen zum Einsatz gekommen war, da wirkliche Unternehmen ihre Namen und Logos höchst ungern in Katastrophenfilmen wiedererkannten. Zuletzt war Oceanic Airlines in einer amerikanischen TV-Serie mit dem Titel *Lost* aufgetaucht. Notwendigerweise handelte es sich um eine Crash-Linie, die selbstironisch mit dem Slogan *Taking You Places You've Never Imagined!* warb. Es war somit ganz unmöglich, daß hier, in Mauritius ...

»Die gibt es jetzt wirklich«, erklärte Palanka.

»Nicht Ihr Ernst.«

»O ja! Zumindest wenn wir nicht glauben wollen, wir selbst seien fiktiv.«

Desprez dachte nach. Wenn er und Palanka und sie alle, wie sie da standen, erfunden waren, erfunden wie diese Fluglinie, dann würde es einen Absturz geben, geben müssen, denn nur darum war diese Gesellschaft ja erdacht worden, um im Film abstürzende Flugzeuge mit dem Namen einer Airline auszustatten.

Da war es natürlich viel besser, wenn er und Palanka und die anderen *nicht* erfunden waren und die konkrete Fluggesellschaft bloß von einer Fälschung inspiriert worden war. Ohne hoffentlich so weit zu gehen, die eingesetzten Flugzeuge entsprechend der filmischen Vorlagen verunglücken zu lassen.

Die Oceanic Airlines der Wirklichkeit war auf kleinere Flugzeuge spezialisiert, welche zwischen Mauritius, Réunion, Madagaskar und dem afrikanischen Kontinent verkehrten. Beziehungsweise konnte man einige der Maschinen samt Piloten und Flugpersonal anmieten.

Genau dies hatte Palanka getan. Sie wußte jetzt, wohin es ging. Und daß vorgesehen war, auf der Insel Saint Paul mit Fallschirmen zu landen, weshalb man eine für solche Einsätze geeignete ehemalige Militärmaschine gechartert hatte. Eine Maschine, die freilich im typischen Weiß der realen Oceanic Fluglinie erstrahlte, mit den eisblauen Lettern und dem feenhaften Notenschlüssellogo.

Als nun die Leute, die allesamt im Sold einer gewissen Esha Ness standen, sich in der Montur von Fallschirmspringern auf das Flugfeld begaben und der Maschine näherten, bewies Desprez, daß er auch ein wenig Humor besaß. Den Slogan des fiktiven Vorbilds leicht verändernd, meinte er: »Taking you places you never like to imagine!«

Etwa in dem Moment, da Georg Stransky über die fortgesetzt glatt gestrichene See südwärts sah und Henri Desprez auf dem Weg zu seinem Flieger eine dunkle Ahnung von sich gab, stieg jener Restaurator, dem es noch immer nicht gelungen war, eine vermutete Fledermaus freizulegen, erschöpft von seinem Gerüst. Er beendete seine Arbeit ein wenig früher als üblich. Es war ein harter und deprimierender Tag gewesen. Er hatte zur Kenntnis nehmen müssen, daß sich auch andere verschmutzte Stellen des noch anstehenden Drittels einer Reinigung widersetzten. Im Grunde waren es drei Flecken, die wie versteinert und festgefroren den Restaurator vor eine unerquickliche Aufgabe stellten, ganz abgesehen davon, daß einer dieser Flecken deutliche Züge eines Gesichts im Profil angenommen hatte.

Der Restaurator wußte wirklich nicht, was er tun sollte. Auch ein Kollege, der kurz vorbeigesehen hatte, war ratlos gewesen und hatte gemeint, daß derartige »Geschwüre« wohl auf eine andere, lange zurückliegende Sanierung zurückzuführen seien. Das war ja eigentlich meistens das Problem von Restauratoren, sich mit den Untaten ihrer Vorgänger herumzuschlagen.

Es reichte ihm. Er würde den Leuten des Denkmalamts, das ihn beschäftigte, empfehlen, einen Experten hinzuzuziehen. Jemand, der eine chemische Analyse vornehmen sollte. Andererseits ... Ein solches Vorgehen würde seine eigene Position schwächen. Er würde als unfähig dastehen.

Stellte sich darum die Frage, ob es nicht doch das beste wäre, einfach Fledermäuse zu malen, wo Fledermäuse offensichtlich hingehörten. Umso mehr, als erstaunlicherweise keine einzige fotografische Abbildung von diesem Gemälde existierte, auch kein Entwurf oder dergleichen. Natürlich gab es jede Menge Fotos, welche die Architektur des Cafés und des Bahnhofs dokumentierten, aber auf allen verblieb dieses eine Wandbild im Off des jeweiligen Blickwinkels oder war eingeschattet oder schlichtweg viel zu tief im Hintergrund, als daß man wirklich etwas hätte erkennen können.

Er, der Restaurator, war ein guter Maler. Technisch gesehen. Eigentlich malte er besser, als er restaurierte. Es würde ihm wenig Probleme bereiten, die drei Fledermäuse – denn drei schienen es ja zu sein – im Stil der übrigen sieben, Proportion und Perspektive beachtend, auf die verschmutzten Stellen aufzumalen. Wieviel leichter war das, als sich vor die Auftraggeber hinzustellen und das eigene Versagen kundzutun.

Ja, genau so wollte er vorgehen: den Restaurator ausschalten und dafür den Maler einschalten.

Aber erst einmal ein Glas Bier.

Er mochte diese Pubs, der Dunkelheit wegen und weil die servierten Biere aus dieser Dunkelheit so schön herausleuchteten. Im Grunde waren Pubs natürlich Kabinette der Geschmacklosigkeit. Aber er hatte lange in England und auch ein paar Jahre in Belfast gelebt und dabei die liebenswürdige Seite der Geschmacklosigkeit schätzen gelernt. Diesen Hang der Angelsachsen, alles Gemütliche ohne Rücksicht auf ästhetische Verluste durchzusetzen.

In einem Pub konnte man sitzen und alt werden. Ohne das Alter zu beklagen. Nicht, daß er alt war. Achtundzwanzig. Kein Grund, ans Sterben zu denken. Auch wenn er sich als Künstler bereits gescheitert sah und wußte, daß jämmerliche Jahre bedeutungsloser Restaurationsarbeit auf ihn warteten. Er fühlte sich ausgebrannt, nach achtundzwanzig Jahren am Ende. Dazu verdammt, sich mit drittklassigen Gemälden und erstklassigen Verschmutzungen herumzuschlagen.

War das nicht …?

Er hatte den Mann in einem der vielen Spiegel bemerkt, die hier hingen, als wären die Gäste in erster Linie um die eigene Frisur besorgt. Ausgerechnet!

Sogleich hatte er das Gesicht wieder aus dem Blick verloren, rückte vorsichtig hin und her, entdeckte es erneut. Ein Offiziersgesicht, auch wegen des bleistiftdünnen Schnurrbarts. Wie nannte man das? Camouflage? Nein, Blödsinn, Moustache. Bärte, die noch dünner waren als die Lippen, die sie parodierten.

Keine Frage, es war der Croupier, der sehr aufrecht in einer Ecke saß. Im Sitzen noch einen stehenden, einen kerzengeraden Eindruck machte. In der Rechten hielt er eine Zigarette zwischen zwei gestreckten Fingern. Sein Gesicht besaß die gleiche blasierte Note wie immer. Er war nicht Stammgast hier. Andernfalls hätte ihn der Restaurator schon früher einmal bemerken müssen.

Nun gut, auch Croupiers tranken hin und wieder ein Bier. Und auch hin und wieder in Kneipen, die nicht ihre Stammkneipen waren. Schon gar nicht bestand ein Grund, sich hinüberzusetzen oder auch nur ein weiteres Mal in den Spiegel zu schauen. Männer tranken und wurden älter. Das schafften sie auch ganz gut alleine.

Der Restaurator widmete sich wieder dem eigenen Getränk und warf ab und zu einen Blick in die Zeitung, die offen auf der Theke lag. Nicht, daß er sie auch anfaßte, er studierte bloß die aufgeschlagene Seite. Umzublättern wäre zuviel des Guten gewesen. Umzublättern hätte diese Zeitung nicht verdient. Das verdiente keine Zeitung.

Er trank aus, zahlte und ging. Ohne sich nochmals nach dem Moustachecroupier umzudrehen. Wieso auch?

Danach trieb er sich ein wenig in der Stadt herum, kaufte einen gestreiften Schal in Orange und Braun, ein Buch, welches haargenau in seine Manteltasche paßte, und besuchte eine Galerie. Die Ausstellung deprimierte ihn. Die Bilder, die er sah, waren viel zu teuer, als daß er sich daran hätte erfreuen können. Teure Bilder erinnerten einen erfolglosen Maler daran, wer er war.

Einigermaßen frustriert, begab er sich zur Trainingshalle eines Boxclubs, der wegen irgendeiner Ungereimtheit *Frau Hitt* genannt wurde. Angeblich war das der Name eines Tiroler Berges. Aber Tirol war ein fernes, beinahe exotisch zu nennendes Land, weshalb das Gerücht entstanden war, es handle sich viel eher um den Spitznamen des vormaligen Betreibers. Tatsache war, daß außergewöhnlich viele Frauen hierherkamen. Dennoch war nichts im Gange, was den Untrieben des Damenboxsports entsprochen hätte. Die Damen, die an diesem Ort trainierten, wollten sich einfach nach Feierabend ein wenig austoben, ohne gleich ihre Liebhaber umbringen zu müssen.

Auch der Restaurator kam zum Austoben ins *Frau Hitt*. Am liebsten war ihm der Sandsack. Er vermied das Techniktraining, so gut es ging. Erst recht vermied er es, in den Ring zu steigen. Der Ring war für ihn weniger eine reale Stätte als ein Symbol. Ein Symbol der Erniedrigung. Und alle, die in diesen Ring stiegen, bildeten einen stark illustrativen Teil dieses Symbols.

Er suchte sich also wie üblich einen freien Sandsack und schlug diverse Kombinationen in die träg herabhängende Masse.

Während er gerade mit letzter Kraft einen rechten Haken in eine imaginierte linke Niere donnerte, trat jemand von hinten an ihn heran und fragte: »Lust auf ein Randori?«

Im *Frau Hitt* war es Usus, anstatt von einem »Sparring« zu sprechen, den japanischen Ausdruck »Randori« zu gebrauchen. Das klang sehr viel adretter und kultivierter, während man beim Wort Sparring unweigerlich an Spare Ribs und ähnlich ekelhafte Dinge denken mußte. Aber Kampf blieb nun mal Kampf. Und war in keinem Fall die Sache des Restaurators. Weshalb er eigentlich dankend ablehnen wollte. Allerdings stand er jetzt einer Frau gegenüber, die genau von der Art war, welche seine Phantasie anregte. Und nicht zuletzt war er ja auch deswegen in diesen exklusiven und recht teuren Club eingetreten. Um von phantasieanregenden Geschöpfen umgeben zu sein.

Das Geschöpf mochte zehn, fünfzehn Jahre älter sein als er selbst. Das Verlebte in ihrem Gesicht erschien jedoch nicht als ein Ausdruck des Verlebten, sondern eines Übermaßes an Erfahrung. Erfahrung in allem möglichen. Und ein paar Dingen jenseits davon. Ihr Körper war absolut durchtrainiert, gleichwohl fehlten die Muskeltrauben einer Bodybuilderin. Sie trug gelbe Shorts und einen gelben Sport-BH, in dem feste, große, aber nicht zu große Brüste einsaßen. Brüste von der Sorte, die Männer, wie der Restaurator einer war, an Frauen wie Barbarella, Supergirl, Catwoman, Emma Peel, Lara Croft, den T-X-Roboter und einige Manga-Heldinnen erinnerte. Brüste, die abseits jeglicher Mütterlichkeit standen, eher an eine Bewaffnung denken ließen. Aber man weiß ja, wie sehr kleine und große Buben von Waffen schwärmen. Und daß sie wahrscheinlich die Erotik der Waffe jener der Mütterlichkeit vorziehen. Weniger, weil Männer immer nur töten wollen. Lieber wollen sie getötet werden. Auch ist es leichter, sich die Liebe zu einer Waffe als zur eigenen Mutter einzugestehen.

Wie auch immer, die Frau mit den stechend blonden Haaren und einem Blick von mehr als tausend tollen Nächten hatte es dem Restaurator sofort angetan. Was nicht hieß, daß er mit ihr in den Ring steigen wollte. Er sagte ihr das auch. Er sagte, daß er chancenlos wäre, daß er gegen sie, so wie *sie* aussehe und so wie *er* aussehe, keine zwei Runden durchstehen würde.

»Gehen Sie nur mit Frauen in den Ring, denen Sie überlegen sind?« fragte die Frau und schüttelte ihre Hände aus.

Nun, was sollte man da antworten?

Der Restaurator gab nach. Er sagte: »Gut. Machen wir das.«

»Später«, erklärte die Frau. »Es sind vorher noch andere an der Reihe. Wir können dann als letztes Paar rein. Werden ganz unter uns bleiben.«

Die Vorstellung, mit dieser Frau allein im Studio zu sein, allein im Ring, erregte den Restaurator, so, wie es ihn ängstigte. Er sah jetzt hinüber, wie seine prospektive Gegnerin an einen Sandsack ging, wie perfekt sie sich bewegte, wie standsicher sie war und mit welcher Wucht sie zuschlug. Eine Wucht, die in den drei Minuten, da sie an dem Trainingsgerät verblieb, in keiner Weise abzunehmen schien. Für den Fall, daß sie dosierte, sah man es nicht. Aber wahrscheinlich brauchte sie auch gar nicht zu dosieren. Nicht wegen dreier Minuten, in denen andere freilich zusammenbrachen.

Der Restaurator lächelte verbissen. Aus irgendeinem Grund fühlte er sich an die Urlaube seiner Kindheit erinnert, wenn am letzten Tag die Sonne herauskam oder es im Winter am letzten Tag zu schneien anfing. Diese Bitterkeit.

Aber Ferien waren nun mal Ferien. Man hatte glücklich zu sein. Man hatte sich vorzustellen, daß alles so kommen würde, wie man es sich wünschte. Also bemühte sich der Restaurator, zunächst ganz locker zu bleiben und davon auszugehen, daß diese Frau ihn einzig und allein darum angesprochen hatte, weil sie ihn kennenlernen wollte. Zu welchem anderen Zweck auch sonst? Die Boxerei würde bloß ein kleines Vorgeplänkel bedeuten, ein erstes rituelles Abtasten.

Er beendete sein Training und wartete. Er bemühte sich um ein schönes Warten. Adventzeitartig. Aber über Weihnachtsfeste kann man natürlich dasselbe wie über Urlaube sagen. Viel enttäuschte Hoffnung. Das mußte der Restaurator wieder einmal erfahren, als er nun den Ring hochkletterte, zwischen den Seilen einstieg und mit einer leichten Verbeugung – wie man sich vor einem Kruzifix verbeugt, einem Kruzifix auf einem Gipfel – in die erste Runde ging.

Vernünftigerweise hatte er sich einen Kopfschutz übergezogen. Nicht aber die Dame in Gelb. Kein Wunder, ihr grellblond umrahmter Schädel würde auch nie in Gefahr geraten. Der Restaurator war viel zu sehr damit beschäftigt, die eigene Deckung beizubehalten und die Schläge, die ihn regelmäßig trafen, wegzustecken. Wobei er trotz der Schmerzen in seinen Schultern und einer leichten Benommenheit das ungute Gefühl hatte, daß die Frau sich zurückhielt, daß sie lange nicht das tat, wozu sie in der Lage gewesen wäre.

»Kommt noch«, sagte eine innere Stimme.

Endlich erfolgte der Gong der automatischen Ringuhr. Der Restaurator ließ sich in die Seile fallen. Bedauerlicherweise war hier niemand, der ihm einen Schemel in die Ecke stellte und gut zuredete. Da war überhaupt niemand mehr. Auch die Trainer waren gegangen, auch der Mann, der zur Zeit »Frau Hitt« war.

»Ich glaube, das ist zuviel für mich«, keuchte der Restaurator aus seiner Ecke heraus.

Die Frau, die einfach in der Ringmitte stehengeblieben war, wiegte ihren Kopf hin und her und sagte: »Hören Sie auf zu flennen. Sie müssen das jetzt durchstehen.«

»Woher wissen Sie, daß ich am Ende noch stehen werde?«

»So habe ich das nicht gemeint«, sprach die Frau in den Klang des Signals hinein, das die einminütige Pause beendete.

Boxen ist natürlich bei aller Technik eine Frage des Instinkts. Der Instinkt wiederum geht eine eigentümliche Verbindung mit dem ein, was wir das gute Benehmen nennen. Zum guten Benehmen gehört es, nach einer ersten Runde – wenn man denn noch imstande ist, auf zwei Beinen zu stehen – nicht einfach aus dem Ring zu flüchten. Der Restaurator blieb also im Käfig, stieß sich von den Seilen ab, hob die Hände an und versuchte aus der Deckung heraus eine rechte Gerade zu landen. Die Frau legte den Kopf zur Seite, als denke sie über etwas nach. Der Schlag des Restaurators traf einen Punkt in der Luft. Gleichzeitig mit diesem Lufttreffer krachte ein schöner, runder Aufwärtshaken in sein gepolstertes Kinn. Nicht, daß er die Vorteile einer solchen Polsterung wirklich registrierte. Vielmehr meinte er, ein ziemlich breites Schlächtermesser dringe in seine Kinnunterseite ein und gleite durch den ganzen Schädel. Wie man so sagt: Es klingelte. Und mit dem Klingeln fiel der Restaurator nach hinten.

Anstatt nun aber froh zu sein, so früh in der zweiten Runde auf den Brettern zu landen, keimte Wut in ihm auf. Er drehte sich zur Seite und sprang rasch in die Höhe. Ganz in der Art, wie Profiboxer das tun, um zu bekunden, sie wären bloß ausgerutscht. Und nie und nimmer wegen dieses lächerlichen kleinen Treffers zu Boden gegangen.

»Oho!« kommentierte die Frau in Gelb nicht ohne Bewunderung. Es gefiel ihr, wenn ein Mann, so mickrig er sein mochte, nicht gleich aufgab. Sie fand das sexy.

Wie so viele getroffene Boxer vergaß der Restaurator nun auf seine Deckung und begann zu tänzeln. Für einige Momente war er sogar recht gut darin. Etwas Traumwandlerisches hatte sich seiner bemächtigt. Ihm gelang ein kleiner Treffer, auch wenn er nur die Schulter der Frau streifte. Er lächelte hinter seinem Kopfschutz. Ja, er war jetzt bereit. Bereit für jenen Lucky Punch, der schließlich auch nur dem gelingt, der sich blindlings in den Abgrund stürzt. Leider war in diesem Abgrund weit und breit kein Glück zu finden. Der Restaurator rannte geradewegs in eine ohrfeigenartige Rechts-Links-Kombination seiner Gegnerin. Die Fleischermesser wirbelten nur so durch seinen Kopf. Es klingelte Sturm. Er spürte noch, wie der zweite Seitwärtshaken ihn umwarf. Ihm kam vor, als falle er rücklings von einer Brücke. Noch bevor er auf irgendeiner Oberfläche aufklatschte, wurde ihm dunkel vor Augen. Ganz so, als werde er liebevoll zugedeckt. Oder liebevoll beerdigt.

Doch man grub ihn wieder aus. Als er aus seiner Ohnmacht auftauchte, hockte er auf der Bank der Umkleidekabine. Seine Hände lagen überkreuz und waren mit einem gelben Band zusammengeschnürt. Einen Moment frohlockte er, weil er dachte, es handle sich um den gelben Sport-BH seiner Kontrahentin. Dann aber bemerkte er die Frau in einer Ecke des

Raums. Sie hatte sich bloß ihrer Boxhandschuhe entledigt, sonst schien sie wie gehabt. Der Restaurator blickte zurück auf seine Fesselung und erkannte ein Kunststoffband, wie es zur professionellen Verpackung von Postpaketen gehörte.

»Endlich aufgewacht!« ließ sich eine Stimme vernehmen, die eindeutig nicht der Frau gehörte. Sondern einem Mann, der halb im Schatten stand. Einem Mann, welcher ...

Der Restaurator entschlüsselte augenblicklich die markante Körperhaltung. Der Croupier! Tatsächlich war auch die eine Hälfte des Moustachebärtchens zu erkennen. Eigentlich wirkte ein halbes Bärtchen noch ekelerregender als ein ganzes.

»Was soll der Unsinn?« stellte der Restaurator die klassische Eingangsfrage.

»Na, was glauben Sie?«

»Denken Sie denn, Sie könnten mir imponieren? Indem Sie mich von Ihrer Freundin ausknocken und fesseln lassen.«

»Eigentlich schon«, meinte der Croupier mit der gepreßten Stimme eines glattgewalzten Marienkäfers, der unter ein Rad gekommen war. »Ich hoffe sehr, Sie ein wenig zu beeindrucken. Das ist immerhin Ziel der Übung.«

»Sie sehen mich völlig gelassen«, schwindelte der Restaurator.

»Ihre Knie zittern«, bemerkte der Croupier.

»Wundert Sie das? Ich war zwei Runden mit Mrs. Rocky im Ring.«

»Das können wir gerne verlängern. Vorher aber will ich Ihnen gut zureden. Das ist mir lieber, als dann die ganze Prozedur bei jemand anders zu wiederholen. Ihrem Nachfolger.«

»Wie meinen Sie das?«

»Es geht um das Bild, das Sie restaurieren. Mein Job ist es, Sie dabei zu kontrollieren.«

»Sie sind vom Denkmalamt?« staunte der Restaurator.

»Nicht doch«, meinte der Croupier. Ein wenig mußte er grinsen. Es sah aus, als lächle ein Panzerkreuzer. Ein Panzerkreuzer mit der Stimme eines zerdrückten Marienkäfers.

»Sondern?«

Anstatt eine Antwort zu geben, erklärte der Croupier: »Ich

habe mir den Ausschnitt angesehen, an dem Sie gerade arbeiten. Sie kommen nicht weiter damit.«

»Ist das ein Grund, mich zu foltern?«

»Sie sind auch Maler«, stellte der Croupier fest.

»Na und?«

»Ich befürchte, Sie werden versuchen, ein wenig zu tricksen. Den Maler über den Restaurator stellen. Wem würde das schon auffallen? Sie könnten ein Stückchen Himmel einsetzen. Sie könnten dieses Stückchen Himmel freilassen oder auch nicht. Eine Baumkrone anfügen. Oder doch eine Fledermaus? Sie könnten wahrscheinlich einen fliegenden Frosch hineinmalen, und keiner würde es merken. Nicht bei einem symbolistischen Gemälde. Sie haben jegliche Freiheit.«

»Mag sein. Und warum kümmert Sie das?«

»Es würde den Regeln widersprechen.«

»Meine Güte, was für Regeln?«

»Alten Regeln.«

»*Alt* also. Na, alt ist immer gut«, spottete der Restaurator.

»Sie können das nicht verstehen«, meinte der Croupier in einem traurigen Tonfall. »Aber ein Gesetz bleibt ein Gesetz, ob es verstanden wird oder nicht.«

»Was würde denn geschehen, wenn ich ein bißchen herumkleckse, anstatt korrekt auszubessern?«

»Alles hätte ein Ende. Das Spiel wäre vorbei. Oder besser gesagt, es wäre verloren.«

»Welches Spiel?«

»Das immer gleiche. Gut gegen Böse. Licht gegen Finsternis.«

»Und Sie sind also der Böse, nicht wahr?«

»Keineswegs.«

»Warum sitze ich dann hier und habe dieses nette Schnürchen um meine Handgelenke?«

»Es könnte Ihnen Schlimmeres zustoßen«, erklärte der Croupier. »Wenn Sie wissen, was ich meine.«

»Was denn? Wollen Sie sagen, Sie würden mich umbringen? Obgleich Sie doch zu den Guten gehören. Angeblich.«

»Wenn es sein muß, selbstverständlich. Auch das Gute hat seine Rangordnung. Und auf dieser Liste stehen Sie leider ganz unten. Allerdings würde mir Ihr Tod als eine miserable Lösung erscheinen. Der Tod eines Menschen ist das meistens. Sehr viel besser, besser für uns alle, wäre es, wenn ich Ihnen gestatte, nach Hause zu gehen und sich auszuschlafen. Damit Sie morgen wieder brav auf Ihr Gerüst steigen, um Ihren Job zu erledigen. Das Gemälde in seinen Urzustand zu bringen. Ohne Mätzchen, ohne die eigene Kreativität zu bemühen. Ihre Kreativität hat in diesem Spiel nichts verloren. Seien Sie einfach der Restaurator, der Sie sind.«

»Ich könnte Ihnen das gleiche vorschlagen, einfach der Croupier zu sein, der Sie sind.«

»Bin ich aber nicht. Ich stehe einzig und allein an diesem Spieltisch, um Sie und das Gemälde im Auge zu behalten. Und Sie davon abzuhalten, etwas anderes zu tun, als dieses Bild ordnungsgemäß zu restaurieren. Darin besteht mein Auftrag.«

»Was sind Sie? Detektiv? Killer? Oder ein bißchen gaga?«

»Sie würden mir nicht glauben.«

»O Gott, soll ich denken, Sie seien von höherer Stelle gesandt? Denkmalamt hoch zwei.«

»Glauben Sie an höhere Stellen?« fragte der Croupier.

»Nicht, wenn die Leute wie *Sie* schicken. Leute mit Bärtchen.«

»Das ist ein schlechtes Argument«, fand der Croupier. »Die Glaubwürdigkeit einer höheren Stelle nach den eigenen Antipathien zu bewerten.«

Nun, da hatte der Croupier sicherlich recht.

Das wußte der Restaurator, tat aber verächtlich und meinte: »Ich kann nicht glauben, daß Sie mich töten wollen, wenn ich nicht mache, was Sie sagen.«

Der Croupier schien ehrlich bekümmert, als er jetzt darlegte: »Ich habe das alles hier inszeniert, damit Sie mich ernst nehmen. Wenn Sie aber unbedingt wollen, schicke ich Sie noch ein paar Runden in den Boxring. Das würde mir wahrscheinlich ersparen, Ihnen das Gift zu spritzen.«

Es zeigte auf seine Sakkotasche. Damit meinte er wohl, daß sich darin eine Giftspritze befinde. Nicht, daß der Restaurator den herausstehenden Teil einer solchen erkennen konnte. Dennoch war ihm mulmig zumute. Er war immerhin gefesselt. Und warum sollte der Croupier ihn fesseln, wenn er nicht etwas von dem, was er sagte, auch im Sinn hatte? Hier war nicht Fasching. Sondern eben ein typisches Weihnachten, wo man froh sein mußte, überhaupt etwas zu bekommen. Und sei's das eigene Leben.

Der Restaurator wählte den sicheren Weg. Er versprach – auch weil ihm das eigentlich wurscht war –, sich an die Regeln zu halten. Er versprach, auf eine künstlerisch-individuelle Lösung des restauratorischen Problems zu verzichten. Nichts Eigenes hinzuzufügen. Und sich also weiter mit der Verschmutzung des Bildes herumärgern zu wollen.

»Sie könnten zur Polizei gehen«, gab der Croupier zu bedenken.

»Was soll ich denen sagen? Daß mich eine Frau k. o. geschlagen hat, damit ich mich weiter an die Spielregeln einer höheren Stelle halte?«

»Man würde Sie für verrückt erklären.«

»Genau das würde man. Also werde ich den Mund halten und meine Arbeit tun. Wenn ich Ihnen soviel Freude damit machen kann, was soll's.«

»Ja, Sie machen mir eine Freude«, erklärte der Croupier, nahm eine Schere und durchschnitt das Band.

Der Restaurator dachte sich: »So, jetzt bin ich eröffnet.«

13
Mittagspause

»Frau Stransky, darf ich Sie einen Moment sprechen?«

»Oh, Herr Kommissar. Sie haben mich erschreckt. Gibt es etwas Neues?«

»Genau das wollte ich *Sie* fragen.«

»Ich bin aber nicht die Polizei«, erinnerte Viola Stransky, die eben aus ihrem Haus gekommen war.

»Natürlich sind Sie nicht die Polizei«, sagte der Mann, der Kommissar Hübner war und den alle Baby Hübner nannten und der es gründlich satt hatte, sich verarschen zu lassen. Aber leider gehörte das dazu. Er zwang sich also zur Ruhe, verzog den Mund zu einem gequälten Schmunzeln und meinte: »Ich dachte mir nur, Ihr Mann hätte sich möglicherweise bei Ihnen gemeldet. Wenn sich schon die Entführer nicht melden.«

»Hören Sie mein Telefon denn nicht ab?«

»Es gibt auch andere Wege, einen Kontakt herzustellen.«

»Wieso denken Sie, ich würde Ihnen verschweigen, von meinem Mann gehört zu haben?«

»Vielleicht, weil er es so möchte.«

»Würde er es so mögen, dann würde ich mich auch daran halten. Aber ich kann Ihnen versichern, daß nichts dergleichen der Fall ist. Kein Lebenszeichen, keine Nachricht, gar nichts.«

»Und was tun Sie jetzt?«

»Wie meinen Sie das, Kommissar?«

»Gehen Sie zur Arbeit?«

»Natürlich gehe ich zur Arbeit. Ich vermisse meinen Mann, aber deshalb kann ich mein Büro nicht zusperren. Ich habe Entscheidungen zu treffen, die nicht warten können, bis Georg wieder auftaucht. Ich tauge nicht zur leidenden Ehefrau, auch wenn sich Ehemänner das gerne vorstellen. Ehemänner wie ...

Ich weiß nicht, Herr Kommissar, was für ein Ehemann Sie sind. Georg jedenfalls hielte es sicher für unsinnig, würde ich zu Hause bleiben, schwarze Socken stricken und mir häßliche, rote Augen anweinen.«

»Das verlangt auch niemand«, versicherte Baby Hübner. Er hätte diese hochnäsige Kuh gerne durch den Fleischwolf einer konsequenten Zeugenbefragung drehen wollen. Statt dessen erkundigte er sich höflich, worin genau Viola Stranskys berufliche Tätigkeit bestehe.

»Ich erfinde Geschichten«, sagte Viola Stransky.

»Wie habe ich das zu verstehen?«

»Ich rede von Drehbüchern.«

»Ach, Sie schreiben Drehbücher?«

»Also, in erster Linie verkaufe ich sie. Entweder die Idee oder das Drehbuch oder den Mann oder die Frau, die ein Drehbuch schreiben. Manchmal eine gesamte Fernsehserie, manchmal nur den bloßen Titel.«

»Man kann einen Titel verkaufen?«

»Wenn er gut ist, ist das mehr wert als der ganze Rest.«

»Da habe ich es schwerer«, sagte Hübner, »bei mir genügt nicht allein der Name einer Person, die ich suche, ich brauche auch die Person dazu. Wie bei Ihrem Mann.«

»Ich habe nicht behauptet, daß Sie einen einfachen Beruf haben, Herr Kommissar. Ich habe nur Ihre Frage beantwortet.«

»Verdient man gut mit diesen Drehbüchern?«

»Ich verdiene mehr als mein Mann, wenn es das ist, was Sie interessiert.«

»Nun, das ist nicht unbedingt ...«

Frau Stransky unterbrach ihn: »Wo ist eigentlich die Polizistin, mit der ich zu Anfang sprach?«

»Frau Steinbeck ist im Ausland.«

»Ich dachte, sie würde sich um den Fall kümmern.«

»Sie kümmert sich um den Fall.«

»Sie kam mir ausgesprochen kompetent vor«, sagte Viola Stransky, wie man sagt: Aber die anderen Eier kamen mir verdorben vor.

Es reichte dem Kommissar. Er meinte: »Ich will Sie dann nicht länger aufhalten, Frau Stransky.«

»Danke. Sobald Sie etwas wissen ...« Viola Stransky sprach nicht weiter, nickte flüchtig und begab sich hinunter auf die Straße zu ihrem Wagen.

Baby Hübner überlegte, daß diese Frau ziemlich schick gekleidet war. Nun, das war natürlich nicht weiter verwunderlich, wenn jemand erfolgreich Drehbücher verkaufte. Auch war ja noch kein Todesfall zu beklagen. Frau Stransky brauchte keine Witwe zu geben. Außerdem war sie ganz der Typ, dem dieser damenhaft noble, ein klein wenig ausgeflippte Stil stand, der kurze, karierte Chanelrock zum dünnen, schwarzen Pulli von Valentino, mit einer ziemlich massiven Halskette aus irgendwelchen Überresten von Meerestieren. Dazu Seidenstrümpfe in Pastellgrün und schwarze Schlüpfer mit etwas erhöhten Absätzen. Ob das wirklich die Überreste von Meerestieren waren? Baby Hübner wußte das so wenig, wie er zwischen Chanel und Valentino zu unterscheiden verstand. Diesbezüglich gehörte er zu den Leuten, die alles nur vom Hörensagen kannten. Aber von Pastellgrün hatte er eine Ahnung. Seine Frau liebte diese Farbe. Küche, Bad und Schlafzimmer waren damit gestaltet. Bei Strümpfen freilich war ihm die Farbe neu. Er fragte sich, was es bedeutete, Strümpfe in Pastellgrün zu tragen. Denn wenigstens darin war er mit Lilli Steinbeck einer Meinung, daß alles etwas zu bedeuten hatte. Man mußte es nur zu lesen wissen.

Frau Stransky war ihm verdächtig. Vielleicht der Strümpfe wegen. Aber das konnte er natürlich nicht äußern, nicht gegenüber dem Staatsanwalt. Niemandem gegenüber. Strümpfe waren einfach ein schwaches Argument, so pastellgrün sie sein mochten. Traurig sah er Frau Stransky hinterher, wie sie davonfuhr.

»Das ist ganz schön riskant, finde ich«, sagte Viola, nachdem sie die Halskette aus federleichten Glasfaserammoniten auf dem Hoteltisch abgelegt und sich mit einer zügigen Bewegung den schwarzen Pulli über den Kopf gezogen hatte. Sie trug einen BH von derselben Farbe der Strümpfe. Ein Spießer wie Baby Hübner wäre halb in Ohnmacht gefallen. Eine Frau eingerichtet wie ein Schlafzimmer.

Aber nicht Baby Hübner lag in dem breiten Hotelbett, sondern ein wesentlich jüngerer Mann, dem die hellbraunen Haare schräg ins Gesicht hingen. Ganz so jung war er wohl auch wieder nicht. Um seine Hüften klebte ein wenig Fett. Er trug Boxershorts, die ihm eine Nummer zu klein waren. Er hatte unregelmäßig verteilte Bartstoppeln, hübsche Rehaugen, einen sentimentalen Blick und sah einigermaßen verbeult aus. Über seine rechte Wange zog sich ein rotblauer Strich.

»Wieso riskant?« fragte er. »Du machst nichts Illegales.«

»Jetzt hör aber auf. Mein Mann verschwindet, und ich habe nichts Besseres zu tun, als es mir von einem Dreißigjährigen besorgen zu lassen. Wenn das die Polizei erfährt, wird sie zum Nachdenken anfangen und sich irgendeinen Schwachsinn zusammenreimen.«

»Auch Schwachsinn muß man beweisen. – Jetzt komm endlich her! Ich brauch dringend ein bißchen Liebe.«

»Ja, das sieht man dir an. Wer hat dich denn so zugerichtet?«

»Das ist eine verrückte Geschichte. Aber erst will ich, daß du mich lieb hast.«

Viola Stransky lachte wie ein ... nun, man sagt wohl dazu *wie ein neuer Tag*, und ließ sich neben ihren Liebhaber aufs Bett fallen. Sie murmelte etwas in der üblichen Art, daß er ein armes Häschen sei und so weiter.

»Gott, bist du schön«, sagte das arme Häschen, das sich jetzt sehr viel besser fühlte, mit dieser Frau in seinen Armen. Er fand es umwerfend, wenn sie diese pastellgrüne Unterwäsche trug, die ohne Spitzen oder Verzierungen auskam, einfach nur sehr glatt und gerade auf dem Körper auflag. Wie eine zweite Haut, die die erste bestätigte und nicht karikierte oder verbarg oder schönredete, wie das die meiste Unterwäsche tat. Schönrederei hatte Viola Stransky auch nicht nötig.

»Fick mich«, sagte Viola. »Bitte.«

Das gab es nämlich auch, ein freundliches Ficken, um das man ebenso freundlich bat.

»Ich liebe dich«, sagte der junge Mann und schob seine Hand unter den Büstenhalter, ohne ihn aber zu verschieben oder zu öffnen. Das tat er nie. Völlige Nacktheit bei einer Frau war nicht seine Sache. Er fühlte sich dann wie zu Hause. Seine Eltern waren freizügige Leute gewesen und gerne nackt durch die Wohnung spaziert. Er hatte das immer ein wenig unappetitlich gefunden. Auch wenn er es ideologisch verstanden und akzeptiert hatte. Aber was nützt das schon.

Er selbst freilich ließ sich jetzt aus seinen Shorts helfen und drang ohne irgendein Affentheater, nichtsdestotrotz gefühlvoll in seine Geliebte ein. Die beiden verstanden einander in einer unkomplizierten Weise. Und zumindest für Viola Stransky war es ein kleines Wunder. Daß derartiges möglich war. Man könnte sagen: Sex ohne Worte. Nicht ohne Frivolitäten, aber das ist etwas anderes. Frivolitäten sind Bonbons. Und man kennt ja die positive Wirkung von Bonbons, auch wenn sie angeblich den Zähnen schaden. Reden hingegen, richtiges Reden beim Sex, das ist, wie ständig darüber lamentieren, was alles schlecht ist für die Zähne.

»Allons, enfants de la patrie!« sagte Viola und lachte.

»Gerne«, antwortete ihr Liebhaber und entlud sich in einer heftigen, aber vergnügten Weise in sein Präservativ.

Später lagen die beiden Arm in Arm, doch jeder rauchte seine eigene Zigarette. Viola rauchte sonst nie, weshalb sie nicht auch noch diese eine Kippe teilen wollte, bloß weil das so idyllisch wirkte und ständig im Kino zu sehen war.

»Also, was ist mit deinem Gesicht geschehen?« fragte sie. »Wer hat dich so zerkratzt?«

»Im Boxclub, da war eine Frau, die mich angesprochen hat. Voll durchtrainiert. Eine richtige Kampfmaschine, kann ich dir sagen. Sie hat mich zu einem Sparring überredet.«

»Ach, Roy, du Armer. Sie hat dich k. o. geschlagen, was?«

»Das kann man wohl sagen«, seufzte der Mann, der Roy hieß, und welcher nun die ganze absurde Geschichte erzählte. Wie er an den Händen gefesselt aus seiner Bewußtlosigkeit erwacht war und in das Gesicht eines Mannes geschaut hatte, auf den er Tag für Tag hinunterblickte, wenn dieser einen Roulettekessel bediente. Ein Mann, dem es ganz und gar nicht einerlei schien, in welcher Form das Gemälde über dem Roulettekessel behandelt wurde.

»Der Kerl hat mir gedroht, mich umzubringen, wenn ich dieses Scheißbild nicht in der vorgeschriebenen Form zu Ende restauriere. Er hat angedeutet, eine höhere Stelle habe ihn geschickt. – Teufel nochmal, was will er damit sagen? Völlig abgedreht.«

»Du schwindelst mich an«, meinte Viola. Sie war amüsiert.

Roy zeigte auf seine Wunde im Gesicht und fragte: »Was denkst du?«

»Daß du deiner Sportskameradin an die Wäsche wolltest.«

»Hör zu, Liebling. Es ist so, wie ich sage. Dieser Croupier will mich abmurksen, wenn ich mich nicht an die Spielregeln halte.«

»Was für Spielregeln?«

»*Das* solltest du den Wahnsinnigen fragen. Jedenfalls verlangt er, daß ich mich zurückhalte. Keine Übermalungen, keine eigenmächtigen Eingriffe, nur die Fläche säubern. Ich werde mich jetzt kaum noch trauen, einen Pinsel anzufassen.«

»Ich habe derzeit die besten Beziehungen zur Polizei«, sagte Viola.

»Ich dachte, du möchtest nicht, daß die Bullen von uns beiden erfahren.«

»Du hast recht. Das lassen wir lieber. – Wie heißt der Croupier?«

»Keine Ahnung.«

»Das sollte man eigentlich herausfinden können, oder?« meinte Viola und strich Roy die Haare aus dem Gesicht. Sie mochte das, diese gewisse kükenhafte Zerrupftheit unfrisierter Männer.

»Was willst du denn unternehmen?« fragte Roy.

»Ich finde heraus, wie dieser Mensch heißt und wo er wohnt. Dann sehen wir weiter.«

Das erinnerte Viola Stransky daran, daß sie zu tun hatte. Ihre Mittagspause ging vorbei. Drehbücher warteten. Und auch Roy mußte arbeiten. Bei ihm wartete ein Gemälde.

»Laß dich nicht mit Boxerinnen ein«, riet Viola zum Abschied und küßte Roy auf seine Schramme.

Das war ein guter Rat. Und wie jeder Rat, kam er zu spät. Der gute Rat war eine Straßenbahn im Schneesturm.

14
Roter Planet

»Wow!« sagte Lilli Steinbeck, als sie in den offenen Krater hineinfuhren. Das ganze Ding, so vollständig es aus Natur bestand, aus puren Kraterwänden und purer Lagune, hatte etwas Künstliches, etwas Gewolltes. Als handle es sich um den zerstörten Kessel einer mysteriösen Industrieanlage.

Steinbeck und Kallimachos saßen im Cockpit eines Wasserflugzeuges, das nun gemächlich durch eine schmale Öffnung zwischen den beiden Sandbänken trieb. Ein halbstarker Wind kräuselte das Wasser, fönte es gewissermaßen. Es war ein schöner Tag, schön blau mit ein paar rasch dahinziehenden Wolken. Und sobald man an Land gegangen war, auch spürbar warm, wobei es wieder einmal beträchtlicher Mühe bedurfte, den schwergewichtigen Herrn Kallimachos von Bord zu hieven. Er stand sodann bis zu den Knien im Wasser, rauchte und stöhnte. Wobei gegen das Wasser nichts zu sagen war. Es wurde von warmen Quellen aufgeheizt. Ja, das war wohl der Grund, daß der wie selbstverständlich von einer Gicht geplagte Spiridon Kallimachos keine Anstalten machte, sich ans Ufer zu begeben. Er sagte zu Steinbeck: »Gehen Sie nur, ich bleibe mal eine Weile hier.«

»Gut, wie Sie wollen«, antwortete Steinbeck und gab den beiden Piloten, die sie begleitet hatten, ein Zeichen. Die Männer stiegen zurück in ihr Flugzeug, wo sie warten sollten. Es waren ausgebildete Elitesoldaten, beinharte Typen, ganz von der Sorte, wie sie die Mannschaft des Henri Desprez vertrat und wie auch Joonas Vartalo einer war. Doch Steinbeck wollte die zwei auf der Insel nicht dabeihaben. Nicht, wenn es hart auf hart gehen würde und alles Beinharte ein Zuviel des Guten wäre. Siehe übergehende Fässer. Lilli Steinbeck gehörte ganz eindeutig zu denen, die wenig vom Nutzen »eigener Leute«

hielten. Eigene Leute tendierten ständig dazu, im Weg und in der Schußbahn zu stehen. Oder sich als das Gegenteil vom dem zu erweisen, wozu sie verpflichtet worden waren. Eigene Leute neigten naturgemäß zum Verrat und zum Scheitern. Siehe Weltgeschichte.

Es versteht sich, daß Lilli Steinbeck nun weder ein von Löchern dominiertes Cocktailkleid noch jenen schwarzen, langen Rock trug, der ein Zugeständnis an die arabische Welt gewesen war. Denn immerhin befand sie sich im Angesicht eines höchst unwegsamen Geländes. Was andererseits nicht bedeutete, daß sie nun an eins dieser James-Bond-Püppchen erinnerte, in der Art eines lebendig gewordenen Neoprenanzugs. Nein, Lilli Steinbeck trug einen perlgrauen, locker anliegenden Sportanzug, der eher häusliche Gymnastik als Bergsteigen suggerierte. Kletterschuhe freilich hatte sie schon an. Aber was für welche! Federleicht, venezianisch rot, geschwungen, gewissermaßen tief ausgeschnitten – mehr ein Flüstern als ein Schuh. Auch hatte Lilli Steinbeck nun eine Handfeuerwaffe bei sich, übrigens eine *Verlaine*, also eine Pistole derselben Marke, wie Georg Stransky sie in seinem Rucksack gefunden hatte. Diese Firma beherrschte neuerdings den Markt. Menschen in der ganzen Welt setzten sich und anderen damit ein Ende. Wieder so eine Sache, die jemand wie Henri Desprez anwiderte, diese Internationalisierung des Französischen. Anstatt die Welt zu beherrschen, belieferte man sie.

Gerade als Lilli Steinbeck daran ging, sich eine Tasche umzuschnallen, donnerte von weit oben der Klang eines Schusses. Der Hall trieb wie eine Roulettekugel über die Innenseite des gefluteten Kraters. Der Schuß galt aber weder Steinbeck noch Kallimachos, sondern war jenseits der Kraterkante abgegeben worden. Weitere Detonationen folgten. Etwas spielte sich ab. Etwas Häßliches. Etwas in der Art einer Drontenjagd.

»Wir sind zu spät«, kommentierte der im warmen Wasser wie angewurzelt dastehende griechische Detektiv.

»Das wäre sogar die bessere Lösung, zu spät zu sein«, antwortete Steinbeck. »Manches Unschöne ließe sich vermeiden.«

Dann marschierte Lilli los, wie um das Unschöne einzulösen.

Wobei sie sehr bald gezwungen war, die steile Wand aufwärts zu klettern. Was ihr nicht weiter schwerfiel, obgleich sie ja keineswegs zu den Sportlichen zählte. Doch ihr Vater hatte sie früh in die Berge mitgenommen. Sie war damit aufgewachsen, sich wie ein Äffchen zu bewegen, sich an zwei Fingern hochzuziehen und Gegenden zu erklimmen, die zu genießen man in der Regel viel zu erschöpft war. Aber sie konnte es nun mal perfekt. Kallimachos sah ihr erstaunt nach. Er murmelte: »Wahrscheinlich eine Hexe.«

Schon möglich, daß Lilli Steinbeck eine Hexe war, genauso, wie vermutlich Viola Stransky eine war und mit Sicherheit jene Mutter und Königin namens Esha Ness. Aber die alleinige Feststellung, jemand sei eine Hexe, nützte nicht viel. Was für eine Hexe denn? Die Hexen waren in die Welt gekommen wie die Engel. Die Engel ohne Flügel und die Hexen ohne Besen. Die Frage war vielleicht die, wo all die Besen abgeblieben waren. Und was mit der Welt geschehen würde, wenn diese Besen einmal auftauchten. Gnade uns Gott!

Noch aber war Lilli Steinbeck gezwungen, die zweihundert Meter hohe Wand mit Hand und Fuß zu überwinden. Sie tat es, und zwar mit einer erstaunlichen Schnelligkeit. Ging es bergauf, war sie wie verwandelt.

Oben angekommen, war die Schießerei auf der Außenseite des Kegels verebbt. Der warme Wind trug nun wieder allein die Geräusche bewegter Pflanzen, bewegter Seevögel und von fern das prägnante Kreischen der Pinguine herbei. Vom Kraterrand aus sah Lilli auf die flach absteigende, buckelige, von hohen und niedrigen Gräsern bewachsene Westseite der Insel, hinunter zur *Terrasse des Pingouins*. Niemand war zu sehen. Zumindest niemand, der in Frage kam, Schüsse abgegeben zu haben. Denn ganz alleine war Lilli Steinbeck nicht. Hinter einem Busch registrierte sie eine Bewegung, die von etwas stammen mußte, was kleiner als ein Mensch war, wenn es sich nicht um einen Zwerg oder ein Kind handelte. Lilli trat vorsichtig in die Mulde und umging das fragliche Gestrüpp. Jetzt sah sie, was zu sehen war: ein Vogel. Beziehungsweise ein Huhn. Etwas in der Art eines Huhns, ein Maxihuhn, vielleicht einen Meter groß. Lilli erschrak heftig. Es war immer ein Schock, ohne den Schutz eines Käfigs oder den Schutz bloßer Illustration einem Wesen in größerer als der vertrauten Form zu begegnen. Dieses dickschnabelige Huhn hier, weiß gefiedert, mit einem schwabbeligen Körper und dicken Beinen, erinnerte stark an den im Meer verbliebenen Spiridon Kallimachos. Das Tier hatte etwas Schweratmiges an sich, die kleinste Bewegung schien einen Zustand der Erschöpfung nach sich zu ziehen. Fehlte eigentlich nur noch die Zigarette.

In ihren Schrecken hinein überlegte Lilli, daß es sich dabei um die Kreatur handeln mußte, von welcher der Informant in Port Louis gesprochen hatte, das Fossil, hinter dem Stransky her war.

So befremdlich massig das Tier war, so freundlich und zutraulich schien es, watschelte ein Stück auf Lilli Steinbeck zu, als wollte es gestreichelt oder gefüttert werden. Nichts lag Lilli ferner, weshalb sie auswich und auf einen kleinen Hügel stieg.

Nun, sie hätte bei der Ente oder dem Truthahn oder was auch immer es darstellte bleiben sollen. Es erging ihr wie den Leuten, die aus Angst vor einer Spinne auf dem Badezimmerboden ausrutschen und sich fast das Genick brechen. Während Lilli noch hinunter auf das fettleibige Tier blickte, hatte jemand sie von hinten gepackt und auf die andere Seite des Hügels gezerrt. Sie sah ein Messer blitzen, dessen ausgesprochen dünne und schmale, aber sichtbar scharfe Klinge einen Fingerbreit vor ihrem Hals stand. *Pessoa*. Ja, es war eindeutig ein Pessoa-Messer, wie Profis es verwendeten. Die Profis unter den Pilzsammlern und die Profis unter den Killern. Jedenfalls Leute, die wußten, was sie taten, und Messer nicht mit Schlagbohrmaschinen verwechselten. Mit einem *Pessoa* brauchte man nur einmal zuzustechen oder durchzuschneiden. Wer mit einem Pessoa-Messer sinnlos wütete, geriet eher in Gefahr, sich selbst zu verletzen, als einen ohnedies Toten noch toter zu machen. Gleich, ob Pilz oder Mensch.

Als Steinbeck und der Mann – ja, es mußte ein Mann sein, Lilli spürte das, wie man ein eitriges Nagelbett spürt –, als sie beide also am Grund des kurzen Abhangs zu stehen gekommen waren, unternahm Lilli nichts, um sich zu befreien. Sie wußte, wie fatal dies gewesen wäre. Sie konnte diesem Messer nicht entkommen, wenn ihr Gegner es nicht wollte. Freilich blieb sie nicht tatenlos. Sie verließ sich ganz auf eine äußerst simple Psychologie, indem sie vollends erschlaffte, ihre Schultern einzog, sämtliche Schultern, wenn man sich alles und jedes mit einer Schulter dachte, und sodann einzig und allein ihren Busen aufblähte, sprich, ihn mittels ihrer Atmung herausdrückte.

Ja, natürlich, ja, das ist ein fürchterliches Klischee. Aber man kann es nicht ändern, genau so möchten Männer Frauen haben: wehrlos, kraftlos, im Zustand des Hinsinkens, jedoch mit einem Busen ausgestattet, der nicht unbedingt groß oder fest sein muß, aber in markanter Weise merkbar. Man könnte sagen, der Busen soll das einzig aktive Element der Frau sein. Die Frage der Intelligenz bleibt dabei gänzlich unberührt. Es geht allein um das Körperliche. Denn Männer können sich das Körperliche als etwas Autonomes vorstellen. Und es hat etwas für sich, wenn Jack Lemmon in *Manche mögen's heiß* den Gang Marilyn Monroes so kommentiert: »Als ob die irgend etwas eingebaut haben, irgendeinen Apparat.«

Lilli Steinbeck tat jedenfalls, was sie für vernünftig hielt. Sie entspannte sich, nur ihren Busen nicht.

Es schien zu wirken. Nicht, daß der Mann sein Pessoa-Messer wegnahm oder den Griff lockerte. Aber er reagierte. Beinahe war es so, daß er Lilli Steinbeck stützte, als glaube er sie nahe einer Ohnmacht. Dann fragte er: »Gehören Sie zu denen?«

»Dazu müßte ich wissen, wen Sie meinen.«

»Sagen Sie mir, für wen Sie arbeiten«, gab der Mann den Ball zurück an Lilli.

»Eigentlich für die Polizei«, blieb Lilli bei der Wahrheit. »Und wenn ich Ferien habe, für Dr. Antigonis. Und derzeit habe ich Ferien. Darum bin ich ja auf einer Insel.«

»Einen Club Med werden Sie hier nicht finden.«

»Macht nichts. Schließlich bin ich gekommen, um Herrn Stransky mitzunehmen.«

Gleich darauf vernahm Lilli Steinbeck eine weitere Stimme, die eines Mannes, der den anderen aufforderte: »Lassen Sie die Frau doch los.« Es mußte Stransky sein. Sein Deutsch war unverkennbar.

»Ob das eine gute Idee ist?« fragte sich der Mann, der hinter Lilli stand und der niemand anderer als Joonas Vartalo sein konnte. Dennoch führte er das Messer von ihr weg, löste die Umklammerung und trat einen Schritt zurück, rasch, wie um einer Ohrfeige auszuweichen.

»Na also«, sagte Lilli, als sie jetzt Stransky erblickte, dessen Gesicht und Gestalt sie ja von einigen Abbildungen kannte. Allerdings wirkte der Mann in diesem Moment weit weniger frisch und agil als auf seinen Familienfotos. Ausgesprochen bleich, trotz langer Seereise. Während hingegen Vartalo sich in seinem Element zu befinden schien. Ein Legionär war praktisch immer auf Urlaub. Auch wenn er die Seite gewechselt hatte.

»Was hatte die Schießerei zu bedeuten?« fragte Steinbeck.

»Wir sind nicht allein hier«, äußerte Vartalo. »Desprez ist bereits vor uns gelandet.«

»Desprez?«

»Die rechte Hand von Esha Ness.«

»Esha Ness?«

»Sie scheinen sich nicht auszukennen«, bemerkte Vartalo.

»Haben Sie schon mal eine Polizei erlebt, die sich auskennt?« fragte Steinbeck und lächelte wie ein Strauß Vergißmeinnicht.

Vartalo war ein klein bißchen hingerissen von diesem Lächeln, obgleich natürlich auch ihn die deformierte Nase Lilli Steinbecks irritierte. Jedenfalls erklärte er, daß Esha Ness der weibliche Antipode zu Dr. Antigonis sei. Die Dame also, welcher sehr daran gelegen sei, daß Stransky sterbe.

»Ach ja«, meinte Steinbeck. »Aber ich kenne noch immer nicht den Sinn einer solchen Tötung.«

»Ich auch nicht«, sagte Vartalo. »Das wäre aber auch was Neues, zu wissen, warum etwas geschieht. Warum ein Krieg geführt wird oder warum man ihn beendet. Ich weiß, wovon ich rede.«

»Sie reden wie ein Pazifist.«
»Wollen Sie mich beleidigen?«
»Gottes willen, nein!«
»Dann lassen Sie das. Wir sollten lieber zusehen, so rasch als möglich von der Insel zu verschwinden. Desprez hat eine ganze Truppe flinker Fallschirmjäger bei sich. Wir sind denen nur knapp entkommen. Ich denke, ich habe zwei von ihnen erledigt. Aber zwei sind leider zu wenig.«

»Nein, wir bleiben hier«, bestimmte Stransky im störrischen Ton der Kinder und Naturwissenschaftler. Und erklärte: »Abgesehen davon, daß das Schiff, das uns herbrachte, nach Nouvelle Amsterdam unterwegs ist und erst in einigen Tagen zurückkehrt, sind wir aus einem guten Grund auf Saint Paul. *Der Vogel!* Der Vogel ist wichtiger als alles andere.«

»Ja, ich habe davon gehört«, sagte Lilli Steinbeck. »Beziehungsweise sah ich ihn gerade.«

»Was?!« Stransky riß die Arme hoch. Seine Augen traten weiß und rund hervor. Er fragte, nein, er schrie auf eine flüsternde Weise: »Wo? Verdammt, wo?«

»Na, gleich da drüben«, antwortete Steinbeck ganz ruhig. Ihre Ruhe war nicht gespielt. Sie mußte erst noch begreifen, daß es sich nicht um irgendein verschollenes Huhn handelte, sondern um ein geheimnisvolles Geschöpf, das einen Mann wie Georg Stransky über Nacht weltberühmt machen konnte.

Stransky rannte in die Richtung los, die Steinbeck ihm gewiesen hatte. Vartalo wollte ihn zurückhalten, aber der Vogelnarr war bereits über den Buckel gestiegen und in der dahinterliegenden Mulde verschwunden.

»Dieser verrückte ...«, schimpfte Vartalo und lief in gebückter Haltung hinterher.

Steinbeck aber blieb, wo sie war, holte allerdings ihre *Verlaine* hervor.

Als Stransky wenig später in Begleitung Vartalos zurückkam, sah es aus, als hätte er Tränen in den Augen. Keine Freudentränen. Er fragte: »Sind Sie sicher, daß es ein Vogel war? Ein großer Vogel?«

»Sehr groß«, bestätigte Steinbeck. »Und sehr fett. Und er war gerade noch hier. Ich kann mir nicht vorstellen, daß er so rasch verschwinden konnte.«

»Da ist aber nichts.«

Steinbeck zuckte mit den Achseln und wiederholte: »Ein großer, weißer, fetter Vogel.«

»Weiß?«

»Ja, weiß.«

Stransky überlegte. Er biß sich richtiggehend in den abgewinkelten Finger. Ein weißer Dodo vielleicht. Raphus solitarius, der praktisch ohne jeden Beleg dastehende Réunion-Solitär.

»Weiß und auch ein wenig rötlich«, präzisierte Steinbeck.

Übrigens war es Unsinn, wenn sie an ein Huhn oder einen Truthahn gedacht hatte oder einmal von Enten die Rede gewesen war. Dronten gehörten zur Familie der Tauben. So war das.

Stransky stammelte: »Wir müssen den Vogel finden.«

»Wir müssen uns in Sicherheit bringen«, entgegnete Vartalo.

In diesem Moment erhob sich ein heftiger Knall aus dem Inneren des Kraters. Und gebar weitere, kleinere Erschütterungen. Steinbeck lief hinüber zum Kraterrand, Vartalo hinter ihr her. Dann sahen sie es. Das zerborstene Flugzeug stand in Flammen, Teile klatschten auf dem Wasser auf und eine schwarze Rauchwolke stieg weit nach oben.

»Was ist das dort?« fragte Vartalo.

»Ein Flugzeug, das keines mehr ist.«

»Nein, daneben.«

»Das ist mein Mitarbeiter, Herr Kallimachos.«

»Entweder der Typ steht selbst noch als Toter aufrecht im Wasser ... oder ...«

»Er ist unverletzt, glauben Sie mir«, erklärte Lilli.

Offensichtlich hatte Henri Desprez das Wasserflugzeug entdeckt und seine Mannschaft angewiesen, es mit einer Rakete in die Luft zu sprengen. Auch nicht besser als die Leute im Jemen, die ein Taxi bombardiert hatten. Und genauso wie damals schienen die umherfliegenden Flugzeugteile und die Flammenstöße explodierenden Treibstoffs sich angewidert um den Detektiv Kallimachos herumgewunden zu haben. Auf die Ferne war zu erkennen, wie nun der Grieche, einen schwerfälligen Schritt vor den anderen setzend, aus dem Wasser stakste. Für die zwei Männer im Flugzeug freilich war das Spiel vorbei. Statisten, die nur wenige Sekunden das Bild gequert hatten, von einer Leere in die andere schreitend. Sie zählten nicht, diese Figuren. Folgerichtig stellte Steinbeck fest, daß man ein Flugzeug verloren habe.

»Wo ist Stransky?« fragte Vartalo und wandte sich rasch um.

Ja, wo war Stransky?

Er war nirgends zu sehen, antwortete auch nicht, als Vartalo ihn rief. Dafür hatten Vartalo und Steinbeck es endlich geschafft, Desprez' Leute auf sich aufmerksam zu machen. Mehrere Projektile pfiffen knapp über sie hinweg. Und trafen wohl nur darum nicht, weil hier oben ein heftiger Wind ging und die Luft in starke Bewegung versetzte, in ein Schaukeln, eine rummelplatzartige Unruhe.

Sogleich erwiderten Vartalo und Steinbeck das Feuer und sprangen in eine der Gruben, aus der sie, ihre Waffen wie um eine Häuserecke haltend, praktisch blind nach draußen schossen. Manchmal war es einfach nur möglich, Lärm zu machen.

»Hierher!«

Die beiden sahen nach unten. Ein paar Schritte entfernt, in einer Bodenrinne, halb versteckt zwischen ockerfarbenem, strohigem Gras, war ein Loch zu erkennen. Und aus dem Loch ragte Stranskys Kopf. Offensichtlich hatte er eine Höhle entdeckt, besser gesagt einen Erdgang, einen schmalen Stollen, schmal, wenn man ein Mensch war. Stransky aber sagte: »Weiter unten wird es breiter. Kommt endlich.«

Vartalo und Steinbeck kamen, während Stransky wieder vollständig in dem Loch verschwand.

»Das ist doch Blödsinn«, meinte Vartalo, »sich freiwillig in eine Falle zu hocken.«

Das war sicher richtig. Andererseits war Vartalo nicht hier, um die eigene Haut zu retten, sondern die des Herrn Stransky. Und selbiger hatte nun mal die Richtung vorgegeben. Also rutschten auch Steinbeck und Vartalo mit den Beinen voran in die schmale Öffnung, in welcher ein Mann wie Kallimachos bereits mit seinen beiden Oberschenkeln stecken geblieben wäre. Tatsächlich aber ergab sich nach nur wenigen Metern eine deutliche Ausdehnung des Gangs, der schließlich zu einer richtiggehenden Höhle anwuchs, in der es möglich war, aufrecht zu stehen. Daß man auch noch erkannte, wo man sich befand, war der Taschenlampe zu verdanken, mit welcher Stransky das Gewölbe erleuchtete. Lavagestein, das geradezu gläsern wirkte, mehr wie versteinerte Gelatine, verdreckte Gelatine freilich, staubige Gelatine. Die Decke, die sich knapp über den Köpfen der drei Personen spannte, bestand aus vielen kleinen, aber sehr spitz zulaufenden Kegeln. Es war ausgesprochen warm, und das Tosen des kräftigen Winds, der gerade über die Insel fegte, klang hier unten um einiges melodischer, weniger bombastisch, dafür geordnet.

Daß Stransky eine Taschenlampe mit sich führte, war in keiner Weise ein Zufall. Man befand sich schließlich auf einer Expedition und auf der Suche nach einem Vogel. Und man befand sich in einer Gegend, die über keine einzige Straßenlaterne verfügte. Außerdem war Stransky auch ausgebildeter Geologe. Und ein Geologe ohne Taschenlampe wäre schlimmer gewesen als ein Polospieler ohne Pferd. Darum die Taschenlampe, die über einen kräftigen Strahl verfügte und half, sich zu orientieren. So war es möglich, tiefer in das Innere vorzudringen, wobei der Weg jetzt eine nur noch geringe Schräge aufwies. Es wurde unangenehm heiß und stickig, obgleich der Raum sich noch immer vergrößerte. Von weit her war ein Plätschern zu vernehmen.

»Wir müssen zurück«, sagte Stransky plötzlich.

»Wieso das denn?« fragte Vartalo.

»Wir müssen etwas übersehen haben. So weit unten kann die Dronte nicht sein.«

»Hören Sie, mein Freund, wir suchen jetzt mal einen Ausgang. Danach reden wir über Ihren Vogel.«

»*Sie* hören jetzt zu«, sprach Stransky mit einem Nachdruck, der neu an ihm war. Vielleicht war dies das Timbre, mit dem er aufsässige Studenten zu maßregeln pflegte. »Die Suche nach dem Vogel, möglicherweise ein weißer Dodo, hat absolute Priorität. Diese Desprez-Leute können mich mal.«

»Wollen Sie sterben?«

»Das ist nicht der Punkt«, erklärte Stransky. »Was ist ein Mensch gegen eine Dronte?«

»Soll das eine ernste Frage sein?«

»Das ist keine Frage, sondern eine Feststellung«, erläuterte Stransky und schaltete ohne jede Vorwarnung die Taschenlampe ab. Man stand augenblicklich in einer vollkommenen Schwärze.

»Drehen Sie sofort das Licht an«, befahl Vartalo.

»Nur, wenn wir zurückgehen.«

»Ach was, lecken Sie mich doch«, gab Vartalo zurück. Danach war es still.

Nun, es war nicht richtig still. Jenes Geräusch, das an ein Plätschern erinnert hatte, drang nun deutlicher an die Ohren der im absoluten Dunkel Stehenden. Aber es war nun kein Plätschern mehr, eher ein vielfaches Jammern, ein Jammern in der Art eines Gackerns, ein Gackern in der Art eines Gurrens, schwer zu sagen, was es war, jedenfalls die Summe zahlreicher verwandter Töne, derart gedämpft, als stammten sie aus einem tiefer gelegenen Bereich.

»Eine Kolonie, es hört sich nach einer Kolonie an.« Stransky sprach wie im Fieber. Er hatte die Taschenlampe wieder eingeschaltet, wobei er das eigene Gesicht von unten illuminierte. Einen Moment sah er genau so aus, wie man sich verrückte Wissenschaftler vorstellt: à la Dr. Mabuse.

»Ich darf mal«, sagte Steinbeck und nahm Stransky die Lampe sehr sachte aus der Hand. Nicht aber, um den breiten Hauptgang weiter abwärts zu steigen oder umzukehren. Statt dessen führte sie den Lichtkegel langsam durch den Raum. Der Glanz von staubiger Gelatine war etwas Metallischem gewichen. Zudem wirkte die Struktur noch gewollter, noch architektonischer als zu Anfang. Was nichts daran änderte, daß es sich um geronnenes und dann wieder erkaltetes Gestein handelte. Bühnenhaft, aber natürlich.

»Da!« rief Steinbeck und richtete den Lichtstrahl auf einen Flecken.

»Was denn?«

»Dort oben. Eine Luke oder so.«

Tatsächlich war in ein paar Metern Höhe eine Öffnung zu erkennen, die nun ganz eindeutig auf einen menschlichen Eingriff zurückging, zu perfekt war die quadratische Form.

»Na, das sehen wir uns mal an«, entschied Steinbeck. Sie begann sich für Stranskys Vogel zu interessieren, auch wenn das Tier mit Sicherheit nicht diesen Weg gewählt hatte. Viel zu schwierig für einen Vogel, der nicht fliegen konnte. Andererseits war beim Näherkommen eindeutig festzustellen, daß das dumpf dröhnende Massengegacker aus dem Schacht drang, der waagrecht in den Stein führte. Auch war ein Luftzug zu spüren. Luft als eine Mischung von Kälte und Wärme. Luft wie eine Mannerschnitte.

»Ich möchte als erster gehen«, bat Stransky. Nein, er flehte.

»Zu gefährlich, Herr Professor«, wehrte Steinbeck ab. »Ich habe Ihrer Frau versprochen, ein wenig auf Sie achtzugeben, falls ich Sie denn finde. Und ich habe Sie nun mal gefunden.«

»Sie waren bei Viola?«

»Sie liebt Sie«, sagte Steinbeck, ohne zu ahnen, was für einen Unsinn sie da redete.

»Trotzdem«, erwiderte Stransky. »Lassen Sie mich vor. Es ist *mein* Vogel.«

»Sie würden sich wohl umbringen für das Tier.«

»Natürlich«, antwortete Stransky.

»Wie Sie wollen«, sagte Steinbeck und zeigte dem Zoologen mit einer Geste an, er möge als erster in den Schacht schlüpfen, dessen Größe nun wieder mit der Enge des Höhleneingangs korrespondierte.

»Warum lassen Sie das zu?« fragte Vartalo.

»Wenn mein Auto streikt, lasse ich es stehen.«

»Wie bitte?«

»Wenn Männer bocken, lasse ich ihnen ihren Willen.«

»Ihr Deutsche seid alle krank im Kopf«, urteilte Vartalo.

Steinbeck ließ das Mißverständnis unwidersprochen und kletterte hinter Stransky her. Dann folgte auch Vartalo.

Wie erwartet, erwies sich der Durchbruch als ein von Menschenhand geschaffener. Die Verkleidung bestand aus Blech, sauber und glänzend, poliert. Wohl des Windes wegen, der hier ständig durchblies. Die Röhre war ausgesprochen eng, bestens geeignet, um darin Platzangst zu entwickeln. Doch Stransky ließ sich keine Sekunde abschrecken, so wenig er enge Räume liebte. Aber wer bitte liebte enge Räume, außer ein paar irren Fetischisten?

Stransky schlüpfte mit dem Kopf voran in die ummantelte Aushöhlung, zog sich hinein und robbte voran, wobei er die Taschenlampe, die ihm Lilli gereicht hatte, Stück für Stück vor sich auf das Blech legte und eine sich scheinbar ewig dahinziehende, gleichförmige Strecke erkannte. Einen unendlich gedehnten Sarg. Aber so etwas gibt es nun mal nicht. Gänge pflegten zu enden. Und sei es in irgendeiner Art von Maschine.

Stransky dachte daran, daß Anfang der 1930er Jahre auf Saint Paul eine Fischereistation und eine richtiggehende kleine Fabrik gewesen waren. An die hundert Menschen hatten hier gelebt und pro Saison eine gute Million Langustenschwänze in Konserven gepackt.

War es also denkbar, daß diese Menschen auch hier unten gearbeitet hatten und daß ein Teil der Fabrik aus irgendwelchen faktischen oder obskuren Gründen ins Unterirdische verlegt worden war?

Die Vorstellung von einer Maschine, in die man geriet, verwarf Stransky, klemmte sich nun die Taschenlampe zwischen die Zähne und sah zu, daß er vorwärts kam. Hinter ihm Steinbeck und Vartalo, die sehr viel besser im Robben waren, denen aber die Enge nicht minder unangenehm war. Dazu kam ein ekelhafter, scharfer Geruch.

»Verflucht! Verflucht, verflucht«, kam es von Vartalo her, nachdem er sich einige Meter durch die Röhre gezogen hatte und dabei nicht wissen konnte, wie sehr er mit der Beschränkung auf eine zweimalige Wiederholung die sprachlichen Regeln jenes Mannes erfüllte, der sich gerade irgendwo über ihnen befand, in besserer Luft und mit einer sehr viel hübscheren Aussicht.

Immerhin erreichte man nach einigen Minuten eine Abzweigung, die nach oben wie nach unten führte, etwas breiter ausfiel, kreisförmig war und über montierte Sprossen verfügte. Nach oben hin stach ein verführerischer Kreis von Himmelblau aus dem Dunkel. Stransky aber wies die Richtung an: »Nach unten!«

Denn von daher stammte die anschwellende Kakophonie, ohne daß jedoch ein Ende der Röhre zu erkennen gewesen wäre.

Vartalo war nun froh um die letzte Position, da er von dort wenigstens den Himmelsausschnitt im Auge behalten konnte. Er war zweimal in seinem Leben verschüttet gewesen. Und es gab eben Dinge, an die man sich nicht gewöhnte, da konnte man sich in King-Kong-Manier auf die Brust trommeln, bis einem die Rippen brachen.

Nach etwa zwanzig Metern vollzog der Schacht eine schwache Biegung. Der kleine blaue Punkt über Vartalo verschwand. Die Enge der Röhre hatte nun wenigstens den Vorteil, sich mit dem Rücken anlehnen und die Hände entlasten zu können. Die Luft freilich wurde nicht besser, der Geruch erinnerte verstärkt an verdorbene Lebensmittel, mit denen jemand kocht. Das ist nämlich ein Unterschied, etwas einfach nur verderben zu lassen oder damit ein Essen zuzubereiten.

Endlich war von unten her ein Schimmer von Licht zu sehen, der nicht aus der Taschenlampe stammte.

»Wir kommen«, sagte Stransky, als wolle er jemand retten. Aber er meinte wohl den Ruhm, der ihn erwartete. Es hätte also heißen müssen: »Ich komme.« Dann glitt er aus dem Schacht heraus und landete auf einer kleinen, eingerüsteten Plattform, welche den obersten Teil eines schwenkbaren Krans bildete. Dieser Kran und alles andere lagen in bündelartig eintretenden Streifen von Tageslicht, das von hoch oben herabfiel durch mehrere, unterschiedlich große, ausgefranste Durchlässe im Erdboden. Ein Boden, der von innen betrachtet eine Kuppel bildete. Denn man befand sich in einem gewaltigen Hohlraum, der eindeutig natürlichen Ursprungs war, die Halle einer Lavahöhle, die allerdings adaptiert worden war. Und zwar gleich zweimal, und zweimal zu sehr unterschiedlichen Zwecken.

Der aktuelle Zweck war so eindeutig wie unüberhörbar. Eine Kolonie von Vögeln hatte sich breitgemacht. Ein paar hundert mochten es sein, und Stransky konnte auch von seiner erhöhten Position aus sofort erkennen, wie sehr es sich gelohnt hatte, gleich einem Wurm durch die Erde gekrochen zu sein. Dies hier waren eindeutig keine Pinguine und keine Enten und keine Hühner, sondern Dronten, waschechte Dronten, keine weißen Dodos, wie Steinbecks Äußerungen hatten vermuten lassen, sondern jene bekannte Art Raphus cucullatus, nur daß deren Gefieder ein wenig heller schien als auf den historischen Abbildungen. Hier saßen sie, die ausgestorben Geglaubten, und nisteten und brüteten, wie gehabt eineiig, machten Dreck und Lärm und waren also erfolgreich beschäftigt, ihre Art zu erhalten. Dies taten sie allerdings auf einem ... tja, man hätte sagen können, auf einem fremden Planeten. Und damit war nicht gemeint, daß man sich hier so ziemlich am Ende der Welt und fern jeglicher Zivilisation und Beobachtung befand, nein, der Anblick, der sich bot ...

»Meine Güte«, sagte Steinbeck, neben Stransky hintretend, »hier sieht es ja aus wie auf dem Mars.«

»Ja, ein Mars mit Dronten.«

Genau so war es. Die Landschaft, auf der all diese Dronten ihre Bodennester aufgebaut hatten, entsprach ganz dem, was man von den Übertragungsbildern gelungener Marsmissionen kannte. Eine steinige, rote Wüste. Oxydiertes Land. Gegen zwei Seiten hin wurde mittels hoher, schmutzrosa eingefärbter Leinenbahnen ein Himmel suggeriert, wie ihn die dünne, staubverseuchte Atmosphäre des Mars hervorbringt. Am künstlichen Horizont waren einzelne Erhebungen zu erkennen. Vollkommen real hingegen war die Landefähre, die in der Mitte des ovalen Plateaus parkte, Teile davon umspannt mit den typischen goldenen Folien, die scheinbar niemals glatt, immer nur zerknittert sein dürfen. Neben dem Landemodul standen weitere Geräte, ein kleiner Rover, Solarsegel, ausgeklappte Antennen, Kameras, diverses Zeugs, eingesandet. Gegen den Rand hin erhoben sich große Ventilatoren, wie man sie aus Filmstudios kannte, wenn es galt, Sandstürme oder wehendes Frauenhaar zu produzieren. Insgesamt aber wirkte die Szenerie ausgesprochen echt. So gesehen waren es die vielen Dronten, die dieses Marsbild störten, den Eindruck von etwas Unechtem erzeugten. Und man kann sich ja auch streiten, was nun unglaubhafter wirkt, eine Marslandschaft im Inneren eines Vulkanberges oder eine Kolonie von Vögeln, die seit über dreihundert Jahren als ausgestorben gelten.

»Was soll das bedeuten?« fragte Steinbeck.

»Ich bin Zoologe«, erinnerte Stransky und meinte damit, sich allein für die Vögel zuständig zu fühlen.

Es war Vartalo, der nun laut überlegte, es handle sich entweder um ein ehemaliges Trainingslager für eine geplante Eroberung des Mars oder – ganz wie damals in Amerika, als man die Mondlandung ganz oder halb nachstellte – um ein Filmstudio zur Herstellung »authentischer« Bilder vom roten Planeten. Eine simple Science-fiction-Produktion hingegen komme nicht in Frage, nicht unterirdisch, nicht auf einer Insel ohne Flughafen, ohne Pizzadienst, ohne alles.

»Sehen wir uns das genau an«, schlug Steinbeck vor, stieg über die verrostete Brüstung und kletterte in ihrer spinnenartig gewichtslosen Art den Kran abwärts. Stransky folgte mit einiger Vorsicht, eine Vorsicht, die Vartalo schätzte, da er fürchtete, den solange Beschützten schlußendlich durch einen simplen Sturz zu verlieren. Doch alle drei gelangten unbeschadet nach unten. Die Dronten zeigten ein wenig Nerven und schnatterten heftig mit ihren großen, gebogenen Schnäbeln, wenn man das bei Dronten sagen darf: schnattern. Machten aber keine Anstalten zu flüchten. Sie waren eben echte Dronten. Sie hätten sich auch jetzt noch in Null Komma nichts ausrotten lassen. Doch hier standen glücklicherweise keine Unmenschen, sondern vor allem in Gestalt Stranskys eine Person, die gedachte, sich und diese Dronten berühmt zu machen. Keine Frage, wenn die Öffentlichkeit von diesen Tieren erfuhr, würde sie gerührt sein wie selten zuvor. Und die Franzosen würden keine Sekunde zögern, eine Flotte von Kriegsschiffen um die Insel herum aufzustellen, um den Schutz der sensiblen Tiere zu gewährleisten. Daß bei alldem auch die Wissenschaft zum Zuge kam ... keine Frage, da hätten die Dronten schon zum Mittelpunkt der Erde flüchten müssen, hätten sie sich der Wissenschaft entziehen wollen. Aber so weit war man nicht. Auch Stransky unterließ es, eins der Tiere anzufassen. Vielmehr betrachtete er sie mit feuchten Augen, überwältigt und stolz wie damals, als seine Tochter Mia auf die Welt gekommen war.

Man stieg nun zwischen den Dronten, die in Abständen von ein, zwei Metern nisteten, vorbei und erreichte das zentrale Objekt, eindeutig eine Landefähre für eine personenbezogene Unternehmung und nicht bloß eins von diesen kleinen Dingern aus Legoland. Es war ein mächtiges Vehikel mit einer ballonförmigen Kapsel obenauf, diversen goldverpackten Tanks, einer silberblauen Antennenschüssel sowie Solarmodulen, die aussahen, als könnte man sie jederzeit auf ein Gartenhäuschen montieren. Die weiße Verkleidung längs der Federbeine war von rotem Staub bedeckt. Etwas schimmerte durch. Vartalo schob sich seinen Ärmel bis über die Finger und wischte mit dem Unterarm über die verdreckte Fläche. Zum Vorschein kamen eine aufgedruckte Flagge, zwei unterschiedlich gestaltete Inschriften sowie eine Zahlenreihe.

»Franzosen also«, sagte Vartalo und meinte, daß, wenn er die französische Nationalflagge sehe, er sich immer an lateinamerikanische Bananenrepubliken erinnert fühle.

»Drei Farben, was wollen Sie?« entgegnete Steinbeck, konzentrierte sich nun aber auf die beiden Aufschriften, die eine etwas größer, darunter eine kleinere, ganz in der Art von Titel und Untertitel:

Mars, mon amour
Le mars est à nous

»Das aber ist nun wirklich typisch für die Franzosen«, fand Steinbeck.

»Inwiefern?« fragte Vartalo.

»Einem Raumschiff einen Namen zu geben, der sich an das Werk eines ihrer großen Regisseure anlehnt.«

»Na, der Untertitel klingt aber eher praktisch. Praktisch und militärisch. Sehr nach Grande Nation.«

Joonas Vartalo war zwar Finne, aber nicht allwissend. Sonst wäre ihm bewußt gewesen, wie sehr auch *Le mars est à nous* an einen Film erinnerte, nämlich an Renoirs *La vie est à nous*, bezeichnenderweise ein Stück Propaganda in gefährlichen Zeiten. Wie ja auch die ganze Raumfahrt ohne den Nutzen einer Propaganda, einer Erhöhung der raumfahrenden Nation, schwer vorstellbar wäre. Ohne Nation, ohne Allmachtsphantasien scheint die Sache belanglos, ohne das Hineindonnern einer Fahnenstange in fremde Erde. Und genau eine solche Fahnenstange samt Trikolore zog Stransky jetzt aus dem Sand, vorsichtig, um die umsitzenden und umstehenden Dronten nicht noch mehr aufzuregen. Dann drückte er die Spitze in den Sand und schüttelte den Kopf. »Sollen wir im Ernst glauben, die Franzosen wollten auf den Mars? Und hatten hier ihr kleines Übungsfeld?«

»Das muß dann aber gewesen sein, bevor sich die Dronten seßhaft machten«, meinte Steinbeck und fragte: »Weiß jemand, was die Zahlenreihe bedeutet?«

Da stand sie in schönen großen, roten Ziffern, kein Marsrot, Erdbeerrot: 261016.

»Eine Telefonnummer«, scherzte Vartalo. »Eine Pariser Nummer, versteht sich.«

Niemand wußte, was diese Zahlenreihe wirklich zu bedeuten hatte. Stransky jedoch, als Wissenschaftler auch die Kleinstteile schätzend, bemerkte am Rand der Verschalung eine winzige Plakette, auf welcher neben diversen Codes auch die Jahreszahl 1984 eingraviert war.

»Gott, das war eine wilde Zeit«, meinte Vartalo.

»Wo?« fragte Steinbeck, die damals in Wien gelebt hatte und diese Jahre als das Gegenteil von wild in Erinnerung hatte. Weshalb ihr auch manchmal der Gedanke kam, daß die Mitte der Achtzigerjahre einmal wie Perioden des Mittelalters in Verdacht geraten würden, nie existiert zu haben.

Vartalo erklärte, er sei vierundachtzig in Südafrika gewesen.

»Dort hätten Sie auch bleiben sollen.«

Das war eine Gemeinheit. Aber diese Gemeinheit stammte weder von Stransky noch von Steinbeck.

»Was?« Vartalo wandte sich um. Er konnte gerade noch jenen kleinen, drahtigen Franzosen namens Desprez erkennen, bevor eine Kugel mitten auf sein Gesicht zuraste und ihm auf ewig die Sicht versperrte.

15
Satanisch

Sommer 1985, Honolulu, Oahu, Hawaii.
Henri Desprez trat hinaus auf den Balkon. Das Sonnenlicht fuhr wie ein wütender Waschbär in seine Augen. Er hielt sich die rechte Hand vors Gesicht, mit der anderen griff er in seine Brusttasche und zog eine Sonnenbrille hervor, die er aufklappte und sich an der schützenden Hand vorbei vor sein Augenpaar setzte. Was nichts an der Notwendigkeit änderte, den Kopf zu senken. Desprez sah hinunter auf den Strand, Waikiki Beach, allein der Name hörte sich wie eine schlechte Persiflage an. Da unten tummelten sich Massen von Menschen, die zwei Dinge ignorierten, die Gefahren der Sonne und die Gefahren des Wassers. Menschen in Badehosen und Badeanzügen waren das Letzte. Waren das überhaupt noch Menschen? Dieses öffentliche Entblößen des Körpers, ganz oder halb, egal, symbolisierte den totalen Einbruch der Zivilisation. Denn man mußte sich ja fragen, wieso eine Entwicklung von den stark behaarten Vormenschen bis hin zum vernünftig und elegant gekleideten spätromantischen Individuum stattgefunden hatte, wenn die Leute nun begannen, als lächerliche, ölverschmierte Nackedeis im Licht einer nichts mehr beschönigenden Sonne Strände zu bevölkern, die so was nicht verdienten, die Strände.
Aber darum war er nicht hier, um das Strandgesindel zu verteufeln. Er hatte einen Auftrag zu erledigen, wie immer, wenn er gezwungen war, Paris zu verlassen. Die Angelegenheit erwies sich als ausgesprochen heikel. Die Weisung stammte von ganz oben. Weiter oben gab's gar nicht, wenn man den lieben Gott mal aus dem Spiel ließ. Wobei es Desprez gefiel, wie Monsieur Mitterrand seit fünf Jahren verfuhr. Für einen Sozialisten war das gar nicht schlecht. Endlich ein Mann, der nicht ständig herumlavierte, der nicht dauernd sich und sein Land lächerlich

machte, der ein historisches Bewußtsein besaß und den Begriff der Macht nicht wie ein Fleischklößchen betrachtete, das man mit bloßen Händen aus einer heißen Suppe zu ziehen hatte. Dieser Mann war vom ersten Moment an als ein lebendes Denkmal aufgetreten. Und das, was er unternommen hatte und noch unternehmen würde, bedeutete nichts anderes, als um dieses Denkmal herum kräftige Leuchtkörper aufzustellen. Eine Vorgangsweise, die Desprez als sehr viel besser für die Nation empfand, als sich in Fleischklößchenkleinmut zu üben.

Natürlich war es nicht so gewesen, daß Desprez' Vorgesetzter erklärt hatte, Monsieur le President persönlich würde anordnen, diesem verdammten Fotografen das Lebenslicht auszuknipsen und allen, denen sich der Fotograf anvertraut hatte. Natürlich wurde das nicht *so* gesagt. Allerdings wußte Desprez die verbalen Finessen seines Chefs zu deuten. Oder auch bloß, wie dieser seinen Mund krümmte oder eben nicht krümmte.

Genaueres hatte Desprez erst erfahren, nachdem er auf Réunion gelandet war und man ihn von dort auf die kleine Insel Saint Paul brachte. Wo er dann so ziemlich ins Staunen geriet. Nie und nimmer wäre er auf die Idee gekommen, sein Land könnte planen, ein bemanntes Raumschiff auf den Mars zu schicken, die ungeliebte ESA links liegend lassend, während die Russen gerade dabei waren, kindische Weltrekorde im Langzeit-um-die-Erde-Fliegen aufzustellen und die Amerikaner bezüglich Mars keine gewagteren Visionen hatten, als Spielzeugautos dort absetzen zu wollen. Es schien so zu sein, als hätte Mitterrand ganz in der Art eines gegen jegliche Einwände resistenten Monarchen – welcher nicht bittet, sondern verlangt – ein geheimes Raumfahrtprogramm entwickeln lassen, das sich dadurch auszeichnete, einige Schwierigkeiten bewußt und gezielt zu ignorieren. So betrachtet, paßte das ganz gut zum postmodernen Denken. Hürden zu nehmen, indem man sie schlichterweise übersprang. Und nicht an ihnen herumbastelte, bis sie doppelt so hoch waren wie zu Anfang.

Auf Saint Paul war Desprez durch die unterirdische, in eine natürliche Höhle gebaute Trainingsanlage geführt worden, die unter dem Motto *Mars, mon amour* stand. Eine Anlage, welche nicht zuletzt dazu dienen sollte, Filme und Fotos für den Fall zu fabrizieren, daß die, welche am originalen Schauplatz entstehen würden, weniger gut waren, als sie sein sollten. Oder etwas mißlang, was man lieber nicht zeigen wollte. Wie gesagt, nur für den Fall.

Freilich war Desprez nicht nach Saint Paul gekommen, um sich für das Projekt als solches zu interessieren. Der Mars hatte ihm gleichgültig zu sein. Sein Job war es, jenen Mann zu verhören, den man im Verdacht hatte, einem Journalisten Zutritt zu der Anlage verschafft zu haben. Einem Journalisten, von dem man unglücklicherweise so gut wie nichts wußte, bloß ein paar unscharfe Videoaufzeichnungen der Überwachungskameras besaß.

Es versteht sich, daß die wissenschaftlichen Mitarbeiter von *Mars, mon amour* nicht in der Lage waren, ein ordentliches Verhör zu führen. Und schon gar nicht irgendwelche Berserker, die auf Réunion saßen und ihre Messer schliffen. Weshalb Desprez, welcher den kleinen Raum, in dem der verhaftete Ingenieur saß, mit einem höflichen Lächeln betrat, sich setzte und sagte: »Ganz schnell, damit wir keine Zeit verlieren. Sie nicht und ich nicht, weil ich zu arbeiten und Sie zu leben haben. Ich komme aus Paris, und ich bin kein Sadist. Andererseits gelte ich als jemand, der aus den Leuten die Wahrheit herausbringt. Was bedeutet, daß Sie mir jetzt einen Namen nennen werden. Den Namen der Person, die hier war, um ein paar Bilder vom Mars zu schießen.«

»Und was tun Sie, wenn ich schweige«, fragte der Delinquent, der die Sache wohl nicht wirklich ernst nahm, »mir die Zehennägel ausreißen?«

»Ja, Sie haben recht« seufzte Desprez, »das wird von mir erwartet. Das erwarten alle, komischerweise. Dabei wird mir allein bei der Vorstellung übel. Nein, mein Bester, Ihre Zehen fasse ich nicht an. Aber es wäre natürlich uns beiden gedient, wenn Sie ein bißchen schreien könnten. Damit die da draußen was hören und das Bild wieder stimmt.«

Der Mann lachte. »Da hat Paris aber einen richtigen Witzbold geschickt.«

»Das kränkt mich ein bißchen, daß Sie das so sehen«, sagte Desprez, holte eine Pistole hervor und richtete sie auf sein Gegenüber.

»Um Himmels willen, was tun Sie da?«

»Nun, ich erschieße Sie. Was soll ich denn machen? Wie ich schon sagte, mir ekelt davor, Ihre Zehen auch nur anzufassen. Oder noch Schlimmeres zu tun. Das ist so bei mir. Manche Leute, die ich befrage, haben dafür Verständnis und sagen mir, was ich wissen möchte. Die anderen erschieße ich. Was sonst? Sie würden mich verraten. Sie würden mich lächerlich machen vor der Welt. Ich würde meinen Job verlieren. Meinen guten Ruf. Ich gelte als beinhart. Sie sehen, ich kann nicht anders.«

»Wenn ich ... wenn ich tot bin, haben Sie gar nichts.«

»Na, meinen guten Ruf habe ich dann noch immer«, sagte Desprez und bog den Finger ab, der im Abzugbügel steckte, wie eins dieser Blümchen in den Revers graumelierter Bonvivants.

»Nein!« schrie der Mann.

»Was nein?«

»Der Kerl ... also der Journalist, der hier war ... er heißt Alberto Mora. Er hat mir ...«

»Den Rest will ich gar nicht wissen«, sagte Desprez. Dann verzog er seinen Mund zu einer winzigen Phrase, wie wenn jemand murmelnd die schlechten Zeiten beklagt, und erklärte: »So, jetzt müßte ich Sie eigentlich erst recht erschießen. Jeder kluge Agent an meiner Stelle würde das tun.«

»Aber wieso denn ...?«

»Werden Sie nicht frech.«

»Ich wollte doch nur ...« Der Mann verstummte. Er senkte den Kopf. Er war jetzt ganz und gar gelebte Demut.

Desprez mußte sich wirklich zusammenreißen, nicht abzudrücken. Nicht nur, weil es vernünftiger gewesen wäre, sondern auch, weil er einen tiefen Zorn verspürte. Wieviel Mühe es kostete, den Leuten eine Folter zu ersparen. Wie sehr man tricksen mußte, anstatt einfach eine ordentliche Vereinbarung zu treffen. Denn auch das hätte ja möglich sein müssen. Einer fragt, der andere antwortet. Danach trennt man sich, ohne daß ein Wort zuviel gefallen wäre. Aber leider spielten die Leute nicht mit. Schade drum.

Der Journalist, der sich in die französische Marslandschaft von Saint Paul hineinschmuggeln hatte lassen, hieß also Alberto Mora. Desprez rief in Paris an, gab den Namen durch und bekam raschest, so rasch das 1985 ging, Rückmeldung. Mora war Brite portugiesischer Abstammung, arbeitete als freier Fotograf für diverse Zeitungen, nicht zuletzt für Greenpeace. Wie auch immer es ihm gelungen war, nach Saint Paul zu gelangen und die Insel wieder zu verlassen, war er wenig später von Sydney nach Hawaii geflogen, wo er nun saß und darauf wartete, an Bord des Greenpeaceschiffes *Rainbow Warrior* zu gehen, welches via Auckland in die Gewässer des Mururoa-Atolls gesteuert werden sollte, um gegen die dortigen Atombombentests der Franzosen zu protestieren.

Die große Zeit von Greenpeace. Man kann ruhig sagen, daß Desprez diese Leute verdammte. Abenteurertypen, die zu verlogen waren, sich als Abenteurertypen vorzustellen, und sich statt dessen als Retter vor der Welt gerierten. Hätte es nicht die Wale gegeben, Greenpeace hätte auch Tische mit drei Beinen beschützt. Aber Wale waren natürlich besser. Wale konnten auch nicht zurückreden, konnten ihrerseits nicht protestieren. Weder dagegen, abgeschlachtet zu werden, noch dagegen, daß ein paar Leute, denen zu Hause langweilig geworden war, sie für ihre Zwecke benutzten. So sah es Desprez, den natürlich in erster Linie der latente Frankreichhaß der Greenpeaceaktivisten ärgerte.

Desprez hatte sich also an die Fersen Moras geheftet und war nach Hawaii geflogen. Er wäre jederzeit in der Lage gewesen, die Sache zu einem raschen Ende zu bringen, den Briten dingfest zu machen, ihn zu befragen, den Verbleib des Recherchematerials festzustellen, die Namen möglicher Eingeweihter oder eines möglichen Auftraggebers zu eruieren und schlußendlich Mora zu liquidieren. Denn ein Überleben des Fotografen stand in keinem Fall zur Debatte. Mora hatte sich viel zu weit aus dem Fenster gelehnt. Es würde nicht genügen, ihm ein wenig angst zu machen.

Aus Paris war jedoch die Anordnung gekommen, zunächst nichts zu unternehmen. Desprez sollte einfach in Honolulu auf weitere Befehle warten. Aus gutem Grund. Denn das Verrückte an dieser Geschichte bestand darin, daß der französische Auslandsnachrichtendienst DGSE unter Admiral Lacoste eine aus dem sogenannten *fond speciaux* finanzierte Aktion gegen Greenpeace plante, die »Operation Satanique«. Auch diese Unternehmung war auf Anordnung des Staatspräsidenten erfolgt, der es schlichtweg satt hatte, daß Greenpeaceleute mit ihren schmutzigen, frankophoben Fingern auf die Grande Nation zeigten und so taten, als würde Frankreich seine Atombomben mitten in einer belebten Fußgängerzone zünden. Für Paris waren diese Versuche unumgänglich. Und mitnichten wollte man sich von ein paar egomanischen Weltumseglern die eigene Sicherheitspolitik diktieren lassen. Es sollte den Aktivisten endlich einmal klargemacht werden, daß sie sich nicht in einem Kinderplanschbecken befanden, wo man hineinpissen konnte, ohne dafür bestraft zu werden. Nein, Greenpeace sollte begreifen, daß es Regeln gab.

Und so war es also dazu gekommen, daß durch die Person des Fotografen Alberto Mora zwei Geschichten zueinanderfanden: Frankreichs offizielles Interesse an ungestörten Atombombenversuchen und Frankreichs noch inoffizielles Interesse an einer ungestörten Landung auf dem Mars. Wobei hier wie da die Nutzung der Atomenergie eine tragende Rolle spielte und hier wie da die Nutzung als eine friedliche verstanden wurde.

An diesem Nachmittag, als Henri Desprez voller Verachtung auf die Badenden und sich Sonnenden hinuntersah, erschien ein Agent des DGSE in seinem Hotelzimmer und informierte ihn über die geplante satanische Operation. Man hatte allen Ernstes vor, jenes Flaggschiff von Greenpeace, die *Rainbow Warrior*, zu versenken, dann nämlich, wenn diese in Auckland vor Anker gehen würde. Agenten des DGSE waren bereits vor

Ort und trafen Vorbereitungen. Die ganze Aktion war von einer ministeriellen Arbeitsgruppe konzipiert worden, die den höchst phantasievollen Namen »Gegenschlag« trug.

»Ist das nicht ein bißchen überzogen?« fragte Desprez seinen Gesprächspartner, einen Mann, der sich Van der Kemp nannte.

»Wieso überzogen?«

»Hören Sie«, sagte Desprez, »ich kann diese grünen Affen auch nicht leiden. Aber ein Schiff zu versenken … nun, das hat etwas Terroristisches. Und so gesehen wiederum etwas Verzweifeltes. Ich halte es nicht für gut, wenn Frankreich schlußendlich als ein Land von Verzweifelten dasteht.«

Van der Kemp aber meinte, nicht vorzuhaben, die französische Flagge neben dem versenkten Schiff zu hissen.

»Das wird auch nicht nötig sein«, meinte Desprez, »jeder wird wissen, daß wir es waren. Wir werden als unsportlich dastehen. Zu Recht, meine ich. Bomben schmeißen ist vulgär.«

»Niemand wird schmeißen. Wir montieren eine Sprengladung an der Außenhaut des Schiffes.«

»Zeitzündung also. Noch schlimmer, weil hinterhältig«, meinte Desprez.

»Es ist nicht an Ihnen, das zu beurteilen.«

»Nein, das ist es tatsächlich nicht. Andererseits ist es merkwürdig, daß immer, wenn Ihr Burschen vom DGSE Mist baut, mein Telefon klingelt.«

»Niemand hat Mist gebaut, zumindest niemand von uns«, wehrte sich Van der Kemp. »Wir hatten von dieser Mars-monamour-Geschichte so wenig Ahnung wie Sie.«

Das glaubte Desprez nicht. Aber was sollte er tun? Er sagte: »Lassen wir das. Wenn der DGSE unbedingt meint, sich an einem unschuldigen Schiff vergreifen und damit alle Gutmenschen auf der Welt gegen sich aufbringen zu müssen, kann ich auch nichts machen. Was wollen Sie also von mir?«

»Daß Sie sich zurückhalten, bis wir unsere Aktion erfolgreich abgeschlossen haben. Lassen Sie diesen Alberto Mora an Bord der *Rainbow Warrior* gehen. Es wäre ganz schlecht, wenn Sie ihn sich jetzt schon schnappen. Greenpeace wäre gewarnt.«

Desprez wußte, daß er keine Wahl hatte. Er mußte sich

gleichsam hinten anstellen, hinter Van der Kemp, auch wenn dadurch Alberto Mora weiter Zeit bekam, die er nicht verdiente. Noch schien Mora sein Wissen um die französischen Marspläne weder weitergegeben noch veräußert zu haben. Er wußte natürlich, daß er vorsichtig sein mußte. Aber was hatte er eigentlich vor? Geld verdienen? Berühmt werden?

Desprez wäre gerne nach drüben gegangen – ja, er wohnte der Einfachheit halber im Zimmer neben Mora –, um so schnell als möglich reinen Tisch zu machen, solange das noch möglich war, ein reiner Tisch.

Aber genau das würden die Leute vom DGSE verhindern, die Chance reiner Tische. Dieses Agentengesindel bestand aus sehr viel mehr Chaoten als die so apostrophierte Stadtguerilla. Das Fettnäpfchen, in das sie *nicht* traten, mußte erst erfunden werden. Man brauchte nur bedenken, wie oft sie die falschen Personen verhörten, die falschen Telefone anzapften, wie sehr sie sich verleitet fühlten, anstatt Beweise zu finden, sie zu konstruieren, und wie selten sie zur Stelle waren, wenn man sie brauchte. Sie waren genau so, wie der kleine Mann sich das vorstellte, Typen, die Gucklöcher in ihre Zeitungen schnitten und Pfeilgift in ihren Füllfedern transportierten. Typen, die Haftminen an Booten anbrachten. Lachhaft.

Aber so sah die Realität nun mal aus. Und Desprez mußte damit leben, mit der parodistischen Ader seines Gewerbes. Weshalb er nun in medias res ging und sich nach dem Zeitplan erkundigte.

»Sehen Sie zu«, empfahl Van der Kemp, »daß Sie ein paar Tage vor dem 10. Juli in Auckland eintreffen. Dann warten Sie ab, bis wir das Schiff von diesen Spinnern auf Grund geschickt haben. Danach haben Sie freie Hand. Aber keine Sekunde früher.«

»Schon gut. Ich halte mich an Pläne. Könnte man das bloß von allen behaupten.«

Van der Kemp konterte mit einem schwächlichen Gemurmel, erhob sich und verließ den Raum. Draußen am Gang nahm er ein Taschentuch und wischte sich über die Stirn. In diesem Moment wurde die Türe des benachbarten Zimmers geöffnet und ein Mann kam heraus, der grüßend an Van der Kemp vorbeiging. Alberto Mora.

Van der Kemp rief ihm nach: »Passen Sie auf sich auf.«

Mora hatte es nicht gehört. Oder er verstand kein Französisch. Oder glaubte, jemand anders sei gemeint. Was auch immer. Van der Kemp grinste. Manchmal überkam ihn ein merkwürdiges Bedürfnis, Schabernack zu treiben. Er dachte dann: »Wahrscheinlich werde ich langsam verrückt.«

Desprez hätte geantwortet: »Was heißt hier *langsam*?«

16
1985 war ein schlechtes Jahr

10. Juli 1985, Auckland, Neuseeland.
Wieder stand Desprez auf dem Balkon eines Hotelzimmers. Er hatte einen guten Blick auf den Mardsen Kai, wo die *Rainbow Warrior* vor Anker lag. Und wo sie sehr bald absaufen würde.

Desprez hatte einige Zeit gehabt, sich die Sache gut zu überlegen. Und war zum Entschluß gekommen, Van der Kemps Anweisung, die Explosion abzuwarten und keine Sekunde früher aktiv zu werden, sehr wörtlich zu nehmen. *Keine Sekunde früher.* Für Desprez hieß das, er wollte sich die Sprengung des Schiffes, die für 23:38 geplant war, zunutze machen. Kurz darauf würde er die Bühne betreten. Alle Hinweise, über die er verfügte, ließen nämlich die Annahme zu, daß Alberto Mora die Marsbilder noch immer bei sich führte. Und zweifellos würde Mora versuchen, diese Bilder von Bord eines sinkenden Schiffes zu retten. Das wäre dann der beste aller Zeitpunkte, die Angelegenheit zu einem Ende zu führen. Ein Ende, das sich ausgezeichnet in den Anschlag auf die *Warrior* einfügen ließe. So wie man bei Regen nicht sieht, daß jemand schwitzt.

Daß Desprez bei alldem gezwungen wäre zu improvisieren, bereitete ihm keine Kopfschmerzen. Er arbeitete allein, jeder Schritt, den er tat, war sein eigener. Er brauchte sich so gesehen nur die Kontrolle über die eigenen Schritte erhalten. Er brauchte nur sich selbst im Griff zu haben. Dann, wenn das Schiff sank, würde er an Bord gehen. Das war ein Bild, das ihm gefiel, welches seiner empfundenen Außerordentlichkeit entsprach. Desprez war kein Staatspräsident, aber als ein Denkmal seiner selbst fühlte auch er sich. Als ein unsichtbares Denkmal.

Und so stand er eine halbe Stunde vor Mitternacht am Kai

und fror ein wenig in der kalten Nacht. Er sah hinauf zu den Sternen, die recht possierlich einer neben dem anderen standen. Desprez mochte diesen Anblick, der eine Fülle suggerierte, die nicht da war, diese Mimikry der Leere. Und er war stolz darauf, daß es *sein* Land sein würde, das sich ernsthaft bemühen wollte, den ersten kleinen Teil dieser Leere zu durchwandern und einen Planeten anzusteuern, der etwas von einer herbstlichen Billardkugel an sich hatte.

Die Explosion riß ihn aus seinen Gedanken. Es war also soweit. Wenigstens war der DGSE pünktlich. Desprez lief hinüber zur *Rainbow Warrior*, die sich rasch zur Seite neigte. Offensichtlich hatte die unter der Wasserlinie befestigte Mine ein beträchtliches Loch in den Rumpf des Schiffes geschlagen. Desprez wußte, daß die Besatzung an diesem Abend eine zahlenmäßig geringere war. Und er wußte, daß sich Mora unter ihnen befand.

In rascher Folge drangen nun Menschen aus dem Inneren des Schiffes und retteten sich auf den Anleger. Desprez nutzte die Panik und Verwirrung und sprang ungesehen aufs Boot. Es versteht sich, daß er sich auf dem Anderthalbmaster auskannte. Er hatte die Pläne eingesehen, wußte über die Zuordnung der Räume Bescheid und bewegte sich darum mit der Sicherheit eines Eingeweihten. Solcherart erfüllte er schon ziemlich die Rolle eines versierten Topagenten: leichtfüßig, im Straßenanzug, schwarze Lederschuhe, flink, aber unaufgeregt, trotz Enge und beträchtlicher Schrägstellung. Und genauso flink und unaufgeregt betrat er die Kabine Alberto Moras, welcher wie erwartet zurückgeeilt war, um seine Ausrüstung zu holen.

»Sehr gut«, sagte Desprez, hielt seine offene Hand dem Fotografen entgegen und ersuchte: »Darf ich Sie um die Tasche bitten.«

»Wir müssen raus!« schrie Mora.

»Seien Sie kein Kind«, drängte Desprez, »und geben Sie endlich her. Schlimm genug, daß Greenpeace in jedem Winkel der Welt auftaucht, den Mars aber, mein Bester, werden wir von Leuten wie euch sauber halten.«

Mora holte mit der freien Hand aus. Desprez packte und verdrehte sie. Nur ganz leicht, um nicht etwa Spuren eines Kampfes zu verursachen. Dann griff er nach der Tasche.

In diesem Moment erfolgte eine weitere Explosion, eine Explosion, auf die Desprez in keiner Weise vorbereitet gewesen war. Man hatte ihm gesagt, daß eine einzige Sprengung erfolgen sollte. Typisch DGSE, eine Änderung vorzunehmen, ohne ihm Bescheid zu geben. Nette Posse!

Die Wucht der Sprengung hatte die beiden Männer zur Seite geworfen. Am Boden liegend, griff Desprez erneut nach der Fototasche, deren Riemen sich allerdings in den Beinen Moras verhängt hatte. Wasser drang in die Kabine ein, stieg zügig wie in einem unter die Leitung gehaltenen Glas. Mora strampelte, schrie. Desprez konnte jetzt keine Rücksicht mehr auf einen sauberen Tatort nehmen und schlug Mora mit der Faust ins Gesicht. Der Brite kippte um, bewegte sich nicht mehr, das Wasser deckte ihn zu. Desprez zog am Riemen, der sich aber so unglücklich um die Beine des Fotografen geschlungen hatte, daß Desprez ihn einfach nicht losbekam. Also zog er die Füße aus dem Wasser hoch und damit auch die Tasche, aus der er eine Kamera und einen kleinen verschweißten Behälter hervorholte. Die Kamera klappte er auf und ließ sie fallen, den Behälter aber steckte er ein. Die kleine Aufschrift sagte alles: *mon amour*.

Desprez machte sich endlich daran, gegen das eintretende Wasser kämpfend, den Raum zu verlassen. Ihm war aber klar, daß es unmöglich sein würde, nach oben zu gelangen ohne gesehen zu werden. Also tauchen. Desprez war ein guter Taucher, ein Apnoetaucher, ein wenig ein Magiker, der es verstand, das Fehlen atembarer Luft soweit zu ignorieren, daß auch sein Körper eine ganze Weile damit leben konnte. Psychologie der Einbildung. Wer seinen Mund halten kann, kann auch seine Atmung halten.

Desprez, dem das Wasser gegen die Brust schlug, holte mehrmals tief Luft und tauchte dann unter. Noch immer brannte genügend Licht, um sich zurechtzufinden. Desprez zog sich durch die Türe und sodann den überfluteten Gang abwärts. Er wußte genau, wo die erste Mine gezündet worden war. Dort wollte er hin. Komische Bilder gingen ihm dabei durch den Kopf, marschierten drauflos, die Bilder, so, wie wenn alte Leute bei Rot über die Kreuzung gehen, unbeeindruckt vom Gehupe der Autos, sich blind und taub stellen, überzeugt, nach zwei Weltkriegen absolut alles zu dürfen. Alte Leute und komische Bilder im Kopf kann man nicht einfach überfahren.

Es dauerte länger, als Desprez gedacht hatte, oder kam ihm auch nur so vor. Vielleicht war er bloß nicht mehr in Form. Er war jetzt dreißig, fühlte sich aber deutlich gealtert. Möglicherweise waren die Zeiten vorbei, da es sich schickte, in einem maßgeschneiderten Herrenanzug von der Farbe zerkratzter Schlittschuhkuven durch ein sinkendes Schiff zu tauchen. Jedenfalls meinte er, seine Lungen würden gleich platzen, als er endlich die Öffnung im Maschinenraum fand, eine beträchtliche Öffnung immerhin. Er zog sich hindurch, stieß sich ab und ließ sich schräg nach oben treiben, weg von der *Warrior* und weg von der Gefahr, von irgend jemand gerettet zu werden. Er erreichte die Wasseroberfläche nahe eines anderen Boots, in dessen Schatten er nicht gesehen werden konnte. Menschen liefen zusammen, Schreie, Rufe, Scheinwerfer, hoch oben die Sterne, auch sie in der Art alter Leute, die man anhupen konnte, bis einem die Arme abfielen.

Desprez tauchte erneut unter, schwamm hinüber zum Kai, suchte sich eine günstige Stelle und kletterte aus dem Hafenbecken. Er fühlte sich elend, als er da tropfend in der Kälte stand, würdelos, wie ein kleiner Dieb den Schutz der Nacht suchend. Dabei war er alles andere als ein Dieb. Der Film mit den Marsaufnahmen gehörte zweifellos dem französischen Staat. Bildete den Teil einer Beschlagnahmung. Nein, ein Dieb war Desprez nicht. Dafür aber ein Mörder, wobei es günstigerweise so sein würde, daß der Tod Alberto Moras ausschließlich mit dem Umstand eines versenkten Schiffs im Zusammenhang gebracht werden würde. Tod durch Ertrinken. Und kein Wort von einem roten Planeten.

Leider ergab sich in der Folge eine richtiggehende Staatsaffäre. Nicht nur, daß der DGSE in der üblichen Weise geschlampt und Henri Desprez gegenüber eine zweite Mine unerwähnt gelassen hatte, stellten sich zwei Agenten aus der zwölfköpfigen Satanique-Gruppe so ungeschickt an, daß die neuseeländische Polizei sie festnehmen konnte. Die beiden hatten sich als Schweizer Ehepaar getarnt, was an sich schon ziemlich dumm ist. Schweizer sind per se verdächtig, weil man hinter einem jeden von ihnen eine geldwaschende Bank vermutet. Dazu kam, daß die beiden Agenten einen Wagen gemietet hatten, welcher in der Nacht des Attentats von Wächtern eines Yachtclubs beobachtet wurde. Was noch nicht so schlimm gewesen wäre, hätten die Agenten das Nummernschild ausgetauscht, eine Idee, auf die heutzutage jeder siebenjährige Fernsehzuschauer kommt. Aber nein, als das »Schweizer Ehepaar« den Wagen zurückbrachte, ging es der neuseeländischen Polizei in die selbstgemachte Falle. Die sich daraus ergebende Dynamik war nicht zu bremsen. Enthüllung auf Enthüllung. Peinlichkeit auf Peinlichkeit. Am Ende mußte der französische Regierungschef die Verwicklung des Geheimdienstes zugeben, ein Verteidigungsminister wurde geschaßt, sowie der Admiral Lacoste durch einen General Imbot ersetzt, während man andererseits die Ehre Frankreichs ausgerechnet dadurch zu retten versuchte, Neuseeland – weil es die beiden Agenten nicht nur verhaftet, sondern auch verurteilt hatte – mit einem EU-Einfuhrverbot für Lammfleisch zu erpressen. Was dann bestens gelang, und die beiden »Schweizer« schlußendlich als Nationalhelden zurück nach Frankreich kehrten. Helden wofür? Blöd gewesen zu sein?

Desprez drückte es so aus: Sein Land war viel tiefer gesunken als die *Rainbow Warrior*. Greenpeace stand nach der Geschichte besser da denn je. Das einzig Positive blieb, daß der Tod des Alberto Mora in seiner wahren Tragweite nicht erkannt wurde. Was aber auch nicht viel nützte. Wenige Monate nach der Geschichte startete eine Test-Rakete des Projekts *Mars, mon amour*, und zwar von einer getarnten Startrampe auf Nouvelle Amsterdam. Sehr weit kam sie nicht. Den Lichtblitz der heftigen Explosion registrierten mehrere Satelliten. Gerüchte von einem geheimen Atombombenversuch machten die Runde. Das Mars-Projekt wurde verschoben, später auf Eis gelegt, schließlich vergessen. Der Mars war außer Sicht geraten. Mitterrand verspeiste Wachteln und betätigte sich als Bauherr. Regierungschef Hernu verlor die Wahl, und es folgte die berühmte Kohabitation. Eine Konstruktion, auf welche die Franzosen nach und nach stolz wurden, wie ein pubertierender Knabe stolz ist, sich sein bißchen Bart mit einer Doppelkopfklinge zu rasieren.

Es versteht sich, daß der DGSE niemals auf die Idee kam, sich Desprez gegenüber zu erklären, wieso man ihm die zweite Mine verschwiegen hatte. Sein Vorgesetzter meinte nur: »Das ist nun mal unser Job, mit dem Schwachsinn dieser Leute zu leben, ihre Fehler auszubaden. Wir sollten uns nicht als Geheimagenten, sondern als Ausbader bezeichnen. Aber tun kann man nichts dagegen.«

»Nein, natürlich nicht«, antwortete Desprez. Er war jetzt wieder in Paris. Das machte ihn gnädig gegen sein Schicksal.

1985 war ein schlechtes Jahr. Vier Tage, bevor die *Rainbow Warrior* im Hafen von Auckland versank, gewann ein siebzehnjähriger Junge, der wie selten jemand seit Ende des Krieges den unsympathischen Deutschen verkörperte, das Tennisturnier von Wimbledon und löste damit eine schier unglaubliche Welle kollektiven Selbstbewußtseins in seinem Land aus. Und die Franzosen? 1985 war ein schlechtes Jahr.

17
Wenn Kallimachos schläft

Joonas Vartalo fiel um. Und weil er dabei vollkommen gerade blieb, sozusagen steif vom ersten letzten Moment an, mehr denn je ein Baum von einem Mann, sah es so aus, als sei das hier ein Bühnenstück. Was ja angesichts einer vor zwanzig Jahren von höchster Stelle in Auftrag gegebenen Marslandschaft, auf der nun vor dreihundert Jahren ausgestorbene Taubenvögel brüteten, sich auch anbot: ein Theater zu vermuten.

Aber es war kein Theater. Ein Projektil aus der Waffe Henri Desprez' (keine *Verlaine*, sondern ein namenloses Gerät älterer und privater Bauart) war zwischen den Augen des Finnen eingetreten und hatte ihn augenblicklich getötet. Sehr wohl eine *Verlaine* besaßen Steinbeck und Stransky, aber nur die Österreicherin griff blitzschnell danach und richtete sie auf Desprez, während sie sich gleichzeitig vor Stransky hinstellte und ihn vollkommen abdeckte, so vollkommen eine Frau mit weit unter sechzig Kilogramm einen um fünfundzwanzig Kilogramm schwereren, jedoch gleich großen Mann abdecken konnte. Sein Herz, seine Lunge, sein Hirn ... Jedenfalls schien es auszureichen. Denn Desprez gab mit einer Geste zu verstehen, Steinbeck solle nicht kindisch sein und zur Seite treten. Tat sie aber nicht, sondern zielte sehr genau und mit erkennbar ruhiger Hand auf Desprez' Kopf, während der Franzose die eigene Pistole noch immer auf die Stelle hielt, wo einst der Kopf Vartalos gewesen war.

Henri Desprez senkte mit einem Schmunzeln seine Nicht-*Verlaine*, gab jedoch Palanka und der Mannschaft die Anweisung, ihrerseits die Waffen weiterhin im Anschlag zu halten, aber vorerst nicht zu schießen. Natürlich nicht.

Er nahm eine saloppe Haltung ein und fragte: »Was hat die deutsche Polizei hier verloren? Das ist französisches Gebiet.«

»Ich mache Urlaub«, erklärte Steinbeck. Die Phrase begann ihr langsam Spaß zu machen. Andererseits, so sagte sie jetzt, könne sie auch in ihrer Freizeit nicht damit aufhören, unschuldige Bürger zu beschützen. Ein Reflex. Ein Polizistenreflex.

»Gefällt mir«, antwortete Desprez. » Ich meine, es gefällt mir, daß, wenn ich Sie jetzt töten lasse, es nicht eine Polizistin sein wird, die im Einsatz stirbt, sondern eine Urlauberin. Ich kann Urlauber viel weniger leiden als Polizisten.«

»Ja«, sagte Steinbeck, »diesen Weg werden wir also gemeinsam gehen.«

Nun, das war natürlich der Grund, daß Steinbeck überhaupt noch lebte. Es wäre ein Leichtes gewesen, durch sie hindurch auch Stransky zu eliminieren. Aber es war unverkennbar, daß Steinbeck, bevor sie sterben würde, Desprez treffen könnte. Die alte Geschichte: Zu viele Waffen verursachen Pattstellungen, was im Kleinen wie im Großen entweder zu einem unheiligen Frieden oder zur Katastrophe führt. Wieviel schöner ist da eine klassische Duellsituation. Aber die gab es nun mal nicht.

Übrigens waren die Dronten – zwischen denen, nicht zu vergessen, jedermann stand – bei alldem ausgesprochen leise, gerade so, als hörten sie zu. Als lauschten sie einmal mehr den Menschen. Menschen, die vor dreihundert Jahren auch schon ein bißchen komisch gewesen waren.

Desprez, ungebrochen amüsiert, fragte: »Und was machen wir jetzt?«

Steinbeck schlug vor, sich zu trennen.

»Wie trennen?«

»Na, wir gehen auseinander, ohne daß noch jemand anders stirbt. Was ja nicht bedeuten muß *Aus den Augen, aus dem Sinn*, sondern nur, daß wir diese Auseinandersetzung auf einen günstigeren Moment verschieben.«

»Denken Sie denn, es wird einen günstigeren geben?«

»Wir sollten es darauf ankommen lassen«, empfahl Steinbeck.

»Tut mir leid, das geht nicht«, meinte Desprez, »wenn ich das zulasse, riskiere ich, riskieren wir, daß Herr Stransky diese Geschichte überlebt.«

»Warum wäre das so schlimm?« fragte Steinbeck. Sie fand, daß die bisherigen Antworten auf diese oft gestellte Frage wenig befriedigend gewesen waren.
»Es wäre das Ende der Welt«, sagte Desprez.
»Ach was?!«
»Das Ende der Welt, wie wir sie kennen. Die Götter würden zurückkehren.«
»Welche Götter?«
»Na, können Sie sich das nicht denken? Immerhin arbeiten Sie für einen Mann, der Antigonis heißt.«
»Verarschen Sie mich?« fragte Steinbeck und verrückte unbewußt den Lauf ihrer Waffe. Es war anstrengend, gleichzeitig zu zielen und sich zu unterhalten. Zwar stand Desprez noch immer in ihrer Schußlinie, aber bloß noch mit seinem Unterkieferbein, gewissermaßen dem Australien im Gesicht eines Menschen.

Desprez versicherte, niemand zu verarschen. Er sagte: »Wenn Dr. Antigonis dieses Spiel gewinnt, kehren die Götter der Griechen zurück. Das wird kein Vergnügen werden. Es mag ja nicht alles exakt so sein, wie die Mythologie behauptet, aber der Jähzorn dieser Gestalten, ihr totaler Hang, alles Mögliche in alles Mögliche zu verwandeln, pathetische Zeichen zu setzen und so gut wie jede Freundlichkeit mit einer Grausamkeit auszugleichen, das alles würde unser Leben zu einem reinen Spielball des Überirdischen verkommen lassen. Ich behaupte nicht, daß unsere Welt eine schöne ist. Aber wenigstens kein Spielball. Wenn jemand böse ist, dann wegen seiner kranken Psyche und nicht, weil es irgendeinem Herrn Kronos oder Herrn Zeus so gefällt.«
»Das geht mir nicht in den Kopf«, sagte Steinbeck, »daß Sie das ernst meinen.«
»Was soll ich machen? Sie wollten die Wahrheit hören. Hier ist sie. Wenn Sie sie nicht mögen, auch gut. Es ändert nichts daran, daß Herr Stransky hier und jetzt sterben wird.«

In diesem Moment geschahen drei Dinge auf einmal. Jene Frau namens Palanka, die neben Desprez stand, hatte bemerkt, daß der Lauf von Steinbecks Waffe endgültig den Zielbereich verlassen hatte. Augenblicklich feuerte Palanka. Gleichzeitig hatte aber auch Steinbeck ihren Fehler realisiert. Doch anstatt die Position ihrer Waffe zu korrigieren, ließ sie sich zurückfallen, riß solcherart auch den hinter ihr stehenden Georg Stransky um und brachte damit sich und ihn aus jener Schußbahn, die das feindliche Projektil genommen hatte.

Als dritter Punkt in dieser zeitlichen Überschneidung fungierte das Erscheinen des Detektivs Kallimachos. Er war, erschöpft wie eh und je, aus einem der seitlichen Gänge gekommen und hatte die Aufmerksamkeit mehrerer von Desprez' Leuten auf sich gezogen. Ohne auch nur ein Wort gesagt zu haben. Sein Keuchen hatte genügt.

Als Folge dieser drei Ereignisse ergab sich, daß sämtliche Personen, die eine Waffe in Händen hielten, sie auch benutzten. Einerseits. Andererseits hatte bereits der erste abgegebene Schuß, jener aus der Waffe Palankas, das Aufscheuchen Hunderter ein Meter großer Dronten bewirkt. Und auch wenn diese Vögel nicht fliegen konnten, sich aufrichten, aufgeregt durcheinanderlaufen, die Hälse recken, das konnten sie schon. So ergab sich, daß die am Boden liegenden Steinbeck und Stransky hinter einer Phalanx ängstlich schreiender, mit ihren kurzen Flügeln um sich schlagender, Staub aufwirbelnder Tiere verborgen blieben. Tiere, die nun im Hagel zahlloser Kugeln hingemetzelt wurden. Aus dem Lärm heraus war bruchstückhaft die Stimme Stranskys zu vernehmen, welcher flehte, sofort aufzuhören. Er lag jetzt im Blut der Tiere, das sich mit dem Rot künstlichen Marssandes vermischte.

Steinbeck, die genauso ziellos wie alle anderen ihr Magazin entleerte, packte Stransky an der Schulter und schleifte ihn mit sich, um hinter einem Solarmodul in Deckung zu gehen.

»Reißen Sie sich zusammen«, brüllte sie.

Stransky, der Tränen in den Augen hatte, riß sich zusammen. Und wie. Er holte die eigene *Verlaine* aus dem Rucksack, stand auf, bevor noch Steinbeck dies verhindern konnte, hob die Waffe über die Barrikade und schoß. Nicht aber blind, wie alle anderen. Er riskierte es, den Kopf aus der Deckung zu heben. Er wollte sehen, auf wen er schoß. Wollte unbedingt vermeiden, auch nur eine der Dronten zu treffen. Er spürte jetzt eine maßlose Wut in sich und war entschlossen, diesen verfluchten französischen Wichser und seine Crew umzulegen. Und obgleich Stransky in dieser Runde natürlich der absolut unerfahrenste Schütze war, traf er. Zwei der Fallschirmjäger aus Desprez' Team fielen um. Die anderen sahen rasch zu, sich gründlicher zu verschanzen als ihre getroffenen Kollegen, die zwar nicht tot waren, aber mit erheblichen Verletzungen auf die Seite geschafft werden mußten.

»Nicht schlecht«, meinte Steinbeck.

»Ich werde langsam zum Monster«, antwortete Stransky.

So hielten sich nun fast alle Akteure hinter Teilen der marsianischen Landschaft und der französischen Gerätschaft verborgen. Auch Stransky hatte seinen Kopf wieder hinter die Solaranlage gesenkt. Nur Spiridon Kallimachos stand genau an der Stelle, an der er den hohen Raum betreten hatte. Er war keinen Zentimeter weitergekommen.

Es war jetzt sehr still. Niemand schoß mehr. Die Dronten, die noch lebten, gaben bloß ein glucksendes Geräusch von sich. Die Frau, die Palanka hieß, blickte fassungslos hinüber zu Kallimachos. Sie war sich sicher, mehrere äußerst präzise Schüsse auf den Griechen, auf dieses schwer zu verfehlende Fleischpaket abgegeben zu haben. Und dennoch stand der Mann aufrecht und lebendig vor der Öffnung, aus der er gekommen war. Sein Schnaufen war jetzt praktisch das heftigste Geräusch am Ort.

Desprez hatte also recht behalten. Man konnte diesen Mann nicht umblasen. So wie Steinbeck damit recht behalten hatte, daß es besser wäre, die Angelegenheit auf später zu verschieben. Die Pattsituation hatte sich nur noch verfestigt. Und dafür – um eine miserable Ausgangslage noch miserabler zu machen – hatten eine ganze Menge Dronten sterben müssen. Ein ziemlich typisches Resultat menschlicher Intervention. Da konnte man sich wirklich fragen, ob es denn so schrecklich wäre, würden wieder ein paar griechische Götter das Kommando übernehmen, Strafen verteilen und Schicksale ordnen.

Endlich war es so weit, daß sich Kallimachos in Bewegung

setzte. Er schien jetzt erledigt wie beim ersten Mal, als Steinbeck ihn gesehen hatte. Hier aber mußte er ohne ein Wägelchen auskommen, konnte sich allein auf seinen Stock stützen, den er mit beiden Händen umklammerte. Immerhin gingen die lebenden Dronten zur Seite, so daß er bloß den toten auszuweichen hatte. Es dauerte eine kleine Ewigkeit, bis er bei Steinbeck und Stransky angelangt war. Man hätte in der Zeit die gesamte Munition an ihn verschwenden können. Aber niemand wagte noch den Versuch, diesen Mann töten zu wollen. Wobei auch hier der Irrtum vorlag – bei Palanka und den anderen, nicht bei Desprez, der es besser wußte –, Spiridon Kallimachos sei unverwundbar, ein merkwürdig verunstalteter Siegfried, oder noch besser Achilles. Aber so war es eben nicht, Kallimachos war durchaus verwundbar, zudem kränklich, wenn nicht schwerkrank, wie man ja auch deutlich sehen konnte. Doch für die meisten Menschen war die Vorstellung einer zauberischen Unverletzlichkeit sehr viel eher denkbar, als daß sich Projektile, Feuer, die Splitter von Granaten, explodierendes Material, daß sich dies alles um einen menschlichen Körper herumwand, ihm auswich, vor Angst oder Ekel, oder einfach aus dem Prinzip heraus, hin und wieder etwas anderes zu tun, als erwartet wurde. Henri Desprez aber kannte sich aus. Und darum rief er jetzt: »Hallo, Kallimachos, lange nicht gesehen.«

Kallimachos, der neben Stransky und Steinbeck in Deckung gegangen war, natürlich nicht, um sich zu schützen, sondern um sich schweißgebadet zu setzen und zur Ruhe zu kommen, erklärte, eher leise sprechend, aber dank der ausgezeichneten Akustik im Raum gut zu verstehen: »Sie müssen auch überall dabeisein.«

»Glauben Sie mir«, erwiderte Desprez, »ich wäre lieber in Paris, als mich auf einem falschen Mars mit einer netten deutschen Polizistin zu bekriegen.«

»Wir wären jetzt alle lieber in Paris«, stellte der Grieche fest.

»Sie kennen diesen Kerl?« flüsterte Steinbeck.

»Bevor ich nach Mannheim kam«, erklärte Kallimachos, »war ich einige Jahre in Paris. Dort bin ich Herrn Desprez über den Weg gelaufen.«

»Über den Weg gelaufen?«
»Er hat mich verhört.«
»Wieso das?«
»Ach wissen Sie, ich stand im Verdacht, nicht der zu sein, für den man mich bis dahin gehalten hatte.«
»Hat Desprez Sie gefoltert?«
»Desprez foltert nicht. Er ist ein häßlicher kleiner Technokrat. Wenn die Leute nicht reden, erschießt er sie. Aber die meisten Leute reden wohl.«
»Und Sie?«
»Ich kann mir erlauben zu schweigen, wenn ich schweigen will. Es ist das einzige, was ich mir erlauben kann.«
»Desprez hat auf Sie geschossen, nicht wahr?«
»Ja. Aber er hat danebengeschossen.«
»Daneben?«
»Gewissermaßen. Und damit belassen wir es bitte«, ersuchte Kallimachos, dem die eigene scheinbare Kugelfestigkeit peinlich war. Und noch peinlicher war ihm die Wahrheit, daß ihm die Projektile auswichen wie einem Scheißhaufen.
Steinbeck nickte.
Eine Phase des Wartens hatte begonnen. Eine Phase des Nachdenkens und auf Seite von Desprez' Mannschaft auch der Krankenpflege. Das Ärgerliche für Desprez war nun diese gewisse Einschränkung bei der Benutzung der Waffen. Man hätte Stransky und seine beiden Beschützer einfach mit ein paar Granaten aus ihrem Versteck bomben können. Aber Bomben halfen allein gegen Nebenfiguren. Stranskys Körper jedoch durfte nicht in Fetzen gerissen, verbrannt, bis zur Unkenntlichkeit verstümmelt werden. Und schon gar nicht jene kleine Batmanfigur als Schlüsselanhänger, welche schön sauber auf Esha Ness' Tablett zu landen hatte. Oder weiterhin in Georg Stranskys Hosentasche verbleiben würde. Entweder – oder. Aber eben keine Bomben, die anderswo das Töten so einfach machten. Bomben waren die Sofortbildkameras unter den Waffen.
Es sollte noch einmal gesagt werden, daß Stransky die kleine Batmanfigur ohne eigenes Zutun bei sich trug. Unwillentlich

also. Und halb unbewußt. Genau dies hatte auch für die sieben Männer gegolten, die nun bereits tot waren.

Die Batmananhänger waren Anhänger im wortwörtlichen Sinn. Ein englischer Roboterspezialist hatte sie Anfang der Neunzigerjahre entwickelt. Die Dinger besaßen echte Empathie und speisten ihre Energie mittels der Transpiration jener Person, der sie sich zugehörig fühlten. Energie, die sie benötigten, um flink und behende in die Manteltaschen und Sakkotaschen und Hosentaschen zu schlüpfen, die ihre »Wirte« jeweils benutzten. Ja, man kann sagen, diese Schlüsselanhänger waren freundliche Parasiten, extern und unschädlich. Nicht einmal lästig, weil unauffällig. Bloß hin und wieder mußte sich der betreffende »Wirt« wundern, daß er diese Fledermaus ständig bei sich hatte, ohne daß eigentlich Schlüssel daran hingen und ohne daß man selbst den Anhänger je bewußt eingesteckt hatte. Merkwürdig! Andererseits gab es so vieles, das merkwürdiger schien und gleichzeitig bedeutender. Kein Grund also, sich große Gedanken zu machen und irgendeine Hexerei zu vermuten.

Mit Hexerei hatte das Ganze auch gar nichts zu tun. Die zehn Figuren von der Größe halber Daumen (mehr als zehn waren es tatsächlich nicht) setzten sich aus einem lebenden Organismus und diversen maschinellen Teilen zusammen und stellten somit etwas dar, was man in einem anderen Zusammenhang als Cyborgs bezeichnete und für eine Utopie hielt. Aber es gab sie. Nicht als Mischung von Maschine und Mensch, sondern als Mischung von Maschine und Käfer. Jener britische Kybernetiker, der bis dahin kleine, freche Robotermännchen entwickelte hatte, war auf den Käfer gekommen. Auf den Schwarzkäfer der Namib-Wüste, welcher von der Maxime lebt, daß es keinen Ort gibt, an dem man nicht auf Wasser stößt. Man muß halt nur richtig hinsehen. Beziehungsweise sich zur rechten Zeit richtig positionieren. Genau das tut dieser fünf Zentimeter große Käfer, indem er sich frühmorgens auf den Gipfel irgendeiner Düne stellt, einen Kopfstand vollführt, die Deckel seiner Flügel ausbreitet und die feuchte Luft auffängt, die es vom Meer herweht und die eben auch an diesem Käfer vorbei muß. Der Dunst kondensiert am Käferkörper, bleibt tröpfchenweise an kleinen Erhebungen hängen, bildet größere Mengen und fließt über den glatten Panzer und Rillen im Gesicht des Insekts direkt in sein Maul. Einfach und effektiv. Schlaraffia im kargen Lande. Dank überzeugender Ausstattung.

Diese Schlüsselanhänger nun, die nach nichts anderem aussahen, als nach ziemlich billig hergestellten Plastikmännchen, waren in Wirklichkeit mit winzigen technischen Applikationen versehene, partiell von einem steifen Kostüm umhüllte, genetisch veränderte Exemplare jener namibischen Schwarzkäferart. So hatte man etwa die wasseranziehenden Flügeldecken stabilisiert, ein klein wenig vergrößert und optisch in Fledermausarme verwandelt. Nichtsdestotrotz waren sie noch immer imstande, sogar besser denn je, lebensspendende Feuchtigkeit aufzunehmen, Feuchtigkeit, welche in erster Linie aus der Umgebung des »Wirts« beziehungsweise von ihm selbst stammte. Was kein Problem darstellt. Im »Dunstkreis« von Männern, die in die Jahre kommen, herrscht ein geradezu tropisches Klima.

Dieses Ding war ein Wunderwerk, aber kein Wunder. Es funktionierte. Es bewegte sich in einer völlig unauffälligen Weise, mit perfekten kleinen, überall haftenden Beinchen. Dazu kommt, daß die Menschen verlernt hatten, richtig hinzuschauen. Selbst Zoologen. Wer einen Batman sah, hatte keinen Blick mehr für den Käfer.

Vor allem aber überraschte die lange Lebensdauer des verwandelten Insekts. Allerdings gab es da ein Problem. Starb der Träger des Schlüsselanhängers, starb auch der Schlüsselanhänger. Der Käfer vertrocknete in seiner Batmanhülle. Die Empathie kannte keine Grenze. Was *so* nicht geplant gewesen war. Aber was alles war *so* nicht geplant?

Diese radikale Verbundenheit, die sich ergab, sobald der kleine Cyborg mal ein paar Jahre mit seinem Wirt zusammenlebte, brachte mit sich, daß nur noch drei Exemplare am Leben waren. Stranskys Modell sowie die zweier anderer Männer, welche aber noch nichts von ihrem Glück wußten. Und sich bloß wunderten über die Anhänglichkeit eines kleinen Schlüsselanhängers, der ihnen zehn Jahre zuvor, in Athen, von einem Geschäftsmann aufgedrängt worden war.

Wenn man sich nun die Frage stellt, wieso ein solches in jeder Hinsicht phantastisches Produkt nie in Serie ging, dann vor allem darum, weil sich diese Verbindung von natürlichem Schwarzkäfer und künstlicher Comicfigur nicht auf andere Kombinationen übertragen ließ. Auch hegte man nicht ganz zu Unrecht die Befürchtung, daß die meisten Menschen Probleme damit hätten, einen kleinen Käfer in ihrer Hosentasche mit sich zu führen. Einen Käfer, der eine magnetartige Mentalität besaß und ihnen überallhin folgte und den man nicht einfach abschalten konnte wie einen Rasierapparat oder eine Kaffeemaschine. Man stelle sich eine Kaffeemaschine vor, in welcher der Körper und die Seele eines treuen Cockerspaniels steckt. Natürlich, ein Insekt war kein Haushund. Trotzdem: Die Zeit war noch nicht reif dafür. Der Konsument noch nicht abgebrüht genug, sich mit einem Schlüsselanhänger anzufreunden, der aus einem lebendigen Käfer bestand, in dessen Körper man jede Menge Mikroelektronik eingepflanzt hatte. Noch dazu ein Käfer, der sich von der Feuchtigkeit ernährte, die man den lieben langen Tag von sich gab.

Darum also war es bei den zehn Prototypen geblieben. Prototypen, die im Auftrag eines Firmengeflechts entstanden waren, an dessen obersten Ende Dr. Antigonis rangierte, der ja nicht nur ein Faible für den Aufkauf französischer Fußballmannschaften besaß. Es war ein richtiges Imperium, dem Antigonis vorstand. Obgleich natürlich die Zeit der Imperien, der ökonomischen Monarchien vorbei war. Aber auch die Zeit der katholischen Kirche war vorbei, und dennoch gab es einen Papst. Einen Stellvertreter. Es brauchte solche Personen, um sich eine Vorstellung von Macht zu erhalten. Es brauchte Darth Vaders. Es brauchte einen Dr. Antigonis, und es brauchte eine Esha Ness. Wer von den beiden nun auch immer die helle und wer die dunkle Seite der Macht vertrat.

Jedenfalls war es einem symbiotischen Schwarzkäfer zu verdanken, daß Georg Stransky noch lebte. Desprez und seine Leute konnten Stransky nicht einfach mit Granaten bewerfen.

Sie konnten nicht riskieren, einen cyborgschen Schlüsselanhänger zu zerstören, welchen sie, langsam vertrocknend, ihrer Chefin in Paris vorzulegen hatten. Spielstein acht.

Desprez wollte warten, bis es dunkel war. Er war jetzt darauf angewiesen, den Vorteil der besseren Ausrüstung zu nutzen. Seine Leute verfügten über Nachtsichtgeräte und Blendgranaten, und ihre Waffen zeichneten hübsche rote Pünktchen auf die angepeilten Opfer. Und die Gegenseite? Nun, die Gegenseite besaß einen Spiridon Kallimachos. Die Gegenseite brauchte keine Nachtsichtgeräte.

Dunkel wurde es in jedem Fall. Sehr dunkel. Nur noch ein schwacher Rest von Licht glimmte. Ein Marstag ging zu Ende. Die Dronten aber verblieben in einer ständigen Unruhe, einer Unruhe, die nicht ausartete, nicht zu einem Geplärr oder zu heftigen Bewegungen führte, aber auch in keinem Moment völlig zum Erliegen kam. Diese Kolonie erinnerte an ein städtisches Wohnhaus zu später Stunde, wenn ständig jemand aufs Klo ging oder sich im Bett wälzte oder im Kühlschrank nach dem Rechten sah.

Lilli Steinbeck hatte mehrmals versucht, Dr. Antigonis via Satellit zu erreichen. Aber das kleine Gerät in der Art einer Puderdose funktionierte nicht. Das ist das Prinzip solcher Geräte: Gehässigkeit gegen die Menschen, die sie benutzen. Es ist die Gehässigkeit purer Technik. Ganz anders besagte Schlüsselanhänger.

»Wir sollten langsam etwas unternehmen«, forderte Steinbeck. »Wenn wir hier einfach sitzen bleiben, wird uns Desprez bequem den Hals umdrehen.«

»Ich will aber nicht«, erklärte Stransky, »daß wegen dieser dummen Sache auch nur eine Dronte noch stirbt.«

Kallimachos sagte nichts. Am Boden sitzend, lehnte er gegen die Konstruktion des Solarmoduls und schlief. Eine rasche Flucht, wenn sie denn möglich war, kam nicht in Frage, nicht zusammen mit diesem Mann.

Eigentlich rechnete Steinbeck damit, daß jeden Moment das

Geräusch heraufziehender Helikopter erklingen und ein Spezialtrupp von Fallschirmjägern auf Seilen in die Höhle eindringen würde. Antigonis' Leute natürlich. Denn es konnte doch beim besten Willen nicht sein, daß Esha Ness hartgesottene Elitesoldaten ins Rennen schickte, während sich Dr. Antigonis auf eine deutsche Polizistin und einen Hundertvierzigkilomann, so sehr jede Kugel diesen auch schneiden mochte, verließ. Das wäre ein merkwürdiges Ungleichgewicht gewesen.

Doch genau so schien es zu sein. Niemand fiel vom Himmel, keine Fallschirmjäger, keine Topagenten, kein Stavros Stirling, kein Kommissar Pagonidis, nicht einmal Baby Hübner, keine Marsmännchen, keine Bombe, kein Meteorit.

»Bedauerlich«, dachte Steinbeck, und zwar dachte sie vor allem an Stavros Stirling, den jungen Athener Polizisten mit den Porzellanaugen, welcher vielleicht gerade mit seiner Frau und dem schreienden kleinen Leon zusammen auf dem Sofa saß. Entnervt, mag sein. Aber wieviel besser war es, ein Kind, ein noch so anstrengendes, im Arm zu wiegen, als zwischen toten Dronten zu hocken und sich nicht auszukennen. Steinbeck wäre jetzt gerne Mutter gewesen. Nicht die Adoptivmutter einer großjährigen Tochter, die sie ja tatsächlich war, nein, Mutter eines Babys.

Ihre innere Stimme aber meinte: »Das wünschst du dir immer, wenn du nicht weiter weißt.«

Ja, da hatte die innere Stimme wohl recht.

»Hey, Desprez!« rief Steinbeck in die Dunkelheit hinein. »Können Sie mir vielleicht erklären, warum Sie über eine ganze Mannschaft gutausgebildeter Raufbolde verfügen, während ich, eine Urlauberin – vergessen Sie das nicht! –, mich mit einem schlafenden Mann und einem unschuldigen Zoologen versteckt halte?«

»Schlafender Mann?«

»Kallimachos macht eine Pause«, erklärte Steinbeck.

»Der ist auch der einzige hier, der sich so was leisten kann«, meinte Desprez.

»Sie haben meine Frage nicht beantwortet. Warum?«

»Weil Sie auf der Seite der Götter stehen. Götter leisten sich solche Extravaganzen. Jemand in den Krieg zu schicken, der nicht nach Krieg aussieht«, erklärte Desprez. Danach gab er seinen Leuten über Funk die Anweisung, sich bereitzumachen.

»Na, wenn Sie recht haben«, meinte Steinbeck, »kann ich mich jetzt auch schlafen legen.«

»Ja, bitte tun Sie das«, sagte Desprez. Er konnte diese Frau wirklich gut leiden, sie hatte Stil, sie hatte Humor. Schade um sie.

Lilli Steinbeck sah sich im Dunkel um. Natürlich gab es hier Ein- und Ausgänge. Damals für die Franzosen. Jetzt für die Dronten. Doch das einzige, was Lilli noch erkennen konnte, waren die mit Goldfolie umwickelten Tanks der Landefähre, die an die glühenden Elemente eines Röhrenverstärkers erinnerten. Steinbeck überlegte, daß jede Landefähre natürlich auch eine Startfähre war, wollte man auf dem Mars nicht versauern. Und wer wollte das schon?

So verrückt die Vorstellung war, dieses Gerät sei nicht bloß ein Modell, sondern ein flugtaugliches Gerät, welches seit zwanzig Jahren darauf wartete, in Betrieb genommen zu werden, erschien es Steinbeck dennoch sinnvoll, zusammen mit Stransky hinüberzurobben, verborgen hinter toten und lebenden Dronten, um rasch die Leiter der Fähre hochzusteigen und ins Innere der Kapsel zu gelangen. Solange man noch imstande war, irgend etwas in der Dunkelheit wahrzunehmen. Natürlich würde man dort in der Falle sitzen. Aber darauf mußte erst jemand kommen. Zudem wäre es eine geschützte Falle, aus der man Stransky nicht so leicht würde herausholen können. Im Grunde ging es darum, Zeit zu gewinnen. Eine andere Option konnte Steinbeck nicht erkennen.

Sie zog Stransky zu sich und erklärte ihm, was sie vorhabe.

»Und Ihr Freund?« fragte Stransky und zeigte so ungefähr auf Kallimachos.

»Lassen wir ihn schlafen. Er würde es nicht verstehen, wenn wir ihn jetzt wecken«, meinte Steinbeck, packte Stransky am Arm, zog ihn zum Boden hinunter und wies ihn an, an ihrer rechten Seite zu bleiben.

Steinbeck und Stransky bewegten sich aus ihrer Deckung heraus und krochen – beide eine schußbereite *Verlaine* in Händen – hinüber zur Landeeinheit, die sie unerkannt erreichten und ebenso unerkannt, verborgen hinter einer Verschalung, die Leiter hochkletterten. Das bißchen Lärm, das sie verursachten, versandete im abendlichen Geplapper der Dronten.

Ein gütiger Gott wollte es, daß die Einstiegluke unversperrt war. Die Türe glitt mit einer Leichtigkeit zur Seite, als befinde man sich bereits in der Schwerelosigkeit. Steinbeck und Stransky verschwanden nach drinnen.

Wie nennt man eigentlich Astronauten in Frankreich?

Es versteht sich, daß Desprez' Leute bereits ihre Nachtsichtgeräte aufgesetzt hatten. Dennoch blieben Steinbeck und Stransky unentdeckt, als sie da in die Kapsel krochen. Was auch darum möglich war, weil die Dronten ständig Staub aufwirbelten. Ein roter Nebel lag in der Luft. Auch war die Sicht dank der herumstehenden Apparaturen und einer gewissen Unebenheit des Geländes eingeschränkt. Nicht zuletzt funktionierten die Nachtsichtgeräte lange nicht so perfekt, wie man meinen sollte. Das tun sie ohnedies nur im Film. Auch scheute sich Desprez' Mannschaft, in aufrechter Haltung draufloszumarschieren. Immerhin lagen zwei ihrer Leute mit Schußverletzungen in einer Ecke, während oben auf der Insel die Leichen zweier weiterer Mitglieder auf den Abtransport warteten. *So waren's nur noch sechs.* Man wollte also vorsichtig sein, hielt sich stark gebückt, verlor aber auf diese Weise die Übersicht.

So geschah es, daß drei Leute aus der Kampftruppe, die als erste das Solarmodul erreicht hatten, hinter dem die Zielperson Stransky vermutet wurde, nichts anderes vorfanden als einen schnarchenden Mann. Einen Mann, von dem sie zwischenzeitlich wußten, wie sinnlos es war, an ihm die Feuerkraft einer Waffe zu vergeuden.

»Desprez, hören Sie«, flüsterte Palanka in ihr Mikro, »da ist nur dieser fette Kerl und schläft. Von den anderen beiden keine Spur.«

Desprez fluchte in der bekannten Dreifachform. Dann sagte

er … nein, er wollte gerade etwas sagen, als zwischen dem Gegurre und Geschnatter der Tiere ein weiteres Geräusch durchdrang. Das Geräusch einer Düse, die langsam in Gang kam.

»Ich kann's nicht fassen!« rief Desprez. »Die Landeeinheit. Sie starten die Fähre.«

So war es. Die Maschine, deren Seriennummer sich schlichterweise aus dem Geburtsdatum des ehemaligen Staatsoberhauptes François Mitterrand zusammensetzte, hatte sich in diesen zwanzig Jahren bestens gehalten. Nicht zuletzt dank deutscher Elektronik, die man aus dem ESA-Programm hatte mitgehen lassen.

»Sofort schießen! Aber nicht auf die Tanks«, gab Desprez nach einem kurzen Moment der Verblüffung Feuerbefehl.

Wie schön wäre das gewesen, hätte die Raumkapsel nun würdevoll abgehoben, um das Gewölbe hochzusteigen, durch die dünne Erdkruste oder eine der Öffnungen zu stoßen und in den Nachthimmel hinauszufliegen. Die Île Saint Paul hinter sich lassend. Triumph der Technik. Im Namen der Götter.

Doch nichts dergleichen geschah. Statt dessen ging es in die umgekehrte Richtung. Unter dem Druck der gezündeten Triebwerke brach der Boden unter der Fähre ein und öffnete sich zu einer darunterliegenden Etage, in welche nun das schwere Gerät vier, fünf Meter hinabstürzte, allerdings recht sauber auf seinen vier Landetellern aufsetzte. Der Startvorgang wurde automatisch abgebrochen, Qualm stieg auf, der Marsboden zitterte, Staub rieselte von der Höhlendecke.

Man kann vor allem eines sagen: Den Dronten reichte es endgültig. Die, die noch lebten, setzten sich in Bewegung, so rasch dies bei Dronten eben möglich war. Sie flüchteten, und zwar keineswegs kopflos, sondern in Richtung auf mehrere kleine Höhlengänge. Sie standen in Schlangen, um einen Raum zu verlassen, der nun wieder so gänzlich in Menschenhand übergegangen war, also des Menschen Handschrift trug: Chaos. Menschen konnten nicht anders, so wie Dronten eben immer nur ein Ei legten und niemals zwei. Alles Bestimmung.

Lilli Steinbecks Bestimmung nun war es, zu tun, was Joonas Vartalo nicht mehr tun konnte: Georg Stransky retten. Sie war schon sehr überrascht gewesen, als mit dem Eintreten in die Raumkapsel und dem Schließen der Luke kleine Lichter und Monitore angesprungen waren und eine französische Computerstimme sich im Ton eines hochvergnügten Conférenciers gemeldet hatte, um die Crew freundlich aufzufordern, sich anzuschnallen und die Ruhe zu behalten. In Folge eines raschen und rasch kommentierten Sicherheitschecks wurde auch der Startvorgang vollautomatisch eingeleitet. Als wäre man auf dem Rummelplatz und als wäre auch die Raumfahrt bloß ein Vergnügen für kleine Leute. Im Grunde war das ein schönes Bild, das hier die achtziger Jahre von sich lieferten. Ja, das war immerhin die Hochblüte der Demokratie gewesen.

Lange vorbei!

Und so, wie die Demokratie eingebrochen war, war nun auch der Boden unter der startenden Landefähre eingebrochen.

»Gott, wo sind wir?« rief Stransky.

»Wir sind gelandet«, antwortete Steinbeck, öffnete ihren Gurt, wie auch den Stranskys. »Beeilen wir uns, bevor das Ding Feuer fängt.«

Nun, es hatte bereits Feuer gefangen. Als Steinbeck und Stransky aus der Kapsel schlüpften, schlugen ihnen die Flammen entgegen.

»Springen Sie, schnell!« drängte Steinbeck und nahm ihren Schützling an der Hand.

Zusammen hechteten sie von der Kante. Die beiden kamen auf dem Boden auf, fielen vornüber und rollten ab. Na, ein richtiges Abrollen war es eigentlich nicht. Dennoch standen sie unverletzt auf und rannten einen breiten Gang hinunter, weg von der brennenden Fähre. Vernünftigerweise. Doch entgegen jeglicher Erwartung brannte das Ding einfach nur ab, anstatt zu explodieren, wie das jede andere Landefähre getan hätte.

Von oben waren Schüsse zu hören. Sinnlose Schüsse, da Steinbeck und Stransky hier unten nicht zu treffen waren. Wahrscheinlich mußten noch ein paar Dronten daran glauben.

Erneut erwies sich Georg Stranskys Geologen-Taschenlampe als hilfreich, nachdem man sich von dem lichtspendenden

Feuer entfernt hatte. Es eröffnete sich ein System von Gängen, an den Wänden Aufschriften und Zeichen. Das Wort »Sortie« war nicht darunter, dafür aber ein Pfeil mit Tier, wobei das Tier unverkennbar einen Pinguin darstellte.

»Pinguin ist gut«, meinte Stransky und man folgte dem Symbol.

Die Tunnelröhre führte spürbar abwärts. Gelbe Markierungen wie auf der Autobahn. Aus der Ferne das stärker werdende Rauschen des Meers. Dann endlich trat man ins Freie.

Angesichts der bombastischen Sternennacht verspürte Stransky eine Wehmut, nicht tatsächlich himmelwärts geflogen, sondern bloß ein Stockwerk nach unten gerutscht zu sein. Andererseits war das natürlich die beste Lösung gewesen. Denn wie weit hätte man mit dieser Marsfähre denn gelangen können? Und wohin denn? Nach Paris? Zur nächsten internationalen Raumstation? Nonsens! Er und Steinbeck wären ins Meer gefallen und ersoffen.

»Wir leben«, sagte Stransky.

»In der Tat«, meinte Steinbeck, »man glaubt es kaum.«

Und endlich meldete sich auch das kleine, rosafarbene Satellitentelefon. Auf dem ovalen Bildschirm – als betrachte sich eine Prinzessin in ihrer Verwandlung zum grauhaarigen Konzernchef – erschien das Gesicht des Dr. Antigonis. Er lächelte freundlich und berichtete im Plauderton, eben erst von ihr, Steinbeck, erzählt zu haben. Hinter Antigonis erkannte man die drängelnde Masse irgendeiner feierlichen Gesellschaft, die sich durch eine Kunstgalerie bewegte. Antigonis redete, als sei Steinbeck eine alte Freundin, die er um Rat frage, ob es sich lohne, den angebotenen Renoir zu kaufen. Oder doch lieber den kleinen Degas.

Steinbeck freilich war in Eile. Sie unterbrach Dr. Antigonis und sagte: »Ich habe Stransky.«

»Lebendig, hoffe ich.«

»Er steht neben mir. Allerdings haben wir das Problem, auf der Île Saint Paul zu sitzen und nicht wegzukommen. Desprez hat unser Flugzeug und die beiden Piloten in die Luft gesprengt. Und er hat diesen Finnen, Vartalo, erschossen.«

»Damit habe ich gerechnet.«
»Schön, daß Sie das haben.«
»Wo sind Sie jetzt genau?«
»Wo sind wir?« wandte sich Steinbeck an Stransky.

Stransky vermutete, daß man sich auf der sogenannten Terrasse des Pingouins befand.

»Sehr gut«, meinte Antigonis, »dann brauchen Sie nicht lange laufen. Diese Insel ist ja eher eine Sandkiste für Naturliebhaber, nicht wahr?«

»Eine unwegsame Sandkiste«, ergänzte Steinbeck.

»Sie schaffen das schon«, versicherte Antigonis im jovialen Arbeitgeberton und wies Steinbeck an, sich in südlicher Richtung auf den Pointe Quest zuzubewegen, wo sich eine kleine, natürliche Plattform eröffne.

»Dort wartet ein Hubschrauber auf Sie«, erklärte Antigonis. »Die Signallichter dürften nicht zu übersehen sein. Er bringt Sie zu einem japanischen Frachter, der vor Nouvelle Amsterdam ankert.«

»Wollen Sie uns nach Japan verfrachten?« fragte Steinbeck.

»Man wird Sie nach Angola bringen. Sie gehen in Namibe von Bord. Dort steigen Sie in ein Flugzeug. Mehr brauchen Sie vorerst nicht zu wissen.«

Es entsprach nicht wirklich einer strategischen Maßnahme, daß Antigonis die Hafenstadt Namibe ausgewählt hatte, welche an der Grenze der regenarmen und nebelreichen Namib-Wüste lag. Eher war es eine Laune, eine Laune des Zufalls und eine Laune des Dr. Antigonis. Er fand es schlichtweg reizvoll, daß, wenn Steinbeck und Stransky in Namibe das Schiff verließen, es sich ergab, daß der in ein Batmankostüm gesperrte und von viel Technik durchdrungene kleine Schwarzkäfer für einen Moment in seine heimatlichen Gefilde zurückkehren würde.

Gibt es das, Heimweh bei Tieren? Gibt es sentimentale Käfer?

Dr. Antigonis schmunzelte bei diesem Gedanken.

»Was ist so lustig?« fragte Steinbeck. »Sie hätten uns ruhig ein wenig früher aus der Patsche helfen können.«

»Sie machen das ganz hervorragend, liebe Madame«, erklärte der Grieche. Und ohne etwa nach dem Verbleib des Spiridon Kallimachos sich erkundigt zu haben, unterbrach er die Verbindung.

»Na, dann los«, meinte Steinbeck, »bevor Desprez uns wieder im Nacken sitzt.«

»Was ist mit den Dronten?« jammerte Stransky.

»Hören Sie auf zu jammern. Den Tieren geht es gut.«

»Wie? Weil sie jetzt tot sind?«

»Ich spreche von denen, die nicht tot sind. Die passen schon auf sich auf. Und sobald wir wieder zu Hause sind, geben Sie eine Pressekonferenz. Mit allen Schikanen. Man wird Saint Paul unter Denkmalschutz stellen ...«

Steinbeck meinte natürlich »Naturschutz«. Sie klagte, sie habe Kopfschmerzen und wolle jetzt endlich los.

»Also gut!«

Freilich war da weit und breit kein Wanderweg. Man mußte ein Stück aufwärts steigen, um über eine Fläche aus niedrigem Gras hinüber zum westlichsten Punkt zu gelangen. Tatsächlich waren bald die blitzenden Lichter des Helikopters zu erkennen.

»Gott, bin ich froh, von dieser Insel zu kommen«, meinte Steinbeck.

Stransky aber blickte zurück wie auf die Liebe seines Lebens.

18
Ein Baby bei der Arbeit

Roy, der Restaurator, betrat die Bahnhofshalle. Es war früher Nachmittag. Den Vormittag hatte er geschwänzt. Wunden geleckt. Er bemühte sich, nicht gleich hinüber zum Roulettetisch zu sehen, sondern blickte geradeaus, ging zur Selbstbedienungstheke, nahm eine Kaffeeschale und füllte sie aus einer der hohen Thermoskannen. Es waren schöne Thermoskannen, bläulich schimmerndes Metall. Schade nur, daß der Kaffee so schmeckte, wie er schmeckte. Es war erst das zweite Mal, daß Roy sich hier bediente. Pure Verlegenheit. Doch auch ein schlechter Kaffee schwimmt in einer Tasse, hinter der man sich verstecken kann. Er nahm die Schale, tat ein paar Schritte, nippte und lugte über den Rand hinweg zum Spieltisch. Ja, da stand er, der Mann mit dem Moustache-Bärtchen, der am Abend zuvor Roy mit dem Tod gedroht hatte und der jetzt in einer beinahe bewegungslosen Art mit der Harke über den grünen Filz fuhr und die Jetons zu einem kleinen Hügel vereinte. Niemand von den drei, vier Spielern hatte gewonnen. Sie boten einen traurigen Anblick, die üblichen Durchreisenden, die wie exotische Algen an diesen Ort geschwemmt worden waren.

Da war aber noch etwas. Roy sah jetzt, daß auf dem Gerüst, welches hinter dem Tisch aufragte und das Wandbild verdeckte, eine Person stand. Niemand außer Roy selbst war dazu befugt. Nicht einmal die Leute vom Denkmalamt erschienen, ohne sich vorher angemeldet zu haben.

Roy stellte den Kaffee ab und beeilte sich, seinen Arbeitsplatz zu erreichen. Kurz traf sich sein Blick mit dem des Croupiers. Es war wie immer. Kein Zeichen des Erkennens, kein Gruß, keine Mimik. Als wäre der letzte Abend nicht geschehen. Was ja auch eine Möglichkeit war, dachte sich Roy, diesen Unsinn bloß geträumt zu haben.

Nein, das war keine Möglichkeit. Von einem Traum kriegte man keine Schrammen. Zumindest nicht im Gesicht. Daran wurde Roy jetzt erinnert, als er über die Standleiter auf den Belag des Gerüsts kletterte und sich dem unbekannten Mann näherte, welcher sich ihm zuwandte und meinte: »Was ist denn mit Ihnen? Sind Sie gegen eine Wand gerannt?«

»Ich boxe ... zum Vergnügen.«

»Man sollte wissen, gegen wen man boxt. Wenn es ein Vergnügen sein soll.«

Roy ignorierte die Bemerkung und fragte: »Was tun Sie hier? Wer sind Sie? Es ist nicht erlaubt, daß ...«

»Ich bin von der Polizei. Mein Name ist Hübner, Hauptkommissar«, sagte Baby Hübner und schwenkte kurz seinen Ausweis. Kürzer ging es kaum noch.

»Ich wüßte nicht, was ich mit der Polizei zu tun habe. Dieses Bild hier, an dem ich arbeite, ist nicht gestohlen, oder?« Roy gab ein abfälliges Lachen von sich, das blecherne Lachen der Nervösen.

»Interessantes Gemälde«, meinte Baby Hübner und richtete den Blick genau auf die Stelle, die sich bisher so hartnäckig einer Reinigung entzogen hatte. Der Umriß eines Gesichtes hatte sich weiterentwickelt, trat schärfer hervor. Es war kaum noch anzunehmen, daß es sich um eine zufällig entstandene und zufällig so konkret anmutende Form handelte, wie man das von Wolken und Steinen und Satellitenbildern kannte. Das Ding wirkte gewollt. Baby Hübner zeigte darauf und fragte: »Was ist das?«

»Eine Verschmutzung.«

»Für mich sieht es wie ein Gesicht aus.«

»Eine Verschmutzung, die man für ein Gesicht halten könnte«, erklärte Roy. »So was kommt schon mal vor. Oder denken Sie vielleicht, es wäre Teil des Gemäldes?«

»Nein, das glaube ich eigentlich nicht. Obgleich ich wenig Ahnung von Kunst habe. Ich bin ein dummer Polizist, wie Sie sicher gleich bemerkt haben.«

»Was tun Sie dann hier?« spielte Roy den Gelassenen.

»Ach ja. Ich möchte Sie fragen, in welchem Verhältnis Sie zu einer Frau Stransky stehen. Viola Stransky, falls Sie nur den Vornamen kennen.«

Roy schluckte. Sein Herz war jetzt wie einer dieser Fische, die sich mächtig aufblähen und kugelrund ihre Umwelt zu beeindrucken versuchen. Solcherart vom eigenen Herzen bedrängt, fiel Roy das Atmen schwer. Er lächelte blöde und schluckte nochmals.

»Du schluckst zuviel«, dachte er sich und überlegte, ob es besser wäre, alles abzustreiten. Wieso besser? Wo die Polizei doch offensichtlich ohnehin Bescheid wußte.

»Warum interessiert Sie, was ich mit dieser Frau habe?« fragte Roy, ein neuerliches Schlucken durch ein Räuspern ersetzend.

»Schauen Sie manchmal Fernsehen? Tatortkrimis und so?« fragte Hübner. »Dann wissen Sie doch wohl, daß die Fragen immer von den Polizisten gestellt werden. Und die Befragten antworten. Nicht umgekehrt.«

»Meine Güte, ja, ich schlafe hin und wieder mit ihr. Da ist doch nichts dabei.«

»Diese Frau ist verheiratet.«

»Also mich stört das nicht«, meinte Roy.

»Kennen Sie Herrn Stransky?«

»Wir sind uns nie begegnet.«

»Herr Stransky ist verschwunden. Und zwar ausgesprochen spurlos.«

»Ich weiß. Viola hat mir davon erzählt.«

»Und trotzdem treffen Sie beide sich zu einem Schäferstündchen. Ist das nicht ziemlich unklug in dieser Situation?«

»Warum sollten wir damit aufhören?« wunderte sich Roy. »Aus Gründen der Pietät? Ich bitte Sie!«

»Das meinte ich nicht, Pietät ist nicht das Thema. Aber Sie müssen sich doch denken, daß wir von der Polizei zu grübeln beginnen. Etwa darüber, daß sich ein Liebespaar ohne einen störenden Ehemann gleich viel besser fühlt. Vielleicht taucht Herr Stransky ja nie wieder auf.«

»Das würde mir leid tun«, beteuerte Roy. »Wegen dem Kind. Mia liebt ihren Vater. Und auf eine gewisse Weise liebt auch

Viola ihren Mann. Sie ist ein Familienmensch. Sex ist eine andere Geschichte, was ja auch Ihnen bekannt sein dürfte.«

Roy hatte sich ein wenig gefangen. Er wollte ehrlich sein. Warum auch nicht? Er hatte absolut nichts zu verbergen. Sah man davon ab, daß in ein paar Metern diagonaler Luftlinie ein Mann stand, der ihm abends zuvor mit Mord gedroht hatte.

»Eine reine Sexgeschichte also«, resümierte Baby Hübner.

»Ja, auf einer guten, freundschaftlichen Basis. Womit gesagt sein soll, daß ich Frau Stransky weder heiraten noch anderswie ihren Mann beerben möchte.«

»Dann wundert mich aber«, sagte Hübner, »daß Sie ihn porträtiert haben.«

»Porträtiert? Ich verstehe kein Wort.«

»Sie sind doch der einzige Restaurator, der hier arbeitet, oder?«

»Einen zweiten wäre dieses *Meisterwerk* nicht wert.«

Baby Hübner richtete sein Blick wieder auf die dunkle, gesichtsartige Verschmutzung und meinte: »Sie haben ihn gut getroffen. Es ist erstaunlich, wie man allein mittels einer Silhouette eine Person präzise darzustellen vermag. Ich kenne Herrn Stransky ja bloß von Fotos. Aber als ich das hier sah, habe ich ihn sofort erkannt. Keine Frage. Das Kinn, die Nase, die Stirn, obgleich im Grunde unscheinbar, so dennoch typisch.«

Roy war vollkommen perplex. Er sagte: »Sie versuchen mich reinzulegen.«

»Darauf kann ich in Ihrem Fall gerne verzichten, Herr Almgren.«

Jetzt zuckte Roy auch noch zusammen. Dabei durfte es ihn ja kaum überraschen, daß der Hauptkommissar seinen Namen kannte. Allerdings gehörte Roy zu den Leuten, die meinten, ihren Familiennamen hinter sich gelassen zu haben, bloß noch mit einem hübschen, kleinen Vornamen durchs Leben zu marschieren: *jedermanns Roy*.

Hübner merkte gleich, wie sehr es wirkte, diesen Nachnamen ausgesprochen zu haben. Darum machte er rasch weiter: »Wissen Sie, Almgren, Sie haben das, was man eine Vergangenheit nennt.«

»Ich habe keine Vergangenheit«, erwiderte Roy.

»O doch. In unseren Augen schon.«

»Das war eine Kinderei damals.«

»Sie waren aber kein Kind, als es geschah.«

»Ich war sechzehn.«

»Sie haben diesen Jungen halb totgeprügelt.«

»Er hatte meine Freundin angespuckt.«

»Dumm von ihm«, sagte Hübner im süßlichen Ton einer durchtriebenen Natter. »Das hätte er wahrscheinlich lieber unterlassen, wenn er geahnt hätte, dafür den Rest seines Lebens im Rollstuhl zu sitzen.«

»Hören Sie. Ich kann nicht ändern, was geschehen ist. Und wenn ich jetzt sage, daß es mir leid tut, wird Sie das wohl kaum beeindrucken.«

»Stimmt.«

»Faktum ist, daß ich dennoch ein normaler Mensch geworden bin. Kein Schläger, kein Asozialer, kein Psycho. Sondern Restaurator, wenn Sie erlauben. Ich habe mir nie wieder etwas zuschulden kommen lassen.«

»Ich sagte auch nur, Sie hätten eine Vergangenheit. Wie komme ich da eigentlich drauf? Ach ja, ich bin hier, weil Sie mit der Frau eines Vermißten ins Bett steigen. Eines Mannes, dessen Profil Sie an dieser Stelle aufgemalt haben.«

»Teufel noch mal, ich sagte schon, das ist nicht gemalt. Das ist Dreck, purer Dreck, der sich im Laufe der Jahrzehnte angesammelt hat. Sie brauchen das bloß analysieren zu lassen.«

»Man kann auch mit Dreck malen. Ich denke, das kommt in der bildenden Kunst schon mal vor.«

»Jesus! Jetzt auch das noch.«

»Keine Angst, ich will nicht über moderne Malerei schimpfen, Herr Almgren, wirklich nicht. Aber ich lasse mich nicht von Ihnen zum Narren halten. Was ich da sehe, ist ganz eindeutig ein Gesicht. Und die Ähnlichkeit dieses Gesichts mit dem des Herrn Stransky ist vor allem darum so frappant, weil

Sie es sind, der mit seiner Frau schläft, und *Sie* es sind, der an diesem Bild herumwerkt.«

»Ja, das ist blöd«, gestand Roy, »aber ich kann Ihnen trotzdem nicht damit dienen, Georg Stransky entführt zu haben.«

»Sprach ich von Entführung?«

»Ich habe ihn auch nicht verschwinden lassen.«

»Na, vielleicht hat Frau Stransky das selbst erledigt. Sie ist ziemlich clever, scheint mir. Es wäre aber trotzdem extrem unklug, sie zu decken. Wenn Sie das tun, Almgren, werden Sie am Ende der Dumme sein. Diese Frau wird Sie in die Pfanne hauen, versprochen. Sie lebt davon, Drehbücher zu verkaufen. Was sagt uns das? Daß sie andere arbeiten läßt und dann das Geld kassiert.«

»Das ist eine sehr einseitige Sicht.«

»An Ihrer Stelle, mein Lieber, würde ich ebenfalls eine einseitige Sicht entwickeln«, empfahl Baby Hübner, »und mir vor allem darüber klar werden, daß eine Schuld sich nicht dadurch aus der Welt schaffen läßt, indem man ein kleines, dunkles Porträt malt.«

»Ich habe nicht ...«

»Schon gut«, unterbrach Hübner den Restaurator, zog eine Visitenkarte aus seiner Sakkotasche und legte sie auf einen kleinen Arbeitstisch. Erneut ging sein Blick auf das Wandgemälde. Er fragte: »Was bedeuten eigentlich die Fledermäuse auf dem Bild?«

»Ich bin Restaurator«, erinnerte Roy, »nicht Kunstgeschichtler. Ich muß zusehen, daß die Dinge sich aufklaren, nicht, sich aufklären.«

»Keine Meinung also?«

»Ich beschränke mich auf den Umstand, daß Fledermäuse die einzigen Säugetiere sind, die richtig fliegen können. Das haben sie uns so ziemlich voraus. Wahrscheinlich haben wir darum Angst vor ihnen. Wir fürchten alles, was uns über ist.«

»Na, belassen wir es dabei«, meinte Hübner, kein Freund des Philosophierens. »Es versteht sich, Herr Almgren, daß Sie sich zu unserer Verfügung halten müssen. Sie wissen schon, die Stadt nicht verlassen ...«

»Sie finden mich die meiste Zeit auf diesem Gerüst«, erklärte Roy.

»Auch mittags?« feixte Hübner und begab sich zur Standleiter, auf der er mit Schwung nach unten stieg.

Als er kurz darauf aus dem Bahnhof trat, kam ein Mann auf ihn zu.

»Bleiben Sie an Almgren dran«, gab Hübner die Order.

Der Mann nickte und verschwand. Auch so eine Nebenfigur. Es gibt Menschen, deren ganze Aufgabe darin besteht, einmal im Leben auf einen Hauptkommissar zugelaufen zu sein und genickt zu haben. Sonst nichts. Diese Leute kommen nicht einmal dazu, in die Luft gesprengt zu werden wie die beiden Piloten in der Kraterlagune von Saint Paul.

Die Beinahe-Hauptfigur Hübner jedoch hielt ein Taxi an, stieg ein und ließ sich in den Norden der Stadt fahren, wo sich der Bürokomplex befand, in dem Viola Stransky ihre Agentur betrieb. Hübner war fest entschlossen, dieser Frau ein bißchen auf den Wecker zu gehen.

»Sie schon wieder!« empfing ihn Viola Stransky.

Baby Hübner aber sah dem Mann nach, der eben das Büro der Frau Stransky verlassen hatte. »War das nicht dieser ...«

»Ja, der Schauspieler. Er wünscht sich eine maßgeschneiderte Rolle«, erklärte Viola. »Ich kümmere mich darum, daß man ihm eine schreibt.«

»Schade, daß man sich so was nicht fürs richtige Leben aussuchen kann.«

»Davon profitieren wir hier, vom bedauerlichen Trübsinn des richtigen Lebens. – Was kann ich für Sie tun, Herr Hauptkommissar?«

»Ich habe eben mit Herrn Almgren gesprochen.«

»Wer ist das?«

»Er nennt sich Roy.«

»O ja, Roy. Ich wußte nicht, daß er Almgren heißt. Dabei ist das eigentlich ein ganz netter Name. Ich dachte eher an etwas Monströses oder Komisches. Weil er sich gar so gesträubt hat, ihn zu nennen.«

»Er kommt mit seiner Vergangenheit nicht zurecht.«
»Das soll es geben.«
»Sie kennen sie, seine Vergangenheit?«
»Interessiert mich nicht. Er ist *jetzt* mein Liebhaber und nicht vor zehn Jahren.«
»Er ist ziemlich jung.«
»Nicht so schlimm«, meinte Viola Stransky, »ich glaube, über fünfundzwanzig. Ganz bestimmt. Also sicher nicht minderjährig, wenn es das ist, was Sie beschäftigt.«
Hübner lachte, wie diese Ratten in Trickfilmen, die immer schäbig sein müssen. »Nun, um sein Alter geht es wirklich nicht.«
»Sondern?«
»Sie verstehen, daß ich mir Gedanken mache. Ihr Mann verschwindet, und Sie haben nichts Besseres zu tun, als Ihren kleinen Liebling zu treffen.«
»Waren Sie schon einmal geil, Herr Hauptkommissar?«
»Wie bitte?«
»Bei mir ist das so, daß ich hin und wieder geil bin. Es ist ein Trieb. Was absolut nichts daran ändert, daß ich mein Kind und meinen Mann liebe, so wie ich darauf achte, ein gemütliches Heim zu haben, und darauf achte, daß meine Tochter ihren Geigenunterricht nicht versäumt und am Abend ein warmes Essen auf dem Tisch steht. Es gibt Frauen, die mich deswegen für eine dumme Pute halten. Aber ich mag es nun mal so haben. Und genau das ist der Grund, daß ich mich von meinem kleinen Liebling, wie Sie ihn nennen, einzig und allein in meiner Mittagspause vögeln lasse. Andere stopfen sich den Bauch voll oder joggen dreimal um den Häuserblock. Ich befriedige meine Geilheit. Und ob Sie das nun verstehen oder nicht: Meine Angst und Sorge um Georg ändert nichts an meiner Lust, an meiner Triebhaftigkeit. – So, und welchen Strick wollen Sie mir daraus drehen? Einen moralischen Strick?«
»Wie komme ich dazu?« meinte Hübner, der einigermaßen beeindruckt war. Aber genau darum war er fest entschlossen, sich nicht einwickeln zu lassen. Diese Medienleute waren alle geschickte Rhetoriker. Davon lebten sie. Von der permanenten

Lüge. Hätte irgendein Umstand diese Typen gezwungen, die Wahrheit zu sagen, sie wären ins Stocken geraten. Viola Stransky jedoch war völlig erhaben geblieben. Also hatte sie gelogen, zumindest nicht die Wahrheit gesagt. So sah es Baby Hübner, der ganz grundsätzlich Leute nicht mochte, die in Büros saßen, von denen aus man einen Blick auf die ganze Stadt hatte. Solche herrschaftlichen Panoramen, fand Hübner, sollten einzig und allein Aussichtswarten, Fernsehtürme und Hausberge bieten. – Hübner war so ein richtiger Sozialist der alten Schule, kleinbürgerlich, treu zur Gewerkschaft, antimodernistisch, dabei belesen, körperfeindlich, bigott, in seinen Besitzansprüchen niemals über den eigenen Schrebergarten hinausdenkend. Ziemlich verbittert. Andererseits muß gesagt werden, daß die Welt um einiges friedlicher und gerechter wäre, würde es mehr solcher bigotter Schrebergartenbesitzer geben.

»Wie haben Sie Herrn Almgren kennengelernt?« fragte Hübner, aber nur, um über die Frage nachzudenken, die er wirklich stellen wollte.

»Ich glaube nicht, daß Sie das etwas angeht, Herr Hauptkommissar.«

»Wollen Sie vielleicht Ihren Anwalt anrufen?«

»Wieso das denn?«

»Na, wenn Sie etwas verbergen wollen, wäre es besser, sich vorher juristisch beraten zu lassen.«

»Ach, das kriege ich schon allein hin«, versicherte Viola Stransky und bat: »Akzeptieren Sie endlich, daß ich keinen Grund sehe, Ihnen Auskunft über meine Sexpartner zu geben. Mit dem Verschwinden meines Mannes hat das absolut nichts zu tun. Sollte ich meinen Anwalt einschalten, dann nur darum, damit er Ihnen klarmacht, worin die Aufgaben der Polizei bestehen. Nicht in Betten zu schnüffeln, sondern nach Indizien.«

»Manchmal findet man die Indizien in den Betten.«

»Nicht in diesem Fall. Tut mir wirklich leid. Und jetzt bitte ich Sie, zu gehen. Ich habe zu arbeiten«, erklärte Viola, lehnte sich zurück und verschränkte die Arme, als erwürge sie ein Gespenst.

»Eine Frage noch. Dann lasse ich Sie in Frieden.«

Viola machte ein Gesicht, als habe ihr das erwürgte Gespenst die Bluse versaut.

»Wieso konnten Sie wissen«, fragte Hübner, »daß etwas mit dem Apfel nicht stimmt?«

»Na, hören Sie mal«, wurde Frau Stransky ein bißchen laut, »am Abend wird ein Apfel durch unsere geschlossene Scheibe geworfen, und am Morgen danach keine Spur von meinem Mann.«

»Deshalb muß man nicht gleich ein Stück Obst in Verdacht haben.«

»Mein Verdacht hat sich bestätigt.«

»Genau das gibt mir zu denken. Wie schön sich alles fügt. Wie geschickt das Mysteriöse die Lücken füllt.«

»Denken Sie, was Sie wollen. Guten Tag.«

»Guten Tag«, gab Hübner zurück und verließ den Raum. Er war ganz zufrieden mit sich. Er wollte Unruhe schaffen, Unruhe bei Frau Stransky und Unruhe bei Roy Almgren. Und da war es noch immer der beste Weg, den verdächtigen Personen zu sagen, was man alles von ihnen wußte. Die in solchem Stil Provozierten reagierten reflexartig, versuchten Dinge zu verbergen, die erst auf diese Weise offenkundig wurden. Wie jemand Unsichtbarer dadurch sichtbar wird, daß er sich anzieht, um seine vermeintliche Nacktheit zu verbergen.

Auch vor diesem Gebäude wartete jemand aus Hübners Personal. Eine junge Kollegin. Hübner hatte die Erfahrung gemacht, daß eine Frau sich immer besser von einer Frau beschatten ließ. Als würden Frauen vor Frauen keine Angst haben, sie nicht ernst nehmen, sie schlichtweg übersehen. War das möglich? Jedenfalls wies Hübner seine Mitarbeiterin an, Viola Stransky weiterhin im Auge zu behalten.

»Sie haben gute Arbeit geleistet«, sagte Hübner. Immerhin verdankte man der Kollegin die Kenntnis, in welcher Form Viola Stransky ihre Mittagspause zu verbringen pflegte.

Auf dem Rückweg klingelte Hübners Handy. Mit der Nummer auf dem Display konnte er gar nichts anfangen. »Hallo!«

»Hier Steinbeck«, meldete sich die Urlauberin.

»Endlich, Steinbeck, wo sind Sie?«
»In Afrika.«
»Wo bitte?«
»In Namibe, Angola. Aber wir bleiben nicht lange.«
»Wer ist *wir*?«
»Ich habe Herrn Stransky gefunden.«
»Gefunden?«
»Eine lange Geschichte.«
»Das glaube ich gerne. Ehrlich gesagt, habe ich nicht erwartet, daß der Mann noch lebt. Ist er es wirklich?«
»Ich kann ihn auch wieder zurückschmeißen, wenn Sie wollen. Wir sind hier am Meer.«
»Ihr Humor ist mir richtig abgegangen.«
»Machen wir's kurz«, sagte Steinbeck. »Ich brauche Ihre Hilfe. Das ist ein wirklich sonderbarer Fall. Und ich weiß nicht so recht, auf wen ich mich dabei verlassen kann. Auf Sie am ehesten. Also: Wir fliegen nach Stuttgart. Können Sie uns von dort abholen? Mit dem Wagen.«
»Wieso Stuttgart?«
»Ich befinde mich in einer Art Räuber- und Gendarmspiel. Würde ich Stransky auf direktem Weg nach Hause bringen, wäre das unklug. Darum über Stuttgart.«
»Ich verstehe die Umständlichkeit nicht«, äußerte Hübner. »Wenn das ein Spiel ist, dann sind doch *wir* die Gendarmen, oder?«
»Nein, so einfach ist das leider nicht. Also, holen Sie uns ab oder nicht?«
»Natürlich hole ich Sie ab.«
Steinbeck gab Hübner die Ankunftszeit für den folgenden Tag durch. Dann schloß sie: »Kommen Sie lieber allein. Es hat sich in dieser Angelegenheit erwiesen, daß weniger Leute sich besser schlagen.«
»Wie Sie wollen.«
»Bis morgen«, verabschiedete sich Steinbeck. »Und danke.«
»Nichts zu danken«, sagte Hübner, wie man sagt: Ich habe schon wieder Polypen.
Hübner ärgerte sich. Ein lebender Stransky war ihm gar

nicht recht. Ein lebender Stransky paßte nicht in sein Konzept. Er würde aufhören müssen, Viola Stransky auf die Pelle zu rücken. Schade drum. Es hätte Hübner gut gefallen, eins von diesen allmächtigen Weibsstücken, die hinter hohen Scheiben saßen und auf die Stadt hinunterschauten, von ihrem Stuhl zu ziehen und in die Untersuchungshaft zu expedieren, wo es dann keine Aussicht mehr gab.

Aber die Aussicht, die fehlte, war leider auf Hübners Seite. Statt dessen Stuttgart.

19
Die inneren Tropen

Baby Hübner war pünktlich. Er war immer pünktlich. Auch in dieser Hinsicht ein alter Sozialist. Alte Sozialisten hatten ständig Angst vor dem Zuspätkommen. Das war praktisch ihre Lehre aus der Geschichte, lieber zu früh loszufahren, als sich gefährlich viel Zeit zu lassen, lieber irgendwo blöd herumzustehen, als im nachhinein die Scherben aufräumen zu müssen.

So spazierte Hübner durch die hohe Halle des Stuttgarter Flughafens, wobei er einen Pappbecher mit Kaffee in der Hand hielt. Er trank nicht, er roch nur hin und wieder daran. Er hatte es mit dem Magen wie die meisten Polizisten. Die Mägen der Polizisten waren lauter kleine, blondgezopfte Mädchen, die sich hinter Sträuchern versteckten und einen Wolf fürchteten, von dem weit und breit nichts zu sehen war. So wenig diese Angst vor Wölfen begründet sein mochte, so bedrohlich waren die Geschwüre, die daraus resultierten.

Aber wenigstens den Geruch von warmem Kaffee wollte Hübner genießen. Er war früh aufgestanden, um rechtzeitig in Stuttgart zu sein. Es war jetzt kurz vor neun Uhr morgens. Steinbecks Flieger sollte demnächst landen. Air France, von Kinshasa aus, via Paris. Draußen am Parkplatz stand Hübners Wagen, ein kleiner Audi oder Ford, vielleicht auch ein VW, schwer zu sagen, aber auch egal.

»Ah, da sind Sie ja, Kollegin«, begrüßte Hübner die Zurückgekehrte. »Sie sehen gut aus. Erholt. Waren Sie am Strand?«

»Ja, Strände kamen auch vor«, äußerte Steinbeck und reichte Hübner ihre Reisetasche.

Mit der nun freien Hand wies Lilli auf den Mann neben sich und stellte ihn vor: »Herr Stransky hat seine Reise nicht bereut. Dank Dronten.«

»Dronten?«

»Große, dicke Vögel«, erklärte Steinbeck, »die nicht fliegen können und die es eigentlich nicht mehr geben dürfte.«

»Muß ich verstehen, was Sie mir erzählen?« fragte Baby Hübner.

»Haben Sie mich je verstanden?« fragte Steinbeck zurück.

»Sie haben recht, Kollegin. Es gibt keinen Grund, zu meinen, es hätte sich in der kurzen Zeit etwas geändert. Dronten also. Sehr gut!«

»Gehen wir rasch auf einen Kaffee«, sagte Steinbeck und begann davon zu berichten, was sie alles erlebt und erlitten hatte, seitdem sie in Athen angekommen war. Sie hielt sich kurz, wodurch die Sache aber nicht einfacher klang, im Gegenteil. Das kennt man. Gerade in der Verkürzung wirkt vieles an den Haaren herbeigezogen.

Wirkt es nur so? Oder ist es das?

Kommissar Hübner wußte um dieses Phänomen. Daß nämlich das Leben und die Welt die meiste Zeit an den Haaren herbeigezogen wurden. Von wem auch immer. Als Polizist, der er war, hatte Hübner bald aufgehört, sich über diese an den Haaren herbeigezogene Wirklichkeit zu wundern. Eines freilich glaubte auch er nicht, daß tatsächlich griechische Götter ihre Hände im Spiel hatten. Vielmehr dachte er und sagte es jetzt auch, daß dies symbolisch gemeint sein müsse und Dr. Antigonis weder ein himmlisches noch ein höllisches Imperium vertrete, sondern bloß eines dieser Syndikate, deren Mitglieder sich gerne als Götter sahen, jedoch nichts anderes darstellten als einen Haufen privilegierter Spinner.

»Wahrscheinlich haben Sie recht«, sagte Steinbeck. »Aber das werden wir später klären. Zunächst einmal möchte ich nur eines: Herrn Stransky wohlbehalten zu Hause abliefern. Danach werden wir schon sehen, ob die Götter zürnen oder alles einschläft.«

»Richtig«, bekräftigte Hübner, »das ist unser Job. Das Leben der Menschen sichern. Ganz gleich, was die Götter dazu sagen.«

Das mit der Lebenssicherung meinte er auch ernst. So mißmutig er mitunter schien, so verbittert und kleinkariert, war er noch immer ein klassischer Ihr-Freund-und-Helfer-Polizist. Darin sah er seine Aufgabe, bloß, daß er für Personen wie diese Viola Stransky weder ein Freund noch ein Helfer sein wollte. Sehr wohl aber für ihren Mann, der sich bescheiden und zurückhaltend gab, nichts forderte und nur hin und wieder die Notwendigkeit betonte, sobald als möglich eine größere Öffentlichkeit vom Wiederauftauchen eines ausgestorbenen Riesenvogels zu unterrichten.

Man verließ den Flughafen und stieg in den Wagen. Hübner durchfuhr die Stadt Richtung Osten, Stransky auf der Rückbank, Steinbeck daneben.

»Und dieser Detektiv, dieser Kallimachos«, erkundigte sich Hübner, »was ist mit ihm?«

»Als wir ihn verließen«, berichtete Steinbeck, »schlief er gerade.«

»Was heißt, er schlief?«

»Das war eine anstrengende Reise für ihn. Ich wollte ihn nicht wecken. Hätte auch wenig genützt. Aber ich denke, er dürfte inzwischen aufgewacht sein. Der Mann kann sich selbst helfen. So langsam er ist, ist er auch nicht umzubringen. Ich werde ihn wohl in Athen treffen.«

»Sie wollen wieder nach Athen?«

»Ja, sobald Herr Stransky in Sicherheit ist, fliege ich zurück. Wegen eines Babys, das schreit.«

»Eines Babys?«

Steinbeck kam nicht dazu, über den schönen Stavros Stirling und seinen Sohn Leon zu berichten. Eine Kugel durchbrach die Heckscheibe, flog glücklicherweise unbehindert durch das Wageninnere und blieb in der Windschutzscheibe stecken, wo sich augenblicklich ein Netz von Sprüngen bildete. Hübner – der sich getroffen fühlte, obgleich er es nicht war – riß das Steuer herum, scherte links aus, gelangte am Gegenverkehr vorbei auf die andere Straßenseite und schlitterte eine kurze Böschung abwärts, um schließlich in einem Graben steckenzubleiben.

»Raus aus dem Wagen, rasch!« Steinbeck stieß Stransky an. Nicht zum ersten Mal. Er bekam langsam blaue Flecken davon.

Als die drei aus dem Auto sprangen – ein Auto, das jetzt tot war –, vernahmen sie mehrfaches Gehupe. Der Kleinbus, aus dem der Schuß abgegeben worden war, hatte gebremst und versuchte nun ebenfalls, die Gegenfahrbahn zu queren.

»Ich rufe die Kollegen«, sagte Hübner und zog sein Handy aus der Tasche.

»Wir müssen weg hier«, erinnerte Steinbeck. Sie hatte recht. Die Stelle war ungünstig.

Sie zog ihre Waffe. Eine Waffe, die aus Kinshasa hinauszubringen und über Paris nach Stuttgart zu befördern einige Mühe gekostet hatte. Während sich natürlich der Zivilist Stransky von der seinen hatte trennen müssen.

»Wo sind wir überhaupt?« fragte Hübner, als man bereits dabei war, zwischen einer Reihe von Bäumen durchzutreten und einen Parkhügel hochzusteigen.

»Hinter dem Schloß Rosenstein«, rief Stransky.

»Sie kennen sich hier aus?« staunte Steinbeck.

Stransky erklärte keuchend, daß im Schloß das hiesige Naturkundemuseum untergebracht sei. Er habe dort einige Male zu tun gehabt, auch einen Vortrag über den ausgestorbenen Riesenalk gehalten. Wenn er etwas von Stuttgart kenne, dann diesen grünen Flecken.

Auf der Höhe dieses Fleckens stand das sogenannte Schloß. Eher hätte man von einer großzügigen Villa sprechen müssen. Der einstöckige, klassizistische Kasten, der einst als königliches Landhaus fungiert hatte und damals wie heute eine Art i-Punkt bildete, diente jetzt einer Sammlung ausgestopfter oder nachgebildeter Tiere – einem Kabinett der Naturalien. In den hohen Schaukästen ruhte eine mumifizierte Wildnis, erstarrt in alltäglichen Handlungen des Lebens, beim Fliegen oder Fressen oder Lauern, gefangen in einer ewigen Gebärde. Nicht zu vergessen, daß sich unter den Schaustücken auch das Präparat eines Riesenalks und das Skelett einer Dronte befanden. Woraus sich eine nette, wenn auch mit Sicherheit unbeabsichtigte Geste der Angreifer ergab: Stransky an einem solchen Ort töten zu wollen. Wenn schon nicht inmitten lebender Dronten, so wenigstens in der Umgebung einer toten Dronte. Dem Rest einer toten Dronte.

Noch aber liefen die drei Personen den Hügel aufwärts, zu Recht in Eile. Mehrere Schüsse kündigten die Verfolger an. Einige Spaziergänger – Rentner, die meinten, sich vor nichts mehr fürchten zu müssen – blieben stehen und sahen zu. Ohne sich zu rühren. Außenposten des Naturkundemuseums.

Als man sich bereits in der Nähe des Gebäudes befand, bekam Hübner endlich jemand ans Telefon, der sich für zuständig erklärte. Aber man glaubte Hübner nicht. Die Person am anderen Ende der Leitung meinte: »Wie heißen Sie? Hübner? Ich kenne keinen Hübner.«

»Holen Sie mir Rosenblüt ans Telefon!« schrie Hübner.

»Der Herr Hauptkommissar ...«

»Ich bin selbst Hauptkommissar, Sie Mondkalb! Rosenblüt wird Ihnen den Kopf abreißen.«

Der Beamte schien nun doch ein wenig beeindruckt. Er sagte: »Ich verbinde Sie.«

Vorbei an einem kleinen Brunnenbassin, das gleich einem guten Omen von Rosenstöcken umgeben war, somit die gerade entstehende Verbindung von Rosenstein und Rosenblüt optisch aufrundend, bog man auf die Vorderseite der Anlage, wo eine Freitreppe unter ein Säulenportal führte. Es war jetzt Stransky, der keine Sekunde zögerte und hinauf zum Eingang des Museums lief. Steinbeck und Hübner folgten ihm unsicher, Hübner weiterhin mit einem Ohr am Handy, aus dem pures Rauschen drang.

»Da drinnen sitzen wir in der Falle«, meinte Hübner.

»Es gibt auch gute Fallen«, erwiderte Steinbeck, an Saint Paul denkend, als sie mit Stransky in eine französische Weltraumkapsel geflüchtet war.

Hübner sah hinüber auf die weite Fläche der Parklandschaft. Kaum Möglichkeiten, sich zu verschanzen. »Also gut, ins Museum.«

Währenddessen rüttelte Stransky an der Türe. »Hier ist zu.«

Nun, die Türe war alles andere als eine Sicherheitstüre. Ein Tritt genügte, ein Tritt, den Steinbeck vornahm. Dünnes Glas splitterte und dünnes Holz brach. Schon befanden sich die drei im Inneren. Von einem kleinen Vorraum gelangten sie in einen weiten Kuppelsaal, wo es rechts und links in die Ausstellungsräume ging.

»Zum Dschungel«, schlug Stransky vor. Steinbeck und Hübner folgten ihm, ohne daß Zeit gewesen wäre, sich nach der Art des Dschungels zu erkundigen.

Es muß nun erwähnt werden, daß an diesem Vormittag das Museum aus gutem Grund geschlossen hatte. Viele der Schaukästen standen offen. Die hohen Scheiben ragten in die Räume. Auch sah man Eimer mit Wasser, dazu Putzmittel, Schwämme und Wischer, nirgends aber Leute, welche die offenkundig vorzunehmende Reinigung der Vitrinengläser auch vornahmen. Möglicherweise befand sich der Trupp in einer jener berühmtberüchtigten vormittäglichen Pausen, die unter Begriffen wie Vesper oder Brotzeit oder zweites Frühstück eine beinah märchenartige Existenz führen. Im Gegensatz zu den offiziellen Mittagspausen scheinen die tätigen Menschen in solchen Momenten wie vom Erdboden verschluckt. Ganze Ämter leeren sich, in Krankenstationen wird das Feld vollends den Patienten überlassen, in Büchereien regieren nur noch Bücher, in Supermärkten verwaisen Kassen, von Baustellen ganz zu schweigen. Man könnte dann Chefetagen in die Luft sprengen und würde niemanden treffen. Die Vormittagspause ist ein Mysterium. Keiner kann sagen, wohin die Leute sich verziehen mit ihren Brötchen und Würstchen und Essiggürkchen und fettarmen Joghurts.

In der gegebenen Situation freilich war es ein Glück. Man brauchte nicht erst unschuldige Zivilisten wegzuscheuchen. Auch hatte Hübner endlich den Kollegen Rosenblüt am Telefon, den er von früher kannte. Einfach nur die Polizei zu alarmieren genügte eben nicht. Hübner benötigte echte Hilfe, nicht ein paar uniformierte Gesetzeshüter, die mal vorbeisahen und sich im besten Fall entwaffnen ließen. Genau das erklärte er Rosenblüt, echte Hilfe zu benötigen.

Rosenblüt machte keine Umstände und sagte: »Ich komme.«

Baby Hübner klappte sein Handy zu. Man war im Dschungel angekommen. Genauer gesagt in einem Raum, in dem eine meterlange Vitrine den afrikanischen Regenwald beherbergte. In zwei kleineren Glaskuben befanden sich die Regenwälder

Neuguineas und Amazoniens. In einem vierten Objekt, einer Art Schaubühne, sah man ein Stück der Anden, welche ebenfalls zu den inneren Tropen zählen. Die Szenerien wirkten ausgesprochen echt, und vieles war ja auch echt, wenngleich tot, ausgestopft, präpariert, anderes jedoch nachgestellt, darunter Glühwürmchen aus kleinen Lämpchen und eine dank Fototapete vorgetäuschte Tiefe. Dazu Wasserflächen aus dunklem Glas, Blätter aus Seide und gemalter Vogelschiß.

Auch in diesem Raum standen mehrere der raumhohen Schaufenster offen. Vier künstliche Bäume wuchsen aus dem Boden und spannten ein Blätterdach unter den Plafond. Hinter dem Dickicht Neuguineas erhob sich ein begehbares Gerüst, welches dazu diente, die ausgestellten Paradiesvögel auch in der oberen Baumregion zu betrachten. Aus Lautsprechern drangen die typischen Dschungelgeräusche, ein Gezwitscher und Gezirpe, ein Sägen und Raspeln, Töne, die von weit oben ins knackende Unterholz drangen und umgekehrt. Eine Endlosschleife brütender Klänge. Die Fenster, die hinaus auf die Parklandschaft wiesen, hatte man leicht abgedunkelt. Hier drinnen war Stuttgart ein ferner Ort. Man spürte geradezu, wie es kochte und dampfte und wucherte und ein andauerndes schleimiges Gebären und Absterben den üblichen Kreislauf garantierte. Dies alles jedoch bei angenehm kühler Luft, einem glatten, trockenen Steinboden sowie zwei Bildschirmen, auf die man tippen konnte, um sich erklären zu lassen, was man da alles an Viechern und Pflanzen zu sehen bekam.

»Gut, Herr Stransky«, meinte Hübner, »Sie haben sich für den Dschungel entschieden. So soll es sein. Steigen Sie das Gerüst hinauf und gehen Sie dort in Deckung. Machen Sie sich unsichtbar.«

Stransky folgte der Anweisung, kletterte die wenigen Treppen auf eine kleine Plattform, die nach drei Seiten von einer Plane abgedeckt wurde und auf der vierten Seite den Blick auf Neuguineas Dickicht eröffnete. Stransky ging neben der Glaswand in die Knie. Erschöpft lehnte er sich an die Scheibe und blickte auf die ausgestellten Vögel. Er dachte: »Ein guter Platz, um zu sterben.«

Viele Menschen sind es nicht, die so einen Gedanken denken dürfen.

»Kreuzfeuer«, sagte Hübner zu Steinbeck. »Falls die Schweine uns finden.«

Steinbeck nickte. Sie wechselte hinüber zu den Anden, zu den offen stehenden Anden, und stieg in die Kabine, in welcher ein Kondor sowie weitere Tiere um ein Stück Aas gruppiert waren. Einen Moment kam ihr der absurde Gedanke, daß nicht nur die Vögel und das hasenartige Wesen und die kleinen Echsen, sondern auch das Aas ausgestopft sein könnte. Radikaler Naturalismus.

Lilli preßte sich gegen die beleuchtete Innenseite des Dioramas, einen Plastikfelsen, und führte den Lauf ihrer Waffe auf Wangenhöhe, sodaß das Korn auf ihren geschlossenen Lippen auflag, gleich einem Finger, der zur Ruhe mahnt. Und Ruhe war auch angesagt. Lilli spähte um die Ecke, um die beiden türlosen Zugänge im Auge behalten zu können. Hübner hatte indessen auf der gegenüberliegenden Seite durch eine ebenfalls offene Sichtscheibe das Innere des Afrikanischen Regenwalds betreten und war hinter einem Okapi in Deckung gegangen. Nicht, daß er wußte, daß dieser gestreifte Esel ein Okapi war. Die Kenntnis der Natur war nicht seine Sache, nie gewesen. Auch in dieser Hinsicht dachte er ungern über seinen Schrebergarten hinaus. Die schöne Ordnung der Blumen- und Gemüsebeete war ihm lieb und teuer, der Wildwuchs unheimlich. Es hätte ihn sehr erstaunt, von Stransky zu erfahren, daß das Okapi eine Giraffenart darstellte, eine Giraffe, die ohne langen Hals auskommen mußte, dazu scheu, nachtaktiv und ein Außenseiter. Hübner hätte sich gefragt: Warum wird jemand ein Okapi?

Aber das war jetzt nicht die Frage, die sich stellte. Sondern die, ob Desprez und seine Leute im Bereich der inneren Tropen auftauchen würden, noch bevor Rosenblüt und die Stuttgarter Polizei im Museum eintrafen. Natürlich fragte sich auch, wieso Hübner nicht von Anfang an die Stuttgarter Kollegen informiert hatte. Aber was hätte er Rosenblüt denn erzählen sollen? Nein, auch die Polizei konnte die Polizei nur rufen, wenn es einen guten Grund gab.

Gute Gründe gab es jetzt ausreichend. Steinbeck merkte eine Bewegung im vorgelagerten Raum. Draußen bei der Saiga-Antilope und einer Vitrine, in der die Nachbildung eines kleinwüchsigen Vormenschen ausgestellt war. Beim Vorbeigehen war Steinbecks Blick an dieser affenartigen, aufrecht dastehenden, kräftig behaarten kleinen Frau hängengeblieben, die unter dem Namen »Lucy« weltberühmt geworden war.* Ein hübscher Name für ein hübsches Wesen. Steinbeck sehnte sich plötzlich danach, keine Lilli mehr, sondern eine Lucy zu sein, nicht angespannt in den Hochanden zu stehen und eine Waffe im Anschlag halten zu müssen, sondern durch die Savanne zu ziehen, Ausschau nach Nahrung zu halten, Ausschau nach einem Partner, und frei von Gott zu sein. Beziehungsweise frei von Göttern.

Aber das spielte es nicht. Hier war das einundzwanzigste Jahrhundert. Und hier waren die Angreifer, die vorsichtig um die Ecke schielten, hinein in den Eckraum, welcher drei Regenwäldern und einer Bergwelt Obdach gewährte.

»Frau Steinbeck?!« Es war Desprez' Stimme. Aber er konnte Lilli unmöglich gesehen haben, auch sonst niemanden. Zu perfekt waren Hübner hinter seinem Okapi und Stransky in den oberen Gefilden einer Blätter- und Vogelwand verborgen.

»Merde!«

Zwei von Desprez' Fallschirmjägern betraten rechts und links den Raum, sehr vorsichtig, ihre Schritte wie über dünnes Eis setzend. Die Gestalt des einen spiegelte sich in der offenen

---

* Hier irrte Lilli Steinbeck. Bei der ausgestellten Hominidenart handelte es sich zwar um einen Australopithecus afarensis, eine Entwicklungsstufe, die tatsächlich unter dem Name »Lucy« bekannt geworden war, doch im konkreten Fall wurde das Modell eines männlichen Exemplars präsentiert. Lilli Steinbeck übersah ganz einfach die Männlichkeit, die eingeschattet und dunkelhäutig zwischen den Beinen hing. Sie sah nur den hübschen Kopf, den kompakten Körper und die edle Haltung eines frühen aufrechten Ganges. Bei soviel Würde mußte Lilli Steinbeck ganz einfach an ein Weibchen namens Lucy denken. Verständlich.

Vitrinenscheibe, die von Steinbecks Versteck wegstand. Doch offensichtlich hatte auch der Angreifer einen Teil von Lilli in der Spiegelung entdeckt. Er feuerte augenblicklich. Nicht, daß er um die Ecke schießen konnte. Was er traf, war das Glas.

Jedenfalls ging es los. Kreuzfeuer! Lilli drückte ab, wobei sie aber nicht auf den Mann auf ihrer eigenen Seite zielte, sondern auf den, der vor dem afrikanischen Regenwald stand. So brauchte sie ihre Deckung nicht aufzugeben, während wiederum Hübner von seinem Okapi aus, über dessen Rücken er jetzt seine Pistole gehoben hatte, auf Steinbecks Flanke hinüberfeuerte. Auch die Angreifer schossen, die, die schon im Raum waren, und auch die, die bei der winterfesten Antilope standen. Es ergab sich ein heftiger Schußwechsel, der an jenen erinnerte, der auf Saint Paul stattgefunden hatte, nur, daß es nun keine lebenden Dronten waren, die im Kugelhagel sterbend den Kollateralschaden bildeten, sondern Tiere, die ja schon tot waren und nun ein zweites Mal erledigt wurden. Dazu kam natürlich jede Menge splitterndes Glas. Es platzte geradezu, das Glas. Als schieße man in einen Strauß von Ballons.

Und durch dieses Geplatze war er hindurchgetreten: Desprez.

Lilli hatte ihn nicht kommen sehen. Und offensichtlich hatte auch Hübner ihn nicht bemerkt, wobei daran erinnert werden muß, daß der Raum von mehreren künstlichen Bäumen sowie einem neuguineischen Instantdschungel und dem daran anschließenden Gerüst verstellt wurde und somit auch die Angreifer einiges an Deckung vorfanden. Jedenfalls war da mit einem Mal der kleine Franzose vor Lilli aufgetaucht, tatsächlich wie durch eine Wasseroberfläche brechend, hatte den Lauf ihrer Waffe gepackt, ihn nach oben gezogen und Lilli damit einen Schlag ins Gesicht versetzt. Einen Schlag, der sie zurückwarf und gegen den Kondor prallen ließ. Wo sie benommen liegenblieb.

Wie so oft bei einer Benommenheit, wechselte die Qualität der Sinne. Lilli meinte, das Aas zu riechen. Na, vielleicht war es schon das eigene Aas. Desprez hätte sie jetzt leicht töten können. Doch er tat es nicht. Nein, er lächelte, ganz kurz, ein Zwinkern von einem Lächeln. Dann sprang er mit einem Satz auf die Stufen des Gerüsts und verschwand hinter der dunklen Plane. Steinbeck wollte sich erheben, wollte nach Hübner rufen. Aber erstens war Hübner damit beschäftigt, den afrikanischen Regenwald zu verteidigen, und zweitens brachte Lilli weder einen Ton noch eine Bewegung zustande. Sie schwamm auf der eigenen Ohnmacht. Und wie das beim Schwimmen so geschehen kann, bekam sie Wasser in die Nase und prallte gegen einen Beckenrand.

»Ich habe versagt«, ging es ihr durch den Kopf. Über ihr stand der Schädel des hornköpfigen Geiers. Er schien zu sagen: »Genau.«

Endlich waren Sirenen zu vernehmen. Rosenblüt kam. Aber er kam zu spät. Die Angreifer hatten sich bereits zurückgezogen – Desprez, Palanka und noch zwei Kämpfer. Einer aber blieb schwerverletzt zurück, drüben bei den Trockengebieten. Wo übrigens auch einige über künstliche Dünen kletternde Schwarzkäfer ausgestellt waren. Das war das Schöne an solchen Museen, daß alles zusammenkam, was zusammengehörte, Vormenschen und Schwarzkäfer, und dies überhaupt nicht an den Haaren herbeigezogen wirkte, sondern logisch und zwangsläufig.

So wie es Desprez als zwangsläufig empfand, zu guter Letzt in Händen zu halten, was in Händen zu halten Esha Ness ihn beauftragt hatte: einen Schlüsselanhänger der besonderen Art, einen Schlüsselanhänger, der nun nach und nach beginnen würde, auszutrocknen.

Der achte Spielstein war gefallen.

Noch bevor Rosenblüts Mannschaft den Dschungelraum erreicht hatte, war Hübner bei Steinbeck gewesen und hatte ihr auf die Wange geklopft, als begehre er Einlaß. Einlaß in ihr Herz? Na, jedenfalls half er ihr, sich aufzurichten.

»Geht schon«, stöhnte sie. Und, wie soeben erwacht: »Scheiße! Stransky!«

Ja, Stransky!

Hübner und Steinbeck beeilten sich, die Stufen auf die ummantelte Plattform hochzusteigen. Der Boden war übersät mit Splittern von Glas und Splittern eines zerfetzten Regenwaldes.

In einer Ecke, die Beine angewinkelt, die Arme über den Kopf gezogen, lag Stransky. Es sah aus, als habe er nicht begriffen, daß es vorbei war.

Vorbei war gar keine Rede.

Lilli Steinbeck erkannte jetzt das Einschußloch in Stranskys rechter Hand, welche sich im Kopfhaar verkrallt hatte und dort wohl hängengeblieben war, nachdem die Kugel durch die Hand in den Schädel eingedrungen und auch aus Stransky ein totes Wesen gemacht hatte.

»Hübner?« rief jemand. Es war Rosenblüt, der soeben mit einem Teil seiner Leute im Dschungel eintraf.

»Hier oben!« meldete sich Baby Hübner. »Wir haben einen Toten.«

Kurz darauf fielen von fern Schüsse. Eine weitere Einheit der Rosenblütschen Eingreiftruppe hatte zwei der Angreifer gestellt. Auf der anderen Seite des Gebäudes, dort, wo man eine Gruppe ausgestorbener Tiere zeigte. Hätte Georg Stransky geahnt, daß ihn das Dickicht dreier Regenwälder nicht retten würde, dann wäre er verständlicherweise auch lieber bei Dronte und Riesenalk gewesen, um zu sterben. Oder wenigstens zwischen den künstlichen Felsen einer von Seevögeln frequentierten isländischen Steilküste, vor dessen Hintergrund sich nach kurzer Flucht die beiden Desprez-Kämpfer ergaben, in der Folge aber ihren Mund hielten, wie man einen Mund nur halten kann.

So waren es also bloß zwei, die entkamen, Desprez und Palanka. Ein offenes Fenster zeugte davon, daß es auch ohne splitterndes Glas ging. Die beiden verschwanden. Und so rasch die Stuttgarter Polizei auch reagierte, so wenig brachte die Fahndung ein.

Die nicht.

»Können Sie mir das alles erklären?« fragte Rosenblüt, nachdem er zu Steinbeck und Hübner hochgestiegen war und den zusammengekrümmten Leib Georg Stranskys beiläufig betrachtet hatte.

»Eigentlich nicht«, antwortete Hübner.

»Etwas Internationales«, ergänzte Lilli Steinbeck die Aussage Hübners.

»Ja dann!« gab sich Rosenblüt gelassen und sah die beiden an, als wollte er sagen: Ihr zwei gehört ins Bett.

Nun, Steinbeck und Hübner gehörten allerdings ins Bett, und zwar in ein gemeinsames. Nicht, weil sie ein ideales Liebespaar gewesen wären, aber wenigstens einmal hätten sie es probieren sollen. Der Sex zwischen Menschen, die sich nicht mögen, kann überaus befreiend wirken.

Was Rosenblüt dann tatsächlich sagte, war: »Na, Hauptsache, Sie beide haben überlebt.«

– War das wirklich die Hauptsache im Leben eines Menschen?

– War das wirklich die Hauptsache im Leben einer Dronte?

20
Zweimal Witwe

Als er aufwachte, mußte Roy augenblicklich an das verdammte Gesicht denken, welches als ein unabwaschbarer Flecken auf dem Fledermaus-Gemälde klebte. Ihm war mulmig zumute. Er war ganz entschieden ein Feind von allem Übernatürlichen. Dabei stand nicht zur Diskussion, ob er daran glaubte oder nicht. Er wollte einfach nichts damit zu tun haben, so wie man von einer bestimmten Krankheit, gleich, ob sie auf Fakten oder Einbildung beruht, nicht betroffen sein möchte. Auch eingebildete Krankheiten können einen umbringen.

Wenn es denn möglich war, daß Gesichter wie von Geisterhand geschaffen sich aus simplen Schmutzflächen herausbildeten, dann hatte Roy nichts dagegen, solange es nicht das Gemälde betraf, an dem er gerade arbeitete. Weil aber genau das der Fall war, war er zornig gegen sein Schicksal. Womit hatte er das verdient? Wohl kaum, weil er es mit einer verheirateten Frau trieb.

Wenn aber doch?

Nun, dann stellte sich die Frage, ob es etwas nützte, die Beziehung aufzugeben. Er liebte diese Frau ja nicht, obwohl sie eine tolle Person war. Andererseits trat sie viel zu erhaben auf, viel zu selbstsicher und dominant, um sie richtig lieben zu können.

Als Roy jetzt ins Badezimmer wechselte – ein wenig ängstlich, etwas im Spiegel zu finden, was er nicht finden wollte –, beschloß er, die Beziehung zu beenden. So sehr ihm der Sex abgehen würde. Denn eine Frau wie Viola gab es nicht an der nächsten Ecke, so eine würde er wahrscheinlich in seinem ganzen Leben nicht mehr finden.

Im Spiegel war alles in Ordnung. Roy sah aus wie immer nach dem Aufstehen. Zerrupft, mit glasigen Augen, trockenen, zerknitterten Lippen sowie wurmartigen Haaren, die aus den

Nasenlöchern standen, um sich dann im Laufe des Tages wieder in ihre Höhlen zurückzuziehen. Es tat ihm gut, sich vorzustellen, daß die Beendigung seiner Viola-Geschichte eine Abwehr des Übernatürlichen nach sich ziehen könnte. Aber allein an so etwas zu glauben bedeutete bereits, sich dem Übernatürlichen ergeben zu haben. Ob es nun existierte oder nicht.

Roy zog sich an und ging auf einen Kaffee, einen guten Kaffee, den er in einem kleinen Bistro einnahm, sich mit dem Besitzer über Fußball unterhielt und für einen Moment ein glücklicher, zufriedener Mensch war. Nach dem letzten Schluck sah er auf seine Armbanduhr, die ihn daran erinnerte, daß kein Mensch *ernsthaft* länger als einen Kaffee lang glücklich und zufrieden sein durfte. Er bezahlte und machte sich auf den Weg hinüber zum Bahnhof.

Er erschrak heftig, als er hinter dem Roulettetisch eine Frau sah. Eine Frau, die er nicht kannte, während bisher zu jeder Zeit der immer gleiche Träger eines Moustache-Bärtchens an dieser Stelle gestanden hatte. Zumindest dann, wenn Roy an die Renovation des Wandbildes gegangen war.

»Wo ist er?« fragte Roy die Frau.

»Womit kann ich dienen?«

»Ihr Kollege. Der mit dem Bart. Wo ist er?«

»Verzeihen Sie, das ist mein erster Tag.«

»Ach so.« Roy zeigte auf das Gerüst: »Ich arbeite dort oben.«

»Oh, wie schön«, sagte die Frau und reichte Roy ihre Hand. Sie mochte in seinem Alter sein. Eigentlich konnte er Gleichaltrige nicht ausstehen. Seit jeher. Gleichaltrige Frauen bedeuten in der Regel eine schreckliche Quälerei. Ein ständiges Gerangel um alles und nichts. Der Umstand gleichen Alters macht die meisten Frauen ungnädig und bösartig. Das gehört zu den Phänomenen, die sich aus der Pubertät heraus bis ans Lebensende erhalten.

Dennoch dachte Roy: »Sie ist nett. Sie ist wirklich nett.« Wahrscheinlich wollte er das einfach denken, jetzt, wo er bereit war, Viola zu vergessen.

»Passen Sie auf, daß Sie nicht herunterfallen«, gab ihm die nette Frau mit auf den Weg.

Roy versprach es ihr. Dabei lächelte er in sich hinein, als verstaue er das eigene Lächeln in einem Kehlsack. Um ja nichts zu verschwenden. Sodann stieg er die Leiter hinauf zu seinen Fledermäusen.

Überraschung!

Nicht, daß das Ding verschwunden war gleich dem Croupier mit dem Moustache-Bärtchen, aber der Fleck war jetzt wieder ein Fleck und trug in keiner Weise die Züge jenes betrogenen Ehemanns Georg Stransky. Hier war einfach eine deutliche, aber völlig gewöhnliche Verschmutzung der Leinwand zu sehen, eine konturlose Schwärze.

Roy ergriff einen Schwamm, den er in eine milde Lauge tauchte und mit einer kreisenden Bewegung, einen Bogenachter vollführend, über die Fläche zog. Sofort war ein Effekt zu erkennen. Der Schleier lichtete sich. Roy benötigte keine zehn Minuten, dann hatte er die Malerei vollständig freigelegt. Zum Vorschein kam, was zu erwarten gewesen war: eine achte Fledermaus, größer als die anderen, weil perspektivisch näher am Betrachter. Die Oberfläche war ein wenig beschädigt, Kratzspuren waren zu erkennen, doch die Ausbesserung würde geringe Schwierigkeiten bereiten. Es war nichts anderes zu erwarten als eine schlichte Restaurierung.

Die Mittagspause ließ Roy an diesem Tag aus. Also den Sex. Er arbeitete durch und konnte spätabends feststellen, daß die Fledermaus picobello gelungen war. Der Fluch schien gebannt.

Roy fand, er habe sich einen Drink verdient. Als er aber von der Leiter kletterte und ihn der Blick der gutaussehenden Croupiere einfing, dachte er, daß er vor allem eine neue Freundin verdiente. Er fühlte sich wie ausgewechselt. Er ging hinüber zum Roulettetisch, sah in den Kessel hinein, dann auf die Frau und fragte: »Wie heißen Sie eigentlich?«

»Wie möchten Sie denn, daß ich heiße?« erkundigte sich die Meisterin der Zahlen.

»Cool«, sagte Roy, dachte nach und entschied sich: »Rita. Ich würde Sie gerne Rita nennen.«

»Warum nicht«, meinte die Frau, die jetzt Rita war. Sie sah

auf die Uhr und erklärte, in einer Stunde frei zu haben. Man könne dann ja ...

»Ich warte so lange«, sagte Roy in einem so festen wie süßen Ton. Schon wieder lächelte er in seinen Kehlkopf hinein. Solcherart würde er bald ein Doppelkinn haben.

Er wechselte hinüber zur Selbstbedienungstheke und nahm sich eine Bouteille Rotwein. Ein Bouteillechen. Wie im Flugzeug. Er zog noch ein Glas aus dem Regal und wählte einen Platz, von dem aus er den Roulettetisch beobachten konnte. Darüber das Wandbild, das nun keine Schwierigkeiten mehr machen würde. Davon war er überzeugt.

Nun, wenn hier jemand keine Schwierigkeiten mehr machen würde, dann war er selbst das.

»Junge, Junge!« sagte Baby Hübner und blickte hinunter auf den nackten Körper, welcher in der Haltung eines Gekreuzigten auf dem Bett lag.

Lilli Steinbeck betrat soeben den Raum. Sie war gerade unter der Dusche gestanden, voller Vorfreude auf ihr Bett, als Hübner angerufen hatte. Diese ganze Reise, die wie ein gewaltiger Schlenker, ein Südpolschlenker gewesen war, hatte ihren Schlafrhythmus und ihr Prinzip, spätestens um neun Uhr im Bett sein zu wollen, kräftig durcheinandergebracht. Und auch an diesem Tag, da man von Stuttgart zurückgekehrt war, gewissermaßen mit einer Leiche im Gepäck, sollte ihr ein geregelter Schlaf nicht vergönnt sein. Die Uhr hatte Viertel nach neun gezeigt, als das kleine Handy – Lillis eigenes, nicht die Puderdose des Dr. Antigonis – wie eine reanimierte Wanderheuschrecke sich gemeldet hatte. Lilli Steinbeck war sich gleich sicher gewesen, daß das nichts Gutes bedeuten konnte. Sie fühlte sich erinnert an das Remake von Fritz Langs *Das Testament des Dr. Mabuse*, wenn Gert Fröbe als Kommissar Lohmann einfach nicht dazu kommt, den eingeschenkten Kaffee zu trinken, weil da ständig ein Verbrechen dazwischenkommt. Man nennt das wohl Topos. Solche Topoi geben einer Geschichte Halt. Nichts gegen einen solchen Halt, doch es deprimierte Lilli Steinbeck, daß sie selbst mit ihrem Schlaf dafür geradezustehen hatte. Und dabei in typischer Bullenmanier das Bild eines Menschen lieferte, der ohne Nachtruhe auszukommen schien. Ein saublödes Bild.

Aber was sollte sie tun, wenn Hübner sie rief und meinte, es sei wichtig? Dann war es wohl auch wichtig.

»Wer ist das?« fragte Lilli, als sie neben Hübner zu stehen kam und ebenfalls hinunter auf das Bett sah.

»Der Mann heißt Almgren, Roy Almgren.«

»Ruhe in Frieden, Roy Almgren. – Aber was habe ich damit zu tun? Warum muß ich schon wieder meine Schlafenszeit hinausschieben?«

»Weil das heute bereits der zweite schwere Schlag für die verwitwete Frau Stransky sein wird, zumindest, wenn ich ihr abnehme, daß der erste Schlag auch ein schwerer war. Roy Almgren war der Liebhaber von Frau Stransky.«

»Herrje! Was ist ihm passiert?«

»Er wurde erwürgt, wie Sie sehen.«

Gar nichts konnte Steinbeck sehen, da zwei Leute von der Spurensicherung über den Kopf des Toten gebeugt waren und in der üblichen Weise nach Kleinkram suchten, damit sie ihre Plastiktütchen vollbekamen. Außerdem war Lilli Steinbeck nicht der Typ, der sich gerne Wunden ansah. Nicht, daß ihr davor ekelte, sie fand es nur ein wenig unwürdig, jemand, bloß weil er tot war, in den Rachen zu gucken, als wäre man sein HNO-Arzt.

»Sieht professionell aus«, kommentierte Hübner, »Drahtschlinge. Aber was heißt das schon? Offensichtlich erwischte es Almgren, während er ...«

Hübner verwendete ungern Wörter wie ficken oder vögeln. Es waren, wie er fand, Wörter für junge, respektlose Leute. Doch schönere, demütigere Begriffe schienen kaum hierherzupassen. Also sagte er gar nichts. Der Unterleib des Toten zeitigte Spuren, die für sich sprachen.

»Können Sie mir sagen«, fragte Steinbeck, »wieso der Mann sterben mußte?«

Hübner berichtete von dem Wandbild im Bahngebäude, an

dem Roy Almgren gearbeitet hatte, berichtete von der Merkwürdigkeit einer angeblichen Verschmutzung, welche eindeutig das Profil Georg Stranskys wiedergab. Was eigentlich nur bedeuten konnte, daß Almgren selbst dieses »Porträt« angefertigt hatte.

»Ich dachte mir das als eine Art Geständnis«, sagte Hübner.
»Geständnis wofür?«
»Georg Stransky entführt zu haben. Ich war überzeugt ... und bin es mehr denn je, daß Almgren mit der Sache zu tun hatte. Er und Viola Stransky. Der Frau ist nicht zu trauen. Ich lasse sie gerade hierherbringen. Ich will mir anschauen, wie sie reagiert, wenn sie ihren Geliebten da liegen sieht.«
»Was erwarten Sie?«
»Ich weiß es nicht. Die Frau ist eiskalt.«
»Ist das in Ihren Augen nicht jede Frau?« fragte Steinbeck. »Ich meine, jede Frau, die Stöckelschuhe trägt.«
»Verschonen Sie mich, Kollegin Steinbeck. Gnade.«
»Sie dürfen sich nicht wundern. Sie haben mich praktisch aus dem Bett geholt. Aber lassen wir das. Sie sagten, Almgren hätte ein Bild restauriert. Im Bahnhof?«
»Ja. Im großen Café. Über dem Roulettetisch.«
»Das will ich mir ansehen. Ich fahre schnell einmal hinüber.«
»Ich hätte Sie aber gerne hier«, meinte Hübner, »wenn Frau Stransky eintrifft.«
»Fürchten Sie sich vor der Dame?« fragte Lilli. »Nur Mut. Sie schaffen das schon.«
»Eine Frau kann besser in eine Frau hineinschauen«, offenbarte Hübner.
»Woher haben Sie denn diesen Quatsch?« wunderte sich Steinbeck, wartete aber eine Antwort nicht ab, sondern erkundigte sich, wer die Leiche gefunden habe.
»Wir bekamen einen anonymen Anruf.«
»Und wie lange ist Almgren tot?«
»Man könnte sagen, er ist noch warm. Ein Mord nach Feierabend.«
»Man sollte das verbieten lassen, nach Feierabend zu morden«, äußerte Steinbeck, wandte sich um und ging, wobei sie

versicherte, sich zu beeilen, um Viola Stransky noch zu sprechen. Auf daß eine Frau in eine andere hineinschaue.

Eine viertel Stunde nachdem Lilli Steinbeck den Tatort verlassen hatte, um per Streifenwagen zum Bahnhof gefahren zu werden, brachte ein anderer Streifenwagen Viola Stransky an den Ort des Verbrechens. Sie war wütend, daß man sie, wo sie doch erst am Vormittag den Tod ihres Mannes hatte verkraften müssen, ohne Angabe näherer Gründe gezwungen hatte, in einen Polizeiwagen zu steigen. Natürlich tat sie dies nur, weil sie überzeugt war, es bestehe ein unmittelbarer Zusammenhang mit dem Verbrechen an Georg.

Nun, ein Zusammenhang bestand durchaus. Wenn auch nicht unmittelbar.

Viola Stransky wurde von Baby Hübner mit dem üblichen Natterlächeln empfangen und ohne Vorwarnung an das Bett herangeführt, auf dem der nackte und tote Roy Almgren lag. Wohlweislich fehlten diesmal Leute von der Spurensicherung, die den Blick auf die markante Würgespur hätten verdecken können.

Keine Frage, Viola Stransky wankte. Sie faßte nach Hübner, packte seinen Ärmel und stützte sich einen Moment. Nur so lange, wie sie brauchte, durchzuatmen und mit der eingeatmeten, ein wenig dünnen Zimmerluft die nötige Festigkeit in den Beinen zurückzugewinnen. Das war eindeutig nicht der Anblick, den sie erwartet hatte.

Hübner war enttäuscht. Natürlich hatte er sich nicht unbedingt ein Geständnis erhofft, aber wenigstens eine offensichtliche Schauspielerei. Doch wenn hier geschauspielert wurde, dann perfekt. Oder Viola Stransky hatte mit dem Tod ihres Geliebten einfach nichts zu tun. Mist!

Als sei das nun die entscheidende Frage (und das mochte sie ja tatsächlich sein), erkundigte sich Viola mit einem kleinen Zittern in ihrer Stimme, mit wem Roy in diesem Bett gelegen habe.

»Ich dachte, vielleicht mit Ihnen«, sagte Hübner und sah Frau Stransky studierend von der Seite an.

»Macht Ihnen das Spaß?«

»Was?«

»Mich zu quälen?«

»Was verlangen Sie?« meinte Hübner. »Der Mann hier war Ihr Liebhaber. Da darf ich doch wohl annehmen, daß ...«

»Ich habe Ihnen doch erklärt, daß Roy und ich uns immer nur mittags trafen. Geht das vielleicht in Ihren Kopf?«

»Und? Haben Sie ihn mittags getroffen?«

»Nein. Ich hatte zu tun. Und er auch.«

»Wo waren Sie heute abend?« fragte Hübner.

»Erkundigen Sie sich nach meinem Alibi?«

»Genau das tue ich, Frau Stransky.«

»Ich war zu Hause.«

»Und Ihre Tochter?«

»Mia ist bei ihrer Oma. Sie weiß noch nichts vom Tod ihres Vaters. Sie haben wahrscheinlich keine Vorstellung, was es ... Lassen wir das.«

»Ja, lassen wir das«, bekräftigte Hübner. »*Meine* Unmenschlichkeit steht hier nicht zur Debatte. Nicht vergessen, Frau Stransky, ich bin der Polizist. Ich benötige kein Alibi. Sie schon.«

»Ich war alleine, wenn Sie erlauben. Nachdem ich vom Tod Georgs erfahren habe, war mir nicht nach Gesellschaft. Wie dumm von mir!«

»Ja, das ist dumm. Aber noch kein Verbrechen, versteht sich.«

»Zu gütig«, dankte Viola Stransky und erneuerte ihre Frage nach der Person, mit der Roy offensichtlich intim geworden war. Man roch sogar noch das Parfüm. Zumindest Viola und einige Leute von der Spurensicherung, und natürlich hatte auch Steinbeck es gerochen, wenn schon Hübner nichts roch, dessen Nase nicht die beste war.

»Also, wenn Sie nicht hier waren«, sagte Hübner, »dann weiß ich leider auch nicht, wer die Dame gewesen sein könnte. Wenn überhaupt eine Dame.«

»Roy war nicht bi«, erklärte Viola. »Glauben Sie mir.«

»Das nehmen die meisten Frauen von ihren Männern an und wundern sich später«, äußerte Hübner.

»Woher wissen Sie das so genau?«

»Wie ich sagte, *ich* bin der Polizist, *ich* bin es, der ständig in die Abgründe der anderen schauen muß.«

»Und da sehen Sie lauter verkappte Schwule.«

»Unter anderem.«

»Roy jedenfalls«, versicherte Viola, »war auf Frauen fixiert.«

»Und er war untreu«, ergänzte Hübner.

Viola Stransky nickte stumm. Sie dachte nach. Sie schien wirklich verblüfft ob der Untreue Roy Almgrens, dem Mann ihrer glücklichen Mittagspausen. Wenngleich das, was man hier sah, natürlich das Relikt eines abendlichen Verkehrs darstellte. Aber Viola Stransky hatte nun mal geglaubt, in bezug auf sämtliche Tageszeiten sich dieses Mannes sicher sein zu dürfen.

Wie auch immer, eines stimmte auf jeden Fall: Viola Stransky war überrascht.

Einen Augenblick später war auch Hübner überrascht. Und wie! Sein Handy klingelte, und es meldete sich einer seiner Mitarbeiter aus dem Büro.

»Ich hatte gerade ein Gespräch mit Stuttgart«, sagte der Assistent, dessen Stimme einen schalkhaften Unterton besaß. Mit gutem Recht.

»Und?«

»Vor einer Stunde wurde die Spurensicherung abgeschlossen, und man gab die Museumsräume frei, damit die Putzkolonne sich ans Aufräumen machen konnte. Na ja, und die haben nun was gefunden.«

»Reden Sie schon.«

»Desprez! Die Putzkolonne hat diesen Desprez gefunden. Tot. In der Maulwurfshöhle.«

»Was?!«

Wie sich zeigte, hatte das offene Fenster im Schloß Rosenstein nicht auch bedeutet, daß Henri Desprez durch selbiges geflüchtet war. Wenn überhaupt, dann nur die Person, die Desprez am Ende der ganzen Aktion liquidiert hatte, um seinen Leichnam im Raum einer Sonderausstellung abzulegen. Die Ausstellung war ironischerweise dem Leben unter der Erde

gewidmet, den Prozessen des Verfalls, und verfügte – als Einrichtung für spielende Kinder – über eine gartenzwerghohe Kammer, in der man das Leben eines Maulwurfs nachvollziehen konnte. Und in dieser Kammer nun war ein Arbeiter des Reinigungsdienstes auf den leblosen Körper des Henri Desprez gestoßen. Ein Schuß hatte genügt. Ein Schuß von hinten.
»Sonst noch was?« fragte Hübner.
»Nein, im Moment nicht.«

Nicht alles passiert gleichzeitig. Das meiste aber schon. Während nämlich Hauptkommissar Hübner zusammen mit einer »zweifachen Witwe« vor einer Bettleiche stand und soeben von seinem Assistenten davon unterrichtet wurde, daß man in einer künstlichen Maulwurfshöhle auf den ermordeten Henri Desprez gestoßen war, befand sich Lilli Steinbeck auf dem Gerüst, das einmal Almgrens Gerüst gewesen war, und stellte fest, daß eigentlich nichts festzustellen war. Hier war nirgendwo ein Porträt Georg Stranskys zu erkennen. Auch sonst nichts Auffälliges. Na ja, Fledermäuse. Die Fledermäuse gaben ihr schon ein wenig zu denken, vor allem, da es acht an der Zahl waren. Andererseits kamen Fledermäuse halt hin und wieder vor, in der Natur wie in der Kunst.

Lilli blickte hinunter ins Café, betrachtete den Roulettetisch sowie einen aufrecht dastehenden Croupier, der einen äußerst akkurat gestutzten Schnurrbart trug und mit ebenso akkuraten Handgriffen die Jetons in ein Kästchen einordnete. Lilli bemerkte die müden Gesichter der Spieler. Auf der elektronischen Anzeige, die wie ein illuminierter Gesetzestext hinter dem Croupier aufragte, erschien die Fünf. Steinbeck überlegte, ob es eine Zahl gab, die ihr sympathischer war als eine andere. Fragte sich dann aber, ob nicht schon eine solche Überlegung lächerlich war. Eine Zahl zu mögen oder nicht zu mögen.

Sie schüttelte den Kopf, sah auf die Uhr. Es war Zeit. Sie mußte zurückfahren, wollte sie mit Viola Stransky sprechen. Hier jedenfalls war nichts zu gewinnen. Dies war ein schlecht gemaltes Bild mit Fledermäusen. Ein Bild, das jemand anders würde zu Ende restaurieren müssen.

Ebenfalls zur gleichen Zeit, drüben in Paris – eine Stadt, die ihren Charme wie eine übergroße Leoparden-Unterwäsche spazierenführt –, betrat eine Frau namens Palanka jenes Chinarestaurant, in welchem Esha Ness zu residieren pflegte. Man aß zu Abend, Ness und ihre komische Familie. Der kleine Floyd schlief an Esha Ness' halbnacktem Busen. Die Königin hob mit ihren Stäbchen ein Stück Fleisch in die Höhe. Es glänzte vom Saft. Esha Ness legte sich das Fleisch auf die Zunge, als wollte sie es noch ein bißchen quälen. Dann kaute sie kurz, schluckte, sah hinüber zur wartenden Palanka und fragte: »Und?«

Palanka legte einen Schlüsselanhänger mit einer Batmanfigur vor Esha Ness auf den Tisch. Es war schwer zu sagen, ob der Schwarzkäfer, der sich in dem kleinen Kunststoffkostüm befand, noch lebte. Wenn aber, dann nicht mehr lange. Brauchte er auch nicht. Er war jetzt ohne Wirt. Man könnte auch sagen, ohne Herrchen. Sein Leben zwecklos.

Esha Ness hätte etwas wie »Sehr gut!« oder »Ausgezeichnet!« sagen können, denn immerhin war die Sache diesmal ausgesprochen knapp gewesen. Doch sie begnügte sich damit, den Schlüsselanhänger ein Stück näher an sich heranzuschieben. Dann fragte sie: »Und Desprez?«

»Welcher Desprez?«

Immerhin meinte Esha Ness jetzt: »Dann hat ja alles seine Ordnung. Wollen Sie was essen, Palanka?«

»Danke nein.«

»Wie Sie möchten. Sie können gehen. Aber halten Sie sich zur Verfügung. Sie übernehmen ab sofort das Kommando. Zwei Fledermäuse noch. Danach werden wir endlich ein wenig Ruhe haben. Diese Götter gehen mir schrecklich auf die Nerven. Dieser ewige Spieltrieb. Wie Kinder, die die Welt nachstellen.«

Esha Ness widmete sich wieder ihrem Essen. Palanka verließ das Lokal. Sie war nicht gerade begeistert, in die erste Position vorgerückt zu sein. Auch wenn es hieß, Esha Ness würde darauf verzichten, Frauen killen zu lassen. Zumindest wenn diese Frauen noch in einem Alter waren, wo sie Kinder bekommen konnten. Hieß es.

Es war schon absurd, sich vorzustellen, daß eine Person wie

Esha Ness die Welt vor dem Zugriff der Götter beschützte. Und daß ihr dabei ein Haufen kaltblütiger Legionäre und Legionärinnen half.

Palanka trat auf die Straße. Es war eine warme Nacht. Der Spätsommer grüßte freundlich. Palanka zog ein verpacktes Bonbon aus der Tasche, das sie entkleidete und sich in den Mund schob. Der Geschmack von etwas Grünem legte sich auf ihre Zunge. Für einen Moment war sie gerne auf der Welt.

»Noch was gefunden?« fragte Lilli Steinbeck den vorbeilaufenden Polizeiarzt, als sie in die Wohnung Almgrens zurückkehrte.

»Nein«, sagte der Mediziner. »Aber wenn Sie mir sagen, was ich finden soll, werde ich mir Mühe geben.«

»Mal sehen. Sobald mir was einfällt, rufe ich Sie an.«

Der Mediziner nickte mit vorgeschobener Lippe. Er hatte seine Frage sehr viel ernster gemeint, als Lilli Steinbeck ihre Antwort.

Als die Polizistin das Schlafzimmer betrat, in dem noch immer der Tote auf dem Bett lag, sah sie Hübner und Viola Stransky am offenen Fenster stehen. Frau Stransky rauchte, Hübner sah ihr dabei zu. Steinbeck warf Hübner einen Blick zu. Hübner verließ das Zimmer.

»Mein Beileid, Frau Stransky«, sagte Lilli Steinbeck.

Viola Stransky hob den Kopf an, betrachtete scharf ihr Gegenüber und fragte: »Beileid wofür? Für Georg oder für Roy?«

»Prinzipiell. Für alles, was verloren geht.«

»Ich habe mich darauf verlassen, daß Sie mir meinen Mann zurückbringen. Statt dessen ist jetzt auch mein Liebhaber tot.«

Beinahe hätte Steinbeck geantwortet, Georg Stransky immerhin lebend bis nach Stuttgart geführt zu haben, sehr viel näher ans Ziel, als eins der sieben Opfer davor. Aber das war natürlich nicht wirklich ein Trost.

»Ihr Mann«, sagte Steinbeck, »war Teil eines Spiels.«

»Was für ein Spiel?«

»Sagen Sie mir, was für ein Spiel«, forderte Steinbeck.

»Wie? Fangen Sie jetzt auch noch damit an, mich zu verdächtigen?«

»Wir haben einen toten Gatten, einen toten Liebhaber und eine Frau, die lebt. An wem, meinen Sie, sollten wir uns schadlos halten?«

»Ist das Polizeiphilosophie? Den Nächstbesten verdächtigen?«

»Na, meistens liegen wir damit richtig. Sie wissen schon: nicht der Gärtner, nicht der Butler, sondern der Bruder, der Onkel, die Mutter ...«

»Sie können mich mal«, sagte Viola Stransky, stieß sich vom Fensterbrett ab und verließ das Zimmer. Nicht, daß sie rannte, aber Steinbeck sah ihr an, daß sie gerne gerannt wäre.

Hübner kam wieder herein, plazierte sich an die freigewordene Stelle am Fenster und fragte: »Und? Haben Sie hineinschauen können in die kalte Dame?«

»Ich denke, Sie haben recht, Hübner. Die Frau hat Dreck am Stecken. Irgendwie. Wir werden wohl an ihr dranbleiben müssen.«

»Ohne Grund? Wie denn? Die Stransky ist ja nicht nur kalt, sondern auch ausgekocht.«

»Geduld. Einmal im Ziel, stolpern auch die Raffinierten«, meinte Steinbeck. »Ich muß jetzt jedenfalls endlich ins Bett. Und morgen dann nach Athen. Mein Urlaub, Sie erinnern sich.«

»Kann ich Sie irgendwie hindern?« fragte Baby Hübner.

»Nein, nicht in diesem Leben.«

Sapperlot, was meinte Steinbeck damit wieder. Hübner verdrehte die Augen und begab sich zu den Leuten von der Spurensicherung. So wenig dieses Einsammeln etwas brachte, so beruhigend war es, dabei zuzusehen. Spurensicherung war echte Arbeit, nicht Psychologie, nicht Politik, schon gar nicht Kunst, und auch nicht übersinnlich. Spurensicherung war wie Löcher graben, die man nachher wieder zuschaufelte.

21
Suez

Als Lilli Steinbeck in Athen landete, fiel ein Regen auf die Stadt, der an Heerscharen kleiner Spielzeugroboter erinnerte, die gleichzeitig auf eine Fläche stampfen. Nicht etwa, um einen hübschen Klang zu erzeugen, sondern um die Fläche zum Einsturz zu bringen. Jemand, der um diese ganze Geschichte wußte, konnte meinen, daß hier die Götter wüteten. Götter, die wahrscheinlich viel lieber über Paris hergefallen wären, denen aber aus historischen Gründen bloß Athen zur Verfügung stand.

»Schön, Sie lebend zu sehen«, meinte Stavros Stirling und reichte Steinbeck die Hand.

Was für ein hübscher Junge, mußte Steinbeck erneut denken. Trotz der müden Augen. Wahrscheinlich sogar wirkten diese Porzellanaugen gerade darum so anziehend, der Müdigkeit wegen. Man stelle sich aufgewecktes, munteres Porzellan vor. Nein danke. Wieviel schöner war da eine alte Vase mit feinen Haarrissen und einem Glanz, der Jahrhunderte und eine wüste Weltgeschichte überdauert hatte.

»Sie sehen erschöpft aus«, meinte Steinbeck, ohne zu sagen, wir gut ihr das gefiel.

»Leon!« stöhnte Stirling begründend. »Er hatte eine harte Nacht. *Wir* hatten eine harte Nacht. Aber jetzt sind Sie ja da und werden uns helfen. Sie werden uns doch helfen?«

»Wenn ich fertig bin, ja.«

»Ich dachte, Sie seien bereits fertig.«

»Nicht ganz. Bringen Sie mich zu Kallimachos' Wohnung.«

»Waren Sie denn nicht mit ihm zusammen?« fragte Stirling.

»Nicht bis zum Schluß. Kallimachos ist mir auf einer Insel eingeschlafen. – Also los!«

»Wie Sie wünschen, gnädige Frau.«

Das »gnädige Frau« schuf eine beträchtliche Distanz. Dennoch mochte es Lilli Steinbeck, auf diese Weise angesprochen zu werden. Denn gerade Distanzen eigneten sich, überbrückt zu werden. Und Brücken gehörten nun mal zu den schönsten Bauwerken, die es gab.

Durch den ungemein dichten Regen gelangte man zu Stirlings maßgeschneidertem Sportwagen. Maßgeschneidert in bezug auf Lillis Beine. Sie fühlte sich auch sofort ausgesprochen wohl, als sie Platz nahm. Sie mochte kleine Autos, während sie Limousinen nicht ausstehen konnte. Dicke Karossen, die einen Menschenkörper auf die unvorteilhafteste Weise umgaben. Als niste ein Floh im Gehäuse einer Riesenmuschel. Nicht so bei Stirlings zehn Jahre altem, schwarzem Fiat Barchetta, der eine Hülle bildete, die auch paßte. Daß Menschen sich so gerne in voluminöse Autos setzten, war Lilli ein Rätsel, weil dieselben Menschen ja auch nie auf die Idee gekommen wären, in eine Hose zu schlüpfen, die drei Größen über der ihren lag und in der sie unförmiger aussahen, als sie waren.

(Es ist übrigens ein kleiner netter Zufall, daß in jenem Jahr 1995, als Dr. Antigonis zehn Fledermäuse an zehn Männer verteilte, die ersten Fiat Barchetta vom Band rollten, von denen einer dereinst in Stirlings Besitz übergehen würde. Und daß genau zehn Jahre später, als das Spiel zwischen Dr. Antigonis und Esha Ness aufgenommen wurde und ein Spielstein nach dem anderen fiel, der letzte Fiat Barchetta die Werkstore verließ. Zehn Jahre, zehn Fledermäuse, zehn Männer. Zehn ist eine gute Zahl. Sehr viel besser als eine komische Fünf. Jedes Kind wird das bestätigen.)

Eingepackt in die perfekte Fiat-Hülle fuhr man los. Es war jetzt kaum etwas auszumachen, nur eine Wand von Wasser, durch die Stavros Stirling ohne sichtliche Aufregung das *kleine Boot* steuerte. Der Regen trommelte mit größter Wucht auf das Stoffdach. Es klang sehr nach einem Chor, der unisono in den Wahnsinn driftet. Es dampfte, die Scheiben beschlugen. Steinbeck nahm ein Taschentuch, um die Windschutzscheibe trokken zu reiben, auf daß man wenigstens sehen konnte, daß man nichts sah. Stirling chauffierte den Wagen in einer Art und

Weise, als bediene er ein Gefährt auf Schienen. Irgendwann bremste er und sagte: »Wir sind da.«

Schirmlos den Wasserfall durchschreitend, gelangten der Grieche und die Österreicherin an ein türloses Tor und in einen engen, dunklen Gang.

»Kallimachos wohnt oben«, erklärte Stirling.

»Gibt es hier einen Lift?«

»Nein.«

Steinbeck betrachtete verdutzt das Stiegenhaus. Sie konnte sich kaum vorstellen, wie Kallimachos seinen schweren, ausufernden Körper diesen schmalen Kanal hochschleppte. Andererseits wußte sie ja, daß die Dinge Kallimachos auszuweichen pflegten, zur Seite gingen. Vielleicht nicht nur Kugeln aus Pistolen, sondern auch Stiegenhäuser.

An der Wohnungstüre angelangt, klopfte Stirling. Nach dem dritten Mal sagte er: »Kein Kallimachos. Anzunehmen, daß er von seiner Reise noch nicht zurück ist.«

»Und wenn doch? Vielleicht liegt er da drinnen und braucht unsere Hilfe«, meinte Steinbeck. Aber das meinte sie nicht ernst. Vielmehr wollte sie in diese Wohnung hinein, um etwas zu finden, was ihr erklärte, wer Spiridon Kallimachos wirklich war. Also schlug sie vor, einfach nachzusehen.

»Die Türe ist versperrt«, erklärte Stirling.

»Meine Güte, Stavros, stellen Sie sich doch nicht so an. Brechen Sie sie einfach auf. Sagen wir, es sei Gefahr im Verzug.«

»Es ist keine Gefahr im Verzug«, bemerkte der Grieche.

»Es ist immer Gefahr im Verzug«, bemerkte die Österreicherin.

Und da hatte Lilli Steinbeck natürlich recht. Es wäre einiges zum Besseren bestellt gewesen, hätte man das Prinzip der im Verzug befindlichen Gefahr ernster genommen und ein paar Leute in Handschellen gelegt, bevor sie noch dazu kamen, Unglück zu stiften.

Stirling seufzte. Er hätte sich gerne geweigert, wäre er nicht übergezeugt gewesen, daß nur Lilli Steinbeck das Schlafproblem seines Sohnes in den Griff bekommen konnte. Er spürte das. Er spürte die unbedingte Schlafkompetenz dieser dünnen

Frau. Und das war ihm nun mal derzeit das Wichtigste auf der Welt, daß Leon wieder aus seiner Schreierei herausfand. Wichtiger als eine Türe. Also setzte er einen Schritt zurück, zog sein rechtes Knie bis zur Brust hoch und katapultierte das Bein mit vorgezogener Ferse gegen das Türschloß, welches mit der gleichen Leichtigkeit aufsprang wie am Tag zuvor die Türe eines Stuttgarter Naturkundemuseums.

»Darf ich vorgehen?« fragte Stirling und zeigte auf die Öffnung eines fensterlosen und unbeleuchteten Vorraums.

»Sie sind ein Schatz«, sagte Steinbeck.

»Gerne«, antwortete Stavros und ging los.

Was gerne?

Steinbeck folgte ihm in eine Dunkelheit hinein, die vom geringen Licht des Flurs unbeleckt blieb. Nach zwei, drei Schritten ergab sich eine Schwärze wie in einem Kino nach Ende des Films. Die Enge war bloß zu spüren, die Dinge bloß zu riechen, die hohen Regale mit alten Zeitungen und alten Schuhen und einem Vorrat an fragwürdigen Lebensmitteln. Steinbeck registrierte einen Schwindel, eine spiralige Rutsche im Kopf, auf der ihr Hirn hinabfuhr. Sie hob ihren Arm und faßte mit einer geflüsterten Entschuldigung nach der Schulter des schönen England-Griechen. Nun ja, das Schwindelgefühl wurde davon nicht geringer, allerdings angenehmer. Es tat gut, diese Schulter zu spüren, die etwas von einem glattpolierten Stein hatte, einem lebendigen Stein, einem wiedererweckten Fossil.

Steinbeck mußte daran denken, wie sehr sie sich während der Schießerei am Vortag gewünscht hatte, jener kleine, anmutige Vormensch namens Lucy zu sein. So eine Lucy war sie jetzt. Eine Lucy, die durch die Nacht marschierte und sich dabei an ihrem Weggefährten festhielt. Wie wunderbar das war, dieser sternenlosen Nacht mit ihren möglichen Schrecken in naturgegebener Zweisamkeit zu begegnen. Lucy und ... ja, Lucy und Tom. Dieser männliche Australopithecus afarensis mit seiner kräftigen Schulter hieß Tom. Tom, der so überaus geschickt einen davoneilenden Hasen zu packen verstand, ihn mit seinem kräftigen Gebiß portionierte und dabei stets die besten Stücke Lucy überließ. Tom war der erste Gentleman, den die

Welt sah. Was danach kam, war leider ein Abstieg. Das wird gerne übersehen, diese gewisse Rückläufigkeit in der Evolution. Krokodile, die kleiner werden, Vögel, die das Fliegen verlernen, Gentlemen, die keine mehr sind. Tom aber ... Eine Türe ging auf. Licht fiel herein. Dummes Licht, pickelig, Riesenpickel. Dieses Licht zerstörte alles. Drei Millionen Jahre rasten im Bruchteil einer Sekunde dahin. Aus Tom wurde Stavros, ein schöner Mann, mag sein, aber kein Partner, mit dem man durch die Savanne ziehen und im übrigen glücklich sein konnte. Auch die Frau, die Lucy gewesen war, zerfiel augenblicklich zu Staub. Zurück blieben ein paar Knochen, die man interpretieren und ausstellen konnte.

Aus den beiden Vormenschen waren Polizisten geworden, die sich nicht mehr den Schrecken der Nacht widersetzten, sondern den Schrecken einer kranken Welt. Erneut rief Stirling nach Kallimachos. Doch niemand meldete sich. Der Wohnraum lag in einem bräunlichen, nebeligen Licht, das aus einem Hinterhof stammte, wie man sagt, jemand stamme aus schlechten Verhältnissen. Das Geprassel des Regens schien hier milder, ferner. Überall lagen oder hingen Teppiche, schwere, dicke, staubige Dinger, die jedes Geräusch schluckten. Selbst die Möbel waren damit bezogen. Es roch nach getrockneten Blüten.

Im ersten Moment konnte man glauben, dies sei der einzige Raum der Wohnung, doch bei genauer Betrachtung ließen sich auf den gegen die Wand genagelten, gemäldeartig nachgedunkelten Persern die Umrisse zweier Türen erkennen. Die schmälere führte auf eine in gleicher Weise tapezierte, winzige Toilette. Kaum vorstellbar, daß Kallimachos darin einigermaßen Platz fand. Die andere Türe war verschlossen. Ein bittender Blick Steinbecks genügte. Stavros runzelte die Stirn, zog jedoch erneut sein Bein an und öffnete mit einem weiteren Tritt eine weitere Pforte. Hinter dieser befand sich ...

Man sollte vielleicht erwähnen, daß Lilli Steinbeck in diesem Moment – immerhin keine stark behaarte Lucy mehr – ein knielanges, in Papageienfarben schillerndes Sommerseidenkleid von Dolce & Gabbana trug, welches ihren Körper eher umwehte als sonst was. So wenig dieses Kleid als materialer

Schutz diente, so sehr als ästhetischer. Und damit auch als seelischer. Darin besteht nämlich die heutige Funktion von Kleidung. Uns gegen das Häßliche in der Welt zu wappnen. Uns – so weit als möglich – *schön* zu machen, eine sichtbare Lieblichkeit oder Eleganz über unser Herz zu stülpen. Es sind also gar nicht so sehr die anderen, die wir zu blenden versuchen, sondern vor allem uns selbst.

Etwas Blendung hatte Lilli Steinbeck auch bitter nötig, als sie nun nach einem Schalter neben der Türe griff und sodann mehrere Spots ansprangen, die den hohen, weiten Raum erhellten, dessen Fensterläden geschlossen waren. Die Wände waren gepflastert mit Fotografien, welche in üppig dekorierte, meist mit Blattgold versehene Prachtrahmen gefügt waren und in der Art einer altniederländischen Galerie dicht an dicht und bis zum Plafond hin gehängt waren. Diese Fotos, die aus allen Epochen der Fotografie stammten und bei denen es sich zumeist um dokumentarische Aufnahmen zu handeln schien, waren einem einzigen Thema gewidmet: Folter.

Folter in jeder Form.

Unmöglich, dafür Worte zu finden. Ja, das war vielleicht das Problem, daß man im Falle all dieser Geschehnisse – der halboffiziellen einer Staatsräson genauso wie der privaten Schändungen im Rahmen eigener vier Wände – ohne die passende Sprache dastand. Ohne Gedicht, ohne Roman. Sicherlich, es wurde darüber geschrieben, darüber berichtet. Aber nie fand jemand die geeigneten Worte, die das Schreckliche hätten bannen können. Es war ja sicher nicht so, daß man erst nach Auschwitz keine Gedichte mehr schreiben konnte. Da hätte man auch schon vorher Gedichte nicht mehr verfassen dürfen. Auf Gedichte hätte man so gesehen die längste Zeit verzichten müssen.

»Meine Güte«, sagte Lilli Steinbeck, die bereits einiges in ihrem Leben hatte aushalten müssen. Aber es war wohl nicht zuletzt die Art der Präsentation, die sie schockte. Weil eben all diese unaussprechlichen Abbildungen hier im Stile einer frühen Gemäldesammlung ausgestellt waren. Und somit den Charakter purer Dokumentation verloren, welche Steinbeck ja bestens vertraut war von den Schautafeln bei Einsatzbesprechungen wie auch aus manchen Akten oder der einschlägigen kriminalistischen Fachliteratur. Hier jedoch war die Distanz reiner Berichterstattung einer persönlichen Musealisierung gewichen. Der Rahmen bestimmte das Bild.

Ein weiterer Schock bestand für Steinbeck darin, daß wohl niemand anderer als Spiridon Kallimachos diese Inszenierung vorgenommen haben konnte. Dies war seine Wohnung.

Steinbeck drehte sich zu Stirling hin und fragte ihn, eher brüllte sie ihn an: »Wußten Sie davon?«

Sie hätte ihn nicht fragen müssen. Stirling war bleich wie alter, weißer Kunststoff. Er schwitzte stark und nahm die gekrümmte Haltung von Leuten ein, die mit ihrer Übelkeit ringen. Er schüttelte bloß den Kopf, während er auf den Boden stierte.

Einen Moment verachtete sie ihn dafür, daß er sich abwandte. Tom, der Vormensch, hätte sich nicht abgewandt, Tom hätte gelitten, Tom hätte vielleicht gezittert, aber er wäre niemals nach hinten getreten, um sich abzuwenden.

Steinbeck kehrte wieder zu den Bildern zurück. Sie war jetzt entschlossen, den Sinn dieser Zurschaustellung zu begreifen. Und dann sah sie es, bemerkte dieses eine Bild, das wie alle Fotos hinter Glas lag und welches in einem Louis-XVI-Porträtrahmen steckte. Die Abbildung war zur Gänze von einem grünlichen Licht bestimmt. Das Foto gehörte zu den wenigen Abzügen hier, die auf den ersten Blick gestellt wirkten. Aber dieses Bild war nicht gestellt, bei Gott nicht, das wußte Lilli Steinbeck nur allzu gut. Sie selbst war es ja, die darauf zu sehen war. Mit zusammengepreßten Lippen und krampfartig geschlossenen Augen. Man erkannte, daß eine fremde Hand, die einen ellenbogenhohen, mit Zacken versehenen, schwarzen Handschuh trug – einen Batmanhandschuh –, Steinbecks Haare gepackt und ihren Schädel nach vorn gezogen hatte, so daß ihre Lippen die Spitze eines Fischmauls berührten. Der schräg aufgerichtete Fischleib ragte aus einem Hosenschlitz heraus, das Fischmaul war leicht geöffnet. Man sah kleine, weiße, sehr spitze Zähne aufblitzen. Die Zähne waren das einzige auf diesem Bild, das von der grünlichen Einfärbung verschont blieb. Was auf eine nachträgliche fototechnische Behandlung schließen ließ. Der Batman selbst war nicht zu sehen, nur sein Arm und ein Stück des vorgereckten, zumindest aus dieser Perspektive auffallend spitzen Kinns.

Das Bild betrachtend, war Steinbeck mehr denn je der Ansicht, daß in dem Fischleib das aufgerichtete Glied des Angreifers gesteckt hatte und sie also gezwungen gewesen wäre, sich mit einem Biß in den Fisch, und damit in das Geschlecht des Mannes, zu retten. Da war es natürlich besser gewesen, daß die griechische Polizei das Ungeheuer rechtzeitig von ihr heruntergeschossen hatte.

Wieso besser? Eine Kugel, die auch traf, war immer eine Gnade. Und selbst die geringste Gnade noch hatte dieser Dreckskerl nicht verdient gehabt. Somit wäre es angebracht gewesen, den Kampf aufgenommen zu haben. Den Kampf gegen solche Monster. Und Monster gab es nun mal, gleich was die Aufgeklärten einem einzureden versuchten. Es gab sie. Die Fotos in diesem Raum bewiesen ihre Existenz. Eine Existenz, die sich mit keinem biographischen Rückblick, keinem Trauma erklären ließ. Absolut nichts eignete sich, einen Menschen dahin zu treiben, solche Dinge zu tun, wie man sie auf diesen Fotos sah, und die allein sich vorzustellen die Möglichkeiten eines menschlichen Hirns eigentlich sprengten. Und damit die Möglichkeiten der menschlichen Sprache.

Steinbeck überlegte, daß sie damals sofort hätte zubeißen müssen. Ein Monster von der Polizei erschießen zu lassen, genügte nicht. Es genügte auch nicht, es hinzurichten oder einzusperren. Das einzige, was ein Monster beeindrucken konnte, war, wenn sein Opfer sich wehrte, effektiv wehrte. Nicht kreischte oder flehte oder stante pede den Verstand verlor, sondern, wenn es sich aus der eigenen Schwäche herauskatapultierte. Auch im gefesselten Zustand noch. Etwa durch ein simples Lächeln. Und sei's mit den Augen. Ein Opfer, das herausfordernd lächelte, konnte einem Monster zusetzen. Konnte ein Monster sprengen.

»Ich hätte lächeln müssen«, dachte Steinbeck, »lächeln und

dann zubeißen.« Statt dessen hatte sie Augen und Mund zusammengepreßt und ihr tiefes Entsetzen zum Ausdruck gebracht. Das Monster, das auf ihr gesessen hatte, war mit dem befriedigenden Anblick dieses verursachten Entsetzens gestorben. Scheiße!

Die Chance war vergeben. Die Wut darüber beträchtlich. Steinbeck verformte ihre rechte Hand zu einer Faust und schlug ansatzlos auf das Bild, welches ihre Niederlage belegte. Solcherart brach sie durch das Schutzglas. Und war dabei so heftig gewesen, daß sich einige Splitter durch die Haut und ins Fleisch bohrten.

»Mein Gott, was tun Sie denn?!« Stavros war zu Lilli geeilt und griff nach ihrer Hand, sah sie sich an und begann sogleich damit, die Splitter herauszuziehen.

»Hören Sie auf«, sagte Lilli. »Sie machen sich noch blutig.« Sie entzog dem schönen Griechen ihre verletzte Hand und entfernte eigenhändig die übrigen Scherben. Sie war jetzt ruhig und gefaßt. Sie griff nach einem Erfrischungstuch der Marke 4711, das sie stets bei sich in der Tasche mitführte, breitete die alkoholgetränkte Fläche aus, legte sie über die blutenden Fingerknöchel und bildete erneut eine Faust, in welcher sie die Ecken des Tuchs fixierte. Ohne große Umstände hatte sie die eigene Verarztung umstandslos bewerkstelligt und holte nun den Rahmen von der Wand, reichte ihn Stirling und bat ihn, die Fotografie herauszunehmen. Was Stirling tat und ihr das bloße Bild übergab.

Steinbeck ersparte sich eine weitere Betrachtung der Vorderseite, drehte das Papier zwischen den Fingern, als setze sie einen Kreisel in Bewegung, und musterte sodann die Rückseite. Auf der weißen, glänzenden Fläche war in der rechten unteren Ecke ein Stempel angebracht:

Studio Suez

Darunter war eine Adresse zu lesen. Steinbeck fragte Stirling: »Wo liegt das?«

Stirling erklärte, es handle sich um ein Gäßchen hinter dem Archäologischen Museum. Das Studio selbst sei ihm allerdings unbekannt.

»Suez klingt nicht unbedingt griechisch«, meinte Steinbeck. Stirling zuckte mit der Schulter. Er fühlte eine große Not in sich. Er wäre jetzt gerne etwas trinken gegangen. Aber Lilli Steinbeck war noch nicht fertig. Sie bewegte sich weiter entlang der Bilderwand, nun jedoch nicht mehr geschockt, sondern pragmatisch. Sie wußte, wonach sie suchte. Und fand es. Ein Bild, auf dem Kallimachos zu sehen war. Das einzige Foto, das keinen entstellten Körper, kein von Schrecken und Schmerzen ausradiertes Gesicht zeigte, nur einen fettleibigen Mann, der nackt und schweißgebadet an einen Stuhl gefesselt war. Rechts und links davon uniformierte Männer, auch sie schwitzend, mit aufgekrempelten Ärmeln und offenen Hemdkragen, einige hatten Stangen in den Händen. Im Hintergrund war eine technische Apparatur zu erkennen, eine Maschine zum Verteilen von Stromstößen. Kallimachos, der auf diesem Bild um vieles jünger war und dessen Fettleibigkeit die Frische eines gerade aufgetauchten Nilpferdbabys besaß, wirkte trotz der körperlichen Unversehrtheit gequält. Allerdings schien dieses Gequälte daher zu kommen, daß Kallimachos scharf nachdachte. Oder ihn diese ganze Situation langweilte. Die Männer, die Kallimachos umgaben, wirkten ebenfalls gequält. Doch was sie quälte, war mit Sicherheit die Unmöglichkeit, einen gefesselten, schwabbeligen, rotgesichtigen Kerl auch nur zu verprügeln. Geschweige denn ihn totzuschlagen. Es war wohl so gewesen, daß die Metallstangen sich um den Körper des Kallimachos herumgewunden, sich wie von Zauberhand gebogen hatten. So wie dann auch der Strom nicht durch den Delinquenten gefahren, sondern an ihm vorbeigeflüchtet war.

Einen offenkundigen Supermann, einen unverletzbaren Achilles hätte dieser Haufen tollwütiger Sadisten noch ausgehalten, aber die Überlegenheit eines kurzatmigen Fleischberges mußte ihnen als purer Hohn erscheinen. Sie standen da, als würden sie demnächst vor lauter Wut zerspringen. Folterknechte am Ende ihrer Macht. Gestürzte Teufel.

Lilli Steinbeck griff auch nach diesem Bild, auf daß Stirling es aus dem Rahmen löste. Auf der Rückseite war erneut der Stempel des Studios Suez aufgedruckt. Ebenso auf anderen Bildern, die Stirling nun wahllos von der Wand nahm, nur um die Rückseiten zu überprüfen. Im Falle der historischen Aufnahmen besaß der Stempel einen anderen Schriftzug und war beeinträchtigt von den Spuren der Zeit. Aber immer waren der gleiche Name und die gleiche Adresse angegeben.

»Lassen Sie uns dieses Studio mal aufsuchen«, schlug Lilli vor.

»Ja, tun wir das«, antwortete Stirling, froh darum, endlich den Raum verlassen zu können.

Steinbeck deponierte zwei der Fotos – das, welches sie selbst, und jenes, das Kallimachos zeigte – in ihrer Umhängetasche, eine Tasche aus dunkelblauem, durchsichtigem Kunststoff, so daß man eigentlich hätte erkennen können, daß sich darin nicht nur ein Handy, eine Puderdose, die ebenfalls ein Handy war, ein schmales Buch sowie einige Schminksachen befanden, sondern auch eine Pistole der Marke *Verlaine*. Wie gesagt, das Blau war dunkel, geradezu schwärzlich, transparent war es dennoch. Man hätte nur genau hinzusehen brauchen. Anstatt auf Steinbecks Nase auf Steinbecks Tasche.

Als die beiden Polizisten aus dem Haus traten, hatte der Regen ausgesetzt. Der Boden dampfte. Die Stadt tropfte wie ein Gletscher, der rapide schmolz. Das Licht aus ausgeschwemmten Wolken tauchte die Straßen in ein silbriges Grau. In Tausenden von Pfützen spiegelten sich erleuchtete Fenster und die zuckenden Scheinwerfer der Autos.

Stirling öffnete Steinbeck die Türe zu seinem Wagen. Die Österreicherin stieg ein. Wie gut das tat, in diesem Wagen zu sitzen! Die Freiheit der Beine.

Nach einer etwas umständlichen Fahrt durch eine stark verstopfte Stadt erreichte man die enge Straße, in der das Studio Suez lag. Der Tag war zurückgekehrt. Wie unter den Zudringlichkeiten eines rasenden Liebhabers riß das Wolkenkleid des Himmels, und die Strahlen einer späten Sonne schlugen schräg in die Straßenschluchten hinein. Stirling parkte den Wagen, und man trat vor das Lokal hin, einen einfachen, kleinen Laden in einem einfachen, kleinen Haus. Hinter den Auslagenscheiben rechts und links der Eingangstüre war je eine gerahmte Foto-

grafie zu sehen, wobei die Rahmen aus simplen, schwarzen Leisten bestanden. Beide Bilder waren von der Sonne stark ausgebleicht und zeigten harmlose Motive, eine Küstenlandschaft und eine um eine Festtafel gruppierte Gesellschaft. Über dem Eingang prangte ein Schild, auf dem der erwartete, nicht minder farbarme Schriftzug aufgemalt war, blaßrot auf blaßgelb:
SUEZ
»Ziemlich schäbig«, kommentierte Steinbeck.
»Das alte Athen«, meinte Stirling.
Steinbeck betrat den Laden. Stirling folgte ihr mit Unbehagen. Verständlich, wenn man bedachte, wie wenig er wußte. Und wie wenig das alles mit der Lösung seines eigentlichen Problems zu tun hatte, nämlich mit dem durchgehenden Geschrei des kleinen Leon.
Das Geschäftslokal war im Inneren so wenig aufregend wie von außen. Ein gesprenkelter Steinboden, ein paar belanglose Fotografien an den weißen Wänden, ein leerer Tisch, leere Stühle sowie eine Vitrine, wie man sie eigentlich für Konditoreiwaren benutzte, in der nun aber unterschiedliche Fotoapparate ausgestellt waren. Aus einem tür- und vorhanglosen Durchgang trat ein dünner, kleiner, knorriger, etwa sechzigjähriger Mann mit schwarzer Brille und gelbem Brillenglas, wie auch Kallimachos eine getragen hatte. Damals, als man im *Blue Lion* auf Dr. Antigonis gestoßen war. Nun gut, solche Brillen wurden nun mal von älteren Herren mit empfindlichen Augen benutzt. Das mußte nichts bedeuten.
Der gelbäugige, hagere Mann grüßte und erkundigte sich, womit er dienen könne. Natürlich sprach er Griechisch, weshalb Stirling bei Steinbeck nun nachfragte, was sie wissen wolle.
»Fragen Sie ihn nach den Fotos«, sagte Steinbeck.
»So direkt?«
»So direkt«, bestätigte die Österreicherin.
»Wie Sie meinen.« Stirling wandte sich dem Studiobetreiber zu, dem er einen Polizeiausweis entgegenhielt, und begann nun, mit seinem hübsch dahinfließenden, stellenweise gekräuselten Griechisch das Gelbauge zu befragen. Welches mit interessier-

ter Miene zuhörte und dann und wann rasch und freundlich antwortete.

Der Kerl blufft, dachte Steinbeck. Der Kerl ist ein Monster und blufft. Aber natürlich hielt sie sich zurück. Sie wartete, bis Stirling sich zu ihr kehrte und erklärte, daß Herr Suez – denn so heiße der Mann tatsächlich –, daß Herr Suez also bestätige, Spiridon Kallimachos zu kennen und hin und wieder Filme für ihn zu entwickeln, zum Teil heikle Fotos, Fotos, die während Beschattungen entstanden seien, niemals aber Bilder, auf denen Folterungen und sadistische Praktiken zu sehen wären. Das beschwöre er.

»Der Mann lügt«, sagte Steinbeck. »Kallimachos und Beschattungen, daß ich nicht lache. Außerdem haben wir ja die Stempel gesehen. Was sagt er dazu?«

»Er kann sich das nicht erklären. Vielleicht eine Fälschung, sagt er. Oder es existiert ein anderes Studio mit diesem Namen.«

»Aber wohl kaum unter derselben Adresse.«

»Sie haben natürlich recht. Aber ich befürchte, Herr Suez wird dabei bleiben, nichts zu wissen. Wir müssen ihn wohl ein bißchen härter anfassen, wenn wir etwas erfahren wollen.«

»Sagen Sie ihm, ich will mir sein Studio ansehen. Die Räume da hinten, wo er herkam. Sagen Sie ihm, es wäre besser, zu kooperieren.«

»Er wird mich fragen, wer Sie sind?«

»Die Polizei. Genügt das nicht? – Außerdem ...« Lilli bewegte sich jetzt auf den Mann namens Suez zu, stellte sich gerade vor ihn hin und sah herausfordernd in das Gelb seiner eingefärbten Augen. »Ich bin sicher, Herr Suez versteht jedes Wort, das wir sprechen.«

Herr Suez lächelte mit Zähnen, die sich wie zwei Reihen blendendweißer Kricketspieler gegenüberstanden, und vollzog im übrigen eine Geste, die bedeuten sollte, sich nicht auszukennen.

Stirling erklärte ihm, worum es gehe. Suez nickte, trat zur Seite und lud Steinbeck ein, in den hinteren Raum zu wechseln.

Die Überraschung, die sich nun ergab, war nicht weiter dramatisch, dennoch bemerkenswert. Der Raum ließ nämlich die bisherige Schäbigkeit vermissen, vielmehr handelte es sich um ein modernst ausgestattetes Fotostudio. Apparate vom Feinsten, hohe Leinenbahnen, die zur Erde hingen, Scheinwerfer jeder Art, aufgereihte Stative. Von der Decke her fiel das letzte Tageslicht durch quadratisch unterteilte Milchglasscheiben. An einer Wand – Kante an Kante – hingen zwei meterhohe Fotos. Das eine zeigte den Kopf eines nordkoreanischen Soldaten, nur den Kopf, den man auf das Horn eines Ochsen aufgespießt hatte. Daneben die Ganzkörperabbildung von Maria Callas, auf irgendeinem Höhepunkt ihres Ruhmes, stark geschminkt, im Zustand erschöpfter Grandiosität.

»Haben *Sie* die Fotos gemacht?« fragte Steinbeck.

Stirling übersetzte die Frage. Herr Suez nickte demütig, ganz in der Art, als sei er nur der Diener eines Herrn.

»Ich dachte, Sie machen keine Folterbilder.«

Damit konfrontiert, erklärte Suez, beide Bilder im Auftrag der Agentur Magnum geschossen zu haben. Vor langer Zeit. Alles, was er tue, tue er im Auftrag. Er habe noch nie in seinem Leben ein einziges Foto aus eigenem Antrieb hergestellt. Dahingehend sei er jungfräulicher als jeder herumknipsende Athen-Tourist.

»Das beantwortet meine Frage nicht«, sagte Steinbeck auf englisch, der dauernden Übersetzungen müde. Auch sonst müde.

Herr Suez erwiderte, mit dem Englisch eines weitgereisten Menschen: »Das ist kein Folterbild, sondern Kriegsberichterstattung.«

»Was ich sehe,« erläuterte Steinbeck, »ist ein auf drei Meter aufgeblasenes Foto eines vom Körper getrennten Schädels, welcher auf einem Tierhorn steckt. Das ist im doppelten Sinne pervers, wenn man die drei Meter bedenkt.«

»Soweit ich Herrn Stirling verstanden habe«, blieb Suez vollkommen ruhig, »geht es um etwas Bizarreres, als wenn ein nordkoreanischer Soldat geköpft wird. Und wenn Sie die Größe des Fotos stört – die ist auftragsgemäß. Bestellt vom Guggenheim Museum. Wollen Sie die Kuratoren des Guggenheim Museums als Perverse bezeichnen?«

»Darauf gebe ich Ihnen eine Antwort, wenn wir uns besser kennen.«

»Denken Sie, daß das geschehen wird?«

»Ich befürchte es«, sagte Lilli Steinbeck, sah auf die Uhr und meinte – erneut Deutsch sprechend und an Stirling gerichtet –, es sei Zeit zu gehen. Sie wolle endlich einmal wieder ihr Prinzip erfüllen, spätestens um neun Uhr im Bett zu sein.

»Sie kommen doch mit mir mit, nicht wahr?« erkundigte sich Stirling ängstlich. »Ich meine, meine Frau würde sich freuen ...«

»Keine Angst. Wenn ich schlafen gehe, lege ich den kleinen Leon zu mir. Die Ruhe wird uns beiden guttun.«

»Und Herr Suez?« fragte Stirling.

»Er läuft uns nicht davon«, erklärte Steinbeck. In der Folge lauter, jetzt wieder Suez ansehend: »Nicht wahr, Sie laufen uns nicht davon?«

Herr Suez blickte gelb- und großäugig von Steinbeck zu Stirling und schüttelte leicht den Kopf, als wollte er sagen: Die spinnen alle, diese Europäer.

Keine Frage, auch Griechen waren Europäer. Aber nicht richtig. Das ist bekannt.

Stirling sagte etwas auf griechisch. Seine Stimme klang ernst und streng. Herr Suez aber lächelte wie über den Witz eines Kindes.

Steinbeck und Stirling verließen das Studio. Auf der Straße blieben sie stehen. Stirling zog eine Zigarettenpackung aus seiner Sakkotasche. Eine türkisfarbene Hülle, stark verknautscht, sodaß auch die Zigarette, die er Lilli anbot, stark verknautscht war. Als wäre sie schon zu oft geraucht worden. Ein wenig schmeckte sie auch so.

Während die beiden da standen und wortlos rauchten, drang ein Klingelton aus Steinbecks dunkel transparenter Umhängetasche. Es war Dr. Antigonis' telekommunikative Puderdose. Steinbeck drückte Stirling ihre Zigarette in die Hand, nahm das tönende Gerät aus ihrer Tasche und klappte es auf. *Spieglein, Spieglein an der Wand ...* Einen Moment sah sie die eigene krumme Nase auf dem ovalen Monitor, sodann hellte sich die

Scheibe auf, und es erschien das gepflegte Altherrengesicht des Dr. Antigonis, welcher Steinbeck salopp zuzwinkerte.

»Schade um Georg Stransky«, eröffnete Antigonis, »aber da kann man nun mal nichts machen.«

»Wir hätten es fast geschafft«, sagte Steinbeck.

»Ja, ich weiß. Leider Gottes ist *fast* nicht ganz. *Fast* ist ein Ausdruck allergrößten Scheiterns. Trotzdem ist Ihre Leistung ein Versprechen für die Zukunft. Es kann gelingen, wenn man sich Mühe gibt.«

»Wie ich hörte, Herr Doktor, arbeiten Sie ... für die Götter, heißt es.«

»Haben Sie Probleme, das für bare Münze zu nehmen?«

»Na ja, ich habe in diesen Tagen genug erlebt, um eine ganze Menge zu glauben. Ich glaube zum Beispiel an Monster. Und was wären Götter anderes als Monster? Kerle, die Blitze senden, die ihre Rivalen an Feuerräder fesseln, die Mängel erfinden, um sich besser abzugrenzen, die einen braven Gläubigen anweisen, den eigenen Sohn im Feuer zu opfern.«

»Das ist jetzt aber der alttestamentarische Gott, von dem Sie sprechen, meine Liebe.«

»Einerlei. Der eine Gott oder die vielen, immer sind es Spieler. Das müssen Sie ja wissen.«

»Sicherlich. Aber hinter allem steckt ein Sinn.«

»Hinter allem steckt eine Krankheit«, erwiderte Steinbeck.

»Dann wäre die Welt eine Krankheit.«

»Ja, wahrscheinlich ist es so.«

»Eine unheilbare?«

»Genau das ist die Frage, die sich stellt«, meinte Lilli Steinbeck und dachte jetzt an den kleinen Leon. Sie sagte: »Ich habe zu tun.«

»Sie sind in Athen, wie ich sehe«, stellte Antigonis fest.

»Ach, sehen Sie das?«

»Ja. Aber ich will Sie jetzt nicht aufhalten, bei was auch immer. Treffen wir uns doch morgen mittag. Wie wäre es mit ein Uhr, im *Blue Lion*?«

»Ein häßliches Lokal«, fand Steinbeck. »Nein, gehen wir woanders hin. Es gibt da eine Ouzerie, der Name ... irgendwas mit Nymphen, die in einer Flasche hocken. Der Schnaps, den man dort kredenzt, ist göttlich. Es gibt ja auch gute Götter, dann und wann.«

»Dreiundzwanzig Nymphen«, sagte der Doktor.

»Richtig.«

»Gut. Ein Uhr, Madame. Es wird mir eine Ehre sein.«

Das Bild des Dr. Antigonis verschwand mit einem kleinen Zischen, als drücke jemand seinen feuchten Finger auf eine Kerzenflamme. Zurück blieb die spiegelnde Fläche des graugrünen Monitors. Da Lilli Steinbeck aber ihren Kopf ein wenig zur Seite geneigt hatte, rückte ihr Gesicht aus dem Oval, und es war statt dessen die Hausfassade zu sehen, vor der sie stand. Beziehungsweise das Schild mit dem Namen des Studios: SUEZ. Nun freilich spiegelverkehrt. Die auf diese Weise verdrehten Buchstaben ergaben einen nicht minder bekannten Namen: ZEUS.

Steinbeck schnaubte durch die Nase und lachte.

»Warum lachen Sie?« fragte Stirling.

»Es gibt Zufälle, die sind wirklich peinlich und albern. Schlimm wird die Sache aber erst, wenn der Zufall gar kein Zufall ist. Das Peinliche wird zum Schrecklichen.«

»Ich verstehe nicht ganz ...«

»Kommen Sie! Bringen Sie mich nach Hause. Zu Leon.«

»Sehr gerne«, sagte Stavros Stirling, froh darum, daß es auch noch Augenblicke gab, da er meinte, was er sagte.

22
Der Club der toten Tiere

Eine Stunde später hatte Lilli Steinbeck ihr Papageienkleid gegen einen Seidenpyjama gewechselt, der nun endgültig eine Audrey Hepburn unserer Tage aus ihr machte. Ihre Nase fungierte dabei als Hinweis auf einen überstandenen Krieg, einen Krieg zwischen Mann und Frau, an dessen Ende alles Geschirr zerbrochen war und beim besten Willen die Möglichkeit fehlte, ein gemeinsames Mahl einzunehmen. Wollte man nicht vom Boden essen. Aber überstanden war überstanden. Essen war ohnehin nicht so wichtig, wie alle dachten.

Steinbeck hielt Leon im Arm. Der Kleine hatte sich weniger an sie geschmiegt, als daß er völlig erschöpft auf ihre Brust geplumpst und sofort eingeschlafen war. Man saß im Wohnzimmer, jeder ein Glas Wein vor sich, obgleich Inula eigentlich keinen Wein trank, nicht, solange sie stillte. Aber Lilli Steinbeck hatte gemeint, es sei kein Fehler, daran zu nippen. Die Muttermilch werde davon nicht schlecht. Eher von der Luft, die man in dieser Stadt atme.

Lilli erzählte von Saint Paul, von den Dronten, nicht aber von der Marsstation und dem Kampf mit Desprez und seinen Leuten. Sie erzählte wie von einer Urlaubsreise, deren Höhepunkt die Entdeckung eines vermeintlich ausgestorbenen Taubenvogels gewesen war. Um Punkt neun Uhr stand Lilli auf, wünschte eine gute Nacht und zog sich mit Leon in das Zimmer zurück, das man ihr bereitet hatte. Sie legte sich aufs Bett und plazierte den Kleinen auf ihrem Bauch, einem Bauch, dem die weibliche Rundung völlig fehlte, der aber dennoch eine gute Unterlage für das Kind bildete. In der Art einer Hängematte.

Lilli Steinbeck dachte nach. Wollte sie ewig Polizistin bleiben? Ewig im Dreck anderer Leute herumwaten? Andererseits wußte sie nicht, was sie statt dessen eigentlich hätte tun sollen.

Für das Kinderkriegen war sie jetzt zu alt, fand sie. Und eine echte berufliche Alternative zeichnete sich nicht ab. Am ehesten hätte sich angeboten, einen reichen Mann zu heiraten, auch wenn neuerdings so getan wurde, als sei derartiges passé. Aber derartiges war nie passé. Wenn sich eine Heirat aufdrängte, dann mit einem Mann, der Geld hatte. Das Geld rechtfertigte den Rest. Oder aber Lilli ging ins Kloster, auch wenn sich das wie eine Burleske anhörte.

Sie sah sich selbst, wie sie jetzt durch einen Klostergarten schritt, Blumenzwiebeln in der Hand. Es war ein schöner Frühlingstag. Etwas aber irritierte sie. Na, vielleicht hätte sie ihre Stöckelschuhe ausziehen sollen, bevor sie ernsthaft an ein Leben als Nonne dachte.

Lilli schlief ein. Sie träumte davon, auf Saint Paul zu sein, ohne Nonnentracht, aber auch ohne ihre hohen Schuhe, sondern barfuß, ja eigentlich vollkommen nackt. Sie stand inmitten der Dronten, die sie alle ein wenig vorwurfsvoll ansahen. Zwischen den lichtgrauen, gelbgeflügelten Tieren erkannte Lilli den Detektiv Kallimachos, der jetzt einen Astronautenanzug trug und an ein Michelinmännchen erinnerte. Sein schwerer Atem hallte durch das Gewölbe. Er sagte etwas. Lilli verstand kein Wort. Aber es klang nach einer Warnung, ganz so, als versuche ein Salatkopf oder eine Wassermelone einen zu warnen. Lilli wollte näher an Kallimachos herantreten, machte aber unwillkürlich einen Schritt rückwärts, stolperte über etwas und fiel auf den Rücken. Sofort näherte sich eine der Dronten, ein Tier, das jetzt mächtig über Lilli thronte und erstaunlich flink auf ihren Bauch gestiegen war. Lilli war nicht sicher, ob der Vogel es sich bloß auf ihrem Körper bequem machte, sie zu erdrücken versuchte oder etwa daranging, einen sexuellen Akt vorzunehmen. Sie spürte allein, wie sich ihr Magen unter dem großen Gewicht schmerzhaft spannte. Lilli griff nach der Dronte. Das Gefieder war hart, wie mit Wachs überzogen. Darunter jedoch ahnte sie den warmen, pulsierenden Körper. Unmöglich, den Vogel herunterzuziehen. Er wurde schwerer und schwerer. Sein Kopf kam näher. Aus großen Augen betrachtete er Lilli neugierig und ein wenig amüsiert. Währenddessen öffnete er seinen gelben, rot zugespitzten Schnabel und …

Jetzt sabbert mich das Vieh auch noch an, dachte Lilli. Das dachte sie aber bereits, nachdem sie erwacht war. Leider jedoch änderte dieser Umstand, der des Erwachens, nichts daran, daß etwas ungemein Schweres auf ihr lastete und sie ansabberte. Konnte das der kleine Leon sein? Nie und nimmer. Auch war der Geruch, der nun den Raum beherrschte, mitnichten ein feiner, frischer Babygeruch. Vielmehr roch es nach altem Hund und alter Banane und altem Schweiß. Schweiß aus Schutzanzügen und Motorradhelmen und dicken Ledermänteln.

Kein Baby also!

Es brauchte nur eine weitere Sekunde, da war Lilli hellwach und gewahrte den hohen Schatten über sich, den aufgerichteten Körper, welcher tatsächlich auf ihren Bauch und Unterleib drückte. Sie erkannte einen hellen Mund und ein helles Kinn unter dem Dunkel einer Maske mit spitzen Ohren. Batman!

Der Fledermausmann war zurückgekehrt. Wobei es sich aber wohl kaum um denselben handeln konnte, den die griechische Polizei mit ein paar gezielten Treffern von Lilli heruntergeschossen hatte.

Warum eigentlich nicht?

Wie sicher konnte Lilli denn sein, daß der Mann wirklich tot gewesen war? Schließlich hatte sie die Leiche nie zu Gesicht bekommen, sich bloß auf die Aussage von Pagonidis verlassen. – Nein, das stimmte nicht. Es war Stavros Stirling gewesen, der erklärt hatte, der als Batman verkleidete Angreifer sei tot. Und auch Stirling allein war es gewesen, der behauptet hatte, Pagonidis würde nicht zulassen, daß sie, Steinbeck, sich den Toten einmal ansehe. Der gute Stavros Stirling hatte ihr diesen »toten Mann« verkauft. Einen toten Mann, dessen wahre Identität niemals ein Thema gewesen war.

Lilli mußte nun feststellen, daß ihre Hände, die sie hinter dem Kopf verschränkt hatte, mit irgendeinem festgezogenen Band fixiert waren, derart, daß es ihr nicht gelang, diese über den Kopf zu ziehen.

Lilli Steinbeck war also gefesselt, aber nicht geknebelt. Sie hätte um Hilfe schreien können. Was sie freilich unterließ. Eine knappe Geste des Batmanmanns hielt sie davon ab. Der Kerl hatte einen schwarzen Finger senkrecht auf seine geschlossenen Lippen gelegt, während er mit der freien Hand hinüber zu einem Stuhl wies. Da das Licht der Nachttischlampe brannte, konnte Lilli erkennen, daß der kleine Leon auf einem breiten Armsessel lag. Er war seitlich gebettet worden. Ein zusammengerolltes Tuch bildete eine Barriere, die verhindern würde, daß er bei einer Bewegung herunterfiel. Der Kleine schlief noch immer. Lilli vernahm sein gleichmäßiges, ein wenig angestrengt klingendes Schnaufen.

So sorgsam der Batmanmann das Baby plaziert hatte, so klar war aus dem Grinsen hinter seinem gestreckten Finger zu erkennen, daß er dies nur getan hatte, um Lilli Steinbeck besser daran erinnern zu können, lieber still zu sein. Still und willfährig. Der Batmanmann griff sich an den Hosenschlitz.

Na gut, dachte Lilli, dann bringen wir das halt hinter uns. Das ist nämlich der eigentliche Sinn des Lebens. Die Dinge hinter sich zu bringen. Auch solche.

Lilli roch bereits den Pfeffer. Nicht zuletzt, weil sie diesen Geruch erwartet hatte. So wie sie einen Fisch erwartet hatte. Aber es war kein Fisch, der da aus der Hose rutschte, sondern der Lauf einer Pistole. Der dünne goldene Streifen zu beiden Seiten war unverkennbar, natürlich eine *Verlaine*.

Der Mann, der solcherart – mit Gummimaske und Lederkostüm und einer aus seinem Hosenschlitz herausstehenden Waffe – auf Lilli Steinbeck saß, während keine drei Meter entfernt ein Baby schlief, dieser Mann also, sagte etwas auf griechisch. Er lachte und zeigte auf die Waffe. Es war klar, was er wollte. Lilli sollte den Kopf heben und den Lauf in den Mund nehmen. Sie sollte dieses verdammte Ding blasen. Und am Schluß würde es wohl so sein, daß dann das verdammte Ding *sie* blasen würde.

Der Batmanmann verzichtete diesmal darauf, Lilli an den Haaren zu packen. Vielmehr wies er mit der behandschuhten Rechten sein Opfer an, hochzukommen und sich das Gerät in die Mundhöhle einzuführen. Seine linke Hand steckte in der

Hose, den hinteren Teil der Waffe so umfassend, daß er jederzeit abdrücken konnte.

Lilli bekam also ihre Chance, die Sache anders anzugehen als beim letzten Mal, nicht vor lauter Ekel und Angst zu versteinern, sondern diesem Monster die Stirn zu bieten. Viel mehr als diese Stirn hatte sie auch gar nicht zur Verfügung. Die Stirn und die Augen unter dieser Stirn. Und den Mund unter diesen Augen. Sie sah den Batmanmann herausfordernd an, kurz nur, richtete sodann ihren Blick abwärts und sagte: »Na komm her, mein Kleiner.«

Sie meinte nicht den Mann, sie meinte die Waffe. Sie tat so, als sei sie jetzt einzig und allein mit dieser *Verlaine* zusammen und der Fledermausmensch nicht mehr vorhanden. Lilli vollzog in diesem Moment eine beispiellose pornographische Nummer, rekelte sich mit kreisenden Schultern und stöhnte in Erwartung des kalten Metalls. Sie öffnete ihren Mund in der Art eines dieser parasitären Fische, die sich an anderen Fischen festsaugen.

»So, du versauter kleiner Möchtegernpimmel«, sprach Lilli praktisch in den Schußkanal hinein wie in eine Harnröhre, »ich werd dir deine eigene Munition ins Hirn blasen.«

Es wirkte auf Lilli befreiend, so zu sprechen, auch wenn der Batmanmann sie wahrscheinlich gar nicht verstand. Allerdings verstand er mit Sicherheit den Klang in ihrer Stimme, dieses betont Verruchte und Schamlose und Nuttige. Ja, der gute Mann mußte erkennen, daß er es diesmal weder mit einem heulenden kleinen Mädchen noch mit einer flennenden alten Kuh zu tun hatte. Jedenfalls mit keinem Opfer. Und wenn er klug gewesen wäre, dann hätte er entweder augenblicklich geschossen, oder er hätte die Waffe wieder in seiner Hose verschwinden lassen.

Aber der Batmanmann blickte gebannt auf Lilli, wie sie jetzt die viereckig profilierte Laufwandung zwischen die Lippen nahm und so tief als möglich in ihren Rachen gleiten ließ, wobei es sie in keiner Weise zu stören schien, daß ein Teil der Fläche mit einer Pfefferpaste beschmiert war.

Und wie es sie störte! Es brannte höllisch. Feuer im Kopf. Sie spürte die Tränen, drängte die Tränen zurück, zwang sich zur

Disziplin, wurde kalt. Sie tat, als fühle sie sich großartig. Sie lächelte. Sie entließ ein schmatzendes, speicheliges Geräusch, um im Zuge eines sich steigernden Auf und Ab der Bewegung die »versaute« *Verlaine* mit einer gehörigen Portion Oralsex zu bedienen. Und damit auch den Batmanmann, der sich eigentlich wehren wollte. Das war ja um Himmels willen nicht das, was er vorgesehen hatte. Natürlich, er wollte einen geblasen bekommen, beziehungsweise, daß seine Pistole einen geblasen bekam, das schon, aber eben von einem Opfer, einem winselnden, vor Übelkeit und Furcht bleichen Menschlein, nicht von einer ganzen Frau, die ihren Spaß zu haben schien. Die diesen Job erledigte, als sei das ihr Traumberuf. Und als wäre die Pfefferpaste auf ihren Lippen ein Gottesgeschenk.

So sehr der Batmanmann wußte, daß hier etwas völlig falsch lief, gelang es ihm nicht, sich loszureißen. Er stierte hinunter, erstarrt, bestürzt, verwirrt, nichtsdestotrotz erregt, als hätte er gegen jede Wahrscheinlichkeit eine echte Geliebte gefunden, eine Frau, die ihn verstand und mit der er richtigen Sex haben konnte. Na ja, richtigen Sex mit einer Waffe, einer Waffe, die der Fledermausmensch als einen wesentlichen Teil von sich selbst begriff, als sein wahres Geschlecht und sein wahres Wesen.

Was Lilli nun gar nicht gefallen hätte, wäre gewesen, wenn dieser kranke Typ begonnen hätte, über die eigene Irritation hinweg seinen Spaß zu haben. Wenn es ihm gelungen wäre, sich in die neuen Verhältnisse einzufinden. Es war also höchste Zeit, Schluß zu machen. Und zwar wirklich.

Sehr rasch glitt Lilli mit den Lippen bis an die Austrittsstelle des Schußkanals, stemmte ihre vom Schmerz ganz harte Zunge gegen die Unterseite der Umwandung und drückte den Pistolenlauf aus ihrem Mund heraus, beließ aber die Zunge, wo sie war, schob das Kinn nach vorn und beförderte die Waffe in eine fast senkrechte Position. Im nächsten Moment schloß sie doch noch ihren Mund und ihre Augen und stieß mit voller Wucht ihre flache Gesichtsmitte auf die *Verlaine*, welche solcherart gegen den Magen des Batmanmanns prallte. Die Ordnung war dahin. Der Finger am Abzug ging nach hinten. Ein Schuß löste sich.

Die Flugbahn des nun austretenden Projektils kann man durchaus als ideal bezeichnen. Da nämlich im Zuge von Steinbecks Attacke der Kopf des Batmanmanns ein Stück vorrückte und der Lauf der Waffe beinahe vertikal nach oben wies, drang die abgefeuerte Kugel auf der Kinnunterseite in den Mann ein, querte den Rachenraum, durchflog exakt den kleinen Bereich der Keilbeinhöhle und drehte sich sodann in das Großhirn, wo sie einigen Schaden anrichtete, bevor sie durch das rechte Scheitelbein wieder austrat, den freien Raum passierte und in der Weiße eines verputzten Plafonds steckenblieb.

Der Batmanmann war augenblicklich tot. Sein schwerer Körper fiel felsartig vornüber, wie um Lilli wenigstens noch zu erschlagen. Aber Lilli ließ sich nicht erschlagen. Sie drehte ihren Kopf samt der gefesselten Arme zur Seite, sodaß der Schädel des Maskenmanns in die Leere des Leintuchs donnerte. Freilich war Lillis Unterleib noch immer eingeklemmt. Es gelang ihr aber, sich herauszuwinden. Dabei rutschte sie vom Bett. Der Lärm, den sie damit verursachte, führte sowenig zum Erwachen des kleinen Leon wie zuvor der noch viel lautere Schuß und der kurze Aufschrei des Getroffenen. Das alles schien in keiner Weise geeignet, den mehr als gerechten Schlaf dieses Kindes zu unterbrechen. Eines Kindes, das sich von den leisesten Tönen wecken ließ, vom Ticken einer Uhr, von Stubenfliegen, die gegen das Fensterglas stießen, von den angstvoll vertuschten Geräuschen seiner Eltern. Offensichtlich aber nicht von richtigem Lärm. Das war gut so. Das war eine Erkenntnis, die man den Eltern des kleinen Leon verständlich machen mußte.

Wo aber waren diese Eltern?

Ein Schrecken überkam Lilli. Die Angst, Stavros und Inula könnten tot sein. Gleichzeitig drängte sich Lilli der Gedanke auf, daß sich in einem solchen Fall die Möglichkeit ergab, erneut ein Kind zu adoptieren. Auch wenn das natürlich alles andere als leicht sein würde. Aber im Adoptieren war Lilli ziemlich gut. Im An-den-Gesetzen-vorbei-Adoptieren.

Doch dazu sollte es nicht kommen. Gott sei Dank. Lilli richtete sich auf, und endlich gelang es ihr, die gefesselten Hände hinter dem Kopf hervorzuziehen. Sie lief in die Küche, wo sie eine Schere fand und unter Aufwendung einiger Geschicklichkeit das mehrfach um die Gelenke und Unterarme gewundene Kunststoffband durchschnitt. Ihre Arme sahen aus wie auf einem Rost gegrillt. Aber das zählte jetzt nicht. So wenig wie der brennende Schmerz auf Lippe und Zunge. Sie spülte nur eilig den Mund aus und kehrte zu Leon zurück, den sie auf ihre Schulter bettete und hinüber ins Schlafzimmer der Stirlings trug, wo sie zwei regungslose Körper vorfand. Ein Blick auf die sich hebenden und senkenden Brustkörbe legte allerdings die Vermutung nahe, daß die beiden bloß betäubt worden waren. Und so war es auch. Der Batmanmann hatte glücklicherweise nicht zu diesen kopflosen Serienmördern gehört, die jedermann aus dem Weg räumten, der nur irgendwie in diesem Weg stand. Nein, er war viel zu elitär gewesen, die Stirlings zu töten. Er hatte es allein auf Lilli Steinbeck abgesehen gehabt. Sein Pech. Er hatte ein geniales Monster sein wollen, jetzt war er ein totes.

Der Schuß hatte zwar den kleinen Leon nicht geweckt, sehr wohl aber die Nachbarn, welche sofort die Polizei alarmierten. Noch bevor diese jedoch eintraf, plazierte Lilli das fortgesetzt schlafende Kind in einer Wippe und kehrte zurück in das Zimmer, in dem der tote Batman lag. Sein Gesicht schwamm in einem kleinen roten See.

Lilli überwand ihren Ekel und packte den Kerl an den Schultern, um ihn auf den Rücken zu wälzen und ihm die Maske vom Gesicht zu ziehen. Was sich als schwierig erwies. Der Kunststoff schien festzukleben. Lilli war gezwungen, sehr viel fester zuzupacken, als ihr lieb war. Angesichts von fremdem Blut. Sie hätte sich Handschuhe überziehen sollen. Aber dazu war es jetzt zu spät. Die Maske mußte herunter. Sie kniete sich hinter den Toten, krallte ihre Fingernägel zwischen Haut und Gummi und zog mit einem kräftigen Ruck die Larve vom Kopf.

Wen oder was hatte sie erwartet zu sehen? Dr. Antigonis? Kommissar Pagonidis? Einen Mann namens Suez oder Zeus? Einen wiedererweckten Henri Desprez? Einen wiedererweckten Georg Stransky? Nun, diese Männer waren alle kleiner als dieser hier, welcher freilich nicht an die Masse des Spiridon Kallimachos heranreichte, sondern im durchschnittlichen Sinne schwergewichtig zu nennen war. Seine Augen erinnerten an Teiche am Ende des Winters, wenn das Schmelzwasser eine Decke bildete, eine Decke, die nichts und niemand trug.

Lilli Steinbeck hatte diesen Mann noch nie gesehen. Das enttäuschte sie. Was blieb, war die Frage, ob dieser ihr Unbekannte derselbe gewesen war, der sie an ihrem ersten Abend in Athen überfallen hatte. Und ob auch diesmal Dr. Antigonis dahintersteckte. Wozu aber wäre das gut gewesen, sie erneut zu erschrecken? Sie erneut zu testen?

Für weitere Überlegungen fehlte die Zeit. Lilli vernahm aus dem Nebenzimmer ein gedehntes, wie durch einen Papierfilter gepreßtes Jammern, welches das Erwachen des kleinen Leon ankündigte. Und das, während sie selbst mit blutverschmierten Händen über der demaskierten Leiche eines vielleicht fünfzigjährigen, dunkelhaarigen Griechen kniete. Rasch lief sie ins Badezimmer, wusch sich die Hände, tauschte ihren blutigen Seidenpyjama gegen ihr Papageienkleid und holte den bereits tobenden Leon aus seiner Wippe. Gleichzeitig läutete es an der Türe. Die Polizei hatte sich beeilt. Lilli öffnete ihr und wies hinüber in das Zimmer, in welchem der Tote lag, ließ dann aber die verwirrten Beamten einfach stehen, um mit dem schreienden Leon die Küche aufzusuchen und ein Fläschchen mit Babymilch zuzubereiten.

Das Durcheinander, das zunächst entstand, war natürlich beträchtlich. Die Uniformierten wußten nicht, was sie denken sollten. Und Lilli, ohnedies mit einem Baby beschäftigt, tat sich schwer, ihnen begreiflich zu machen, was geschehen war, was der tote Batman zu bedeuten hatte. Und wieso zwei bewußtlose Personen im Bett lagen. Sie versuchte es zwar mit Englisch, aber entweder waren die Beamten des Englischen nicht mächtig, oder sie waren es, verstanden aber dennoch nicht. Letzteres ist anzunehmen.

Es folgten noch viele weitere Polizisten, darunter die in Zivil auftretenden der Kriminalabteilung, dazu zwei Ärzte und die Leute von der Spurensicherung, die wie üblich aussahen, als übten sie den Umgang mit Giftgas. Erst die Spurensicherung machte aus einem Tatort eine bedeutungsschwangere Stätte, verzauberte und dämonisierte ihn.

Eigentlich hatten die Beamten vorgehabt, Lilli Steinbeck festzunehmen. Aber wie nimmt man jemand fest, der ein Baby im Arm hält? Also wartete man ab. Wartete auf Pagonidis. Als er eintrat und Lilli erblickte, runzelte er die Stirn. Sein Gesicht war ein eingestürztes Gebäude, unter dem er hervorsah. Als betrachte er das Ende der Welt.

Auch Pagonidis ließ Lilli nicht festnehmen, sondern sah nach seinem jungen Kollegen Stirling, der gerade wieder zu sich kam. Kurz darauf erwachte auch Inula. Als sie wenig später endlich Leon an sich drücken konnte, fühlte sie einen wohligen Schmerz, wie nach einer ungemein leichten Geburt. Leon lächelte. Nun, er würde nicht ewig lächeln. Allerdings war er gerade viel zu beschäftigt, um zu schreien, zu sehr interessierte ihn der Auftritt so vieler fremder Menschen in der vertrauten Umgebung. Seine Äuglein rotierten. Die nackten Beinchen zappelten. Wurde er angelacht, lachte er zurück. Für einen Moment war sein Leben heiteres Pingpong.

»Ein Kind aus der Hand zu geben, tut immer weh, auch wenn es nicht das eigene ist«, erklärte Lilli, als sie sich mit Stirling auf den Balkon zurückzog. Gleich darauf berichtete sie, was geschehen war. Mit einer Ruhe, als erzähle sie eine fremde Geschichte, einen merkwürdigen Film. Am Ende ihres Berichts stellte sie die Frage, die ihr als entscheidend erschien: »Der erste Batman, der mich überfiel, wurde der wirklich erschossen?«

»Natürlich. Was denken Sie denn?«

»Ich denke, daß die griechische Polizei mit falschen Karten spielt.«

»Da irren Sie sich. Der erste Batman ist so tot wie dieser hier. Man kann davon ausgehen, daß es mehrere gibt. So eine Art Club.«

»Der Club der toten Tiere«, spottete Steinbeck. Mit einem Mal spürte sie eine große Schwäche in sich, ein Nachgeben der Beine, eine »Verweichlichung«. So wie es Viola Stransky ergangen war, als sie ihres toten Liebhabers ansichtig geworden war und sich für einen Moment an Kommissar Hübner hatte festhalten müssen. Auch Lilli brauchte jetzt einen Halt, allerdings hatte sie das Glück, mit Stavros Stirling über eine sehr viel anziehendere Stütze zu verfügen.

»Verzeihen Sie, Stavros«, sagte sie, umfaßte mit ihren Händen seine Taille, drückte ihn leicht an sich und ließ ihren Kopf auf seine Schulter fallen. Das erinnerte schon sehr an die Art und Weise, wie der kleine Leon das tat, wenn Lilli ihn zu sich nahm. Ja, auch Lilli war erschöpft vom Leben, nicht zuletzt erschöpft von der Kälte und Sachlichkeit, mit der sie den Dingen begegnen mußte. Weil leider Gottes nur diese Kälte und Sachlichkeit den Dingen gewachsen war. Diesem ganzen Fledermauszeug.

»Das ist in Ordnung«, sagte Stavros. Er sagte es nicht nur. Er erwiderte den Druck. Und als Lilli ihren Kopf hob, da legte Stavros seine Lippen auf die ihren.

Sofort bestätigte sich die Impression, die Lilli beim ersten Anblick dieser Lippen gehabt hatte. Daß sie nämlich gehäkelt seien. Genauso spürten sie sich auch an, stabiles Garn, netzartig verbunden, eine biegsame Kette von Schlaufen, fest, aber nicht hart, in der Art jener kleinen Schühchen, wie man sie früher für die Jüngsten angefertigt hatte. Ja, wenn diese Lippen etwas erfüllten, dann das Prinzip fast jeder Häkelei, sich um Handarbeit zu handeln.

Diese Lippen waren Handarbeit. Und wenn ein bestimmtes Kleid an einem bestimmen Tag gut und richtig war, dann war es jetzt auch gut und richtig, daß Lilli ihren Mund gegen diese Lippen preßte. Ja, da war sie wieder, die Savanne ... Lucy und Tom.

Doch diesmal war es nicht so, daß die Zeit im Bruchteil einer Sekunde verflogen war und bloß ein paar Knochen mit der Bezeichnung AL 288-1 übrigblieben, nein, indem diese Lucy und dieser Tom sich küßten, erhielten sie einen Teil von sich aufrecht. Auch, als sie sich wieder voneinander lösten und sich wortlos die Unmöglichkeit ihrer Beziehung im Hier und Jetzt eingestanden, 3,2 Millionen Jahre später, im Zeitalter der Fledermäuse, der Waschmaschinen, der Diätcolas und Vorsorgeimpfungen. Aber da war kein Schrecken über das, was sie getan hatten, sondern ausschließlich tiefes Einverständnis. Dazu brauchte es nicht einmal ein »Du«.

Stirling lächelte in der Manier des »letzten Gentlemans«, dann erklärte er, zu Pagonidis zu gehen und ihn darüber zu informieren, was geschehen sei. Bevor dieser sich etwas Eigenes zusammenreime.

»Tun Sie das«, meinte Lilli. Kurz überlegte sie, ob sie noch die Sprache auf Dr. Antigonis bringen sollte, der ja immerhin behauptet hatte, ihr die erste Fledermaus geschickt zu haben. Aber sie ließ es bleiben, mit Kommissar Pagonidis darüber reden zu wollen. Auch mit Stavros nicht. Sie würde die Sache selbst erledigen. Was ja eigentlich nur bedeutete, diese Geschichte zu einem Ende zu führen. Denn manche Dinge brauchen ein Ende, etwa Romane oder Boxkämpfe oder Glühbirnen.

Lilli stieß sich vom Geländer ab und ging zu Inula in die Küche, wo sie den kleinen Leon wieder in ihre Arme nehmen durfte. Über das, was geschehen war, sprach man nicht. Sondern über angenehme Dinge wie die richtige Zubereitung von grünem Tee. Die Chinesen etwa ... Dabei wurde Leon zwischen den beiden Frauen hin und her gereicht. Das gefiel ihm außerordentlich. Immerhin besteht ja ein großes Bedürfnis des Menschen darin, das Regelmäßige mit der Abwechslung zu verbinden, Routine und Abenteuer zu verkleistern, da und dort zu sein, ja und nein zu sagen. Im Falle Leons: Bei Mama zu sein und nicht bei Mama zu sein.

Der Kleine fühlte sich wohl. Die beiden Frauen tranken Tee. In den anderen Zimmern standen Männer herum und wußten nicht weiter.

23
Tulpen

Am nächsten Tag herrschte die alte Hitze. Worüber Lilli erfreut war, da sie noch einmal ihr brotteigfarbenes Löcherkleid anziehen konnte. Sie gehörte nicht zu diesen Frauen, denen es schwerfiel, etwas zweimal zu tun. Vor allem nicht, wenn es perfekt war. Und dieses Kleid mit seinen hübschen Perforationen war nun mal perfekt. Perfekt wie ein drei Millionen Jahre alter Kuß. Zudem ideal, um in den Kampf zu ziehen. Wie auch immer der Kampf aussehen mochte.

Bevor sie die Ouzerie mit dem Namen *Dreiundzwanzig Nymphen hocken in einer Flasche* erreichte, suchte sie die Wohnung des Spiridon Kallimachos auf. Die eingetretene Wohnungstüre war in derselben Weise angelehnt, wie man sie am Vortag zurückgelassen hatte. Lilli klopfte. Keine Antwort. Sie öffnete, durchquerte den dunklen Flur, das Teppichland des Wohnzimmers und überprüfte die Bildergalerie des Unaussprechlichen. Doch keine Spur von Kallimachos.

Sie verließ wieder das Haus, hielt ein Taxi an und ließ sich zu dem Platz fahren, an dem das Nymphenlokal lag. Die Sonnenschirme warfen limonadenfarbene Schatten auf die Besucher und die Tische mit den vielen, kleinen weißen Tellern, darauf glänzende Fangarme zum Verzehr. (Wenn immer wieder die Frage gestellt wird, warum Außerirdische, welche angeblich längst auf der Erde gelandet sind, sich nicht zu erkennen geben, sollte man vielleicht einmal unsere Eßgewohnheiten ins Kalkül ziehen. Diese vielen abgeschlagenen Glieder, die sich auf unseren Tellern finden.)

Dr. Antigonis wartete bereits. So eine Art Bodyguard stand in seiner Nähe, die Hände am Rücken.

»Denken Sie etwa«, fragte Lilli und ließ sich die Hand küssen, »daß Ihnen so ein Gorilla nützt, wenn es hart auf hart geht.«

»Wenn es hart auf hart geht, Madame, verlasse ich mich auf meine Intelligenz. Und wenn meine Intelligenz versagt, hilft auch kein Gorilla. Auch keine Armee von Gorillas. Andererseits fühle ich mich verpflichtet, ein Bild zu erfüllen. Und zu diesem Bild gehören nun mal auch Leibwächter, so wenig sie nützen mögen. Auch Silberbesteck nützt nicht – ich meine, kein Essen wird davon besser –, und dennoch bevorzuge ich es.«

»Und ich bevorzuge den Ouzo, den man hier serviert.«

»Gerne«, sagte Antigonis und hob seine Hand. Er schnippte nicht etwa, weder winkte noch fuchtelte er. Er zog die Hand nur ein kleines Stück in die Höhe. Wie um sie auf dem Rücken einer unsichtbaren Dogge abzulegen. Sofort stand ein Kellner zur Seite. Antigonis bestellte. Er sprach freundlich. Dennoch machte der Kellner ein Gesicht, als gehe es um sein Leben.

»Sie verunsichern die Leute«, stellte Lilli fest.

»Aber *Sie*, meine Liebe, scheine ich nicht zu verunsichern.«

»Würden Sie das wollen?«

»Ein bißchen vielleicht. Aber lassen wir meine persönlichen Eitelkeiten. Reden wir übers Geschäftliche.«

»Stransky ist tot«, erinnerte Lilli Steinbeck.

»Ja, natürlich. Aber er war nicht der letzte Mann in diesem Spiel. Zwei fehlen noch. Nummer neun geht innerhalb der nächsten zwei, drei Wochen ins Rennen. Irgendwo auf der Welt wird er aufwachen und sich nicht auskennen. Wie eine Roulettekugel, die beim besten Willen nicht sagen kann, warum sie auf diese und nicht auf eine andere Zahl gefallen ist. Weshalb sie überhaupt auf einer Zahl liegt anstatt etwa auf einer Wiese, in einem Bett, auf einem weichen, warmen Körper. Es muß deprimierend sein, festzustellen, daß man auf einer dummen Zahl liegt. Aber so sieht nun mal das Schicksal der meisten aus, gleich ob man eine Kugel oder ein Mensch ist.«

»Na, bei den Menschen«, meinte Lilli, »soll es schon mal vorkommen, daß sie auf einen halbwegs warmen Körper treffen.«

»Das reden wir uns nur ein. Auch wenn da ein Körper ist, man liegt auf einer Zahl«, erklärte Dr. Antigonis. »Das ist der Grund, daß sich alle so unwohl fühlen. Ich persönlich denke, es wäre sehr viel besser, wenn wieder die Götter das Kommando übernehmen würden. Es wäre aufregender und menschlicher. Und es würde eine Elite herrschen, die es auch verdient zu herrschen. Und nicht diese Witzfiguren auf den Kapitänsbrücken, die uns ständig am Ziel vorbeimanövrieren.«

»Sind Sie nicht selbst ein solcher Kapitän?«

»Madame, Sie beleidigen mich. Aber ich verzeihe Ihnen. Ich verzeihe Ihnen sogar gerne. Und ich bitte Sie, weiterhin für mich zu arbeiten. Vergessen Sie nicht, zwei Spielsteine sind noch auf dem Brett. Wir haben alle Chancen.«

»Wer sagt Ihnen, daß ich auf der Seite Ihrer sogenannten Götter stehen möchte.«

»Weil es Ihr Job ist, das Leben zu schützen.«

Lilli erklärte, daß es doch die Götter seien, die dieses Spiel dem Menschen aufdrängen würden. Und ihn zwingen würden, seinesgleichen zu töten.

»So kann man das nicht sagen«, erwiderte Antigonis. »Der Mensch hat sich von Beginn an für die Rolle des Mörders entschieden. Quasi aus seinem Anspruch heraus, gottgleich zu sein, verurteilend, richtend und grausam. Nehmen wir Frau Esha Ness. Sie sollten diese Frau einmal kennenlernen. Ein Ungetüm, wenn Sie mich fragen. Ein attraktives, beeindruckendes Ungetüm, keine Frage, was die Sache aber nicht besser macht. Es ist ganz bezeichnend, daß Madame Ness diesen Henri Desprez, nachdem der Job erledigt war, hat liquidieren lassen. So ist sie, gnadenlos und undankbar. Häßlich zu den eigenen Leuten.«

»Ach was. Und Sie? Sind Sie denn nicht häßlich zu den eigenen Leuten? Wie ist das mit dem Fledermausmann, den Sie mir gestern nacht geschickt haben? Schon wieder einer. Und diesmal mußte ich mich auch noch selbst retten. Was ist damit? Tun Sie das, weil Sie mich mögen?«

»Ich prüfe Sie«, erklärte Antigonis. »Ich sehe mir an, was Sie aushalten. Und es freut mich zu sehen, daß Sie eine Menge aushalten. Zum Beispiel, daß Sie trotz allem, trotz der vergangenen Nacht, hierhergekommen sind, um mich zu treffen. Und Sie haben natürlich recht, ich mag Sie.«

»Sie sind ein reizender Mensch. Dieser Perverse hätte mich umbringen können.«

»Ja, das hätte er wohl. Andererseits habe ich eine Menge Geld darauf gesetzt, daß Sie überleben werden. Diese Fledermaustypen sind nicht meine Freunde, wie Sie wissen müssen. Ganz im Gegenteil.«

»Wie bitte?«

»Diese Leute sind meine Gegner. Auch das ist ein Spiel. Kein schönes, aber es gehört dazu. Schöne Spiele sind sowieso die Ausnahme.«

Lilli stöhnte. Sie war jetzt froh um den Ouzo, der ihr als ein Rest von Normalität erschien, nichts als ein Schnaps. Sie sagte: »Ist es nicht der pure Hohn, die Opfer auszuwählen, um sich dann großmütig auf ihre Seite zu stellen.«

»Großmütig ist das falsche Wort«, äußerte Antigonis. »Was ich tue, tue ich aus Prinzip. Und immer in der Hoffnung, das Opfer möge sich durchsetzen. So wie Sie sich durchgesetzt haben. Nicht nur, weil ich darum eine Wette gewonnen habe. Ich habe mehr gewonnen. Ich durfte recht behalten. Recht behalten im Wettstreit mit Leuten, die ich verachte.«

»Gott im Himmel«, sprach Lilli zu sich selbst. Aber eigentlich mußte sie etwas Derartiges erwartet haben. Wäre sie sonst überhaupt gekommen? Hätte sie sonst noch ein Wort mit diesem Mann gewechselt? Im Grunde verdankte sie Antigonis die Möglichkeit einer zweiten Chance. Indem sie das, was ihr bei der ersten Begegnung mit einem Fledermausmann nicht gelungen war, in einem zweiten Versuch hatte einlösen können. Ein Monster zu sprengen.

Darum nützte es auch nichts, daß Lilli sich jetzt abrupt erhob, wie um davonzulaufen. Zum Davonlaufen war sie nicht hier.

»Liebe Frau Steinbeck, Madame«, säuselte Antigonis, »bleiben Sie doch bitte sitzen.«

»Nein, ich werde nicht für Sie arbeiten.«

»Müssen wir das hier besprechen?«

»Was wollen Sie denn noch?« fragte Lilli mit einer Stimme, die wie sonnenverbrannte Haut war, die sich löst.

»Ich möchte Sie zu mir einladen. In mein Haus.«

»Das überrascht mich«, meinte Lilli. »Wie ich gehört habe, lassen Sie niemanden zu sich.«
»Da haben Sie falsch gehört. Es wäre mir eine Ehre ...«
»Damit Sie mir einen dritten Batman auf den Hals hetzen? Beziehungsweise auf den Bauch setzen.«
»Keine Fledermäuse mehr. Bloß ein Abend unter Freunden.«
»Was für Freunde?«
»Ich habe mir die Freiheit genommen, Ihren Mitarbeiter, Herrn Kallimachos, von Saint Paul abholen zu lassen. Er ist jetzt Gast in meinem Hause.«
»Was denn? Freiwillig?«
»Es heißt doch, wo ein Wille ist, ist auch ein Weg. Umgekehrt ist dort, wo ein Weg ist, kein Wille nötig. Schon gar nicht ein freier.«
»Wollen Sie damit sagen, Sie hätten Kallimachos gekidnappt?«
»Meine Güte, Frau Steinbeck, was sind das für Begriffe? Es geht nicht um Kidnapping, sondern um Bestimmung.«
»Und Sie sind es also, der bestimmt.«
»Mitnichten«, erklärte Antigonis und erhob sich nun ebenfalls, indem er sich mit einer hübschen, runden Bewegung aus seinem Sessel drehte. »Ich lasse Sie um sieben Uhr abholen. Ich nehme an, Sie werden bei Ihrem Freund, diesem jungen Polizisten sein.«
»Lassen Sie die Stirlings aus dem Spiel!«
»Ich schicke Ihnen meinen Fahrer, wohin Sie wollen.«
»Wo liegt Ihr Haus?«
»In einem Wäldchen nördlich der Stadt.«
»Werde ich Ihre Frau kennenlernen?«
»Selbstverständlich«, sagte Antigonis.
»Niemand kennt sie.«
»Nur die Niemands kennen sie nicht. Und Niemands gibt es zur Genüge. Auch in höchsten Kreisen. Niemands, wohin man schaut.«
»Also gut. Sieben Uhr«, legte Lilli fest. »Ich warte aber im Büro von Kommissar Pagonidis. Pagonidis soll wissen, wohin meine Reise heute abend geht.«

»Ganz wie Sie wünschen, Madame Steinbeck. Ich schicke einen Wagen zu Pagonidis. Schön, daß Sie soviel Vertrauen zu diesem Mann haben.«

Lilli verdrehte die Augen. Was Antigonis nicht hinderte, ihr erneut die Hand zu küssen. Dabei hauchte er auf Lillis Handfläche, als drücke er ihr ein Brandzeichen in die Haut. Lilli jedoch war fest entschlossen, niemals das Kälbchen dieses Mannes zu werden. Aber sein Haus aufzusuchen würde ihr einfach nicht erspart bleiben. Da hatte er schon recht, wo ein Weg war, da war kein Wille.

Kurz vor sieben stand sie mit Stirling und Pagonidis im Büro des Hauptkommissars. Die Identitäten des ersten wie des zweiten Batmans standen nun fest. Bei beiden handelte es sich um bislang unbescholtene Bürger, der eine Chemiker, der andere Geschäftsmann. Der Verdacht bestand, daß die beiden einer Geheimloge angehörten, von der die Polizei aber nur geringe Kenntnis besaß und welche bisher in keiner Weise durch die Ausübung sadistischer Praktiken aufgefallen war. Von der es bislang bloß geheißen hatte, ihre Mitglieder würden in der Art jener amerikanischen Comic-Figur Bruce Wayne Batmankostüme tragen. Sich allerdings von ihrem Vorbild dadurch unterscheiden, nicht dem Gesetz zu dienen, sondern höheren Gesetzen. Was ja auch der Sinn von Logen ist, eigene Paragraphen zu schaffen und mit Verachtung auf die Idioten zu sehen, die sich an die herkömmlichen halten. Dabei ist eine Loge auch nichts anderes als ein Verein. Und Vereine sind im Prinzip für Menschen gedacht, die es nie in ihrem Leben wirklich geschafft haben, alleine auf die Toilette zu gehen.

Natürlich war nicht auszuschließen, daß es sich bei den zwei toten Männern um Trittbrettfahrer handelte, die sich des Mythos geheim verbundener Fledermäuse bedient hatten. Wie aber hatte der eine auf den anderen folgen können? Wenn man bedachte, daß die Polizei über den ersten Angriff auf Lilli Steinbeck geschwiegen hatte. Gegenüber der Presse geschwiegen hatte. Und auch intern nur ganz wenige Leute über die Details informiert gewesen waren. Darum also mußte man doch eher von einer Gruppe von Logenbrüdern ausgehen, deren Obsession darin bestand, als Batmans verkleidet ihre Opfer zu überwältigen und geschlechtsfremde Gegenstände aus ihren Hosenschlitzen zu ziehen. Entweder zur rein persönlichen Freude oder im Zuge eines weiteren häßlichen Spielsystems.

Daß Dr. Antigonis in den Gesprächen mit Lilli praktisch zugegeben hatte, ihr diese Fledermäuse geschickt zu haben beziehungsweise eine Wette mit den perversen Logenbrüdern eingegangen zu sein, wurde von Pagonidis mit einem Grunzen und einer wegwerfenden Handbewegung abgetan. Er hielt das für Unsinn. Er meinte, Lilli Steinbeck habe sich von Antigonis zum Narren halten lassen.

Doch auch Lilli war nicht sonderlich hinterher, die Sache mit den Fledermäusen wirklich aufzuklären. Die beiden waren tot, und das war gut so. Und im Falle des zweiten Batmans konnte Lilli zudem befriedigt feststellen, kein wehrloses Opfer abgegeben zu haben. Ganz im Gegenteil.

Über diesen Umstand freilich war Kommissar Pagonidis nicht ganz so erfreut, wie er hätte sein müssen. Zwar konnte er das *so* nicht sagen, aber ihm wäre lieber gewesen, Lilli Steinbeck hätte die letzte Attacke bloß schwerverletzt überstanden und wäre darum schleunigst nach Deutschland ausgeflogen worden. Statt dessen saß sie völlig unbeschadet – und offensichtlich auch ungebeugt – in seinem Büro, hatte ihre langen, zwischenzeitlich gebräunten Beine übereinandergeschlagen und wartete darauf, daß ein Chauffeur sie abholen und zum höchst privaten Anwesen des Dr. Antigonis bringen würde.

Jedermann respektierte die Wünsche des Herrn Antigonis, auch die Polizei. Seine Macht war eigentlich unstofflich, namenlos, esoterisch und ätherisch. Und dennoch jederzeit zu spüren. Wie man Luft spürt, wenn ein Wind aufkommt.

Lilli wiederum hätte gerne etwas über dieses Anwesen nördlich von Athen erfahren. Um ein wenig vorbereitet zu sein. Aber keiner konnte oder wollte ihr etwas verraten. Es schien sich tatsächlich um einen weißen Flecken zu handeln, ein wenig in der Art von Saint Paul, nur eben mitten in Griechenland, einem ansonsten ziemlich gut erforschten Gebiet. Wobei natürlich weiße Flecken häufiger sind, als man glauben mag.

Lilli fragte Stirling, ob denn nicht wenigstens Journalisten versucht hätten, Näheres über Grundstück und Haus des Dr. Antigonis in Erfahrung zu bringen.

»Natürlich«, sagte Stirling, »aber jeder Journalist, der damit beschäftigt war, ist heute Angestellter von Antigonis. Als Sekretär oder Chauffeur oder Gärtner. Das schreckt die übrigen ab. Man fragt sich nämlich, womit Antigonis diese Leute überredet hat, für ihn zu arbeiten.«

»Ja, das soll er mir erzählen«, fand Lilli.

»Seien Sie um Himmels willen vorsichtig«, bat Stirling.

»Ich habe dem kleinen Leon versprochen, noch heute nacht nach ihm zu schauen. Versprechen gegenüber Babys halte ich prinzipiell.«

Stirling sah Lilli mit einem Blick an, als betrachte er eine Reliquie.

»Übertreiben Sie nicht«, mahnte Lilli Steinbeck. Aber es gefiel ihr durchaus, wie dieser Mann sie ansah.

Das Telefon läutete. Kommissar Pagonidis hob ab, lauschte ein paar Sekunden, dann nickte er, ohne aufzublicken. Er erinnerte jetzt an ein Pferd, das den ständigen Würfelzucker satt hatte.

Als Lilli Steinbeck wenig später im großräumigen Fond eines schönen, alten Bentleys saß, sprach sie den Chauffeur auf Englisch an und fragte ihn, ob er einmal Journalist gewesen sei.

»Ja, Frau Steinbeck.«

»Sie haben über Antigonis recherchiert, nicht wahr?«

»Ich habe respektloserweise versucht, in Dr. Antigonis Privatleben zu schnüffeln«, erklärte der Mann, der mit großer Ruhe und Fürsorge das englische Automobil steuerte, hinaus aus Athen, wie man sagt, hinaus aus dem Sturm, auch wenn der Athener Sturm im Stillstand von warmer Luft bestand.

»Sie sind hart zu sich selbst«, fand Steinbeck. »Respektlos? Ist das nicht das falsche Wort?«

Der Chauffeur schwieg. Lilli bemerkte seinen demütigen Ausdruck im Rückspiegel. Ein angedeutetes Lächeln, wie man das von gläubigen Menschen kennt, die sich für erlöst halten. Keine Frage, dieser Mann wäre für Antigonis durchs Feuer gegangen. Und wahrscheinlich erst recht für die Dame des Hauses.

Der Wagen fuhr von der Hauptstraße und zweigte auf immer kleinere Wege ab, bis er auf eine einspurige Zufahrt zwischen dichtstehenden Bäumen gelangte. Wäre dem Bentley ein anderes Auto entgegengekommen, hätte es kaum eine Möglichkeit gegeben, aneinander vorbeizugelangen. Aber Lilli brauchte sich gar nicht erst zu erkundigen. Sie konnte sich denken, daß immer nur ein Gefährt diese Strecke frequentierte. Gar keine Frage, hier lag ein präzises System vor.

Die niedrige Steinmauer, deren schmucklose und unversperrte Öffnung der Wagen passierte, war zwischen den Bäumen kaum zu erkennen. So wenig wie ein Sicherheitssystem. Keine Hunde, keine Videoanlagen, kein Stacheldraht, nur das zauberwaldartige Dickicht.

Wenn Antigonis erklärt hatte, sich verpflichtet zu fühlen, mittels Bodyguards ein Bild zu erfüllen, das Bild seiner gesellschaftlichen Stellung, so schien dies hier nicht der Fall zu sein. Es wäre ein leichtes gewesen, sich Zutritt zu diesem Grundstück zu verschaffen. Daß niemand dies tat, verwies freilich auf etwas, was der Chauffeur des Bentleys als »Respekt« bezeichnet hätte. Wobei Lilli bei diesem Begriff immer an die Angst denken mußte, aus der er in der Regel geboren wurde, der Respekt.

Mit einem Mal endete das kompakte Dunkelgrün und eine weite, ungriechisch saftige und sanfte Parklandschaft eröffnete sich. Ein Golfrasen zwischen Pinien und Zypressen und kugelförmigen Sträuchern. Allerdings wurde hier nicht Golf gespielt. In hohen Bögen schossen schmale Fontänen aus hin und her schwenkenden Sprinklern. Zwischen dem tanzenden Naß, aber auch mittendrin, standen und saßen Menschen. Lilli erkannte augenblicklich, wie wenig diese Personen ein übliches Bild boten. Sie erkannte die ungewöhnlichen Haltungen der Körper, die unkoordinierten Bewegungen, die Deformationen, die verätzten Gesichter, die fehlenden Glieder. Aber ebenso schnell registrierte sie die Ausgelassenheit, den Frieden, der an diesem Ort herrschte. Sie kurbelte das Fenster herunter, wie um diesen Frieden in den Wagen zu lassen. Dabei sah sie einen kleinen Fußballplatz, auf dem Männer und Frauen einen leuchtendgelben Ball durch die Luft traten. Bei jenen Spielern, die sichtbar ohne Handikap waren – so dachte Lilli nun –, mußte es sich wohl um weitere der sagenumwobenen Journalisten handeln, die jetzt für Antigonis arbeiteten.

Fragte sich freilich, in welcher Funktion? Als Pfleger? Als Therapeuten? Wahrscheinlich. Denn der Anblick, der sich bot, ließ an eine Klinik, ein Sanatorium denken, nur daß hier niemand in uniformer Kleidung herumlief. Ein gutes Sanatorium. Kein Affenkäfig.

Der Weg führte nun einen sanften Hügel aufwärts. Das Gelände wurde von terrassenförmig angelegten Rasenflächen bestimmt. Dazwischen Gemüsebeete, in denen Leute mit Sonnenhüten knieten. Sodann eine Reihe kleinerer und größerer Gewächshäuser, an deren Ende eine aufsteigende Spirale unterschiedlich geschnittener Hecken anschloß. Dahinter wiederum eröffnete sich ein weites, erneut von einem kurzgeschnittenen Rasen beherrschtes Plateau, aus dessen Mitte ein Gebäude aufragte.

Was hatte sich Lilli erwartet? Nun, am ehesten wohl eine großzügige Villa, ein schloßartiges Anwesen, eine architektonische Extravaganz. Was sie jetzt aber sah, war schlicht ein Bürokomplex. Nicht unschick, aber kaum extravagant zu nennen. Ein silberfarbener Würfel auf rechteckigem Grundriß, siebenstöckig, mit überaus schmalen, aber durchgehenden, rostbraun gefärbten Scheiben, während allein das Erdgeschoß über helle, hohe Fenster verfügte. Ein moderner Zweckbau. Nur daß dies hier doch wohl kaum eine Firmenzentrale darstellte. Eher eine Familienzentrale. Oder?

Nachdem der Wagen seitlich geparkt worden war, führte der Chauffeur Lilli zur Vorderseite, wo man durch eine automatisch sich öffnende Glastüre in einen weiten Vorraum trat. Allerdings fehlte ein Empfang. Der Raum war leer, frei von Kunst, frei von Pflanzen, frei von Menschen. Dafür gab es Aufzüge. Mit einem davon fuhr man ins vorletzte Stockwerk und kam in einem Büroraum an, welcher im klaren Schein einer unter Lamellen verborgenen Beleuchtung lag. Das Licht, das von draußen durch die schmalen, getönten Scheiben fiel, war nicht mehr als ein Sud von Licht. Wie auch die Landschaft ein Sud von Landschaft. An den weißen Tischen, mit Mikros, die wie kleine Wurmlöcher vor ihren Münden schwebten, saßen ein Dutzend geschäftiger Leute an ihren PCs. Auch hier zeigten fast alle Personen Spuren einer groben Verletzung. Was Lilli dabei am meisten irritierte, war der Umstand, daß diese Wunden und Deformationen kein gleichbleibendes Schema zu erfüllen schienen. Lilli hätte also nicht sagen können, daß es sich hier ausschließlich um die Opfer von Folterungen handelte, wie sie im ersten Moment vermutet hatte. Ganz nach dem Prinzip des Dr. Antigonis, Empathie für die von ihm ausgewählten Opfer zu empfinden. Nein, einiges, was Lilli zu sehen bekam, schien ihr angeboren zu sein. Auf Erbschäden basierend. Oder einer Krankheit entspringend. Es mochten auch Leute darunter sein, deren Verletzungen auf Unfälle zurückzuführen waren. Tatsächlich hatte Lilli den Eindruck, daß die Personen an diesem Ort nur der eine Umstand verband, in deutlicher Weise von einem Menschenbild abzuweichen, wie man es auf Lehrtafeln in Schulklassen zu sehen bekam. Von den Lehrtafeln der Werbung ganz zu schweigen.

Erst jetzt, in diesem hellen, sauberen, mit einem Boden aus Bernsteinimitat versehenen Raum, in dem flinke Finger über flache Tastaturen segelten, mitunter auch nur die zwei, drei Finger, die einer Hand geblieben waren, erst jetzt also erkannte Lilli Steinbeck, wie gut sie selbst mit ihrem unorthodoxen Nasengebilde hierher paßte. Sie vergaß das nämlich gerne, wie sehr ihre Gesichtsmitte von der Norm abwich und den verschiedenen Betrachtern auffallen und zu denken geben mußte. An diesem Ort war ihre Nase freilich ein Klacks. Verglichen etwa mit einer Frau, die einen Helm trug und deren linke Gesichtshälfte in Form eines dicken, fleischigen Sacks weit herunterhing. Ein Auge war darin nicht erkennbar. Allerdings besaß diese Frau alle zehn Finger, welche in vollendeter Form über Buchstaben und Zahlen krabbelten, selbige berührend, als picke sie Garnelen aus einem Meer.

»Hier bitte!« sagte der Chauffeur, öffnete eine Türe und verbeugte sich leicht.

Lilli betrat einen Raum von ähnlicher Größe, in dem jedoch keine Arbeitstische standen, sondern einzig und allein eine im Zentrum plazierte Anordnung dreier Sofas die großzügige Leere unterbrach. Die Möbel waren in einer trüben Farbe gehalten, die man als Kabelgrün bezeichnete.

Das Trio aus Sofas bildete die drei sichtbaren Seiten eines Quadrats. Über die gedachte Linie der vierten Seite bewegte sich jetzt Dr. Antigonis, Grandseigneur wie gehabt, begrüßte Lilli und führte sie zu der Sitzgruppe. Auf dem rechten Sofa saß Kallimachos. Er sah gut aus, sehr viel besser als auf der Insel. Er trug jetzt wieder Smoking. Erinnerte jetzt wieder an Orson Welles. Nickte Lilli zu.

»Sie beide kennen sich ja«, meinte Antigonis mit Blick auf Kallimachos und machte Lilli nun mit der Person bekannt, die auf dem mittleren der kabelgrünen Sofas saß. »Meine Frau Zoe.«

Lilli Steinbeck hatte mit jemand gerechnet, der etwas an sich hatte, was man nicht so gerne in eine gaffende Öffentlichkeit trug. Etwas Irreparables wie bei den Leuten draußen. Aber da war nichts zu erkennen. Hier saß eine elegante, gelbblonde und luftgebräunte Dame, deren fortgeschrittenes Alter allein an den etwas faltigen Händen abzulesen war. Sie trug einen dieser Trainingsanzüge, die auch zu Staatsempfängen passen. Keinen Schmuck, minimales Make-up, dazu einen Hauch von »L'Air du Temps« von Nina Ricci, ein Geruch, der längst nicht mehr auf dem Markt war. Ein historischer Geruch.

Lilli Steinbeck, die ja über eine in jeder Hinsicht feine Nase verfügte, hätte jetzt gehörend Eindruck machen können, dadurch, diesen Geruch zu benennen. Aber sie unterließ es. Wie früher manchmal in der Schule, wenn sie die richtige Antwort parat hatte, aber stumm blieb. (Welch merkwürdige Macht darin liegt, etwas nicht zu sagen, was man weiß.)

Die Frauen reichten sich die Hände. Dann bat Dr. Antigonis

Lilli, sich neben ihn auf das freie Sofa zu setzen. Als das geschehen war, kam ein Mann herein, hundertprozentig ein Ex-Journalist, und servierte Kaffee.

»Wie gefällt es Ihnen bei uns, Madame?« fragte Antigonis, während er selbst Lilli einschenkte.

»Ich bin überrascht. Aber das können Sie sich ja denken. Was ist das hier? Ein Firmengelände? Ein Sanatorium? Ein Umerziehungslager für Journalisten?«

»Wir nennen es der Einfachheit halber *Park*. *Unseren Park*.« Es war Zoe Antigonis, die geantwortet hatte. Sie besaß eine tiefe Stimme, wie man sie einem ausschweifenden Leben zuordnet. Eine Stimme nach drei Uhr morgens. Sehr aufregend.

»Na, ein wenig eine Firma ist es schon auch«, wandte ihr Mann ein. »Wir pflanzen hier Tulpen an. Spezielle Züchtungen, in Anlehnung an die Modelle aus alten Tulpenbüchern. Geflammte Tulpenblüten mit einer ... einer gewissen Patina. Ein hübscher Gelbstich. Jedenfalls verkaufen wir die Zwiebeln in die ganze Welt. Es gibt viele Liebhaber, überall. Auch wenn die Hysterie eine sehr viel privatere ist als etwa im siebzehnten Jahrhundert. Unser Geschäft geht dennoch gut. Unser aller Geschäft. Wir sind eine große Familie, wenn ich das sagen darf. Eine Familie, die für sich bleibt. Eine Familie von Gärtnern.«

»Viele Behinderte haben Sie in dieser Familie«, stellte Steinbeck fest.

»In der Tat«, sagte Antigonis, »es hat sich so ergeben. Das war nie geplant. Vor allem ist nichts daran, was man an die große Glocke hängen sollte.«

»Dieser Ort ist eine Insel«, erklärte jetzt wieder die Dame des Hauses. »Der Sinn von Inseln ist der, daß sie abgeschnitten sind. Da geben Sie mir doch recht? Darum haben wir selten Gäste. Es werden nur die eingeladen, auf die man sich verlassen kann. Und auf Sie, Frau Steinbeck, können wir uns verlassen. Darum sind Sie hier.«

»Zu Hause bei guten Menschen«, spottete Lilli.

»Woher der Gram?« fragte Zoe Antigonis.

»Ihr lieber Gemahl – und ich bin sicher, Sie wissen das – hat mir zwei üble Perverse ins Haus geschickt.«

»Die beiden Perversen sind tot«, stellte Zoe Antigonis zufrieden fest. »Sie aber leben. Und wirken zudem ungebrochen und vital. Ich wüßte also nicht, worüber man sich beklagen sollte.«

Steinbeck blies hörbar einen Schwall von Luft aus. Dann nahm sie die Tasse Kaffee und trank. Es war der beste Kaffee, den sie je getrunken hatte. Was natürlich eine Gemeinheit war, ihr einen solch wunderbaren Kaffee vorzusetzen. Dieser Kaffee war eine Bestechung. Pure Alchemie. Höchstwahrscheinlich wurden in diesem Areal auch Kaffeebohnen gezüchtet. Somit war es nicht weiter verwunderlich – die Kaffeebohnenalchemie bedenkend –, daß Zoe Antigonis jetzt meinte: »Wir wären sehr froh, Frau Steinbeck, wenn Sie und Herr Kallimachos weiter für uns tätig sein könnten. Sie wissen ja, demnächst wird wieder ein Mann erwachen und verwundert feststellen, nicht in seinem Bett zu liegen. Es wäre sehr zu wünschen, wenn wir ihn dann rasch finden und wohlbehalten nach Hause bringen.«

»Sie glauben also auch an diese Göttergeschichte?« wunderte sich Lilli.

»Es ist ein Bild«, erklärte Zoe. »Alles ist ein Bild. Diese Bilder helfen uns, die Orientierung zu behalten. Diese Bilder sind wie die Leintücher, die sich ein Geist überstülpt, damit wir ihn sehen können. Der Geist will ja wahrgenommen werden und sei es als ein weißes Gespenst. Dem Gespenst können wir folgen, weil wir das Leinen erkennen. Das ist der Sinn von Bildern. Es wäre jedenfalls interessant, zu erleben, was geschieht, wenn einmal eine der Spielfiguren das Spiel überlebt. Das wäre völlig neu. Das müßte Sie doch auch interessieren.«

»Die Sache mit Stransky war erregend genug.«

»Aber sie ist schlecht ausgegangen« erinnerte Zoe. »Zeit also, daß es einmal gut ausgeht.«

»Apropos Zeit«, sagte Lilli. »Meine Vorgesetzten rufen nach mir. Vergessen Sie nicht, ich bin nicht frei wie Herr Kallimachos, sondern Polizistin.«

»Ich glaube kaum, daß Ihre Polizei-Leute wissen, was sie an Ihnen haben. Wir schon.«

Lilli konterte auf das Kompliment: »Ich habe eine Adoptivtochter, an die ich denken muß.«

»Ihre Tochter ist erwachsen. Hören Sie auf, sich herauszureden.«

»Das ist auch gar nicht nötig«, meinte Lilli Steinbeck, »ich kann ja einfach mit Nein antworten.«

»Würde es etwas nützen«, erkundigte sich Frau Antigonis mit einem kleinen, dünnen Lächeln von der Art einer Injektion, »wenn wir von der Bezahlung sprechen?«

Üblicherweise in solchen Geschichten hätte die Heldin jetzt klar ablehnen müssen. Und eigentlich wollte Lilli das auch. Aber sie überlegte. Wie hatte sie doch in der letzten Nacht zu sich selbst gesagt: Daß ihr eigentlich nur noch übrigbliebe, einen reichen Mann zu heiraten.

Lilli setzte sich zurecht, als gehe sie daran, einen Vertrag zu zerreißen. Tat aber im Grunde genau das Gegenteil, indem sie jetzt verkündete: »Ich hätte gerne einen reichen Mann.«

»Wie bitte?« fragte Zoe nach und hielt sich die offene Hand ans Ohr.

Lilli erklärte, daß sie ganz gerne eine Weile nach Athen ziehen würde, nicht zuletzt um einem Freund und dessen Frau in Fragen der Kinderpflege behilflich zu sein. Daneben aber wolle sie reich heiraten. Das sei so eine fixe Idee von ihr. Allerdings habe sie wenig Lust, sich anzubiedern, um überhaupt erst einmal in die richtigen Kreise zu gelangen. Das sei ihr zu langwierig und zu blödsinnig.

»Ah, ich verstehe«, sagte Zoe.

»Ich verlange nicht, daß Sie mich verkuppeln.«

»Ich sagte, ich verstehe«, wiederholte Zoe. Wahrscheinlich verstand sie wirklich. Und setzte fort: »Wenn ich Ihnen verspreche, das für Sie in die Hand zu nehmen, werden Sie uns dann helfen, Nummer neun sicher in seinen Stall zurückzubringen?«

»Das wäre dann ja wohl der Deal. Wobei eines klar sein muß: keine Erfolgsgarantie. Und nach Nummer neun, wie Sie das nennen, ist Schluß. Für mich wird es eine zehnte Runde nicht geben.«

»Darauf können wir uns einigen. Sie und Herr Kallimachos ...«

»Moment«, unterbrach Lilli. »Ich möchte vorher noch etwas geklärt haben.« Sie richtete sich an den Detektiv und fragte ihn geradeheraus, was die üppig gerahmten Fotos in seinem Hinterzimmer zu bedeuten hätten.

»Das sieht man doch, oder?« meinte Kallimachos ruhig. »Es ist eine Sammlung.«

»Warum sammeln Sie so was?« Lilli zog die zwei Abbildungen aus der Tasche, die sie aus Kallimachos' Wohnung mitgenommen hatte. Das eine Bild, auf dem sie selbst und der Batmanmann zu sehen waren. Das andere mit Kallimachos und seinen hilflosen Folterern. Lilli tippte auf das Batmanfoto: »Wieso dieses hier? Woher haben Sie es?«

»Man kann solche Dinge kaufen. Sie wissen ja, daß das Hotelzimmer verwanzt war. Auch mit Kameras. Das Foto stammt von der Polizei. Ich sage nicht, daß die Polizei solche Bilder verkauft. Aber es gibt nun mal undichte Stellen, wie überall.«

»Und es gibt Leute, die sich an solchen Bildern aufgeilen. Erst recht, wenn sie nicht gestellt sind.«

»Die gibt es«, bestätigte Kallimachos. »Das ist wahrlich kein Scherz.«

»Und Sie?«

»Denken Sie«, fragte der Mann, dem die Dinge auswichen, »irgendeine Geilheit könnte in mir wüten?«

»Kann man das wissen, was in jemand wütet?«

»Diese Fotos sind Teil meiner Wissenschaft. Ich erforsche die Folter. Ich studiere sie, versuche, ihr Wesen zu erkennen. Ihren Ursprung. Alles hat einen Ursprung, einen Kern.«

»Und? Irgendein Resultat? Eine Zahl? Eine Formel? Ein Chromosom? Spiegelneuronen? Etwas, das man entfernen kann? Wenn man es entfernen kann, sagen Sie es mir, ich schneide es diesen Typen eigenhändig aus ihren Köpfen.«

Lilli sprach laut, lauter, als das ihre Art war. Sie dachte an die Bilder, die sie gesehen hatte. An Menschen ohne Gesichter.

»Ich weiß, was Sie meinen«, sagte Kallimachos. Das war

keine bloße Phrase. Das wurde Lilli jetzt klar. Niemand verstand sie so gut wie dieser dicke Mann, der alles gesehen hatte, was man sehen konnte. Er sagte: »Wenn ich meine, es gibt einen Ursprung, meine ich nicht, es gibt auch eine Chance auf Heilung. Da ist auch nichts, was man herausschneiden könnte. Es gibt nur den Widerstand der Opfer. Aber das wissen Sie ja selbst ganz gut. Das Leben ist eine Frage der Waffen, von mir aus auch der psychologischen, von mir aus sogar der Magie.«

»Dafür sind Sie ja selbst der beste Beweis, für die Magie«, meinte Lilli.

»Man nimmt, was man bekommt«, erklärte Kallimachos. »Wenn man kämpft, braucht man ein Schwert. Wenn das Schwert unsichtbar ist, ist es halt unsichtbar.«

Lilli aber verstand noch immer nicht, weshalb diese Bilder anstatt in Schränke gesperrt in Goldrahmen präsentiert seien. Wie in einer Galerie.

»Es ist eine Galerie«, sagte Kallimachos.

»Soll ich das als Antwort nehmen?« fragte Lilli.

»Das müssen Sie. – Aber noch etwas: Als ich diese Bilder zu sammeln begann, habe ich sie tatsächlich verborgen gehalten. Wie man ein Gift verbirgt oder einen tödlichen Virus. Aber das war ganz der falsche Weg. Solche Bilder kann man nicht wegsperren. Wenn ich schlief, fielen sie in meinen Kopf ein. Eine Hölle. Ich wollte nicht mehr schlafen. Aber der Schlaf kommt natürlich, wann es ihm paßt. Ich mußte etwas unternehmen. Und habe begonnen, die Bilder in Rahmen zu bannen. Sie in Ornamente einzuschließen. Erst seitdem diese Fotografien so hängen, wie sie hängen, geschmückt gleich alten Gemälden, lassen sie mich in meinen Träumen in Frieden. Es ist ein komisches kleines Geschäft, das ich da abgeschlossen habe. Mit dem Teufel, mit Gott, ich weiß es nicht.«

»Vielleicht mit Herrn Suez«, sagte Lilli.

»Ja, ein wunderlicher Mann«, meinte Kallimachos. »Aber ein guter Fotograf. Und ein Mann mit Beziehungen.«

Antigonis mischte sich ein: »Von Suez stammen wunderbare Porträts. Kennen Sie das von Matisse, wo er im Stuhl sitzt und dreinschaut, als wollte er einen fressen? Genial. Suez hat alle fotografiert. Den kleinen Arbeiter, den Papst, Grace Kelly, das Baby vor einer Packung Windeln.«

»Nicht nur alle«, sagte Lilli, »auch alles.«

»Ja, wahrscheinlich«, antwortete Antigonis. Er kniff die Augen zusammen, als störe ihn ein Luftzug. »Ein Chronist des Lebens kann nicht einen Teil dieses Lebens aussparen.«

»Suez behauptet, immer nur im Auftrag zu fotografieren.«

»Das würde ich ihm nicht glauben«, äußerte Antigonis. »Er ist ein Schlitzohr. Er wird uns alle überleben.«

»Ja, das Gefühl habe ich auch«, sagte Lilli und sprach Kallimachos darauf an, daß sich sehr frühe Fotografien unter den Folterbildern befänden.

»Dieses Studio gibt es so lange, wie es die Fotografie gibt«, erklärte der Detektiv. »Die Fotografie ist ein Ungeheuer. Suez ist der Wärter dieses Ungeheuers. Ein Ungeheuer, das manchmal lügt, manchmal die Wahrheit sagt.«

»Woran erkennt man, wenn dieses Ungeheuer lügt?« fragte Lilli.

»Es zwinkert«, sagte Kallimachos. »Ich meine das auch so. Man kann das gut bei Zeitungsfotos erkennen – sie zwinkern alle, sie lachen uns aus, sie geben sich frech zu erkennen. Die Fotos in meiner Wohnung aber ... die zwinkern nicht. Da gibt es nichts zu zwinkern.«

»Sie haben gefoltert, Kallimachos, nicht wahr?« fragte Lilli. »Bevor Sie ein Opfer waren, waren Sie ein Täter.«

»Nein, da irren Sie sich.«

Lilli glaubte ihm nicht. Sie ahnte, daß in diesem sonderbar unangreifbaren Mann auch die Geschichte eines Schlächters steckte. Das mochte weit zurückliegen. Aber Lilli spürte es. Sie betrachtete den Detektiv, wobei sie ein Auge schloß, als schaue sie durch ein Mikroskop. Oder ein Teleskop. Dann schloß sie auch das zweite Auge. Sie konzentrierte sich. Und zwar derart, daß sie beinahe eingenickt wäre.

Es war Zoe Antigonis, die sie praktisch am Einschlafen hinderte, indem sie nach Lillis Hand griff und fragte: »Wäre das jetzt erledigt? Sie beide sollten nämlich zusammenhalten. Ein Detektiv und eine Polizistin. Das ist eine gute Kombination.

Wie ein Gärtner und ein Architekt. Jedenfalls sehr viel besser als diese ganzen Eliteeinheiten, die wir seit Ewigkeiten ins Gefecht schicken. Soldaten, auf die man sich nicht verlassen kann. Soldaten kennen das Land nicht, für das sie kämpfen. Und erst recht nicht das Land, *in* dem sie kämpfen. – Also, Frau Steinbeck, Sie und Kallimachos sind ein Team. Ist das in Ordnung so?«

»Ja«, antwortete Lilli in einem Ton, als wähnte sie sich in ihrer Verschlafenheit bereits vor dem Altar.

Andererseits geht einem gerade während des Heiratens die eine oder andere Frage durch den Kopf. Eine solche Frage ließ Lilli aus ihrem Dämmerzustand hochfahren. Ihr fiel wieder ein, welch merkwürdige Bedingung Kallimachos gestellt hatte, als er in ihre Dienste eingetreten war. Daß sie nämlich wegschauen müsse, wenn er sie einmal darum bitten würde.

»Wie ist das eigentlich?« wandte sich Lilli erneut an Kallimachos, wobei sie sich weit nach vorn beugte, praktisch über die eigenen verschränkten Beine wie über ein geschwungenes Geländer. »Ich dachte, Sie hätten etwas Bestimmtes vor, etwas Ungesetzliches, das ich dann ignorieren sollte.«

»So war das nicht gemeint«, sagte Kallimachos und drehte an einer kleinen silbernen Figur, die monokelartig von einer Kette an seinem Revers hing. »Ich hatte nichts Bestimmtes vor. Ich wollte mich nur absichern, falls ich einmal in die Verlegenheit gerate, etwas zu tun, was eine Polizistin nicht gutheißen kann. Zum Beispiel Herrn Desprez töten, anstatt ihn festzunehmen. Ich hätte Henri Desprez mit Genuß erledigt. Aber ich bin natürlich viel zu langsam für diese Welt. Bevor ich einen Desprez erwische, ist das Meer leergefischt. Keine Chance für mich. Allerdings wäre mir sehr recht, wenn unsere Vereinbarung weiterhin bestehen könnte. Man weiß ja nie, ob einem nicht doch einmal was vor die Füße springt.«

»Na, es gibt Fälle, da würde ich sogar offenen Auges meinen Segen geben«, meinte Lilli eingedenk der Folterbilder. Während sie sprach, bemerkte sie das kleine Silberstück, das Kallimachos selbstvergessen zwischen seinen fleischigen Fingern hielt. Sie zeigte drauf und frage: »Was ist das für ein Ding?«

»Ein Fisch. Ein Quastenflosser«, erklärte der Detektiv. »Ein Glücksbringer.«

»Hatte das nicht dieser Vartalo ...?«

»Sie täuschen sich. Außerdem wäre es dann kaum ein Glücksbringer, oder?«

»Na egal«, meinte Lilli, die sich nicht um alles kümmern konnte. Sie griff nach ihrer Kaffeetasse, zuckte aber zurück. Der Kaffee war einfach viel zu gut. Wenn etwas zu gut war, sollte man lieber darauf verzichten. Das war eine Lehre, die die Menschheit noch nicht gezogen hatte. Lilli aber schon. Sie lehnte sich wieder nach hinten, streifte ihr Kleid zurecht und legte ihre feingliedrigen, übereinandergeschichteten Hände auf dem oberen Knie ab. Es sah aus, als packe sie Teile ihres Körpers in eine unsichtbare Tasche.

»Schön, daß das also geklärt wäre«, sagte Zoe Antigonis. »Ich denke, diesmal könnten wir es schaffen. Es ist höchste Zeit, daß Esha Ness, dieses verrückte Weib, abdankt.«

»Warum so optimistisch?« fragte Lilli.

Anstatt einer Antwort meinte Zoe Antigonis: »Sie haben recht. Es ist eine gute Idee, sich einen Mann zu nehmen, der wenigstens reich ist.«

Nach dem Kaffee kamen noch andere Gäste, darunter auch ein Hollywoodschauspieler, von dem Lilli gedacht hatte, er sei längst tot. Es war eine gutgelaunte, kleine Gesellschaft. Es wurde fast nur über Blumen gesprochen. Genauer gesagt über Zwiebeln.

»Ich bin müde«, entschuldigte sich Lilli nach dem Essen.

»Ich rufe Sie an«, sagte Zoe. »Sobald wir ungefähr wissen, wo sich Nummer neun aufhält. Und natürlich auch, sobald ich einen Millionär für Sie habe. Bei einer Frau wie Ihnen dürfte das kein Problem sein.«

»Vergessen Sie aber nicht«, erinnerte Lilli, »daß ich keinesfalls bereit wäre, meine Nase korrigieren zu lassen. Das müßte auch der Millionär begreifen.«

»Selbst unter Leuten mit Geld waltet mitunter die Einsicht«, sagte Zoe Antigonis und brachte Lilli nach draußen, wo derselbe Chauffeur wartete, der sie hergebracht hatte. Es war zwischenzeitlich Nacht geworden. Eine klare Nacht in guter Luft. Die Milchstraße bildete einen deutlichen Streifen. Die Sterne wuselten.

Als Lilli bereits hinten im Wagen saß und zurück nach Athen gebracht wurde, stellte sie fest: »Jetzt weiß ich noch immer nicht, womit Herr und Frau Antigonis sich all die Journalisten gefügig machen.«

»Sehen Sie mich an«, sagte der Fahrer. »Ich bin glücklich. Da braucht es keine Peitsche.«

»So einfach?«

»So einfach«, sagte der Mann.

Als Lilli die Wohnung von Stavros Stirling betrat, waren sämtliche Spuren der Vornacht beseitigt. Man könnte sagen: Fledermausmänner gab es nicht mehr. Das wichtigste war natürlich, daß der kleine Leon von alldem nichts mitbekommen hatte, abgesehen von einem für ihn recht vergnüglichen Chaos sich auf die Zehen tretender Polizeibeamter. Jetzt aber war es ruhig. Ruhig und sauber und ordentlich. Alle schliefen. Eben auch Leon, der zwischen seinen Eltern lag. Ein, zwei Stunden noch, bevor er in das eigene Toben hinein erwachen würde. Aber dann würde Lilli zur Stelle sein und ihm helfen, sich zu beruhigen. Sie konnte das. Wie man pfeifen kann. Oder fliegen kann, wenn man denn ein Vogel ist. Ein richtiger Vogel und nicht etwa eine viel zu große, fette Taube.

24
Ende

Es gibt auch richtig gute Tage.

Lillis Adoptivtochter kam nach Athen, und man lebte gemeinsam bei Stirlings. Es war dies ein Höhepunkt in Leons kleinem Leben. Er wurde ständig herumgereicht, von einem zum anderen. Gelangte dabei auch an Kallimachos, der öfters zu Besuch kam, schwer atmend in der Küche stand, die eine Hand gegen die Kante der Anrichte gestützt, mit der anderen das servierte Glas Wein haltend. Welches er dann mitunter abstellen mußte, um das Kind in den Arm zu nehmen, dessen Köpfchen auf die schwere, weiche Männerbrust fiel. Leon mochte diesen mächtigen Körper, genauso, wie er die eher zarten Gestalten der drei Frauen mochte. Am wenigsten konnte er sich mit der gutgebauten Erscheinung seines Vaters anfreunden, dessen unsicheren Griff er spürte. Doch auch das würde sich mit der Zeit legen. Leon würde lernen, die Unsicherheit seines Vaters als Kompliment aufzufassen.

Was Leon jetzt so gut tat, war die Beiläufigkeit, mit der er zwischen den Personen pendelte. Ohne Getue, ohne Diskussion. Es versteht sich, daß Leons Glück nicht zuletzt darin bestand, abgelenkt zu sein. Und es versteht sich, daß strenge Pädagogen auch das noch schrecklich finden, abgelenkte Kinder. Aber was bedeutet denn dieses Abgelenktsein? Abgelenkt wovon? Natürlich vom Unglück, von der Leere des Lebens. Der ganze Sinn des Daseins besteht doch darin, Ablenkungen zu schaffen. Illusionen zu kreieren, die uns vom Faktum der Leere fernhalten. Wie man sich von Fallen und Abgründen fernhalten sollte. Ohne die Ablenkungen stünden wir vor öden Weiten totaler Trostlosigkeit.

Auf das Niveau kommt es dabei an. Und das war im Falle Leons ausgesprochen hoch. Die Ablenkung, die sich aus drei unterschiedlichen Frauen, einem extravaganten Fleischberg und einem angstvollen Vater ergab. Dazu kam, daß Lillis Adoptivtochter Sarah ihren Hund mitgebracht hatte, einen ausgewachsenen Labrador, dessen ungestüme Art Leon in Verzücken versetzte. Die heftige Schwanzwedelei. Das Gesabber. Die Bettelei. Das Babygetue.

In diesen Tagen wurde viel gekocht und im Vergleich dazu sehr viel weniger gegessen. Wahrscheinlich wollte man einfach in der Küche beisammenstehen. Außerdem wird man vom Kochen ja auch satt. Und alle drei Frauen, wie sie da standen, achteten auf ihre Figur. Man könnte sogar sagen, daß, wenn diese Frauen nicht so dünn gewesen wären, Kallimachos nicht mehr in diese Küche gepaßt hätte. So hatte alles seine Ordnung. Jeder war exakt so dünn oder dick, wie er sein mußte. Es war eine perfekte Küchenwelt.

Leon gähnte. Der Anblick seines weit gedehnten Mäulchens besaß auf Lilli die Wirkung eines Schlafmittels. Eines Schlafmittels, das Lilli freilich gar nicht nötig hatte. Sie war auch so müde genug. Eine schwere Sonne sank gegen den Horizont, eine Sonne in der Art des Kallimachos. Dieses fette, dampfende, triefende Gestirn stützte sich auf die Welt auf wie Kallimachos auf sein Wägelchen. Das Land und das Meer knarrten unter dem Gewicht des Feuerballs.

Lilli nahm ihrer Tochter den kleinen Leon aus dem Arm und erklärte: »Zeit für den Süßen, ein wenig zu schlafen.«

Inula entgegnete, daß es eigentlich noch zu früh wäre. Doch Lilli ließ sich nicht beirren. Sie war die Meisterin des Schlafes. Sie wußte besser als jeder andere, wann der richtige Moment gekommen war, ein Kind schlafen zu legen. Und damit auch sich selbst.

Sie holte das Milchfläschchen aus dem Aufwärmer und zog sich mit Leon in das Gästezimmer zurück, immerhin der Raum, in dem ein Fledermausmann sein Ende gefunden hatte. Aber niemand dachte mehr daran. Die Wände waren frisch gestrichen. Die Sache wie ausgelöscht. Kein Kummer, kein Trauma, nur ein kleiner Friede.

Lilli setzte sich auf das Bett, lehnte ihren Rücken gegen das schräggestellte Kissen, bettete Leon in einer Mulde ihres Unterleibs und schob ihm den Sauger zwischen die Lippen. Sie arbeitete wie an einer Drehbank. Doch Drehbänke schließen nicht aus, daß jemand mit Gefühl an eine Sache herangeht. Die Drehbank schließt bloß aus, daß man im Gefühl ersäuft.

Lilli erkannte endlich den eigentlichen Sinn. Erkannte ihre Funktion. Ihre Funktion im Spiel. Welche nur vordergründig darin bestanden hatte, Stransky zu retten oder eben nicht zu retten, sondern vielmehr in dem Faktum, Stavros Stirling kennengelernt zu haben, und damit auch seine Frau und sein Kind. Lilli Steinbeck war in diese Geschichte geraten, um dem kleinen Leon zu helfen. Wie man in einen Sturm gerät, um eine Insel zu entdecken, auf die man ohne diesen Sturm nie gelangt wäre. Diese Jagd um die halbe Welt, die Explosionen, die Angst, die Toten, gepfefferte Fischmäuler, gepfefferte Pistolen, Götter, Geheimdienste und ein Fotostudio – dieser Wahnsinn gehörte dazu, war unvermeidbar. Aber tief drinnen befand sich ein Kern, eine kernartige Insel, ein humanes Zentrum, eine Lilli-Leon-Singularität. Lilli war in diesen Sturm geraten, um letztendlich ein Kind zu »stillen« und ihm in seinen Schlaf zu helfen. Das war es: ein Kern von Glück.

Aber: Kein Glück ohne Ende.

Es gibt drei dramaturgische Arten, wie ein Unglück beginnt: Jemand verliebt sich, jemand steigt in ein Taxi, ein Telefon läutet.

In diesem Fall läutete ein Telefon.

Sarah hatte den kleinen Leon im Arm. Der Labrador schlief. Inula und Lilli kochten Spaghetti. Stavros war im Dienst und Kallimachos bei sich zu Hause.

»Es ... es ist für dich«, sagte Inula zögernd und reichte Lilli ebenso zögerlich den Hörer.

Beide Frauen hätten diesen Hörer jetzt gerne in die Wüste geschickt. Aber ein großes Geheimnis des Telefons besteht sicher darin, daß es immer wieder, auch gegen jede Vernunft, abgehoben wird. Schwarze Magie des Alltags. Daß keiner von uns fähig ist, ein Telefon einfach läuten zu lassen. Wie man Grillen zirpen, Müllmänner pfeifen oder Wolken regnen läßt.

»Hier ist Zoe Antigonis«, meldete sich die Frau, die im Norden von Athen die Regentschaft über einen »weißen Flecken« innehatte. Und die im Grunde eine Gegenkönigin darstellte. Eine Anti-Esha-Ness. Sie sagte: »Ich habe einen Millionär für Sie gefunden, Frau Steinbeck. Er ist ideal. Er sammelt Violinen.«

»Warum soll das ideal sein?«

»Er spielt seine Violinen nicht, er sammelt sie nur und ist dabei vollkommen ausgeglichen. Er sieht sogar ganz gut aus.«

»Woher stammt sein Reichtum?«

»Sein Bruder ist Industrieller und hat ihn ausgezahlt. Mit dem Geld kann er Geigen kaufen, bis er darin erstickt. Nichts gegen Musikinstrumente, aber man sollte ihm zeigen, daß es auch noch etwas anderes auf der Welt gibt. Ich denke, Sie sind genau die Richtige dafür. Ich werde ein Treffen arrangieren. Aber vorher ... also, wir wissen jetzt, wo sich Nummer neun aufhält.«

»Mist!«

»Wir haben eine Vereinbarung.«

»Natürlich«, sagte Lilli.

Zoe Antigonis berichtete, daß der Mann, um den es gehe, ein aus Regensburg stammender Jurist, im Dschugdschurgebirge aufgetaucht sei. Das läge in Russisch-Fernost.

»Russisch-Fernost«, wiederholte Lilli nachdenklich. »Hört sich an wie die Steigerung von etwas Unangenehmem: eingeschweißte-Wurst-abgelaufen.«

»Man kann sich das eben nicht aussuchen, wohin eine Kugel springt«, erinnerte Zoe Antigonis. »Ein Chauffeur wird gleich vorbeikommen und Sie zum Flughafen bringen. Sie fliegen zuerst nach Moskau. Von dort geht es weiter nach Ochotsk. Wo ein Führer auf Sie wartet. Ein ortskundiger Mensch, kein Soldat, wie ich betone. Auf ein großes Team verzichten wir diesmal. Auch auf eines im Hintergrund. Keine Hubschrauber, keine Fallschirmspringer, keine Elefanten in Porzellanläden. Nichts, was auffällt.«

»Und Kallimachos?« erkundigte sich Lilli.

»Sie treffen ihn am Flughafen. Es ist alles vorbereitet. Der Fahrer wird Ihnen einige Unterlagen übergeben, damit Sie sich auskennen. Damit Sie wissen, wer das ist, den Sie da finden und retten sollen.«

»Hoffentlich will er sich überhaupt retten lassen.«

»Er wird schnell begreifen, wer die Guten sind. Ich bin überzeugt, Frau Steinbeck, daß Sie so etwas vermitteln können, den Charakter des Guten, die Schönheit des Guten.«

»Es gibt Männer, die sich vor Frauen fürchten, gleich wie lieb sie zu ihnen sind«, erwiderte Lilli.

»Na, lieb müssen Sie ja nicht sein«, fand Zoe Antigonis und gab Lilli den Rat, warme Sachen einzupacken. Angesichts des ostsibirischen Berglandes. Dann sagte sie: »Mein Mann läßt Sie grüßen.« Und legte auf.

»Es geht los«, sagte Lilli zu den beiden Frauen. »Ich ziehe mich rasch um.«

»Was ist das für ein komischer Job, den du da machst?« fragte ihre Tochter.

»Jeder Job ist komisch, wenn du genau hinschaust.«

»Das ist keine Antwort, Mama.«

»Ich weiß«, sagte Lilli Steinbeck und wechselte das Zimmer, um sich mit einem kastanienbraunen, stark taillierten, aus festem, filzartigem Stoff geschneiderten Hosenanzug zu bekleiden. Dazu glänzend schwarze, bis unter die Knie führende, spitze Stiefeletten. Sie probierte eine fein gewebte, dunkelrote Strickhaube und stellte sich vor den Spiegel. Lilli fand, daß sie nicht nur ausgesprochen russisch aussah, sondern auch etwas von einer politischen Kommissarin an sich hatte. Einer schlanken Kommissarin, streng und schön und unbarmherzig. Unbarmherzig gerecht.

Sie schob die Haube in ihre Tasche, die gleiche, in der noch immer die *Verlaine* und jene Puderdose von einem Handy steckten. Lilli ging davon aus, daß alles so arrangiert war, daß sie ihre Waffe ohne Schwierigkeiten mit an Bord nehmen konnte. Bei einer russischen Maschine konnte das wirklich kein Problem sein. Die Russen hatten sich – praktisch mit dem Verlust ihrer Weltmacht – über alles und jeden erhoben. Egal, wo auf der Welt sie agierten, sie agierten immer frei von jedem Gesetz. Wobei es weniger so war, daß alle Russen bestechlich waren. Eher war die Welt bestechlich, und die Russen nutzten diesen Umstand in vollendeter Weise. Sie hatten den Kommunismus ruiniert, sie würden mit dem Kapitalismus das gleiche tun. Das war ihre Mission.

Übrigens hatte man Lilli Steinbeck angedroht, sie aus dem deutschen Polizeidienst zu entlassen, wenn sie nicht sofort zurückkam, um wieder ihren Job anzutreten. Obgleich sogar Hübner sich für sie eingesetzt hatte. Aber der zuständige Minister persönlich wollte, daß Steinbeck Griechenland verließ. Nun, sein Wunsch würde jetzt gleich in Erfüllung gehen. Statt dessen also Russisch-Fernost, eine Gegend, die eigentlich niemand kannte und von der man sich vorstellte, daß die Leute dort alle wie Rübezahl aussahen.

Lilli Steinbeck bat ihre Tochter, in der Zwischenzeit bei Inula zu bleiben und sich um den kleinen Leon zu kümmern.

»Wie lange wirst du bleiben?« fragte Sarah.

»Das kann ich nicht sagen. Aber ich werde mich beeilen. Oder die anderen beeilen sich.«

»Was für andere?«

»Mach dir keine Gedanken, Schatz. Und wenn ich zurückkomme, höre ich auf mit diesen Sachen. Versprochen. Ich werde mich zur Ruhe setzen.«

»Bist du sicher? Sagen das nicht alle, bevor es dann zu spät ist?«

Na, da hatte sie wohl recht. Lilli aber versicherte, auf sich aufzupassen. Sie küßte ihre Tochter, küßte Inula, küßte Leon und hinterließ ein paar Zeilen für Stavros. Zeilen zu hinterlassen wirkte heutzutage, als würde man jemand ein inneres Organ vermachen. Weil so ganz und gar persönlich, auch wenn die Zeilen nichts anderes als die Mitteilung enthielten, sich auf dem Weg nach Russisch-Fernost zu befinden.

Draußen wartete bereits der Wagen. Darin saß erneut jener bekehrte Journalist, der glücklich auch ohne Peitsche war.

»Gepäck?« fragte er.

Lilli zeigte auf ihre Handtasche und bog ihre vollen Lippen zu einem kleinen Boot. Sie stieg ein, und der Fahrer reichte ihr ein Kuvert, darin befanden sich ein Ticket für Moskau und eines für Ochotsk sowie die Unterlagen betreffend den Mann, der als Nummer neun fungierte und hoffentlich noch am Leben war.

Der Fahrer entließ Lilli vor dem Eingang zum Flughafen. Er winkte ihr und fuhr davon. Lilli begab sich zum Schalter von Aeroflot und erhielt ihre Bordkarte. Dann wechselte sie hinüber zur Eingangskontrolle, wo sie einem der Beamten ihren deutschen Dienstausweis zeigte. Der Mann holte einen anderen, welcher Lilli in der höflichsten Weise begrüßte und sie an der Kontrolle vorbei durch einen Extragang führte. Er wollte weder wissen, was sie in ihrer Tasche hatte, noch, in welcher Funktion sie diese Spezialbehandlung beanspruchte. Er wollte gar nichts wissen. Während er sie mit wellenartigen Handbewegungen geleitete, erzählte er ihr irgendeine kleine Geschichte auf Griechisch, das Lilli ja nicht verstand. Dann verabschiedete er sich und war schneller verschwunden als einer von diesen nervösen Korallenfischen.

Es soll hier nicht gesagt werden, daß es heutzutage einfach ist, eine Waffe mit an Bord eines Flugzeugs zu nehmen. Natürlich nicht. Es soll ja auch nicht gesagt werden, daß Korallenfische gleichzeitig käuflich, weisungsgebunden und überfordert sind.

Lilli gelangte in den Bereich der Einkaufsläden, betrat eine Parfümerie und erstand ein rundes, ultramarinblaues Fläschchen, in dem sich ein Parfüm mit dem Namen *Dans la Nuit II* befand. Sie nahm je eine Fingerspitze voll, die sie hinter ihren Ohrläppchen verrieb. Der Duft beruhigte sie. Darin bestand ihrer Meinung nach sowieso der eigentliche Sinn von Parfüms, das Gemüt zu besänftigen. Eine freundliche Sedierung vorzunehmen. In einer Wolke gefangen zu sein, wie in einem Bett, an das man liebevoll gefesselt wurde. Also gerne gefangen zu sein.

Kurz darauf erreichte sie ihren Flugsteig. Schon von fern sah sie Kallimachos, welcher zwei Sitze für sich in Anspruch nahm.

Die anderen Passagiere hielten Abstand, wie man vor ehrwürdigen oder ansteckenden Dingen Abstand hält. Kallimachos trug wieder seinen grauen Anzug. Seine Ausflugskleidung. Er hatte die Hände, eine auf der anderen, über den Knauf seines Stockes gelegt. Seine Augen waren geschlossen.

»Ich wette«, sagte Lilli Steinbeck, als sie ihn erreicht hatte, »daß diese Esha-Ness-Leute bereits in Fernost sind.«

»Wahrscheinlich«, antwortete Kallimachos. Seine Augen sprangen auf wie die Türchen einer kleinen Startmaschine. Klick, klick!

Ja, das war wohl richtig. Esha Ness hatte einen Vorsprung. Und vielleicht war der Mann, um den es ging, längst tot. Andererseits schien das raffinierte Wesen von Vorsprüngen darin zu bestehen, an viel zu früh gepflücktes Obst zu erinnern. Steinfest und sauer.

Lilli Steinbeck hatte ein gutes Gefühl.

Epilog

Zwei Jahre später
Lilli Steinbeck kehrt aus Russisch-Fernost zurück, wo man sie zusammen mit Kallimachos in einem kleinen, entlegenen Dorf festgehalten hatte. Kallimachos bleibt dort. Er wird so eine Art Bürgermeister. Die Leute sehen ihn als einen Heiligen.

In der Zwischenzeit ist Steinbecks Tochter mit einem jungen Griechen zusammengezogen, von dem sie ein Kind erwartet. Das Paar lebt einen Stock über den Stirlings. Lilli zieht in eine kleine Wohnung unterhalb der Stirlings. Allerdings nicht für lange, da sie nun endlich den Geigen sammelnden Millionär kennenlernt, ihn tatsächlich heiratet und sodann dessen Haus soweit umgestaltet (im Grunde verbannt sie den Großteil der Geigen in den Keller), daß sowohl die Familie Stirling als auch die junge Familie ihrer Tochter dort einziehen können. Der Millionär nimmt alles geduldig hin. Er liebt Lilli mehr als seine Geigen. Ein Umstand, der ihn verwirrt und beglückt.

Ein Jahr danach
Auch Lilli wird schwanger. Sie sagt sich: Wenn das so ist, ist das so. Ein guter Standpunkt. Daß sie ihren Sohn Spiridon tauft, ist ein bißchen lächerlich, aber nicht weiter schlimm. Im Grunde ein schöner Name.

Ein weiteres Jahr danach
Die letzte Geige verschwindet aus dem Haus. Dafür wird Inula Stirling schwanger.

Zwei Jahre später
Aus Russisch-Fernost kommt eine Karte. Kallimachos ist gestorben. Niemand kann erklären, woran eigentlich. Man

könnte sagen – wie man bei anderen sagt, sie hätten einfach zu atmen aufgehört –, er hat einfach zu rauchen aufgehört.

Sechs Jahre später
Lilli kehrt in den Polizeidienst zurück. Diesmal natürlich in den griechischen. Ihr geht ein besonderer Ruf voraus. Die Beamten fürchten sich ein wenig vor ihr. Aber es ist eine schöne Furcht. Jedenfalls wird Lilli die bestangezogene Kriminalistin, die dieses Land je gesehen hat.

Viele Jahre später
Die Welt ist noch immer die gleiche. Keine Chance für die Götter.

Heinrich Steinfest
Tortengräber
Ein rabenschwarzer Roman.
288 Seiten. Piper Taschenbuch

Klaus Vavras tägliche Freuden sind es, Croissants zu essen und Frauen am Telefon anzuschweigen. Seine beiden Gewohnheiten bringen ihn in ernste Gefahr: Vavra kann es nämlich nicht unterlassen, die auf einem Geldschein – den er natürlich beim Croissant-Kauf bekommen hat – gekritzelte Nummer zu wählen und wie gewohnt zu schweigen. Wenige Minuten später stürmt die Polizei seine Wohnung. Und damit beginnt eine ebenso mord- wie wendungsreiche und hoch komische Rallye quer durch Wien.

»Heinrich Steinfest verfügt über ein schamlos bloßlegendes Sprachbesteck.«
Der Standard

Heinrich Steinfest
Ein dickes Fell
Chengs dritter Fall. 608 Seiten.
Piper Taschenbuch

Ein Kartäuser-Mönch soll im achtzehnten Jahrhundert die Rezeptur für ein geheimnisvolles Wunderwasser erfunden haben – 4711 Echt Kölnisch Wasser. Als in Wien ein kleines Rollfläschchen mit dem Destillat auftaucht, beginnt eine weltweite Jagd nach dem Flakon: Seinem Inhalt werden übersinnliche Kräfte nachgesagt, wer es trinkt, erreicht ewiges Leben. Ausgerechnet der norwegische Botschafter muß als erster sterben, und Cheng, der einarmige Detektiv, kehrt zurück nach Wien. Sein Hund Lauscher trägt mittlerweile Höschen, hat sich aber trotz Altersinkontinenz ein dickes Fell bewahrt. Und das braucht auch Cheng für seinen dritten Fall in Heinrich Steinfests wunderbar hintergründigem Krimi.

»Steinfest unterhält nicht nur, er öffnet einem buchstäblich die Augen für – ein großes Wort – den Reichtum und die Vielfalt der Schöpfung.«
Denis Scheck in der ARD

Heinrich Steinfest
Cheng
Sein erster Fall. 272 Seiten
Piper Taschenbuch

Markus Cheng ist Privatdetektiv in Wien. Seine Geschäfte gehen schlecht, und zudem wird auch noch sein letzter Klient mit einem Loch im Kopf aufgefunden. In diesem Loch steckt ein Zettel mit einer rätselhaften Botschaft: »Forget St. Kilda«. Und ob Cheng nun will oder nicht – damit steckt er mitten im Schlamassel. Denn eine unbekannte Dame erweist sich als eine knallharte Mord-Maschine mit System ...

Heinrich Steinfests ausgesprochen skurriler Humor und einzigartiger Schreibstil machen diesen Krimi zu etwas ganz Besonderem.

»Amüsant, wie Heinrich Steinfest die Ikonen der Gesellschaft unverschlüsselt und unverklausuliert aufs Korn nimmt.«
Falter

Anne Holt
Was niemals geschah
Kriminalroman. Aus dem
Norwegischen von Gabriele Haefs.
384 Seiten. Piper Taschenbuch

Eine beliebte Talkmasterin wird mit gespaltener Zunge tot aufgefunden, eine junge Politikerin hängt gekreuzigt an der Schlafzimmerwand: Sorgsam inszenierte Ritualmorde, die es in der Vergangenheit schon einmal gegeben hat – wieder beginnen Kommissar Yngvar Stubø und die Profilerin Inger Vik fieberhaft zu ermitteln. Doch was, wenn der Mörder ein raffiniertes Spiel spielt und kein herkömmliches Motiv vorhanden ist? Ein meisterhafter Thriller, in dem Anne Holt die Abgründe menschlicher Eitelkeiten erkundet.

»Lange nicht hat das Rätselraten um die (perfide) Lösung so düster gekitzelt.«
Westdeutsche Allgemeine

Arne Dahl
Rosenrot
Kriminalroman. Aus dem Schwedischen von Wolfgang Butt.
400 Seiten. Piper Taschenbuch

Dag Lundmark war Leiter der rasch und effektiv durchgeführten Razzia. Winston Modisane mußte dabei sterben – aber war der Tod des Südafrikaners wirklich unvermeidlich? Paul Hjelm und Kerstin Holm ermitteln in einem Fall, der im Milieu illegaler Einwanderer beginnt und in der trügerischen Idylle eines schwedischen Sommers atemlos endet. Ein Fall, der mehr mit ihnen selbst zu tun hat, als sie wahrhaben wollen ...

»Der schwedische Bestsellerautor Arne Dahl zählt unbestritten zu den Größten seines Fachs: Seine Thriller sind nicht nur packend, sondern auch modern, international und sensibel.«
Iris Alanyali, Die Welt

Stefan Holtkötter
Das Geheimnis von Vennhues
Ein Münsterland-Krimi.
272 Seiten. Piper Taschenbuch

Über zwanzig Jahre ist es her, dass im Vennhueser Moor im Münsterland ein grausamer Mord geschah. Der Hauptverdächtige Peter Bodenstein wurde seinerzeit aus Mangel an Beweisen freigesprochen. Nun ist er ins Dorf zurückgekehrt, um seine Unschuld zu beweisen. Doch wenig später wird wieder ein toter Junge im Moor gefunden. Erneut weisen alle Spuren auf Bodenstein. In Vennhues erhält Hauptkommissar Hambrock aus Münster kaum Unterstützung, und das, obwohl er selbst aus dem Dorf stammt. Es scheint ein Geheimnis zu geben, von dem er ausgeschlossen ist. Und wenn er die Wahrheit über Bodenstein herausfinden will, gibt es für ihn nur einen Weg – ins Moor ...